感谢绍兴文理学院出版基金资助出版

浙江省哲社规划课题"战后日本文化语境中的'池田鲁迅'研究"（14NDJC081YB）最终成果

# 战后日本文化语境中的
# "池田鲁迅"研究

卓光平◎著

中国社会科学出版社

**图书在版编目（CIP）数据**

战后日本文化语境中的"池田鲁迅"研究/卓光平著.
—北京：中国社会科学出版社，2018.3
ISBN 978 - 7 - 5203 - 1694 - 1

Ⅰ.①战… Ⅱ.①卓… Ⅲ.①鲁迅研究②池田大作—
文学研究 Ⅳ.①I210②I313.065

中国版本图书馆 CIP 数据核字 (2017) 第 309529 号

| | | |
|---|---|---|
| 出 版 人 | 赵剑英 | |
| 责任编辑 | 郭晓鸿 | |
| 特约编辑 | 席建海 | |
| 责任校对 | 韩海超 | |
| 责任印制 | 戴　宽 | |

| | | |
|---|---|---|
| 出　　版 | 中国社会科学出版社 | |
| 社　　址 | 北京鼓楼西大街甲 158 号 | |
| 邮　　编 | 100720 | |
| 网　　址 | http://www.csspw.cn | |
| 发 行 部 | 010 - 84083685 | |
| 门 市 部 | 010 - 84029450 | |
| 经　　销 | 新华书店及其他书店 | |

| | | |
|---|---|---|
| 印刷装订 | 北京君升印刷有限公司 | |
| 版　　次 | 2018 年 3 月第 1 版 | |
| 印　　次 | 2018 年 3 月第 1 次印刷 | |

| | | |
|---|---|---|
| 开　　本 | 710×1000 1/16 | |
| 印　　张 | 21.25 | |
| 插　　页 | 2 | |
| 字　　数 | 235 千字 | |
| 定　　价 | 89.00 元 | |

凡购买中国社会科学出版社图书，如有质量问题请与本社营销中心联系调换
电话: 010 - 84083683

# 序　一

学界早就有"东亚鲁迅"之说，这指的是有关鲁迅的研究早已越出先生的故乡而在日本、韩国等东亚国家的中国现代文学研究中占据了重要的位置。李冬木教授在评述张梦阳先生的《鲁迅学在东亚在中国》一书时曾指出："'鲁迅'在海外，尤其在日本，占有'现代中国学'思想文化领域研究的很大比重，是'现代中国'构成机制当中的不可缺少的要素。自 20 世纪 80 年代有中国现代文学学者与海外发生交往以来，'鲁迅'也一直是这一交往中的重要内容。"而孙郁教授在《东亚的起点》一文中则进一步指出："鲁迅作品传播的过程中，东亚文化圈起到了很大的作用。日本人、韩国人研究近代化过程时，往往把目光落在鲁迅那里，因为没有谁像鲁迅那样，为世人提供了如此丰富的话题。"的确，在东亚的文化圈中，鲁迅所给予的话题总是与东亚的现代化历史进程有着密切的关联。我在提交给国际鲁迅研究会第五届论坛的论文中，曾通过回顾和分析东亚地区鲁迅研究的历史与现状，对儒家文化给予东亚地区文化提供阐释资源，在促成东亚地区

"鲁迅经典"的生成等方面所起的作用进行了分析论述，并给予了积极评价。在我看来，发扬鲁迅精神，创造性地转化儒家文化传统，将成为东亚文化深层次沟通和交流的新的切入点，而鲁迅在这方面所作出的卓越贡献及东亚地区对此所开展的研究而形成的"东亚鲁迅学"，也必将在东亚文化和学术发展中发挥重要作用，并迎来新的研究局面。今日读到卓光平博士的著作《战后日本文化语境中的"池田鲁迅"研究》，使我看到了学界在有"竹内鲁迅""丸山鲁迅"等之后，又有"池田鲁迅"之说了。如果说前者主要是结合日本乃至东亚的现代化进程特点，探讨了鲁迅的价值和意义，那么，后者则主要是结合战后的日本发展乃至东亚与世界发展的境况，探讨了鲁迅精神在日本，乃至东亚和世界范围内的生成、传播甚至衍生新的精神的过程。也许，学界对"竹内鲁迅""丸山鲁迅"等的认识比较一致，译介、评论和研究都比较全面和深入，而对"池田鲁迅"则显得比较陌生，译介、评论和研究也可以说是刚刚开始，尽管对于池田大作本人及其所作出的杰出贡献，人们会在相关的媒体报道中得知一二，但对于他与鲁迅的关联，对鲁迅所作的论述、评价，则相对生疏得多。据相关资料，池田大作是国际创价学会会长、日本创价学会名誉会长、创价大学创办人，是一位著名的宗教家、作家、摄影师。池田和他领导的日本创价学会及国际创价学会，是以佛教的生命尊严思想为根本理念，谋求人人幸福，推进世界永久和平，致力于推动世界文化、教育、和平发展而获联合国承认的非政府组织，至今他共荣获世界各大学、机构颁授名誉博士、名誉教授等荣誉多达355项，主要的有：1983年获得联合国和平奖，1989年又获得联合国难民专员公署的人道主义奖，1999 年获爱因斯坦和平奖。据相关统计，在中国获得的奖项主要有：1959 年获得中国艺术贡献奖，1990 年获得中日友好"和平使者"称号，1992 年获得"人民友好使者"称号，1997 年获得中国文化交流贡献奖等。他还曾与著名历史学者、哲学家阿诺尔德·约瑟·汤因比（Arnold Joseph Toynbee）共著《面向廿一世纪的对话》；与中国著名作家金庸合著《探求一个灿烂的世纪》等，产生了很大的影响。池田大作对鲁迅有着深刻的认识，特别是他对鲁迅的研究及其所发表的言论，显示出他对鲁迅思想和精神的精准把握和透辟认识。不同于竹内、丸山等人对鲁迅的认识、评论和阐述，池田大作对鲁迅的认识和把握，主要是结合战后日本社会、文化的现实发展的境况，突出了鲁迅思想、精神、人格等诸多特点，特别是择取鲁迅改造国民性的价值理念，强调了在战后对改造日本"岛国根性"所具有的重要作用。池田大作注重从社会实践的层面，发掘鲁迅思想、精神的当代价值和意义。在他看来，鲁迅对人性善恶的挖掘、分析和阐述，尤其是有关人性的"内在之恶"与"外在之恶"的分析、阐述和批判，结合中国的历史、文化和社会发展现状而展开对国民性的探讨，分析国民劣根性产生的根源，最终目标是要在改造中国国民"奴性"的基础上，确立"立人"思想，重铸民族的魂灵，维护每一个国民作为人的存在的尊严、权利、地位，进而获得新的人生价值和意义系统的建构，让全体国民进入享有人的尊严、获得人的幸福的"第三样的时代"。池田大作强调："鲁迅先生的目标是民众觉醒，是'变革奴隶根性'，同时消除旧社会的'主人与奴隶'的关系。"而"前所未有的

'第三样时代'，是无辜民众不再受战火与骚乱之苦的时代，而且什么也不隶属，所有民众都赢得人的尊严和幸福的时代。"无疑，"立人"思想是鲁迅思想的原点和基点，他一生致力于国民性的改造，倡导用现代文明的价值理念来唤醒仍在"绝无窗户"而"万难破毁"的"铁屋子"昏睡的国民，意在让占人口绝大多数的普通国民能够接受现代文明的洗礼而获得思想观念的解放以及精神人格的自由和独立。在与金庸的对话中，池田大作曾论及鲁迅的代表作《阿Q正传》，他说："如果要举出代表鲁迅的'民众观'的作品，当然应推《阿Q正传》，那实在是一部巅峰之作。阿Q没有姓名，单从字面来看是'无名的平民'。……读到那些表现阿Q愚蠢的章节，读者就会有历历在目。置身其境的真实感，教人掩卷长叹……这不免引起当时挺身欲图救世的某些青年的指责，说这样描写阿Q只有'黑暗'的一面。然而，相反来说，这正好证明，鲁迅的眼光洞穿民族精神的原质，那是非一般人的生活经验能领悟的。"的确，在《阿Q正传》中，鲁迅对处在愚昧、麻木、无知和落后状态的国民进行了深刻的心理和性格的分析，旨在刻画出一个"现代的""沉默的"国民魂灵，让所有国民都能够在阿Q的身上发现自身的性格缺陷和心理病态，找到进入现代文明的重重障碍及其根源。他曾表示"许多人所怕的，是'中国人'这名目要消灭；我所怕的，是中国人要从'世界人'中挤出"。由此，他清晰地表明了他的担心和恐惧："于是乎中国人失去了世界，却暂时仍要在这世界上住！——这便是我的大恐惧。"为此，他给自己规定的任务是努力促使现代中国"在现今的世界上，协同生长，挣一地位"，由此获得现代文明所认同和倡导的

"进步的智识，道德，品格，思想"的基本素质和基本精神，同时，他还明确表示，在"勾销旧账"中，要在"完全解放了我们的孩子"当中，寄希望于下一代，让"人之子"屹立于世界的东方。所以，他坚持认为，要打破中国历史"想做奴隶而不得"和"暂时做稳了奴隶"的"超稳定"循环，创造中国历史上未曾有过的"第三样时代"，就必须站在"立人"的思想高度上改造国民性，这样才能使现代中国甩掉传统的包袱，并在"矫19世纪文明之弊"当中，迈入"深邃庄严"的"20世纪文明"时代，能够以一种新型人格，也就是现代人格，跻身"世界人"的行列。在他看来，近代西方之强"则根柢在人"，要使整个中国摆脱近代以来的落后窘况，在文化建设方面就应"其首在立人，人立而后凡事举"，这样，"国人之自觉至，个性张，沙聚之邦，由是转为人国。人国既建，乃始雄厉无前，屹然独见于天下"。可见，鲁迅的"立人"，并不仅仅是注重将人从社会物质压迫中解放出来，关键的则是要使人能够从一切源自内外在的精神奴役和禁锢中解放出来，以获得个性的解放，人格的独立和主体意识的自觉。他强调，现代"立人"的主旨是要"人各有己""朕归于我"，最终达到"群之大觉"，实现"中国亦以立"的民族复兴理想。正是在这个意义上，鲁迅的"立人"，也就不再是政治、伦理等外在范式的道德人格诉求，而是高扬了人的主体性、个体性，具有鲜明的现代文明价值理念的人生意义诉求。他始终都将人的个性、个体性作为"立人"的出发点，强调人的"思想行为，必以己为中枢，亦以己为终极：即立我性为绝对之自由者"，并指出个性、个体性是人摆脱一切内外在的强制性规范的内在精神动力。他曾激烈地批评传统文化中的"以众疟独""灭裂个性""灭人之自我"的思想学说，指出作为个体的人，应具有个性鲜明的独立人格意志，具有他所推崇的"独具我见""人各有己""不和人嚣""不随风波"的个性品格。因为只有这样，人才能在与强大的世俗进行博弈时，保证思想的纯正和精神的高洁。通过对"此我"的高度关注，鲁迅进而从中引申出了一系列关于人的主体性、主体意识自觉性的思想学说。他认为，人的"主观之心灵界，当较客观之物质界为尤尊"。人的"内部之生活强，则人生之意义亦愈邃，个人尊严之旨趣亦愈明"。他把人的主体性、主观性与人的个性、个体性有机地融合在一起，其价值和意义的指向，就是要求"此我"能够充分地领人的存在价值和意义，做到"去现实物质与自然之樊，以就其本有心灵之域"，实现"思虑动作，咸离外物，独往来于自心之天地"的精神自由和个性解放。鲁迅强调了卓越的个体在历史上的特殊作用，非常推崇尼采的"大士天才""大士哲人"思想，欣赏拜伦的"一剑之力，既其权利，国家之法度，社会之道德，视之蔑如"的精神。在他的视阈中，个体的卓越性及其对于社会和人生的特殊作用，应是人的现代化的具体指数。这种卓尔不群的独立人格，是成为"叛逆的猛士""真的猛士"的前提。人一旦完成这种现代性的思想转变，就能够真正做到"敢于直面惨淡的现实"和"惨淡的人生"，自觉地抵御人性之恶的侵蚀，承担起社会的责任，完成人生的使命。不过，需要指出的是，尽管在这方面他受到了尼采的影响，但他不是像尼采那样，将卓越的个体与普罗大众决然对立，而是要以此去对众多的不觉悟者进行思想启蒙，促使他们以"立人"为目标，实现对自身蒙昧的超越。由此，在"立人"的思想体系中，鲁迅建立起了有关人的新的伦理法则：以卓越的个体目标去引导、改造众多的不觉悟者，使之能够在现代思想文化的召唤下，获得自身的觉醒和觉悟，并承担起改造国民性，重铸民族魂灵的历史重任。因此，鲁迅一生都坚持把人的现代化作为进行广泛的"社会批评"和"文明批评"的价值出发点和基本尺度，并且从中设计出以追求人的精神解放、心灵自由、人格独立为终极目标的，关于人的解放、民族独立、社会发展的文化蓝图。我虽在20世纪80年代初在山东大学读硕士研究生期间就在孙昌熙教授指导下开始鲁迅研究的学术生涯，但少有建树，有负导师的期望，也愧对先生，对海外的鲁迅研究更是知之甚少，对池田大作的鲁迅研究，几乎是一无所知。卓光平博士毕业后从北京来到鲁迅的故乡绍兴，任教于绍兴文理学院，也开始了鲁迅的研究工作，后来他申请来我校进行博士后的研究工作获得批准，我是他的合作导师。来校后，我们一起商讨如何结合新的学术生长点来开展鲁迅研究的问题。他与我系统地谈了他的研究设想，所提交的研究计划就是要全面系统地梳理池田大作的鲁迅研究。我虽对池田大作的鲁迅研究不熟悉，但认为这样可以将现代的日本鲁迅研究，从竹内好一直到池田大作，梳理出一条清晰的脉络。这不仅仅是时间线的脉络梳理，更是一种空间立体型的场域开拓，故对他的研究计划表示十分赞同。通过两年多的研究，他拿出了一份出站报告，并提交给博士后工作站导师组审核和答辩。参加审核和答辩的导师均对他的选题表示了高度的认同和赞许，认为是一部全面、系统的具有开拓性的关于"池田鲁迅"研究的出站报告，并建议在此基

础上进一步完善，撰写一部具有开拓性、创新性的学术著作。在
博士后工作期间，他还以此为题申请到了浙江省哲学社会科学规
划课题和中国博士后基金面上项目的立项资助，并在《文艺报》
《中国社会科学报》和多个学术刊物上发表了研究的阶段性成果，
获得学界的关注和好评。如今他将他的研究成果作为学术专著正
式出版，并嘱我写序，看到他的学术成长，我由衷地感到高兴，
衷心地祝贺他，祝他取得更大的学术成就。是为序。

黄　健

二〇一七年十月二日

于西子湖畔

# 序 二

　　创价大学的创立者池田大作博士（以下简称池田先生）很早就已经关注鲁迅先生，特别是在 1960 年就任创价学会第三任会长之前，他在日记里抄下了鲁迅先生《生命的路》中的一段话："什么是路？就是从没路的地方践踏出来的，从只有荆棘的地方开辟出来的。"创价学会是以教育主义、文化主义为宗旨，开展社会活动与和平运动的世界性组织。池田先生在 32 岁即将就任会长时写下这句话，就是希望借鲁迅先生的话来表明自己对于创价学会未来发展的期望和决心。可见，池田先生与鲁迅先生有着强烈的共鸣。

　　池田先生也曾引用鲁迅先生的这句话，鼓励即将从创价大学毕业的学子们走向新的人生。他还说："你们的前途上也有暗夜一般的日子，也有荆棘塞路，但是绝不要后退。苦难的时候向前踏出一步！那一步将打开胜利的道路。"这段鼓励学子的话来自讲座文稿《谈革命作家鲁迅——第二届特别文化讲座》，讲座文稿登载在 2006 年 3 月 16 日的《圣教新闻》上。该报纸日均发售 550

万份，鼓励了很多年轻人，特别是 3 月中旬是日本很多大学举行毕业典礼的时间，所以这段话在当时鼓舞了许多即将毕业的大学生。

其实除了上面那一句话，池田先生接着又说："希望靠自己创造。要从荆棘中开路，把希望留给后面的人们。这是鲁迅先生身体力行的'希望哲学'。"谈到"希望"，马上会令人联想到《故乡》中的一段话："希望本是无所谓有，无所谓无的。这正如地上的路；其实地上本没有路，走的人多了，也便成了路。"回顾鲁迅先生的一生，池田先生不仅与之产生了精神共鸣，他自己的身体力行，也正体现了鲁迅先生所谓的"希望哲学"。

在前述《谈革命作家鲁迅》的文化讲座中，池田先生也阐述了自己的创价教育理念。在教育理念上，他与教育家鲁迅有着思想上的共鸣。比如，池田先生在谈到创价教育的根干在于磨砺粉碎邪恶的智慧时，就引用了鲁迅先生的《论"费厄泼赖"应该缓行》中的一段话："假使此后光明和黑暗还不能作彻底的战斗，老实人误将纵恶当作宽容，一味姑息下去，则现在似的混沌状，是可以无穷无尽的。"只有消灭了罪恶，善良才能诞生。另外，池田先生还引用了鲁迅先生《灯下漫笔》中的一段话，"创造这中国历史上未曾有过的第三样时代，则是现在的青年的使命！""第三样时代"是指"无辜民众不再受战火与骚乱之苦的时代，而且什么也不隶属，所有民众都赢得'人'的尊严和幸福的时代。"而且，池田先生表明，创造"第三样时代"的智慧要塞就是创价教育。他还说鲁迅先生所倡导的"立人"（《文化偏至论》）就是自己"人性革命"的核心主张。

　　池田先生探讨鲁迅先生最为形象的文章应该是《鲁迅的烦恼与勇气》（《我的人物观》第三文明社 2001 年出版）。他认为鲁迅先生有两个面孔，一个面孔是哲学家，另外一个是笔的斗士，二者相互融合在一起。池田先生在文中说："他深刻地观察人的内心世界。他一面在孤独、绝望、激荡当中彷徨，一面继续他的探索。一面充满了苦涩，一面又徘徊、碰壁、杀回马枪。"因此，鲁迅先生的文学向作为哲学家的一面延伸，变成了"凝视人的内在精神"，而笔的斗士的一面则让他的文学表现为"人性革命的文学"。所谓"人的内在精神"其实就是鲁迅先生自身的"内在精神"；而关于"人性革命的文学"，鲁迅先生认为如果国民性没有改变，即便实行了社会革命，民众依然是受统治阶级支配的工具而已，所以一定要进行国民性的改造。

　　现在，创价大学文学部的《世界文学鉴赏》和《人性教育与人性理解》两门课程都有关于鲁迅先生作品的内容。前者以《阿Q正传》《阿Q精神》为中心，以上文所述的"人的内在精神""人性革命的文学"为导引，研究其世界性和普遍性；后者则以探讨池田先生所推广宣传的创价教育理念为中心。不管哪门课程，教材都涉及《谈革命作家鲁迅——第二届特别文化讲座》和《鲁迅的烦恼与勇气》的内容。由于鲁迅研究要涉及许多方面，掌握其全部的精髓自然是非常困难的，而池田先生的鲁迅研究经常以演讲的方式在创价的系统教育（从创价幼儿园到创价大学的连贯性教育）实践以及创价学会的各种活动中展开，这无疑更是增加了把握和探究鲁迅精神的难度。

　　《战后日本文化语境中的"池田鲁迅"研究》一书，探讨了池田先生与鲁迅先生之间的精神共鸣，考察了池田先生从教育主义、文化主义以及和平主义等创价学会的价值理念出发对鲁迅思想精神的探讨和实践。因而，该书对理解和把握池田先生的鲁迅观有很大的帮助作用。本书所谓的"池田鲁迅"，指的就是池田先生在长期探究鲁迅精神的过程中所建构的鲁迅形象。在实践方面，池田先生对鲁迅精神的传播，不仅体现在系统的创价教育实践上，还表现在创价学会的各种活动和运动中。从这一点来看，鲁迅精神将通过"池田鲁迅"向日本社会乃至整个国际社会广泛传播。因此，该书在探究跨文化交流中鲁迅精神的接受与传播方面提供了宝贵的研究成果。

日本创价大学教授　高桥强

2017 年 12 月

# 目　　录

# 小引　战后日本的鲁迅精神传人

　　鲁迅 1881 年出生于绍兴，他是中国最具国际影响力的现代作家。池田大作 1928 年出生于东京，他是日本创价学会①的第三任会长和国际创价学会的现任会长。尽管他们一个是中国作家，一个是日本宗教领袖，而且年龄上也相差了近两代人，但这并不妨碍两位东方文化巨人之间的思想沟通和精神遇合。

　　池田大作与鲁迅虽然生在不同的国度，但是中日之间一衣带水，文化上的交流一直都未曾中断，特别是在战后时期，日本曾一度掀起了一股"鲁迅热"，正是在战后日本文化语境中，青年池田大作开始了对鲁迅作品的关注，并进而接受鲁迅思想、传播鲁迅精神和践行鲁迅价值。身为佛教徒的他常常将鲁迅与佛祖释迦牟尼及日本创价学会的宗祖日莲大圣人、第一代会长牧口常三

　　① 创价学会（日文：创価学会，そうかがっかい，英文：Sōka Gakkai）是一个建立在以日莲大圣人的佛法和生命哲学为基础的，以佛教的生命尊严思想为根本，祈愿人类幸福，推进世界永久和平的日本宗教团体。创价学会属于法华宗系的新兴宗教日莲正宗，以日莲大圣人为宗祖，第一代会长为牧口常三郎，第二代会长为户田城圣，第三代会长为池田大作。创价学会在全球 192 个国家和地区都有代表处，并以推广日莲正宗佛教的形式运作。

郎和第二代会长户田城圣等进行比较，寻找他们在思想精神上的相通性，并将之作为自己人生成长和事业开拓的精神资源。在1960年正式继任日本创价学会第三任会长的前三个月，池田大作曾抄下鲁迅关于"路"的名言作为座右铭来激励自己。在1974年第一次访华期间，他曾主动提出参观上海鲁迅故居和鲁迅墓，后来还写有纪念鲁迅的长诗，同时也创作了一些继承鲁迅思想精神的随笔、诗歌、小说和童话等文学作品。

可以说，池田大作与鲁迅虽然并没有任何直接的联系，但是在阅读鲁迅作品的过程中，他一直都在寻求与鲁迅进行跨越时空的心灵对话，并通过在现实中的经历和碰撞来感知鲁迅的精神和思想。正因如此，池田大作不仅在公开演讲、文化讲座、思想对话和文学创作中常常谈及鲁迅，引用其经典名言，也专门阐述过他对鲁迅精神、思想和文学的理解，并给予鲁迅极高的评价。具体而言，他既在一些专题文章中探讨了鲁迅的"人学"思想和教育思想，也在各种国际演讲中发表过对鲁迅的理解和思考；他不仅在与金庸、顾明远、季羡林、章开沅、饶宗颐和王蒙等著名文化人士的对话中交流过对鲁迅的认识，而且还在人性革命、文化交流和青年教育等领域来践行鲁迅思想价值。鉴于池田大作对鲁迅传播在日本乃至世界范围内所产生的巨大影响，北京鲁迅博物馆、上海鲁迅纪念馆和绍兴鲁迅纪念馆等先后分别授予其"名誉顾问"称号。

然而，需要指出的是，池田大作不同于日本学术体制内专门致力于鲁迅研究的学者，他的宗教思想家、社会活动家、文学家和教育家等多重身份使他在与鲁迅的生命感应和精神碰撞中"创造"了独具特色的"鲁迅像"①。这其中既有从文学家的角度对鲁迅文学进行诗性的解读，又有从思想家的角度对鲁迅思想进行深刻的洞察；既注重从世界性的视野来审视鲁迅的价值意义，又坚持对鲁迅思想精神进行传承和践行。池田大作不仅从多个角度对鲁迅展开了文学解读、思想阐释和价值体认，而且在以日本创价学会为载体的事业追求中对鲁迅价值思想进行了继承和发扬。在战后的半个多世纪里，池田大作与鲁迅由思想相通进而生命相融，并成了鲁迅在日本的精神传人。

因此，就池田大作与鲁迅而言，他们之间究竟有多么深入的精神联系？池田大作为什么会产生如此强烈的"鲁迅情结"？他在哪些方面受到过鲁迅的影响？他又是如何传播和践行鲁迅精神价值的？探究这些问题显然对于我们充分认识鲁迅的世界性影响及其当代价值是非常有意义的。同时，池田大作以心灵的碰撞来贴近鲁迅，并与之展开精神交流，他这种师弟不二的"学鲁迅"精神与日本学院体制内的"鲁迅学"有着怎样的联系和区别？池田大作对鲁迅精神文化资源的开掘与当前国内的"鲁迅学"有什么差异？哪些地方是值得我们借鉴的？对照池田大作对鲁迅精神的传承与弘扬，我们自己又应当如何来看待鲁迅遗产？这些显然都是非常值得我们进行认真思考的问题。

---

① "鲁迅像"是一个日语词汇，意为"对于鲁迅的印象""鲁迅的形象"，特别是偏重于鲁迅研究者和传播者对鲁迅形象的接受、理解、想象甚至是创造，拙著中直接用此词，就是看重其中鲁迅研究者和传播者人为的"形象构造"，区别于客观的鲁迅"肖像"。

# 第一章　战后日本鲁迅传播中的 "池田鲁迅"

关于鲁迅先生，迄今有很多重要的研究。创价大学的学生也进行了多方面的深入研究，令人赞叹。

我想和大家一起从鲁迅先生的"人格""哲学""言论"等观点，探究他为何于 21 世纪还是有着不朽的影响。

——池田大作：《谈革命作家鲁迅——创价大学创办人池田大作先生第二届特别文化讲座》，《上海鲁迅研究》2006 年第 4 期。

池田先生一直对鲁迅敬重有加，并向世界传播鲁迅的思想。可以说，七八十年代以来，池田大作是国际上传播鲁迅产生最大影响的人物。

——王锡荣 2011 年 11 月在日本关西创价学园和 2012 年 8 月 16 日在上海东方讲坛的讲座《鲁迅与池田大作——东亚两位伟大思想家的共同点》，《上海鲁迅研究》2012 年第 4 期。

在近代以来的中日文化交流中，最生动活泼、最引人瞩目的无疑当属中日文学间的交流、混融影响。而这其中，鲁迅可谓是一位处在中日文化（文学）互为影响坐标轴上的作家。从 1902 年赴日留学到 1909 年回国工作，7 年的留日经历与异域体验，使鲁迅弃医从文，走上了以文学为志业的人生道路。在文学创作上，鲁迅不断吸收和借鉴了明治维新以来的日本新文学，尤其深受夏目漱石、森鸥外、武者小路实笃、芥川龙之介和厨川白村等日本近现代作家和文艺家的影响。在正式走上文坛以后，他又与许多日本文学界的人士交往密切，甚至成为师友，并给予许多日本青年无私的关怀和帮助。可以说，在作家鲁迅诞生、成长的过程中，他不仅深受来自日本的影响，而且其一生都有着浓烈的"日本情结"。

另外，作为文学家和思想家的鲁迅在日本文学界、思想界，甚至普通民众间，也产生了广泛影响。正如日本著名学者竹内好在写于战后不久的《〈阿 Q 正传〉的世界性》一文中所说："中国近代作家中，鲁迅在日本是最有名的……提起中国的近代文学，无论是谁，最先提到的名字都是鲁迅。"① 其实，20 世纪 20 年代早期，日本媒体就开始刊载一些有关鲁迅的访问记，并通常把鲁迅当作日本现代教育成功和日本文化强势影响力的证据。在 20 世纪 20—30 年代，许多日本人士开始对作家鲁迅充满了好奇，并纷纷到中国来探访，或者跟鲁迅进行通信。与此同时，鲁迅的文学作品在日本也逐步受到关注，其作品不仅被迅速译介到日本文学

① ［日］竹内好：《〈阿 Q 正传〉的世界性》，《从"绝望"开始》，靳丛林编译，生活·读书·新知三联书店 2013 年版，第 211 页。

界，而且鲁迅还用日文在日本报刊上发表作品。正因为鲁迅与日本许多文人有着各种交往以及其许多作品在日本被同步译介，这就使得鲁迅备受日本文坛的关注。到了 30 年代，特别是在 1936 年鲁迅逝世前一个时期，一些年轻的日本作家来到中国后，也纷纷与鲁迅建立起良好的友谊，并受到他的帮助和影响。鲁迅去世后不久，日本文化界对鲁迅的译介与传播更是达到了一个高潮，他的第一部传记《鲁迅传》（小田岳夫著）和第一部全集《大鲁迅全集》（日本改造社出版）分别在日本出版。而到了战后时期，日本思想界、文化界更是出现了"鲁迅热"。不仅许多日本知识分子产生了浓烈的"鲁迅情结"，而且日本文学中也出现了许多以鲁迅为主题的文学创作。对于鲁迅在日本产生的深远影响，日本当代著名的中国学家吉川幸次郎就曾指出，鲁迅是中国现代文明与文化的典型代表，在日本有着极高的知名度。他说："对于日本人来说，孔子和鲁迅先生是中国文明与文化的代表。一个日本人，他可能不了解中国的文学、历史和哲学，可是，他却知道孔子和鲁迅的名字，他们常常饶有趣味地阅读孔子和鲁迅的作品，通过这些作品，他们懂得了中国文明与文化的意义。"①

池田大作 1928 年出生于日本东京，1947 年加入日本创价学会，师从创价学会的第二代会长户田城圣，1960 年就任创价学会的第三代会长，1975 年又创办国际创价学会并任国际创价学会会长。他不仅是享誉国际的著名宗教思想家、社会活动家、文学家和教育家，同时还是一位鲁迅文学的推崇者和鲁迅价值精神的宣

---

① 1974 年 11 月 27 日，吉川幸次郎在京都大学文学部举行的欢迎学者严绍璗访问日本的大会演讲中有如是表述，此处引自严绍璗《日本中国学史稿》，学苑出版社 2009 年版，第 337 页。

扬者，并被北京鲁迅博物馆、上海鲁迅纪念馆和绍兴鲁迅纪念馆等鲁迅纪念机构授予"名誉顾问"称号。作为战后力主日中友好的日本创价学会的灵魂人物，池田大作在年龄上虽然比鲁迅晚了近两代人，但是在心灵和思想上却与鲁迅有着深深的共鸣和相通，而且在"池田大作心目中与西方巨人可以并论的东方伟人就是鲁迅"①。

早在青年时期，池田大作就读过鲁迅的文学作品，并深深为之折服。具体而言，从 20 世纪 60 年代起，池田大作就开始了对鲁迅的关注，并进而阅读鲁迅的文学作品、传播鲁迅的思想精神和践行鲁迅的价值追求。池田大作在日本乃至世界范围内致力于鲁迅思想价值的践行与传播，其对鲁迅思想价值的传播在日本乃至全世界都产生了广泛影响。与竹内好、丸山升、伊藤虎丸等专门从事鲁迅研究的著名学者将鲁迅作为日本民族自我批判的思想资源和追求革命变革的精神动力来对待一样，池田大作也非常重视发掘鲁迅在"立人""改造国民性"和"唤醒民众"等方面思想精神的价值。他不仅从"人性革命"的视域来理解和阐释鲁迅的文学和思想，形成了独树一帜的鲁迅观。而且还在日本乃至世界范围内致力于鲁迅思想文化的践行与传播，成了 20 世纪七八十年代以来"国际上传播鲁迅产生最大影响的人物"②。

---

① 成然：《鲁迅研究在东亚文化交流中的资源价值》，《大连民族学院学报》2011年第 2 期，第 198 页。

② 王锡荣：《鲁迅与池田大作——东亚两位伟大思想家的共同点》，《上海鲁迅研究》2012 年第 4 期，第 1 页。

## 第一节 "池田大作与鲁迅"的
## 话题聚焦与研究现状

从 1909 年日本东京出版的《日本及日本人》杂志在"文艺杂事"栏目上刊载鲁迅与周作人合译《域外小说集》的消息算起，鲁迅在日本的传播已经有一百多年的历史。在这一百多年里，日本知识界和广大民众对鲁迅及其作品倾注了大量热情。特别是战后以来，鲁迅的影响几乎遍及日本思想界、文化界和普通大众阶层。鲁迅在日本的传播热波及面十分深广，这显然是日本学者、作家、翻译家以及其他一些鲁迅文学的热爱者共同作用的结果。

就鲁迅在日本的接受群体与传播层面而言，鲁迅的接受传播主要发生在思想文化层面的学术研究和社会实践层面的文化价值传播两个相互关联的层面。然而，长期以来，学界对鲁迅在日本接受与传播的研究主要聚焦于竹内好、丸山升、伊藤虎丸、木山英雄和丸尾常喜等日本学术体制、教育体制内致力于鲁迅研究的学者们对鲁迅的纯学术性研究，却对非学院的池田大作、大江健三郎等著名文化人士以及其他民间的鲁迅作品热爱者对鲁迅的传播缺乏足够关注。因此，有学者在探讨鲁迅研究未来新空间的时候就指出，在鲁迅与外国文学文化的比较方面，虽然已经取得了许多重要成果，"但还有些空白，有些同鲁迅发生关系的外国作家还未涉及，研究还可以向同鲁迅发生关系的外国思想家、政治家拓展，特别应指出的是，应注重鲁迅对当代外国文学文化的影响研究，鲁迅对日本作家大江健三郎、社会活动家池田大作的影响……"①就池田大作与鲁迅而言，他们之间到底有什么样的联系？池田大作在哪些方面受到过鲁迅的影响？他又是如何传播和践行鲁迅文化价值的？他对鲁迅接受与传播的独特意义何在？探究这些问题显然对我们充分认识鲁迅的世界性影响及其当代价值是非常有意义的。

作为战后日本力主日中友好，日本创价学会的第三任会长和国际创价学会的会长，池田大作早在青年时期就开始阅读鲁迅作品并深受其影响。自 20 世纪六七十年代以来，他就一直致力于鲁迅思想价值的践行与传播，并产生了广泛而深远的影响。鉴于池田大作对鲁迅在日本乃至世界范围内传播的重要贡献和影响，北京鲁迅博物馆、上海鲁迅纪念馆和绍兴鲁迅纪念馆分别授予其"名誉顾问"称号。2000 年 4 月 3 日，北京鲁迅博物馆副馆长张全国、陈漱渝和鲁迅之子周海婴等一行在日本创价学会授予池田大作北京鲁迅博物馆"名誉顾问"称号。陈漱渝在授予池田大作名誉顾问的致辞中指出池田大作与鲁迅在"人学"思想上有着深深的共鸣，他"不愧为鲁迅的'东瀛知音'"②。2002 年 4 月 8 日，上海鲁迅纪念馆副馆长王锡荣代表上海鲁迅纪念馆授予池田大作上海鲁迅纪念馆"名誉顾问"称号，他指出："池田先生是在世

① 王吉鹏：《关于当下鲁迅研究的若干思考——在"2007 广东·鲁迅论坛"的主题发言》，《上海鲁迅研究》2008 年第 1 期，第 147—148 页。
② 陈漱渝：《鲁迅的人学与池田大作的人学——在北京鲁迅博物馆授予池田大作名誉顾问仪式上的致辞》，《上海鲁迅研究》2004 年第 1 期，第 318 页。

界范围内大力弘扬鲁迅精神最有影响的人之一。"① 2012 年 4 月 11 日，绍兴鲁迅纪念馆副馆长俞红一行在东京授予池田大作绍兴鲁迅纪念馆"名誉顾问"称号。她在授予辞中也指出："池田先生一直致力于弘扬鲁迅精神，并身体力行将鲁迅精神传播到了世界各地。池田先生与鲁迅先生同为坚持'人性改良'的思想家和教育家。两位跨越了时间与空间，在心灵与精神层面达到了惊人的一致。可以说，池田先生最大限度地理解了鲁迅，理解了鲁迅精神。"②

鉴于池田大作在传播鲁迅方面的重要贡献，作为鲁迅故乡的大学，绍兴文理学院在 2010 年 4 月授予其绍兴文理学院"名誉教授"称号，并在 2012 年 3 月与日本创价大学又联合成立了鲁迅与池田大作研究所，专门组织力量收集池田大作的各种著述，发掘和整理池田大作传播鲁迅的资料文献，探讨池田大作对鲁迅文学的解读和对鲁迅教育思想价值的发掘，以及对鲁迅思想精神的承传。正如鲁迅与池田大作研究所首任所长王晓初教授在接受日本创价学会所属杂志《潮》的采访时所说："中国的池田大作思想研究在扩大，地处鲁迅故乡的绍兴文理学院设立了'鲁迅与池田大作研究所'，这件事为促进中日友好与世界和平具有重要意义。"③ 深入研究池田大作对鲁迅的接受与传播，探究他们之间的精神联系，将两位东方文化巨人的思想精神发扬下去，正是设立

---

① 王锡荣：《心与心的交流——访问日本创价学会》，《上海文博论丛》2002 年第 1 期，第 89 页。

② 俞红：《扶桑正是樱花绚烂时——记赴日聘任池田大作为名誉顾问之行》，《绍兴鲁迅研究 2012》，上海文艺出版社 2012 年版，第 242 页。

③ 王晓初：《在池田会长和鲁迅身上涌动的"人间主义"思想》，日本《潮》2015 年第 1 期。

鲁迅与池田大作研究所的初衷所在。到目前为止，绍兴文理学院鲁迅与池田大作研究所成员相继发表有关"池田大作与鲁迅"的研究文章 10 余篇，并提出了"池田鲁迅"① 这一概念，在学界初步引起反响。事实上，就池田大作对鲁迅传播的价值内涵和世界影响来看，其对鲁迅的独特认识和价值传播具有深厚的价值内涵和重要的现实意义。鲁迅长孙周令飞就曾指出，池田大作宣扬和传播鲁迅的重要文献《谈革命作家鲁迅》"是继 20 世纪竹内好之后，在日本掀起的传播鲁迅精神、研究鲁迅思想的第二次高潮，固然两者传播的范围和形式不尽相同，但是我们相信这次高潮影响的层面和意义十分深远，为中日两国文化交流和友好往来，为'人'的精神淬炼起到了极为重要的推动作用"。② 显然，借鉴日本鲁迅研究界"竹内鲁迅""丸山鲁迅"和"伊藤鲁迅"等称谓，可将池田大作对鲁迅的独特认识和价值传播所建构的"鲁迅像"称为"池田鲁迅"。

　　不过，需要指出的是，由于过去学界对"日本鲁迅"的关注

---

　　① "池田鲁迅"这一概念由著者 2014 年 6 月 14 日在山东师范大学举办的"世界视野中的鲁迅"国际学术研讨会上首次公开提出，并引起了鲁迅研究界初步的关注。董卉川在《国际鲁迅研究的新进展》一文中指出，著者"通过介绍'池田鲁迅'与日本学院鲁迅的不同，揭示了日本鲁迅实用性研究对鲁迅研究的重要性及其活力和优势"（见《文艺报》2014 年 7 月 28 日）。刘子凌也在《世界的，也是鲁迅的——"世界视野中的鲁迅"国际学术研讨会综述》一文中指出，著者"提出了一个'池田鲁迅'的概念，总结了池田大作对鲁迅思想的探究与'学院鲁迅'的不同之处"（见《鲁迅研究月刊》2014 年第 8 期）。此后，著者又相继发表《"池田鲁迅"：域外鲁迅传播的新形象》（见《中国社会科学报》2014 年 11 月 7 日）、《何为"池田鲁迅"？——池田大作眼中的鲁迅形象》（见《上海鲁迅研究》2016 年第 1 期）、《"池田鲁迅"对鲁迅当代价值重估的启示》（见《文艺报》2016 年 9 月 23 日）、《"池田鲁迅"：战后日本鲁迅传播的新形象》（见《济南大学学报》2016 年第 6 期）等系列文章专门对"池田鲁迅"这一概念的内涵进行了阐释，该系列文章见本书附录二。
　　② 见《周令飞在香港 SGI 鲁迅展开幕式上的贺词》。

主要集中在"学院鲁迅"方面，同时也受研究资料零散等因素制约，池田大作对鲁迅的接受与传播在过去相当长的时期内并未能引起研究界的充分重视。无论在中国还是在日本，学界针对"池田大作与鲁迅"的关注和研究仅限于一些零星发表的随笔、论文和讲座报告。就目前中日两国文化界、学术界所揭示池田大作与鲁迅相互关联的资料文献和研究成果来看，可从印象评述、平行比较和影响研究等角度将其分成三类。

一是从亲身经历与具体感受的角度来呈现池田大作与鲁迅之间的关联，这主要包括中国学者访问日本创价学会、出席相关活动的纪行描述和访问感受等。2002 年，在代表上海鲁迅纪念馆授予池田大作名誉顾问之后，王锡荣的纪行文章《心与心的交流——访问日本创价学会》一文描述了他代表上海鲁迅纪念馆在东京创价学园授予池田大作名誉顾问的经过以及池田大作对鲁迅的热爱和传播。他说，池田大作非常崇拜鲁迅，把鲁迅视为自己的偶像，在第一次访华时就主动提出到上海寻访鲁迅墓和鲁迅故居，后来又在各种场合极力称颂鲁迅和宣传鲁迅。同时，他还描述了自己对池田大作面对创价学园学生发表被授予名誉顾问答谢辞时的亲切感受："池田先生用极其浅显生动的语言，讲入学的意义，讲做人的基本道理，讲鲁迅精神，对学生、家长和教职员工提出了要求。他还表示了终身学习鲁迅、弘扬鲁迅精神的决心。从他的精彩演讲中，我真正领略了池田大作的人格魅力，我看到了他是怎样用自己的心与每一个人交流的。"① 谭桂林的随笔散文

---

① 王锡荣：《心与心的交流——访问日本创价学会》，《上海文博论丛》2002 年第 1 期，第 89 页。

《那年枫叶正红的时候》记述了自己在日本创价大学访学时的感想，他在文中描述了创价大学创办人池田大作的展览厅中陈列着有关鲁迅的资料和物品，切身感受到池田大作对鲁迅的热爱和崇敬，"池田大作十分仰慕鲁迅，展览厅里也收藏了不少有关鲁迅的物件和资料，其中有最早的鲁迅作品的日译本，最有史料价值的则是鲁迅在宏文学院进修日语时的注册印章"①。绍兴鲁迅纪念馆副馆长俞红的《扶桑正是樱花绚烂时——记赴日聘任池田大作为名誉顾问之行》一文记述了她代表绍兴鲁迅纪念馆授予池田大作名誉顾问的经过。在谈到此次创价学会之行时，她感慨："自从踏上日本国土很直观地所见所闻池田大作先生为实现世界和平及人类的幸福，竭尽心力、一生执着、无私忘我地开辟着和平、文化、教育事业，并且成就卓著，深感震惊和折服！池田大作先生与鲁迅先生有着很多的共同特点，都无愧'伟大的东亚圣哲'这一称号。"② 绍兴文理学院鲁迅与池田大作研究所所长王晓初教授在访问日本创价大学时曾接受杂志《潮》的采访，他指出："鲁迅和池田会长的思想在深层次上是有很大的相通性的。首先，他们都是'人间主义者'就是最大的共通点。他们都是非常重视鼓舞人心，主张将其发扬光大的。"③ 翻译家文洁若在谈到她对池田大作诗集《理解·友谊·和平——池田大作诗选》的翻译时也指出："这部《诗选》里最感人的一首是歌颂鲁迅的。可

---

① 谭桂林：《那年枫叶正红的时候》，《文学界》（专辑版）2009 年第 2 期，第 57 页。
② 俞红：《扶桑正是樱花绚烂时——记赴日聘任池田大作为名誉顾问之行》，《绍兴鲁迅研究 2012》，上海文艺出版社 2012 年版，第 242 页。
③ 王晓初：《在池田会长和鲁迅身上涌动的"人间主义"思想》，日本《潮》2015 年第 1 期。

以说，在池田大作的成长过程中，鲁迅的人品和文品起了不可估量的作用。"① 虽然这些有关池田大作与鲁迅的评述都是印象式的纪行之文、访谈感想和随笔散文，但都明显让人感受到池田大作对鲁迅有着发自肺腑的崇敬之情和他们之间深深的精神联系。

二是从比较研究的角度来探讨池田大作与鲁迅在思想精神上的相通性和共同性。陈漱渝 2000 年在北京鲁迅博物馆授予池田大作名誉顾问仪式上的致辞，经整理后以《鲁迅的人学与池田大作的人学》为题发表。他在文中指出池田大作与鲁迅在"人学"思想上有许多相通之处，"鲁迅和池田大作先生的人学思想都是从现实出发，有着很强的现实针对性"。② 他们都以民众为思考问题的尺度，既表现出对民众的挚爱，也有着对恶势力的憎恨。王锡荣 2011 年 11 月在日本关西创价学园和 2012 年 8 月 16 日在上海东方讲坛作过《鲁迅与池田大作——东亚两位伟大思想家的共同点》的专门讲座，他在演讲中指出："只要深入地研究池田大作先生的著作和言行，就不难发现，池田大作先生与鲁迅一样，是一个伟大的东方圣哲。他们都有强烈的人格魅力、高尚的人性、博大的胸怀、深湛的学养、热烈的爱憎，都有等身的著作，都引领着时代精神的前进方向。"③ 该讲座从爱国爱民的情怀、疾恶如仇的性格、洞显烛幽的深邃思想、著作等身的艺术成就、引领时代的世

---

① 文洁若：《乔伊斯在中国》，《鲁迅研究月刊》2007 年第 6 期，第 11—12 页。

② 陈漱渝：《鲁迅的人学与池田大作的人学——在北京鲁迅博物馆授予池田大作名誉顾问仪式上的致辞》，《上海鲁迅研究》2004 年第 1 期，第 316 页。

③ 王锡荣：《鲁迅与池田大作——东亚两位伟大思想家的共同点》，《上海鲁迅研究》2012 年第 4 期，第 2 页。

界性眼光、鞠躬尽瘁的献身精神和博大精深的东方圣哲等七个方面系统梳理了鲁迅与池田大作这两位东亚伟大思想家的共同点。傅红英在《生命的尊严：鲁迅和池田大作的人学思想研究》一文中指出，鲁迅的"立人"思想和池田大作的"人性革命"理论有着多方面的一致性，具体表现在："生存权是生命尊严的前提，话语权是生命尊严的表现形式，而抗争是生命尊严获得的必要途径。"① 李红霞的《鲁迅与池田大作女性观比较》一文揭示了鲁迅与池田大作在女性观方面同中有异，互相映衬。具体表现在：一是他们分别从愚弱无声与角色紊乱的角度对女性生存状态进行反思；二是两者分别通过启蒙理性与佛法妙音来对女性的主体性进行热情倡导。他们的女性观"体现出由不同生活阅历、民族心理、时代背景、思想资源等交织熔铸而成的文化情境的复杂影响，同中有异，互相映衬，触发人们诸多相关思考，并与 20 世纪中日作家的女性主义文本形成了潜在对话关系"②。从这些将池田大作与鲁迅进行横向比较的研究文章中明显可以看到，池田大作与鲁迅在心灵上是相通的，在思想上更是有着许多共同之处。不仅如此，池田大作还受到过鲁迅的深刻影响，他在价值思想方面对鲁迅有着许多相承续的地方，因而深入系统地探究池田大作与鲁迅在思想体系上的联系是非常必要的。

　　三是从影响研究的角度探讨池田大作在文学创作、革命精

---

　　① 傅红英：《生命的尊严：鲁迅和池田大作的人学思想研究》，《绍兴文理学院学报》2013 年第 1 期，第 22 页。
　　② 李红霞：《鲁迅与池田大作女性观比较》，《绍兴文理学院学报》2013 年第 1 期，第 26 页。

神以及教育思想等方面对鲁迅思想的接受与借鉴。曾促成池田
大作与金庸、饶宗颐等著名文化人士开展对谈的香港学者孙立
川在 2004 年香港国际创价学会香港文化会馆作过"与一个世纪
的中国文学对话——池田大作先生与鲁迅、巴金和金庸"的文
化讲座，后来他将讲稿整理成《跨越过国界与时代的理解——
池田大作的鲁迅观》一文。文中，他从接受影响的角度探讨了
池田大作对鲁迅思想、文学以及青年观的理解与阐释，并指出
池田大作"与鲁迅相遇在文学的世界，文心相通，引为知交"①，
"他对鲁迅文学的理解可以称为是其异国知音"②。谭桂林教授曾
系统探究了池田大作与包括中国文学在内的世界文学间的深刻
联系，他的《池田大作的鲁迅观》一文专门探究了池田大作与
鲁迅产生精神遇合的机缘，池田大作对鲁迅革命作家、教育家
和不屈斗士等三位一体形象的体认，以及池田大作对鲁迅文学
的真切感受和富有创建性的解读。他指出，对鲁迅作品的广泛
阅读，"无疑使池田大作能够从不同的侧面，既有比较又有联系
地看待鲁迅，从而对鲁迅的文学创作形成了一种整体性的认识，
并给予高度的评价"③。陈红旗的《论池田大作对鲁迅革命精神
的异域接受》一文从对鲁迅"以笔为武器"斗士人格的尊崇、
对鲁迅"人性革命"文学思想的认同以及对鲁迅"以青年为本"
价值观的体认等三个方面阐释了池田大作对鲁迅"永远进击"
革命精神的接受。该文还指出："依据池田早年对鲁迅的阅读和

① 孙立川：《跨越过国界与时代的理解——池田大作的鲁迅观》，《西还集——鲁
迅研究札记》，香港天地图书有限公司 2001 版，第 152 页。
② 同上。
③ 谭桂林：《池田大作的鲁迅观》，《鲁迅研究月刊》2006 年第 6 期，第 69 页。

接受情况来推断，他所提倡的'人性改良'主张与鲁迅的'改造国民性'思想有一定的师承关系。"① 日本创价大学教授高桥强的《池田大作心目中的教育家鲁迅》一文则聚焦了池田大作对教育家鲁迅的教育思想的体认和继承。文章指出，在创价教育的实践中，池田大作在人格精神和教育理念等方面与鲁迅有着深深的共鸣。"以人本教育作为目标的池田先生，作为创价大学的创立者，在大学的毕业典礼时举行文化讲座《谈革命作家鲁迅先生》，透过鲁迅先生的一生，学到了持续人本教育的内容：（1）与恶搏斗并消灭恶，实现产生善行的正义；（2）确立人创造'第三时代'；（3）对于人的善性给予绝对信任，持续保有希望；（4）不忘恩师，持续沸腾无限的勇气。"② 另外，著者的《人学思考与青年培育——池田大作对鲁迅人学观的接受与实践》一文也从"人学"思想和青年培育的角度揭示了池田大作与鲁迅之间的共鸣和承续关系，"少年时期相同的艰难经历以及同为中日文化交流的重要桥梁，让池田大作同鲁迅有着深深的心灵遇合与精神汇通。所以池田大作一直非常尊敬和喜爱鲁迅，一方面汲取了鲁迅'立人'和批判国民性的思想，另一方面又不遗余力地发扬着鲁迅的精神，并像鲁迅一样孜孜不倦地进行着'人性革命'的思考和培育青年的事业。"③ 可以说，无

---

① 陈红旗：《论池田大作对鲁迅革命精神的异域接受》，《中国比较文学》2012年第 1 期，第 128 页。

② ［日］高桥强：《池田大作心目中的教育家鲁迅》，见谭桂林等主编《文化经典和精神象征——"鲁迅与 20 世纪中国"国际学术研讨会论文集》，南京师范大学出版社 2013 年版，第 302 页。

③ 卓光平：《人学思考与青年培育——池田大作对鲁迅人学观的接受与实践》，《绍兴文理学院学报》2013 年第 1 期，第 30 页。

论是对鲁迅精神人格的尊崇、对鲁迅"精神革命"思想的认同，对鲁迅"以青年为本"价值观的体认，还是对鲁迅"人学"思想的接受、对鲁迅教育思想的承续，都显示出池田大作与鲁迅有着千丝万缕的联系。也正因如此，池田大作对鲁迅的思想阐释与价值践行非常值得深入探究。

综上所述，从对"池田大作与鲁迅"这一课题相关文献的梳理和研究现状的分析可知，池田大作对鲁迅的接受与传播直到20世纪初才逐渐被学界所关注，而且目前国内外针对"池田大作与鲁迅"的研究也仅限于一些零星发表的论文，无论从数量上还是从质量上来看，研究都还显得比较贫乏。这些研究成果或停留在表象化、平面化的叙述上，或从感性认知的角度去认识池田大作对鲁迅的接受与传播，缺乏系统的阐释与深入的分析，研究对象的重要意义与价值尚待进一步挖掘。可以说，目前该课题的研究现状与池田大作致力于鲁迅传播的丰富内涵及深远影响是不相称的，因而开展此课题的研究是非常必要的。同时，该课题的研究视野与研究层次不能仅仅囿于影响研究和平行比较研究，多维的研究视角以及与此关联的立体状和系统性的研究格局也亟待搭建。该课题的研究既需要关注池田大作对鲁迅的阅读、探究和传播等"可视"层面的考察，更要深入探究池田大作对鲁迅人格精神、价值思想的内化和承续，以及他在对鲁迅价值进行重估过程中的"创造"和"发现"。

## 第二节 池田大作传播鲁迅的现实 指向与价值体认

就鲁迅在日本传播的百年历史而言，鲁迅传播经历了二战前后、20世纪—70年代以及80年代以后这样三个传播阶段。无论是喜爱鲁迅作品的普通读者，还是专门从事鲁迅研究的学者，由于受时代背景变化的影响，他们对鲁迅的接受心理以及阅读、译介和研究鲁迅的动机都不尽相同，因而，日本的鲁迅传播呈现出丰富复杂的传播景象。在战前和战时阶段，鲁迅的作品被大量译介到日本，鲁迅的许多日本友人及弟子纷纷撰文回忆和怀念鲁迅。此时，鲁迅在日本的传播与研究尚处在发端和起步阶段。战后50—70年代，鲁迅在日本被视为"国民作家"来阅读，其在日本知识界和普通读者那里都有着很高的关注热度。然而，进入20世纪80年代以后，一个不容回避的事实就是，日本的鲁迅研究不仅开始变得相对冷清，鲁迅在日本读者中的关注度也明显降温。

在战后日本变化的时代语境中，池田大作一直贴近时代现实，时时关注着日本乃至世界的风云变幻，不过，他对鲁迅的阅读、接受与传播的热情却丝毫不受时代变化的影响。在战后以来的半个多世纪里，池田大作一直保持着对鲁迅的关注热情，但他对鲁迅思想资源的发掘又是随着时代的发展而与时俱进的。具体而言，在战后日本社会运动高涨期，鲁迅在当时的日本社会也有着广泛的影响，池田大作便立足于当时的日本现实，在推行"人性革命"的过程中非常注重发扬鲁迅思想精神在民众运动中的作用，因而池田大作在当时非常看重作为思想家和文学斗士的鲁迅。在20世纪七八十年代以后，日本的时代语境发生重大转变，人们关注和阅读鲁迅的热度也开始锐减，池田大作便开始注重发掘鲁迅的教育思想价值和文化交流意义，从而更全面地认识和把握鲁迅的价值内涵。

自二战结束至20世纪70年代，鲁迅在日本社会精英和普通民众间的影响一直都非常大。考察池田大作对鲁迅的接受与传播可以发现，他早年眼中的鲁迅形象主要是作为思想家和斗士的形象而存在的，因此他非常注重发扬鲁迅"精神革命"思想和不屈斗士精神在日本民众运动和社会变革中的积极作用。战后初期，日本的社会运动高涨，池田大作立足于日本的社会现实和改变日本"岛国根性"的需要，积极推行以佛学为基础的"人性革命"，而作为池田大作崇敬的思想家和文学斗士，鲁迅对他带领日本创价学会进行"人性革命"的社会实践自然有着重要影响和启示。所以在战后初期至20世纪70年代末，池田大作从重视民众，关心民众，唤醒民众以及发动民众的角度出发，非常注重对鲁迅思想精神的内化和发扬。

进入20世纪80年代，过去被作为"国民作家"来看待的鲁迅，对日本青年来说变得越来越陌生了，日本的鲁迅接受开始向大学中的专业研究收缩。面对80年代日本变化的时代语境，池田大作一方面仍然推动鲁迅"精神革命"思想的传播，另一方面，也越来越重视发掘鲁迅的文化交流意义和教育思想价值，并以鲁迅为媒介，推进东亚乃至世界文化的交流与沟通。尤其是在 1979 年辞去创价学会会长，成为名誉会长之后，池田大作开始利用国际创价学会和日本创价大学等平台极大地传播和宣扬了鲁迅的文化交流意义和教育思想价值。

可以说，在 20 世纪 80 年代以后的日本，池田大作对鲁迅的接受与传播总是跟自己的人生事业以及社会处境结合起来，积极有效地推动了鲁迅在日本乃至世界的传播。而事实上，池田大作对鲁迅的传播在日本乃至世界范围内所产生越来越大的影响也主要是在 20 世纪 80 年代以后。正如鲁迅长孙周令飞所指出的，池田大作在日本创价大学面向广大师生和社会民众的探讨鲁迅的长篇讲稿所产生的重大影响，不啻为继 20 世纪竹内好之后，在日本掀起的传播鲁迅精神、研究鲁迅思想的又一次高潮。而池田大作对鲁迅价值的深入发掘和传播践行既是对竹内好等 80 年代以前日本鲁迅研究者"学鲁迅"精神的继承和延伸，也是对 80 年代以后日本鲁迅研究界所建构经院化、知识化和玄学化"鲁迅学"的一种反驳。正如他在 2002 年被上海鲁迅纪念馆授予名誉顾问时所说："我今后还要更加努力弘扬鲁迅，鲁迅也是我们整个人类的宝贵财富。"① 在战后 80 年代以后的日本，池田大作注重发掘鲁迅的世界意义和现实价值，并创造性地融合在社会活动、文化交流和教育事业中，这对我们今天发掘和利用鲁迅资源也提供了重要参照和借鉴。而北京鲁迅博物馆、上海鲁迅纪念馆、绍兴鲁迅纪念馆等国内三大鲁迅纪念馆先后分别向池田大作颁授了"名誉顾

---

① 见王锡荣《心与心的交流——访问日本创价学会》，《上海文博论丛》2002 年第 1 期，第 89 页。

问"的称号，这正是中国学界和鲁迅研究学者对池田大作理解、接受和传播鲁迅文学、思想和精神所表示的一种敬意，这也显示了"池田先生跟鲁迅先生有一种没有见面的友谊"①。

实际上，池田大作的出生比鲁迅晚了近两代人，他不能像鲁迅的同时代人那样以亲历者"在场"的姿态来描绘眼前的鲁迅形象，也不能像与巴金、冰心、金庸、王蒙等作家那样能够进行直接的交流和对话，但这并不妨碍他接近真实的鲁迅本身。虽然不能与鲁迅进行直接的交流，但池田大作一直都在通过对鲁迅作品的阅读体悟来与鲁迅展开心灵的对话，通过现实中的经历和碰撞来感知鲁迅的精神思想。这其中既有从文学家的角度对鲁迅文学进行诗性的解读，又有从思想家的角度对鲁迅思想进行深刻的洞察；既有从世界性的视野来审视鲁迅的价值意义，又有着对鲁迅思想精神的传承与践行。池田大作正是通过自身在现实中的经历和碰撞来阅读和感知鲁迅，寻求与鲁迅的精神相通，进而达到生命的相融。尤其是进入 80 年代以后的日本"后战后"时期，日本的时代语境发生变化，人们关注和阅读鲁迅的热度锐减，但池田大作依然以传播鲁迅思想和传承鲁迅精神为己任，对鲁迅的文学和思想进行了深入解读，发掘和宣扬鲁迅的教育思想价值和文化交流意义等，并留下了大量论述鲁迅的文献。有学者在梳理鲁迅在日本的传播史时就曾指出："1928 年出生的池田大作，也从鲁迅思想中汲取了精神养料，曾在创价学会广为传扬鲁迅精神。……直至近年，池田仍经常标举

---

① 孙立川：《跨越过国界与时代的理解——池田大作的鲁迅观》，《西还集——鲁迅研究札记》，天地图书有限公司 2001 年版，第 156 页。

鲁迅思想和精神。"① 具体而言，池田大作不仅在研究文章、对谈录、演讲、讲座中对鲁迅思想进行探讨和传播，也在随笔、诗歌和小说等文学创作中对鲁迅进行阐释，同时还非常注重将鲁迅精神思想运用于民众运动、社会活动和文化教育等领域。池田大作将传播和宣传鲁迅文化价值和精神思想作为自己当仁不让的责任，正如他在纪念鲁迅的长诗中所说："将鲁迅的文学/续向日本的青年传诵/让日本的青年/学习鲁迅，继承鲁迅/我谨记——在这个至高的荣誉之中/也有着一份无上光荣的重任在肩。"②

作为著名的宗教思想家，池田大作非常注重从"人性革命"的视域来探究鲁迅的思想价值。在他的著作中，就有一些专门探讨鲁迅文学作品、教育思想和"人学"思想的文章。《鲁迅的烦恼与勇气》一文指出，鲁迅是"笔的斗士"和"凝视内在精神的哲学家"两种形象的化身，偏重任何一面都是错误的。《"民众时代"的曙光——读鲁迅著〈阿Q正传〉》一文指出鲁迅是在灵魂深处唤醒民众的作家，阿Q正是鲁迅基于"爱民众"的立场而刻画民众的"原像"。《培育人——教育家的鲁迅》和《鲁迅：首在立"人"——通过阿Q来教育与鼓舞青年》等也通过对鲁迅教育思想的探讨，指出鲁迅是践行"立人"的教育家，其教育思想至今仍有着重要的现实价值。

作为著作宏富的文学家和世界著名桂冠诗人，池田大作在诗歌、小说和随笔等文学创作中也曾聚焦过鲁迅。他要么在作品中书写鲁迅的故事和赞颂鲁迅的事迹，要么在鲁迅精神影响下进行

① 王锡荣：《鲁迅与中日关系》，《新文学史料》2015年第2期，第51页。
② ［日］池田大作：《文学界的巨人　精神界的先驱——为纪念伟大的鲁迅先生》，《鲁迅研究月刊》2002年第6期，第80页。

文学创作，宣扬鲁迅的精神价值。作为诗人，池田大作在多首诗歌中赞颂过鲁迅。长诗《文学界的巨人　精神界的先驱——为纪念伟大的鲁迅先生》赞颂了鲁迅伟大的人格，称其为以笔为武器的战士和精神界的先驱。在给上海鲁迅纪念馆王锡荣馆长、绍兴鲁迅纪念馆陈勤馆长的赠诗中，以及写给北京大学的《北大之歌》中，都有着他对鲁迅思想精神的传扬。在《人与人的亲密无间的纽带——鲁迅和他的朋友》等随笔中，池田大作更是多次谈到他与鲁迅的精神遇合，特别是鲁迅的人格魅力让他深为折服，因而称鲁迅是哲人与战士的融合体。另外，鲁迅的精神人格和思想价值也明显影响了池田大作的文学创作。在多卷本自述传小说《新·人间革命》中，池田大作多次描述了鲁迅精神对他所追求的人间革命事业的深刻影响，在其人生中留下了深深的印记。在对自己所创作的童话故事《两个王子》的解析中，他还曾阐述了自己在作品中对鲁迅精神思想的理解和传承。

　　在与世界著名人士的对话中，池田大作也不断聚焦鲁迅话题。他与世界近 200 位著名人士开展过对谈或对话，其中在与金庸、顾明远、王蒙和章开沅等作家和文化人士的对谈录中都曾聚焦过鲁迅话题，在与季羡林、饶宗颐、常书鸿、杜维明和高占祥等文化名人的对谈录中也都提到过鲁迅。在《探求一个灿烂的世纪：金庸/池田大作对话录》中，池田大作与作家金庸专门聚焦了作为唤醒民众灵魂的作家鲁迅，并探讨了其作品所揭示的民众的精神痼疾。在与著名教育家顾明远的对谈录《和平之桥——畅谈"人间教育"》中，池田大作聚焦了鲁迅教育思想的现代价值，并将其称为"人间教育"思想。另外，在与王蒙、章开沅和季羡林等人的对谈中，也从作为人生导师的角度探讨了鲁迅的人生事迹，以及鲁迅对他们自己人生成长的精神影响。

作为著名的社会活动家，池田大作非常重视在社会活动中去宣扬和传播鲁迅的精神和价值。池田大作对鲁迅进行实用性探讨研究的目的就在于践行鲁迅文化价值，他在许多社会活动中不断发掘鲁迅的精神意义。首先，在鲁迅纪念活动和相关学术活动中，池田大作发表过许多致辞和发言，他不仅系统阐述了他的鲁迅观，并立足于现实需要，探究了鲁迅对促进今天社会发展的价值意义。其次，在访华期间，池田大作在许多讲演中以开阔的视野开掘鲁迅思想的世界性意义，重点凸显了鲁迅对中日文化交流的重要意义。另外，在日本创价学园和日本创价大学的教育活动中，池田大作更是不断通过讲演等方式来宣扬和传播鲁迅文化价值。作为日本创价学会的会长和创价大学的创办者，池田大作一直给予青年殷切的关怀与期望。他不顾年事之高，在百忙之中仍不忘为即将走向社会的创价大学毕业生开展以西方文化巨人歌德和东方伟人鲁迅为主题的人生讲座。在《谈革命作家鲁迅》① 的长篇文化讲座稿中，他就汲取了鲁迅许多有价值的思想，并融入创价教育的理念中，向青年学生们进行宣扬和传播。

也正是由于池田大作对鲁迅的崇敬和宣扬，在他影响下的日本创价大学、日本创价学会和国际创价学会也展开了对鲁迅的宣扬和传播活动。受池田大作的影响，日本创价学会和国际创价学

---

① 2003 年 3 月，池田大作以歌德为题为创价大学毕业生作了第一届特别文化讲座，反响非常热烈。第二年，池田大作计划以鲁迅为题为创价大学的毕业生作第二届特别文化讲座，但因各种活动不断，无法安排出时间，就将已经撰写好的讲稿《谈革命作家鲁迅》放到创价学会的机关报纸《圣教新闻》上发表，以此为毕业生一壮行色。

会多次开展以鲁迅为主题的文化交流活动，扩大了鲁迅在日本乃至东南亚普通民众间的影响。这些传播活动主要表现在三个方面：一是以日本创价大学为载体开展了鲁迅研究、鲁迅讲座、鲁迅展览等，促进了鲁迅在日本青年中的接受与传播。二是以日本创价学会为载体，近半个世纪以来不断开展鲁迅文化的交流，促进了鲁迅在日本民众间的传播。三是以香港国际创价学会、澳门国际创价学会和马来西亚国际创价学会等国际创价学会机构为载体，多次组织有关鲁迅的主题展览和文化讲座等，促进了鲁迅在世界范围内的传播。

对池田大作而言，他和鲁迅显然有着许多共同点和相通性。他们同是具有世界性眼光的文学家，又都是疾恶如仇的斗士，而且又都对各自的民族和民众充满了挚爱，这些自然使得池田大作对鲁迅产生了深深的灵魂共鸣和精神联系。在池田大作看来，鲁迅的精神人格和思想文学具有多重价值意义：一是思想精神价值。作为思想家，池田大作一直积极地开掘鲁迅的思想和精神价值，并对之进行了深入的阐释。他认为鲁迅是"哲学性格与战士性格的融合体"，哲思的精辟与精神品质的高尚完美地融合在他身上，而尤其是鲁迅的"立人""立国"思想和"改造国民性"思想，对实现由个人到国家，再到全人类的"人性革命"具有普泛性借鉴意义。二是文学创造价值。作为世界著名的桂冠诗人和作家，池田大作对作为文学家的鲁迅十分钦敬与仰慕，他对鲁迅文学价值的创造性阐释见之于各种著述和讲演录中。在对鲁迅文学进行深入解读阐释的同时，池田大作也在文学创作中不断汲取鲁迅文学的精神营养。他不仅写有礼赞鲁迅的长诗，还创作有承续鲁迅思想和精神的长篇多卷本小说《人间革命》和《新·人间革命》等。三是社会践行价值。作为宗教家和社会活动家，池田大作在基于日本创价学会的宗教主张来重塑战后日本价值追求的过程中，非常注重将鲁迅的精神思想运用于"人性革命"的民众运动和创价教育的教育实践以及日中之间的文化交流等各种社会活动中。他不断将鲁迅的思想精神进行内化，并将其价值精神运用于社会活动和价值实践中，从而开掘了鲁迅之于战后日本的社会变革与思想发展以及日中文化交流的重要资源价值。

从20世纪60年代以来的半个多世纪里，池田大作"一直不遗余力地传播着鲁迅事迹和鲁迅精神，他不仅在日本国内作专题鲁迅思想精神报告会，向日本民众，特别是青年人深入讲解鲁迅爱国、爱民、爱和平等思想，而且在与世界很多国家领导人和文化名人的会面中，不止一次谈到鲁迅，谈他对鲁迅的阐释和解读，弘扬鲁迅'宁折不弯、坚持正义、为民谋利'的精神，使鲁迅在当今国际上的影响力得到了巨大提高。"[1] 很显然，池田大作接受鲁迅的出发点明显不同于许多纯粹的鲁迅研究者，他对鲁迅的认识有着综合价值的考量，既包括鲁迅的思想实践价值和文学艺术价值，也包括文化交流价值和教育实践价值等。

总之，池田大作对鲁迅的阐释具有深刻的内涵，他对鲁迅的传播也有着重要的现实价值，并且在战后日本乃至世界产生了广泛影响。同时，池田大作对鲁迅的阐释见解与价值践行显示出了实用性研究的性质，这为今天我们对鲁迅资源的开掘提供了宝贵

---

① 俞红：《扶桑正是樱花绚烂时——记赴日聘任池田大作为名誉顾问之行》，《绍兴鲁迅研究2012》，上海文艺出版社2012年版，第239页。

经验，值得我们认真探讨。有鉴于此，笔者提出"池田鲁迅"这一概念，目的自然是希望以此来涵盖池田大作在接受与传播鲁迅过程中的思想认识和价值实践等方面的内容。而作为池田大作在接受与传播鲁迅过程中所建构的一种"鲁迅像"，"池田鲁迅"是鲁迅以及池田大作共同创造的思想文化遗产，同时也将鲁迅与中日乃至世界文化的交流沟通相联系，构建了鲁迅的世界性。因而，对"池田鲁迅"价值内涵的探讨，一方面是一种比较研究，包含对池田大作与鲁迅两位东方文化巨人心灵、思想和精神相通性的探讨；另一方面又是一种影响研究，即探究鲁迅对池田大作的影响以及池田大作对鲁迅思想价值的承续和传播。而对"池田鲁迅"的本质内涵和现实指向进行深入探讨，无疑可以从一个重要侧面来展现鲁迅在日本社会层面所产生的影响，这对我们更进一步认识和把握鲁迅之于东亚乃至世界的当代价值无疑具有重要意义。

# 第二章 战后文化语境与池田大作
# "鲁迅情结"的生成

　　每一次听到鲁迅先生的名字,我的内心就会呐喊起来。鲁迅先生的作品是我青春时代喜爱的读本,他那尖锐的词锋,每一句说话都让我激动不已,当中充满着对人民的爱情,忧虑时势的满腔热情,对不公义与腐败丝毫不妥协的强烈斗争,这一切都深深刻印在我年轻的生命之中。

　　——池田大作:《上海鲁迅纪念馆创立 60 周年贺词》,《上海鲁迅研究》2011 年第 2 期。

　　池田先生也一直反战,主张中日友好。他见过周恩来,他最佩服的三个中国人,一个是鲁迅,一个是孙中山,一个是周恩来。

　　——章开沅:《有感于文化创新——从与池田大作对话说起》,《章开沅文集》(第九卷),华中师范大学出版社 2015 年版。

在池田大作的心目中，"他最佩服的三个中国人，一个是鲁迅，一个是孙中山，一个是周恩来"。① 由于池田大作对周恩来、鲁迅和孙中山等三位近现代中国历史名人特别敬重和推崇，日本创价学会的机关报纸《圣教新闻》自 1968 年以来，刊载池田大作谈论周恩来、鲁迅和孙中山的报道就有几百篇。有日本学者曾作过统计，截至 2008 年，池田大作在《圣教新闻》上提到的中国人物中，鲁迅被提及的次数仅次于周恩来和邓颖超夫妇，排在第三位，孙中山排在第四位。② 对于池田大作"鲁迅情结"的产生，有学者就指出："池田大作先生之推崇鲁迅先生，绝不是偶然的，而是因为，他们之间有着深刻的精神联系和灵魂的共鸣。"③ 就池田大作接受鲁迅的契机而言，主要表现在时代契机、文化渊源和私人性机缘等几个方面。

　　首先，战后日本的文化语境为池田大作接受鲁迅带来时代契机。随着 1945 年日本的战败投降，日本许多批判性的知识分子开始批判近代以来日本的殖民统治和侵略亚洲的军国主义行径，认为近代日本人在与西方人的对抗中忘却了亚洲人的痛苦，产生了轻视中国等亚洲国家的观念。1949 年新中国成立这一历史事件，更加改变了日本人对自身"优越感"的根本认识，刺激了他们的神经。日本人在近代化的过程中被西方人所打败，而中国人则通过持续的抵抗获得了民族的独立和新生。所以，从时代语境来看，

　　① 章开沅：《有感于文化创新——从与池田大作对话说起》，《章开沅文集》（第九卷），华中师范大学出版社 2015 年版，第 299 页。

　　② ［日］川崎高志：《日本学生的中国观和周恩来观——以创价大学的调查为例》，《当代中国史研究》2008 年第 5 期，第 110 页。

　　③ 王锡荣：《鲁迅与池田大作——东亚两位伟大思想家的共同点》，《上海鲁迅研究》2012 年第 4 期，第 7 页。

由于战后日本思想界形成一股借鉴"革命中国"以达到对"脱亚入欧"和侵略战争进行自我反省的思潮，作为"革命中国""文化权威"的鲁迅不仅被许多日本人当作"国民作家"来阅读，而且其思想价值也在战后日本被广泛接受和传播，这为青年池田大作在战后时期走近鲁迅、阅读鲁迅和接受鲁迅带来了绝佳的时代契机。

其次，中日两国文化的互为影响成为池田大作接受鲁迅的文化机缘。就文化渊源而言，中日同属东亚文化圈，两国间的文化交流源远流长，中日文化也有着许多亲近性。鲁迅在东京弘文学院、仙台医学专门学校等地深受以嘉纳治五郎、藤野严九郎等为代表日本现代人士及日本文化的影响，而池田大作本人也深受包括鲁迅文学在内的中国（文学）文化的影响，鲁迅与池田大作的成长正显示了中日两国文化在相互影响上的薪火传递。可以说，从薪火相传的文化渊源来看，中日思想文化共同熔铸并造就了鲁迅和池田大作。

再者，许多近似的人生经历和相同的价值追求成为池田大作对鲁迅产生精神遇合的私人性机缘。从人生遭际、心灵遇合的个人性机缘来看，池田大作与鲁迅都经历过类似的家庭变故和奋斗历程，鲁迅不屈的斗士人格和韧性战斗精神都让池田大作产生了深深的心灵遇合和精神共鸣。

## 第一节　战后文化焦虑与"岛国根性"反思

随着二战的结束，鲁迅对身处战后文化语境中的日本人产生了十分深广的影响，而当时掀起的"鲁迅热"也几乎波及日本知识界和大众社会的各个层面。日本知识界及许多民众对鲁迅倾注了大量的热情，而"鲁迅的文学遗产也成为陪伴日本一部分文化人和普通百姓度过战后艰难时势的精神灯火，甚至有的日本思想家和学者还借助鲁迅的精神命题，批判着当代日本社会和文明的弊端。"① 正是由于置身战后 50—60 年代日本"鲁迅热"的文化语境中，池田大作在青年时期就开始阅读鲁迅作品，并与鲁迅产生了深深共鸣，他说："鲁迅作品作为我的青春时代爱读之书而在我的心中留下了深深的印记。"②

### 一　战后日本的文化焦虑与鲁迅传播热

在考察鲁迅在战后亚洲地区的影响力时，有学者指出，鲁迅在异域的传播影响或者说鲁迅的世界意义首先是体现在东亚区域的。"当 1949 年革命中国实现了伟大的胜利之际，日本和韩国却

---

① 王家平：《鲁迅域外百年传播史：1909—2008》，北京大学出版社 2009 年版，第 107 页。

② ［日］池田大作、顾明远：《和平之桥——畅谈"人间教育"》，高益民译，教育科学出版社 2014 年版，第 117 页。

成为西方资本主义自由世界的成员，而美国霸权在'同盟'名义下对该地区的介入，导致了日本和韩国这对曾经的殖民与被殖民关系国，如今则分别成为在外部遭受美国控制、于内部出现独裁政府与要求民主化的民众之间矛盾斗争激烈动荡的国度。在此，鲁迅那种于被压迫民族中自然生长出来的挣扎意识和抵抗精神，其思想文学在本民族自我批判和反省中催生改革愿望和力量的特质，获得了全新的价值意义。"① 也就是说，随着第二次世界大战的结束和日本的战败，当日本和韩国处于美军的占领和控制之下时，两国的民众便开始品尝到被占领的屈辱滋味，他们对中国民众曾经遭受日本军国主义蹂躏的痛苦也有了更深的体味。因此，两国的许多读者便对鲁迅那些描写半封建半殖民地的中国现实的作品产生了强烈的共鸣。在战后两国的思想界，鲁迅的思想文学广泛传播深刻影响了几代东亚知识者。同时，在日本、韩国的民族独立和民主化运动中，鲁迅甚至还成为个性独立与反抗社会压制的精神象征。

就日本而言，自从明治维新成功以后，它就开始积极向亚洲进行殖民扩张，并一步步跌入侵略战争的深渊。直到第二次世界大战日本战败，被以美国为首的盟军占领，帝国从此土崩瓦解。此后，日本便长期处在美国的军事"保护"下，正常的国家主权也一直被限制。尤其在战后的50—60年代，许多日本国民深感民族被压迫和国家"被殖民"的危机，"因而'国家要独立、民族要解放、人民要革命'这一源自第三世界的口号也成了大部分日

---

① 赵京华：《在东亚历史剧变中重估鲁迅传统——关于鲁迅对"东亚"的淡漠与他在战后该地区影响力的考察》，《学术月刊》2015年第1期，第131页。

本人民的心声，革命的欲望和想象大有高涨之势，这恐怕也正是日本人得以在鲁迅的文字中照见自己的社会契机，鲁迅也因此真正地进入了日本知识者和民众的视野"①。当时，日本还一度发生了大规模抵抗政府独裁和美军占领的民众运动，日本思想精英和许多青年对鲁迅的批判思想和斗士精神有了更深刻的理解。鲁迅的斗士人格和抗争精神在当时成了许多青年们投身安保斗争、反战和平运动乃至学生造反运动的精神动力。正是在此背景下，鲁迅的作品被大量翻译成日文出版，有的还被收入中学课本，甚至鲁迅在日本也被当作"国民作家"看待。知识界、思想界对鲁迅的热衷和日本民众对鲁迅的亲近性使得鲁迅的作品在日本的阅读和传播具有普遍性，因而鲁迅在日本的影响就远远跨出了"学界"的范围。

而且，就战后日本的社会现实而言，当时的日本非常类似于鲁迅笔下的中国。丸山升就曾表示，美军50年代占领下的日本，相当于30年代的中国，鲁迅在当时所说反封建反帝国主义的话，完全可以为当时的日本所套用。可以说，在战后日本的时代语境中，鲁迅作品中所描写的中国民众被奴役的痛苦自然很容易让战后日本人民感同身受，并引起他们深深的共鸣。在20世纪50年代，日本知名法学家戒能通孝在阅读鲁迅文学作品时就曾有过这样的切身感受，他说："最近我读鲁迅的小说，感到非常之有趣，这说来实在难为情，——鲁迅写的是中国的事情，那当然是和我们不相关的别国的事情；他的杂文写的也是别国的事情。可是现在却不能这样说了，因为今天的日本，倒

---

① 赵京华：《活在日本的鲁迅》，《读书》2011年第9期，第6页。

成了当年鲁迅笔下的中国。"① 事实上,"鲁迅作品所描写的清末至抗战全面爆发前夕中国的黑暗生活,所传达的半殖民地社会民众的痛苦感受,与战后日本社会生活和民众的情感多有暗合,这是50年代直至后来很长一段时间日本社会各阶层部分民众对鲁迅的创作怀有很强烈兴趣的根本原因"。② 因此说,在战后初期的时候,日本民众对鲁迅有着前所未有的亲近感,而这些便构成了年轻的池田大作接受和阅读鲁迅作品的时代语境和文化氛围。

而另一方面,随着1949年新中国的建立,许多日本民众开始对新生的中国有着更多的期望,日本知识界和民众关注中国的热情也因此高涨起来。在他们关注和研究中国政治社会的同时,他们对中国文学尤其是对鲁迅作品的兴趣也随之越趋浓厚,一度出现了翻译、评论、研究和学习鲁迅的热潮。在当时,从报纸、杂志,到广播、电视,到学校教育,鲁迅作为革命家、斗士、作家和思想家被广泛介绍。随着"学鲁迅"热潮的兴起,鲁迅的作品集、选集、全集不断地被翻译出版,相关的研究著作也成为日本的中国学研究中数量最多者之一。鲁迅的《故乡》《藤野先生》等作品在战后一直被日本中学的教科书所采用,一些作品更是被选入大学文科的必读教材。鲁迅之所以深受日本知识界和普通读者的喜爱,按照日本当时最具影响力的鲁迅研究学者竹内好的说法,就是因为现代日本文坛从未出现过类似鲁迅的作家,这一点

---

① 日本法学家戒能通孝的观点,原文载1954年6月17日《每日新闻》夕刊。此处转引自王家平《鲁迅域外百年传播史:1909—2008》,北京大学出版社2009年版,第110页。

② 王家平:《鲁迅域外百年传播史:1909—2008》,北京大学出版社2009年版,第110页。

正是日本知识分子特别敬重鲁迅的根本原因。所以在战后相当长的一段时间里，日本知识分子借助对鲁迅和中国现代文学的阅读和研究来想象"革命中国"的情景，鲁迅和中国现代文学研究也因此成为战后"中国学"中的显学。有学者就指出："日本对鲁迅的介绍规模之宏大，影响之深远，不仅在近现代中国人中首屈一指，而且足以与古代日本对于孔子及其学说的介绍相媲美。"①事实上，对于战后以来的日本文化观念而言，日本知识分子引进鲁迅作为构建日本文化体系的一种重要的外来思想参照，并作为继孔子及儒教文化之后中国文明与文化的思想营养而加以汲取和借鉴。

同时，鲁迅在战后日本的传播热也与战后日本国内的出版和言论状况有关。随着第二次世界大战日本的战败投降，日本军国主义政府迅速垮台，日本民众开始有了更多的言论和出版自由，鲁迅在日本的传播也破除了此前战时的许多禁忌。因而，不光鲁迅的著作被大量翻译，有关回忆鲁迅、书写鲁迅和研究鲁迅的书籍也不断出版。有学者就指出："半世纪中，日本有几个中文书翻译的热潮。第一个是50年代的'鲁迅热'，以后有60年代的'毛主席热'，80年代的'末代皇帝热'，还有最近的'鸿热'等。在这个时期，中文书在日本读书界反应热烈。"② 显然，鲁迅对日本社会的巨大影响，由战后初期出现的中文书翻译中的"鲁迅热"就可见一斑。就在第二次世界大战刚结束一个月，日本就出

---

① 李志：《日本的鲁迅研究在中日文化交流中的意义》，《南京师范大学文学院学报》2007年第4期，第140页。

② ［日］松冈荣志：《中文书翻译在日本》，《上海科技翻译》1995年第4期，第27页。

版了小说家太宰治以鲁迅留学仙台经历为题材的小说《惜别》。这部小说的创作虽然是受命于战时日本军国主义政权的情报局，为促进"日中亲善"的政策而选题立意，但太宰治却写出了自己心中所想象的留日时期青年鲁迅的淳朴形象。1948 年，鲁迅的两位日本弟子鹿地亘、增田涉又分别出版了的《鲁迅评传》和《鲁迅印象》。与鲁迅的交往经历成了他们回忆和记述鲁迅的资源凭借，鹿地亘的《鲁迅评传》从一个革命者的视角来回忆和评论鲁迅，而增田涉的《鲁迅印象》则是从日常生活的角度来回忆鲁迅生活的点滴，这些著作对促进战后日本民众走近鲁迅和理解鲁迅具有重要意义。正是在战后"鲁迅热"中产生了对后来学界有着深远影响的带有明显批判日本近代化道路的"竹内鲁迅"。1949 年，竹内好的《鲁迅》再版。1953 年，竹内好出版了《鲁迅入门》。此后又出版了《鲁迅杂记》等。竹内好的鲁迅研究不仅拉开了整个战后日本鲁迅研究的序幕，其在日本鲁迅研究界的影响十分深远，而且对许多日本民众都有着广泛的影响。

## 二　战争废墟上的人生新路与价值探寻

二战结束后，日本被美军占领，由于西方政治制度和价值体系的引进，天皇的权威逐渐丧失，人们信奉的神道教也开始式微，许多日本知识分子便陷入了精神危机之中。对此，池田大作就指出："被生活拖累得精疲力竭的人们，整天在唉声叹气、苟延残喘着，使尽全部的力量对付着每天的生活。到处是消沉、焦灼的目光和哄笑的旋涡。生活方式发生了巨大变化，旧有的价值观颠倒了过来。在这变幻不安的年代，怎样活下去便成了一个难题。战后的荒芜和空虚，使得一些人连思考力都丧失了。"① 而一些日本知识分子不得不思考在这样的困境中，如何建立日本文化，应该采取什么样的态度对待人生和社会。也正是在战后日本的现实语境中，日本知识分子和普通民众的现实体验让他们开始走进鲁迅作品，并感知到鲁迅文学的灵魂，因此兴起了一股"鲁迅热"。最终，许多人也从鲁迅那里获得思想资源和启示。日本著名学者竹内实就指出："日本读者从这些作品里感受到，在中国政治动乱、风气败坏和经济衰退这些软弱现象的背后，还存在着一个灵魂。不过，一般读者的实际情况是，由于有了战后特别是在战败的体验，才真正亲自读懂了这些作品。"② 正是在这样的战后时代语境中，池田大作开始接触鲁迅作品，进而阅读鲁迅作品，并最终接受鲁迅思想精神。

池田大作在少年时经历了日本军国主义的对外侵略战争，在战后日本价值重建的时代岁月中度过自己的青年时代。也正是在青年时期，池田大作在阅读鲁迅作品的过程中产生了深深的精神共鸣和心灵遇合。池田大作出生于战前，年少时正值日本对外侵略扩张，他的四个哥哥都先后被派往战场。战争的残酷，特别是大哥喜一在缅甸战场的阵亡，给池田大作和他的家人带来了巨大的创伤。后来，他曾多次回忆说："战争结束两年后接到通知时，无论遇到什么样苦难也总是很乐观的母亲浑身颤抖地呜咽，那身

---

① ［日］池田大作：《我的履历书》，赵恩普等译，吉林人民出版社1984年版，第47页。

② ［日］竹内实：《清末以来影响日本人的中国著作》，《日中关系研究》，程麻译，中国文联出版社2004年版，第336页。

影烙印在我的头脑中。"① "打这以后，母亲显得一下子衰老了。父亲也因为哮喘和心脏病恶化，经常卧床不起。倔强的父亲和平常总是极力显得豁达开朗、性格刚强的母亲，一定都为接到大哥阵亡的通知而内心里十分悲痛。"② 战争不仅在池田大作心中留下了深深的伤痕，他对战争也产生了极度的厌恶之感，而且还对他后来的人生产生了重大影响。他说："在故乡东京度过战时青春，这种体验成为我实践佛法的生命尊严哲理、为和平而战的出发点。"③ 在后来的人生道路上，池田大作对日本的军国主义进行了深入的反省，对日本的侵略战争表示了强烈的批判。而当时日本的知识分子普遍通过以"革命中国"为参照来对日本的近代化和侵略历史进行反省和批判，其中鲁迅的思想和文学给战后日本带来了重要的影响，也提供了重要的价值参考，这无疑为池田大作走近鲁迅并接受鲁迅提供了时代契机。

第二次世界大战结束时，池田大作 17 岁，当时最令他感到痛苦的是战争结束所带来的精神空虚。对于被灌输为天皇殉忠的思想、对国家深信不疑的日本民众来说，日本的战败投降、帝国的土崩瓦解就是意味着一切价值观的丧失。战争到底为了什么？所谓的天皇、国家、正义到底是什么？而人又是什么？置身战后这样一个一片荒凉和大混乱的时代，池田大作的内心一直难以平静，他说："那时我十几岁，感情丰富，却是在这种激荡的年代中度过

---

① 王蒙、〔日〕池田大作：《家庭、故乡以及青春之日》，《上海文学》2016 年第 3 期，第 75 页。

② 〔日〕池田大作：《我的履历书》，赵恩普等译，吉林人民出版社 1984 年版，第 39 页。

③ 王蒙、〔日〕池田大作：《家庭、故乡以及青春之日》，《上海文学》2016 年第 3 期，第 75 页。

的。对我来说，有不少书成为我青春的希望和勇气的源泉。只要是攒了一点钱，我就跑到东京神田的古旧书店去，买来心爱的书贪婪地读起来。与历史伟人的心灵对话，成为黑暗中的灯塔。"①站在战败的废墟之中，池田大作在读书中苦思，在苦思中探寻，直到遇见了他人生的导师——日本创价学会的第二代会长户田城圣。创价学会的佛教理念为许多人带来希望，也让他走出了精神的荒芜。当然，池田大作在当时也非常喜欢读鲁迅的作品。在战后日本，著名思想家竹内好对鲁迅作品的大量翻译和深入阐释在当时产生了极大的影响。竹内好翻译的《鲁迅评论集》等作品在日本广为流行，甚至日本的中学课本都采用了竹内好翻译的《故乡》译本，原因就在于竹内好的译文是本土化和日语化的文章。池田大作对竹内好翻译鲁迅作品的阅读与接受，也正是出于对鲁迅思想精神的汲取借鉴和接受内化。在 1960 年 2 月 4 日，正值池田大作就任创价学会第三任会长三个月前，他记过这样的日记："翻开《鲁迅评论集》——'什么是路？就是从没路的地方践踏出来的，从只有荆棘的地方开辟出来的。以前早有路了，以后也该永远有路。'"②鲁迅《生命之路》中的这一段话几乎成为池田大作后来人生的座右铭，一直鼓舞和支撑着他带领创价学会逾越了重重困难和对未来进行开拓。

可以说，战后日本"鲁迅热"产生的根本原因是战后日本社会各界对鲁迅精神、思想和文学价值的体认、开掘、探讨和利用。由于战后初期日本知识界兴起了借鉴中国革命的成功之路以达到

---

① ［日］池田大作、顾明远：《和平之桥——畅谈"人间教育"》，教育科学出版社 2014 年版，第 20 页。
② 同上书，第 21 页。

对日本近代化道路进行反思的思潮，作为"革命中国""文化权
威"的鲁迅便不仅被日本民众视为"国民作家"来阅读，而且鲁
迅文学、思想的现代价值也在战后日本被广泛探讨和传播。在战
后日本的时代语境中，鲁迅不仅成为日本思想界反思侵略战争和
日本近代化道路的凭借和参照，还成了普通民众内心的精神"灯
火"。正是在战后日本的时代语境中，池田大作开始走近鲁迅。他
在战后五六十年代阅读了包括世界各国文学作品在内的大量书籍，
其中就包括鲁迅的文学作品。当时，已加入创价学会的池田大作
一边在夜校阅读各种文学书籍，一边还与好友一起开展读书会，
把有启发性的段落密密麻麻地记在粗纸制成的杂记簿上，这其中
就有鲁迅的代表作《阿Q正传》。① 池田大作曾说："我自己十多
岁赶上战败，在日本所有价值观崩溃当中探求何谓正确的人生之
路，读破世界名著，和朋友们交谈，那日日夜夜难以忘怀。"② 后
来，他还专门撰写了《阿Q正传》等鲁迅作品的解读文章。正是
在年轻的时候广泛阅读，池田大作与鲁迅等世界著名作家和思想
家产生了精神的遇合。据有关资料显示，池田大作在战后时期比
较系统地阅读过竹内好所翻译的筑摩文库版六卷本《鲁迅文集》、
竹内好编译的《鲁迅评论集》、饭仓昭平著的《鲁迅》、伊藤虎丸
的《鲁迅与日本人》、今村与志雄著的《鲁迅的一生与时代》、小
泉让著的《鲁迅与内山完造》、增田涉著的《鲁迅印象》、顾明远

---

① ［日］前原政之：《池田大作——行动与轨迹》，崔学森译，香港天地图书有
限公司2006年版，第34页。
② 王蒙、［日］池田大作：《家庭、故乡以及青春之日》，《上海文学》2016年第
3期，第78页。

著的《鲁迅的教育思想和实践》①、石一歌著的《鲁迅的生平》、朱忞等著的《鲁迅在绍兴》以及学习研究社出版的日文版《鲁迅全集》等。

### 三 "岛国根性"反思与"他者"镜鉴

在日本学界，对于任何一位中国现代文学的研究者来说，鲁迅都是绕不过去的一座高峰。早在鲁迅发表第一篇小说《狂人日记》之时，日本学者青木正儿就给予了很高的评价，此后鲁迅在日本便被广泛阅读、探讨和研究。在战后时期，竹内好、丸山升和伊藤虎丸等学者的鲁迅研究更是将其与自己人生思考和社会处境的思考结合在一起。特别是竹内好以鲁迅研究为切入点，解剖与中国同属东亚文化范畴的日本民族的"岛国根性"，并对日本的近代主义进行了反思和批判，在战后日本产生了重要影响。有学者就指出："竹内好最有创造力的思想之一是对中国和日本不同近代化道路的对照分析。他借用佛教的'回心'概念，分别把中日两种近代化追求命名为'回心型'近代化和'转向型'的近代化，他以鲁迅式的抵抗批判日本近代化的奴性，试图寻求自主的近代化道路，这样，鲁迅成了竹内好批判日本文化和日本近代化的'他者'。"②

通过对鲁迅的研究来解剖与中国同属东亚文化范畴的日本的

---

① 顾明远所著《鲁迅的教育思想和实践》一书在 1983 年被日本国立教育研究所的横山宏翻译成日文出版。

② 王家平：《百年来鲁迅在世界上传播的区域格局及其重要学派》，《反思与深化：在经典与现实中走向纵深的鲁迅研究》，安徽文艺出版社 2013 年版，第 391 页。

"岛国根性"问题，并以此对日本明治维新以后的"脱亚入欧"和军国主义道路进行反思和批判，竹内好的鲁迅研究不仅深刻影响了战后日本的鲁迅研究，还在战后很多日本民众中产生了极大的反响。丸山升就指出："竹内塑造的这种鲁迅像，之所以在战后不久的日本具有巨大的影响力，便是因为很多日本人开始回顾给日本带来那场战争的弱点是什么？而反过来，则对经过那场战争而作为新中国再生的中国抱有惊叹和敬意。竹内鲁迅像就是这样抓住了这些日本人的心。"① 竹内好的鲁迅研究和翻译对鲁迅在战后日本的思想界、文化界以及社会民众那里都产生了重要影响。尾崎文昭也指出："50 年代接受鲁迅的情况，学院里挑战竹内好，社会上，竹内好的鲁迅翻译发挥了很大影响，好多文化人士接受了竹内好翻译的鲁迅小说、杂文。"② 池田大作正是在战后时代"鲁迅热"中阅读竹内好翻译的鲁迅作品的。他尤其喜欢竹内好翻译的鲁迅小说《故乡》中的一段话："希望本无所谓有，无所谓无，这正如地上的路，其实地上本没有路，走的人多了，也便成了路。"③ 他认为这是鲁迅一生所身体力行的"希望哲学"，并一直秉持这种信念来开拓新的人生，向未知的将来挑战。

正因为置身战后日本，池田大作不断地对近代以来日本的近代化道路和民族精神进行自我反省。其实，包括池田大作在内的许多经历过战争的日本国民尤其是知识分子，不断对本国对外扩

---

① 转引自尾崎文昭、薛羽《战后日本鲁迅研究——尾崎文昭教授访谈录》，《现代中文学刊》2011 年第 3 期，第 54 页。

② ［日］尾崎文昭、薛羽：《战后日本鲁迅研究——尾崎文昭教授访谈录》，《现代中文学刊》2011 年第 3 期，第 54 页。

③ 鲁迅：《呐喊·故乡》，《鲁迅全集》第 1 卷，人民文学出版社 2005 年版，第 510 页。

张的战争罪行进行反省，他们形成了一个如同日本著名思想家丸山真男所称的"悔恨共同体"①。对池田大作个人而言，少年时期的残酷战争体验给他带来了巨大的触动，让他开始反思战争的愚蠢行为，并不断进行自我的超越。他说："通过战争这个媒介，我感到自己深刻地懂得了人类社会的残酷。把人杀人作为至高无上命令的国家的本质，在正义的名义下反复地干过多少蠢事啊！——这些问题怎么也理不出个头绪来。一个人想烦了，就开始去寻找哲学书和文学书来看，也就是说，年轻而愚笨的我不能不睁开眼睛来面对堵在我面前的社会了。"② 所以，与竹内好一样，池田大作也对近代以来日本的"脱亚入欧"和对外扩张道路进行了深入的反思。他在同历史学家章开沅的对话中就曾说："当时，西方列强的殖民主义席卷亚洲，形成欧洲是'主人'，亚洲是'奴隶'的格局。而日本全力'赶超'，想让自己也加入欧洲'主人'的行列，并打出'脱亚入欧'的口号，试图让日本摆脱奴隶状态，由'奴隶'一跃成为'主人'。结果，日本把自己当作统治亚洲各国的新'主人'，蹂躏那些本应同甘共苦的国家。"③ 同时，池田大作也更深刻地认识到，近现代以来的日本社会在面对西方文明时与中国相比有着本质性的区别，如其后来所说："日本的急速发展不过是'搬来了'外国文明，徒有其表，其根底依然是陈旧的本质。与之相反，中国不追赶时流，不局限眼前，苦

① ［日］丸山真男：《近代日本的知识人》，《从后卫的地位出发》，未来社 1982 年版，转引自丸山升《鲁迅与日本》，孙歌译，《鲁迅研究月刊》1992 年第 4 期。

② ［日］池田大作：《我的履历书》，赵恩普等译，吉林人民出版社 1984 年版，第 119—120 页。

③ 章开沅、［日］池田大作：《世纪的馈赠：章开沅与池田大作的对话》，湖北人民出版社 2011 年版，第 106 页。

战奋斗，'要从根底变化'。"①

　　因此，就时代语境而言，由于战后日本需要借鉴"革命中国"以达到对"脱亚入欧"和对外侵略战争进行自我反省，作为"革命中国""文化权威"的鲁迅，其思想、文学便在战后日本被广泛接受和传播，这为池田大作在战后接受鲁迅带来时代契机。池田大作指出，在 19 世纪以来的帝国主义潮流中，日本属于典型的"后进"的帝国主义国家，一直在追赶"先进"的英、美等老牌帝国主义国家，因此，竭力追求现代化的速度，自然对这种追赶和超越的现代化中所包含的丑陋和欺骗性的东西也无暇反思。比如，日本近代著名作家夏目漱石在其小说《草枕》中虽然曾敏锐地注意到日本近代化过程中的欺骗性和丑陋问题，并因此提诉了"人世难住"的异议，然而他身上浓烈的日本文人意识使得他"并非像鲁迅一样敢于面对和注视社会的矛盾和丑恶的一面；对个人的内心，不像鲁迅呐喊要与中国的封建文化割席断绝，而只是应付表面现象似的转向封建（古典）的世界去。有人看作是优雅，但反过来可以说是一种逃避"。② 正是通过将日本近代以来的作家与鲁迅进行比较，池田大作感叹日本"这块土地上不能产生像鲁迅那样斗士般的文人，这亦是一个不争的事实"。③

　　也正是从直面现实和改造现实的角度出发，池田大作一直希望发掘鲁迅及其文学中有利于改造日本民族"岛国根性"的思想

---

　　① ［日］池田大作：《中国的发展将为世界瞩目》，见文汇报笔会编辑部编《面对永恒　笔会文粹1997》，文汇出版社 1998 年版，第 492 页。
　　② 金庸、［日］池田大作：《探求一个灿烂的世纪：金庸/池田大作对话录》，北京大学出版社 1998 年版，第 231 页。
　　③ 同上。

和精神。他说："在日本没有过'革命'——太平洋战争后的民主化更不自说，甚至明治维新的进行，并非起于民众的自发，而全是由于外界施压的结果。以此而论，民众总体没有自我的觉醒意识，没有自发地变革社会这种经验。从这样精神的土壤中是不可能诞生出一个'鲁迅'的。"① 正因为日本的精神土壤中不能诞生像鲁迅这样的人物，鲁迅身上的主体意识和觉醒意识才是近代以来日本社会和日本文化所缺少的，所以鲁迅精神思想在战后日本才显得尤为可贵，并成为日本社会精英与普通民众心中的精神灯火。而池田大作也说："比较日本与中国的现代文学，是不能随随便便地相比。但是我这个'求之日本，可有能与鲁迅比肩的文人吗?'的问题，想来要不断地被提问才好。"② 显然，在池田大作的心目中，作为日本文化"他者"的鲁迅对日本近代以来现代化道路的反省和日本民族"岛国根性"反思的重要镜鉴意义于此可见一斑。

## 第二节　文化薪火的相传与价值重建的镜鉴

中日两国一衣带水，同属于东亚文化圈，两国间的文化交流源远流长。在明治维新以前，日本深受中国文化的影响，尤其以孔子及儒教文化为代表的中国传统文化传入日本，造就了中日文

① 金庸、[日]池田大作：《探求一个灿烂的世纪：金庸/池田大作对话录》，北京大学出版社 1998 年版，第 231 页。

② 同上。

化交流史上的辉煌时期。孔子及其学说在传入日本之后曾产生了巨大的影响，几乎构成了日本明治时代之前文明史的核心内容。不过，随着日本明治维新的成功和晚清帝国的没落，日本转而成了近代中国学习的榜样。中国不断向日本派遣留学生，学习日本的近代文明。其中，鲁迅就是在清末随着留学东洋的浪潮而到日本留学的。

在日本留学时期，鲁迅正处在探寻人生新路和求知欲望最为强烈的青年时代，日本的崭新体验自然使其受到异域文化的强烈冲击。正是在日本，鲁迅弃医从文走上了文艺救国之路。在留学期间，日本明治时代的文化氛围及文学风潮使鲁迅格外重视文学的独特精神价值。他不仅与"个人主义之至雄桀者"① 尼采产生了精神上的相遇，也接触到雨果、托尔斯泰等著名世界文豪的作品。他思想的定型和文学意识的诞生都是在日本完成的，其中尤其是其个性主义的思想主张和"改造国民性"文学主题的形成与日本有莫大的关系。在后来回忆为什么会做起小说来时，鲁迅就曾说，自己当初并没有看过"小说作法"之类的书，但是在介绍和翻译外国文学时曾看过包括日本小说在内的很多短篇小说。他说："记得当时最爱看的作者，是俄国的果戈理（N. Gogol）和波兰的显克微支（Siekiewitz）。日本的，是夏目漱石和森鸥外。"② 鲁迅对夏目漱石极为推崇，他不仅翻译和介绍过夏目漱石的小说，

① 鲁迅：《坟·文化偏至论》，《鲁迅全集》第1卷，人民文学出版社2005年版，第53页。

② 鲁迅：《南腔北调集·我怎么做起小说来》，《鲁迅全集》第4卷，人民文学出版社2005年版，第525页。

还称其"是明治文坛上的新江户艺术的主流，当世无与匹者"①，可见夏目漱石对鲁迅曾经产生过重要影响。此外，鲁迅还受到森鸥外、武者小路实笃、有岛武郎、芥川龙之介、菊池宽等日本近代作家的影响。可以说，留日期间鲁迅接触过大量的日本文学，其后来的文学创作自然也深受日本文学的影响，而鲁迅一生也有着深深的"日本情结"。

作家鲁迅的诞生、成长与日本有着非常密切的关系，这就使得许多日本人将作家鲁迅视为日本文化孕育的结果，也使得他在日本很容易被认同和接受。因此，就鲁迅在域外的传播而言，日本既是受鲁迅影响最大的国家，同时也是最早传播鲁迅的国家。早在1909年，当鲁迅还是一个默默无闻的留日学生时，东京的刊物《日本与日本人》第508号"文艺杂事"栏，便刊载了当时周氏兄弟《域外小说集》翻译、出版的消息，而这也成了鲁迅在海外媒体上的首次出现。在五四新文化运动期间，鲁迅正式走上文坛后，很快引起了日本的中国文学研究学者的关注。在1920年，日本学者青木正儿在《支那学》月刊上称鲁迅是一位"有远大前程的作家""他的《狂人日记》（《新青年》第四卷第五期）描写了一个迫害狂的惊怖的幻觉，从而踏入了中国小说家迄今未能涉足的境地"②。从20世纪二三十年代直至二战前，随着鲁迅在中国新文学中地位的确立和影响的扩大，丸山昏迷、清水安三、山上正

① 鲁迅：《译文序跋集·〈现代日本小说集〉附录　关于作者的说明》，《鲁迅全集》第10卷，人民文学出版社2005年版，第239页。

② ［日］青木正儿：《以胡适为漩涡中心的文学革命》载1920年9—11月《支那学》月刊第1卷第1—3期。转引自陆晓燕编译《日本鲁迅研究史料编年》（1920—1936），载北京鲁迅博物馆鲁迅研究室编《鲁迅研究资料》第13辑，天津人民出版社1984年7月第1版，第98—99页。

义（林守仁）、佐藤春夫、增田涉、小田岳夫等人也展开了对鲁迅著作的翻译和鲁迅生平的介绍，鲁迅及其作品便开始在日本有了较为广泛的影响。日本学者竹内实就指出："鲁迅的作品，首先是在期待国际无产阶级文学运动的过程中，被提及和介绍到日本来的。后来，他又因为是东洋作家而受到关注。"① 在 1930 年，东京岩波书店推出了佐藤春夫、增田涉翻译的《鲁迅全集》，改造社也出版了《大鲁迅全集》。鲁迅的东洋作家身份使他在日本备受关注，特别是 1936 年鲁迅的逝世在日本引起了广泛关注，不仅日本媒体有大量的报道，许多日本作家也表达了他们的悼念之情。而随着改造社的《大鲁迅全集》、小田岳夫的《鲁迅传》和竹内好的《鲁迅》等相继出版，鲁迅作品在日本读者中得到更广泛的传播，这也为战后日本兴起研究和传播鲁迅文学的热潮奠定了基础。

　　可以说，就中日文学交流而言，自近现代以来，中日文坛的交往密切，形成了互为影响的局面，特别是鲁迅与日本作家、文人和学者的互动往来，使其作品在日本被同步译介和广泛传播。而到了战后时期，日本兴起了"中国学"，日本知识界开始关注近现代以来中国的民族革命问题，关注鲁迅及其文学，于是就兴起了所谓的"鲁迅热"。以日本侵华战争为界，战前日本文化界普遍都对中国传统文化非常崇拜，但非常歧视近代之后中国的贫弱和落后。然而到了日本战败之后，日本文化界一部分文化人士在反省日本自身问题的同时，对革命成功后的新中国充满了向往，自然他们也非常关注"革命中国"的"政治权威"毛泽东和"文

----

　　① ［日］竹内实：《清末以来影响日本人的中国著作》，《日中关系研究》，程麻译，中国文联出版社 2004 年版，第 336 页。

化权威"鲁迅等现代中国的杰出人物。与战前日本对中国古典文化领域的聚焦不同,战后日本的中国学研究则在鲁迅研究方面取得了重大进展。在战后日本,鲁迅被日本各阶层广泛接受和传播,原因之一就在于鲁迅的留日经历和自身的历史价值而使得日本国民对他具有特殊的"亲近感"和"吸引力"。对于善于吸收外国文化的日本民族来说,鲁迅在作为一种外来文化的参照系而被吸收或引进时,具有以下双重优势:一是与世界各国,尤其是与欧美等国相比,鲁迅作为东方文化的典型代表更易于被理解,也更易于被吸纳来构建日本自身的文化观念体系;二是与中国近现代的各类杰出人物相比,鲁迅曾有过 7 年留学日本的经历,他对日本民族有着自己的认识,对日本文化也有着深刻的理解,因而鲁迅更容易受到日本人的亲近和认同,也更容易接受和消化。日本学者藤井省三教授就多次指出,鲁迅"虽然是外国的文学家,但在现代日本是作为国民文学来对待,被人们接受的"。[①] 鲁迅被称为"国民作家",其创作被视为国民文学,足见战后日本国民对鲁迅的文化亲近感和对鲁迅作品阅读的普遍性。可以说,鲁迅是日本国民最认可的中国现代作家,也对战后日本产生了实质性的影响。而池田大作对鲁迅的接受也正是在战后日本文化语境中接触鲁迅、阅读鲁迅,并进而传播鲁迅的。

　　作为著名的宗教家、思想家和文学家,池田大作总是不断地从包括中国文化在内的世界文化中汲取思想精华。他说:"无论是《离骚》的大诗人屈原,还是呼叹'天道是耶非耶'的司

---

① ［日］藤井省三:《鲁迅在日文世界》,见周令飞主编《鲁迅社会影响调查报告》,人民日报出版社 2011 年版,第 222 页。

马迁，以及《兵车行》的杜甫，近代的鲁迅，都是我所爱好的
文学家。"① 正因为深受中国传统文化的浸润，他对中国一向秉持
仰慕和感激之情，并发出"对日本人来说，中国是何等的'文化
大恩之国'啊"② 的感叹。他说："对我们日本人来说，中国一千
数百年来一直是我们文化、思想、教养、学术的老师和老前
辈……就我个人来说，中国的历史与文化永远是取之不竭的源泉，
是给予我们莫大恩惠的丰富的精神文明的海洋……我的老师，创
价学会第二代会长户田城圣先生，当年在教育包括我在内的青年
们时，就经常运用中国的古典文学；而且在教导人生的生活态度
和作为一个人的道理时，经常举中国的伟大人物为例。"③

　　池田大作也经常将鲁迅与日本的一些文化名人进行比较，探
寻他们之间的师承与联系。无论是鲁迅与夏目漱石、鲁迅与牧口
常三郎，还是鲁迅与藤野严九郎、鲁迅与增田涉，池田大作将他
们放在一起来探讨，就是为了从鲁迅那里获得一种中日文化同质
化的认同感。比如，对于鲁迅和夏目漱石，池田大作敏锐地注意
到他们不仅在外在形体上有明显的共同之处，而且在精神气质上
也有着明显的相通。他说："奇妙的是，我感到漱石与鲁迅面貌极
为相似：留着胡子、面目端正、浓黑的眉毛、正视事物的眼睛。
这种眼睛大概就是探索人的内心世界与自然的奥秘的眼睛吧！"④

---

　　① ［日］池田大作：《池田大作答〈世界文学〉编辑部问》《世界文学》1992 年
第 4 期，第 7 页。

　　② 饶宗颐、［日］池田大作、孙立川：《文化艺术之旅》，广西师范大学出版社
2009 年版，第 52 页。

　　③ ［日］池田大作：《作者序言》，《池田大作选集》，北京大学出版社 1988 年版
第 1—2 页。

　　④ ［日］池田大作：《鲁迅的烦恼与勇气》，《国外社会科学》1981 年第 9 期，第
29 页。

置身中日互为影响的文化语境中，池田大作在谈及鲁迅与日本的渊源时，常常提及藤野严九郎对鲁迅的影响，以及鲁迅对他的日本弟子增田涉的影响。鲁迅曾有过 7 年留学日本的经历，这一段异国经历与体验对他后来成为一名具有世界声誉的作家产生了重要影响。其中，藤野严九郎是给他影响最大的老师之一。鲁迅说："在我所认为我师的之中，他是最使我感激，给我鼓励的一个……他的性格，在我的眼里和心里是伟大的，虽然他的姓名并不为许多人所知道。"① 对于藤野严九郎与鲁迅之间这段薪火相传的师生之谊，池田大作指出："老师是自己最艰难时的支撑，是把自己引上正道的存在。对于鲁迅先生来说，就是藤野先生。理想的师徒关系，可以为人生带来无限的勇气。"② 池田大作特别看重鲁迅将恩师藤野严九郎尊为"人生之师"这一举动，他说："鲁迅先生学成归国后，把老师的照片郑重地悬挂在书房的墙壁上。每当他疲惫搁笔时，只要看到老师的照片，便会激发良心、鼓起勇气，不断写下攻击论敌的文章。"③ 在池田大作看来，"老师是楷模，是指南针，更是灿烂的太阳，是夜空中闪耀的北斗星。心中有老师的人生就不会有迷惑和犹豫。"④ 同样，关于鲁迅在中日文化交流坐标上的文化薪火相传，池田大作也常常提到鲁迅对日本弟子增田涉的无私关爱，他认为鲁迅与日本弟子增田涉的交往也是中日友好交流的一段佳话。增田涉是鲁迅最有名的日本弟子，

---

　　① 鲁迅：《朝花夕拾·藤野先生》，《鲁迅全集》第 2 卷，人民文学出版社 2005 年版，第 318 页。

　　② ［日］池田大作：《谈革命作家鲁迅》，《上海鲁迅研究》2006 年第 4 期，第 181 页。

　　③ 章开沅、［日］池田大作：《世纪的馈赠：章开沅与池田大作的对话》，湖北人民出版社 2011 年版，第 57—58 页。

　　④ 同上书，第 58 页。

他曾向鲁迅长期请教《中国小说史》的相关问题，在日常交往中与鲁迅有过较长时间的接触，鲁迅的人格魅力让他非常折服。他说："就我个人来说，直到现在所接触过的人——当然日本人也算在内，和鲁迅比起来，在为人上我最尊敬他，对他感到亲爱。这我多次对人说过，现在还是这样想。"① 为了继承这些开拓中日友好之路的先哲们的遗愿，池田大作一直非常努力地用实际行动来维护和促进日本和中国文化交流的发展。他不仅在日本通过文学、展览和讲座来传播鲁迅以推动中日文化的交流，而且还继承了鲁迅精神来推动中日间的交流。早在1975年，池田大作就在他所创办的创价大学接收了6名来自中国的留学生，这也是新中国成立后第一批去往日本的留学生。对池田大作来说，他希望像鲁迅留学日本时和老师藤野严九郎之间温暖的交流一样，在创价大学师生和中国留学生之间也能培育出美好的友情。

从中日互为影响的文化渊源来看，池田大作除了谈到鲁迅在仙台医学专门学校与藤野严九郎"暖人肺腑的交流"②，他也常常提到鲁迅就读东京弘文学院时，创价学会首任会长牧口常三郎先生与中国留学生"心心相印的交流"③。鲁迅在东京弘文学院的求学与创价学会创始人牧口常三郎在弘文学院的任教，也让池田大作从他们的思想上找到了契合与相通。鲁迅1902年来到日本留学，最初在东京弘文学院学习日文。1904年2月，创价学会创始人牧口常三郎开始在弘文学院讲授地理课，而鲁迅在1904年4月

---

① ［日］增田涉：《鲁迅的印象》，湖南人民出版社1980年版，第18页。
② ［日］池田大作：《池田大作先生贺辞》，见陆建非、［日］寺西宏友主编《多元文化交融下的现代教育研究》，上海三联书店2014年版，第4页。
③ 同上。

才离开弘文学院去仙台学医。这期间，他们在东京弘文学院有两个月的重叠期。而鲁迅或许和牧口常三郎有过交往，或许也听过他的课。池田大作一直对他们师生两人在这两个月重叠时间里有什么具体来往，有什么样的精神交流非常关注。他说："在弘文学院这个舞台上，两人的足迹有两个来月重叠。那时牧口先生三十二岁，青年鲁迅二十三岁，年龄相差十岁。他们之间有什么接点，有什么交流，这段历史令人饶感兴趣。"① 其实，在牧口常三郎到弘文学院授课的前两个月，由浙江籍中国留学生创办的刊物《浙江潮》1903 年 11 月号上同期刊登了牧口常三郎的文章《植物与人生的关系》和鲁迅译写的历史小说《斯巴达之魂》，下一期上又同期刊登了牧口常三郎的《植物与人生的关系》续篇以及《地人学》和鲁迅的翻译作品《地底旅行》。而且，牧口常三郎在弘文学院授课前半年已经出版了他的代表作《人生地理学》，这本著作将地理学与人生问题结合起来，而且赞赏古代中国向日本传来文化的恩义，强调团结的力量对中华民族的重要性。这种思路和观点与鲁迅当时的心情和想法是非常吻合的，所以池田大作经常将鲁迅和牧口常三郎联系到一起。他说："值得注目的是鲁迅先生在月刊《浙江潮》上强烈诉求团结起来的必要性，说中国不能像一盘散沙。牧口先生很早就在《人生地理学》中主张中国向日本传来文化的恩义，也强调'团结的气力'对这个邻国的未来很重要。民众啊，团结起来！发展的关键即在于此——这就是青年鲁迅和牧口先生的共识。"② 在鲁迅与牧口常三郎身上，池田大作

---

① ［日］池田大作：《谈革命作家鲁迅》，《上海鲁迅研究》2006 年第 4 期，第 160—161 页。

② 同上书，第 161 页。

认为他们有着一种"不可思议的缘分"①，而且还发现了他们在思想上存在一种共通性。对于鲁迅的精神追求，池田大作的崇敬之情油然而生，总是不由自主地想起了创价学会的精神导师、创价学会之父牧口常三郎。他说："每当想到鲁迅先生，我心里就浮现慈爱正义的教育家、创价教育之父牧口常三郎先生的身影。"②

可以说，中日之间一衣带水，中日文化一直在两国间薪火相传，互相影响，共同熔铸并造就了鲁迅和池田大作这两位文化巨人。鲁迅在东京、仙台等地深受嘉纳治五郎、藤野严九郎等日本现代文化人士的影响，而池田大作又深受鲁迅影响，这些正是中日两国文化相互影响下薪火相传的表征。池田大作总是不断地探寻鲁迅与牧口常三郎、藤野严九郎等先哲们内在思想和精神的相通之处，并在他们那里获得了深深的启示。有学者就指出："对牧口的尊崇，对中日文化交流的重视，尤其是当池田大作要为创价学会的精神原则与中国当代文化形态之间的沟通寻找一座桥梁时，作为中国新文化的方向、中国新文学的旗手的鲁迅也就当之无愧地成为池田大作的最合适的选择。"③ 正是在鲁迅与藤野严九郎、牧口常三郎等日本人士之间的交流和缘分的巨大影响下，池田大作不断借用鲁迅与日本文化渊源的事例来倡导多元文化的交融，并号召沿着鲁迅与藤野严九郎、牧口常三郎等先贤们所建立的中日"永远友好的金桥"前进。而池田大作也以中日友好使者的身份一直用实际行动来继承鲁迅与藤野严九郎、牧口常三郎等先哲的文化

---

① ［日］池田大作：《池田大作先生贺辞》，见陆建非、寺西宏友主编《多元文化交融下的现代教育研究》，上海三联书店 2014 年版，第 4 页。
② ［日］池田大作：《谈革命作家鲁迅》，《上海鲁迅研究》2006 年第 4 期，第 159 页。
③ 谭桂林：《论池田大作的鲁迅观》，《鲁迅研究月刊》2006 年第 6 期，第 64 页。

交流精神，并与爱好和平的人们一道，积极推动日中友好和世界和平，延续中日文化互相交流的传统，同时也促进了中日文化交流的发展。

## 第三节　人生遭遇的近似与精神思想的共鸣

从人生遭际和心灵遇合的精神契机来看，池田大作与鲁迅在年少时都经历过家庭衰落的变故，也有着类似的人生奋斗经历，鲁迅坚韧的抗争性格和不屈的斗士精神让池田大作产生了深深的心灵遇合和精神共鸣。青年时期的池田大作在阅读竹内好编译的《鲁迅评论集》时，曾给他带来精神上的巨大震撼，他在日记中抄录了鲁迅那句关于"路"的名言，并将其作为自己的座右铭。他说："我被推选为第三代会长，指挥以前从未有过的民众运动。当时我的精神支柱就是恩师曾经说过的，要使在充满荆棘的荒野中开拓出来的小路成为'永远的大道'。于是我一直忘我地努力着，努力做个好弟子，好青年。因此，鲁迅的话深深地打动了我年轻的心弦。"① 鲁迅的精神思想在青年池田大作心中引起强烈共鸣，并像他的恩师户田城圣一样为他提供前进的精神动力，不断激励着他在领导日本创价学会的道路上奋勇前行。在 2000 年 4 月北京鲁迅博物馆授予"名誉顾问"称号时，池田大作创作了长诗

---

① ［日］池田大作：《"民众时代"的曙光——读鲁迅著〈阿 Q 正传〉》，《青春岁月　阅读感悟》，香港牛津大学出版社 2010 年版，第 253—254 页。

《文学界的巨人　精神界的先驱》，在诗中，他不仅称鲁迅是自己最为敬仰的人，而且还盛赞鲁迅是"二十世纪/最伟大的文学和精神的巨人"，其"对人类的伟大贡献/千秋万代，永载史册"①。

事实上，人们在接触"他者"的过程中，往往不是因为好奇心而寻找相互的差异性，而是为了在"他者"身上找到与自己的相同性或相通性。池田大作崇敬鲁迅的人格精神，赞赏鲁迅的文学和思想，这是因为他在鲁迅身上看到的那种不惜自身，祈望其他人幸福的慈爱，以及与人之恶战斗的勇气是和自己的价值追求完全一样的。因而，在与中国当代著名作家王蒙以"赠给未来的人生哲学——凝视文学与人"为题的对谈中，他就坦言说："鲁迅先生深刻洞察'生命的路'引起我共鸣。他对探究生命的佛教深有造诣，也令我感佩。"② 在与著名历史学家章开沅的对话中，池田大作也坦言鲁迅对自己成长的巨大影响，他说："鲁迅也是我年轻时候就喜欢的作家之一。"③

池田大作与鲁迅之间产生深深共鸣的私人性机缘，首先表现在他们在少年时期都曾经历过家庭衰落的变故，并都有过艰辛的奋斗历程。就家庭出身而言，鲁迅与池田大作在年幼时，家庭都发生过大的变故，这对他们年幼的心灵产生了深刻的影响，并促使他们从小就养成了坚毅的性格。鲁迅原本是世家子弟，但出生时，家族已处在没落阶段。他 12 岁时，祖父周福清因科场作弊案

① ［日］池田大作：《文学界的巨人　精神界的先驱——为纪念伟大的鲁迅先生》，《鲁迅研究月刊》2002 年第 6 期，第 80 页。

② 王蒙、［日］池田大作：《家庭、故乡以及青春之日》，《上海文学》2016 年第 3 期，第 77 页。

③ 章开沅、［日］池田大作：《世纪的馈赠：章开沅与池田大作的对话》，湖北人民出版社 2011 年版，第 9 页。

先是被判"斩监候"，后减为坐牢八年，周家卖田卖地筹款营救，弄得家里"几乎什么也没有了"①。这期间，他和弟弟曾不得不到乡下的舅父家中避难，在那里他时常还被当成了"乞食者"，这让他幼小的心灵感到非常屈辱。接着，因科场舞弊案而革去秀才身份的父亲周伯宜又开始了三年的卧病生活，家中经济状况更是每况愈下。作为长子的他不得不在人们侮蔑的眼光下奔波于当铺与药店之间为父亲当物买药。在家庭由大户到小康，再到破产的变故中，鲁迅目睹了社会的腐败和混乱，深切感到世态的炎凉，达到"连心肝也似乎有些了然"②的地步。于是，在 17 岁的时候，他毅然走上了"走异路，逃异地"的外出求学生涯。他先是到南京的水师学堂和矿路学堂学习近代科学，后又到日本留学，而这是一般世家子弟所不屑于走的人生道路。池田大作出生在东京一个以紫菜业为生的贫穷家庭，他的父亲从事紫菜制造业，起初营业的范围很广，生活也算比较稳定。"可是，在关东大地震时，由于海岸隆起，海岸一代的紫菜生产量一下子降落下来，我们家的家运也就开始衰落了。"③ 接下来，第二次世界大战爆发，紫菜生产完全陷于停顿，池田大作的 4 个哥哥又分别上前线去了，家中便到了一贫如洗的境地。再后来，他的大哥在缅甸战死，使家庭更是雪上加霜。相同的贫苦出生和家庭变故促使了鲁迅与池田大作从少年时起就开始关注底层民众，在逆境中立志向上，并

---

① 鲁迅：《集外集·俄文译本〈阿 Q 正传〉序及著者自叙传略》，《鲁迅全集》第 7 卷，人民文学出版社 2005 年版，第 85 页。

② 鲁迅：《朝花夕拾·琐记》，《鲁迅全集》第 2 卷，人民文学出版社 2005 年版，第 303 页。

③ ［日］池田大作：《谈谈我的父亲》，《池田大作选集》，北京大学出版社 1988 年版，第 214 页。

形成了一种坚毅的求索精神。而随着自己人生经历的增加和对鲁迅认识的加深，池田大作对鲁迅年幼时期所经历的不幸遭遇产生了共鸣。他曾在读书笔记中记录下鲁迅这段人生遭遇："周家本是当地的名门，但由于父亲生病等不幸事件接二连三地发生，开始急速没落了。在鲁迅 16 岁时，经百般医治无望的父亲离开了人世。衰败之后的一家常遭周围的冷眼。鲁迅为了求学，终于离开了家乡。"① 鲁迅在面对苦难时表现出了顽强的抗争与反叛精神，这让池田大作从他身上看到了他们的共同之处："只要精神坚强，困难就能变为成长的食粮。"②

池田大作与鲁迅心灵遇合的另一个私人性机缘是他们不仅都曾罹患病痛，而且与病痛斗争的经历也非常相似。鲁迅的身体一向多病，他在日记中记载自己病痛的状况，就非常令人吃惊。鲁迅正值壮年的时候得过结核病，曾咯血不止。1913 年 10 月 1 日，他在日记中说："写书时头眩手战，似神经又病矣，无日不处忧患中，可哀也。"③ 他一生一直在与病痛作顽强的斗争，最终 55 岁时死于肺病。池田大作在《谈革命作家鲁迅》的讲座稿中曾特辟一节来谈论鲁迅的疾病以及鲁迅与病痛的斗争。他说："1923 年秋，自从在北京各大学讲课，他就开始发烧，咯血，是肺结核初期症状。"④ 同样，池田大作从小身体也非常虚弱，17 岁得了肺结

---

① ［日］池田大作：《"民众时代"的曙光——读鲁迅著〈阿 Q 正传〉》，《青春岁月　读书感悟》，香港牛津大学出版社 2010 年版，第 255 页。

② ［日］池田大作：《谈革命作家鲁迅》，《上海鲁迅研究》2006 年第 4 期，第 160 页。

③ 鲁迅：《日记》，《鲁迅全集》第 15 卷，人民文学出版社 2005 年版，第 81 页。

④ ［日］池田大作：《谈革命作家鲁迅》，《上海鲁迅研究》2006 年第 4 期，第 174 页。

核，而在谈到自己的病痛时，他说："我十多岁的时候也得了结核，那种痛苦只有得过的人才知道。"① 对于自身的病痛，池田大作感慨万千，但他仰仗着强烈的生命意志与斗争精神战胜了病魔，所以他后来在回忆自己的青年时代时曾自豪地说："不管我多么痛苦、怎样为病魔所缠，不管国家多么破碎，太阳是永远放着光辉。在我的心底深处，希望的幼芽尽管遭到践踏和压抑，仍然在不断地成长。"② 虽然同是身患致命的疾病，但他们都没有向病痛屈服，这使得池田大作在内心深处与鲁迅产生了一种深深的遇合。那就是，人生虽然充满艰辛，但是他们却都与哀伤、悲叹无缘。可以说，鲁迅直面坎坷而艰辛的人生遭遇让池田大作产生了一种亲切感，他从鲁迅身上看到了一种成长的精神，这种精神也让他在心灵上与鲁迅达到了一种契合。而这正是他们共同走上关注人自身和思考人的精神前提，同时也促使他们对"人学"的思考与探究总是基于现实，因而有着很强的现实针对性。

鲁迅不相信在人生的道路上真有所谓走不过去的"穷途"，即使前面荆棘丛生也从不绝望，仍然要跨越过去。鲁迅这种敢于跟命运搏斗，敢于向逆境挑战，乐观坚定和百折不挠的人生观自然引起了池田大作的共鸣。他说："鲁迅先生相信跨越任何障碍进步的'生命'所蕴藏的伟大创造力、成长力。"③ 而

---

① ［日］池田大作：《谈革命作家鲁迅》，《上海鲁迅研究》2006 年第 4 期，第 174 页。

② ［日］池田大作：《我是这样度过年轻时代的》，《池田大作选集》，北京大学出版社 1988 年版，第 175 页。

③ 王蒙、［日］池田大作：《家庭、故乡以及青春之日》，《上海文学》2016 年第 3 期，第 77 页。

随着对鲁迅作品的广泛阅读和对鲁迅人生经历的深入了解，池田大作越发产生出对鲁迅人格品质的推崇和价值精神的激赏。池田大作特别赞赏鲁迅"俯首甘为孺子牛"的诗句，因为这句诗不仅包含池田大作所倡导的为民众鞠躬尽瘁的思想，而且其中更有鲁迅伟大人格的投影。鲁迅在去世前不久还宣称："那切切实实，足踏在地上，为着现在中国人的生存而流血奋斗者，我得引为同志，是自以为光荣的。"① 在池田大作看来，"鲁迅不仅是一位作家，也是一位与中国人十分尊重的古代的贤哲圣人相媲美的伟人。"② 作为佛教徒，他甚至在鲁迅身上看到了其与佛祖释迦牟尼、日本创价学会的宗祖日莲大圣人以及第一代会长牧口常三郎的精神相通性。池田大作特别推崇鲁迅的历史小说《理水》。在这篇小说中，鲁迅描绘了中国上古传说中一位为民治水的英雄大禹。这位英雄面貌黑瘦，衣服破旧，为平息水患四处奔波，以致满脚底都是栗子般的老茧。他称这个有着鲁迅精神人格投射的大禹形象是一位实干的"志士仁人"，而读完这篇作品更令他"想起那位仆仆风尘奔走于印度广袤大地的释迦牟尼的故事"③。池田大作称鲁迅是一生都在与"内在的恶"和"外在的恶"作斗争的"笔的斗士"，并将其战斗杂文与日莲大圣人论战式的日本语散文进行比较，认为他们都有着喷吐火舌般激烈的性格。他还在诗中称"鲁迅先生与牧口会

---

① 鲁迅：《且介亭杂文末编·答托洛斯基派的信》，《鲁迅全集》第6卷，人民文学出版社2005年版，第610页。

② 金庸、［日］池田大作：《探求一个灿烂的世纪：金庸/池田大作对话录》，北京大学出版社1998年版，第215页。

③ 同上。

长——/在乱世迷离中共殉正义与人道/他们是二个秉持伟大信念的灵魂！"① 这些无不显示了池田大作对鲁迅精神人格的推崇。

　　除了对鲁迅的精神人格的景仰与尊崇，池田大作也对鲁迅的"希望哲学"产生了强烈共鸣。在鲁迅的小说《故乡》中，当年那个戴银项圈的小英雄闰土如今却变得辛苦而麻木的生活着，当年美丽的豆腐西施杨二嫂如今也变得辛苦而恣睢的生活着，这使得主人公我对宏儿和水生将来在一起玩的想法感到惘然，同时也觉得四面有看不见的高墙将自己隔成孤身，使自己非常气闷。因此他悲哀地感到"那西瓜地上的银项圈的小英雄的影像，我本来十分清楚，现在却忽地模糊了，又使我非常的悲哀"。② 不过，鲁迅把改变"老中国"现状的希望仍然寄托在水生和宏儿等下一代身上，他认为希望的有无"正如地上的路；其实地上本没有路，走的人多了，也便成了路"。所以他"在朦胧中，眼前展开一片海边碧绿的沙地来，上面深蓝的天空中挂着一轮金黄的圆月"③。正是基于此，鲁迅希望宏儿和水生等下一代人"应该有新的生活，为我们所未经生活过的"④。而这希望便是行动，便是从无路的荆棘中去开辟新的道路。这便是鲁迅关于行动的哲学，也被池田大作称为"希望哲学"。青年池田大作在阅读鲁迅作品时，曾为《故乡》中关于"路"的话所深深吸引。他将其记录在自己的日记里，并指出："他的话告诉人们，人的意志力量能战胜命运。使

---

　　① ［日］池田大作：《文学界的巨人　精神界的先驱——为纪念伟大的鲁迅先生》，《鲁迅研究月刊》2002 年第 6 期，第 77 页。

　　② 鲁迅：《呐喊·故乡》，《鲁迅全集》第 1 卷，人民文学出版社 2005 年版，第510 页。

　　③ 同上。

　　④ 同上。

人们确信，直视严酷的现实，一定能从中打开活路。"① 池田大作认为，在人生前行的路途上总会碰到暗夜一般的日子，或荆棘塞路的时候，"但是，绝不要后退。苦难的时候向前踏出一步！那一步将打开胜利的道路。希望靠自己创造。要从荆棘中开路，把希望留给后面的人们。这是鲁迅先生身体力行的'希望哲学'"。② 池田大作一直秉承着鲁迅"希望哲学"的人生信念，不断开拓新的人生，向未知的将来挑战。在他看来，"鲁迅的一生可以说是连续不断地与绝望作斗争的一生。然而在这一过程中，他始终没有放弃过希望"。③ 他也一直将鲁迅看作自己的人生楷模，不断从他那里汲取精神的动力。他说："收录于《呐喊》中的《故乡》可以说是鲁迅的半自传小说，其结尾就放射出一种真正的战士的雄浑厚重的光芒。"④ "鲁迅走的是没有路的路。用他自己的话来说，就是'只是反抗着黑暗'吧。然而在他艰难前进之后，确实有了路。"⑤ 1995 年，在答香港《明报》记者问时，池田大作曾坦承自己对鲁迅有三点深深的共鸣，除了鲁迅作品中始终贯穿着"对民众的爱"和鲁迅永远是"笔的战士"外，最让他有着深深共鸣的就是鲁迅的"希望哲学"。

正是这些人生经历与缘分以及思想精神上的共鸣，使池田大作跨越了有限的时空，与鲁迅进行了灵魂与灵魂的沟通和联结，

---

① ［日］池田大作：《池田大作谈鲁迅（答〈明报〉记者问）》，《鲁迅研究月刊》1995 年第 5 期，第 29 页。

② ［日］池田大作：《谈革命作家鲁迅》，《上海鲁迅研究》2006 年第 4 期，第 170 页。

③ ［日］池田大作：《"民众时代"的曙光——读鲁迅著〈阿 Q 正传〉》，《青春岁月　读书感悟》，香港牛津大学出版社 2010 年版，第 265 页。

④ 同上。

⑤ 同上。

并结成了他所期望超越生死的"美好的心灵的纽带"①。池田大作对鲁迅充满了尊敬和喜爱，他不仅阅读了鲁迅大量的作品，汲取其思想的精髓，而且他还不遗余力地向青年们宣扬鲁迅的思想和精神。也就是从年轻时起，池田大作就特别爱吟咏鲁迅"横眉冷对千夫指，俯首甘为孺子牛"这两句诗，他决心像鲁迅一样蔑视无知的批判和压制，毅然坚持爱民众、爱青年的信念之路，他说："对无端的指责绝不屈服。要毅然地坚持走信念的道路。与此同时，为了民众，为了青年，要奋不顾身，不怕牺牲，为他们服务。"② 2003 年 3 月，池田大作在创价大学第一届特别文化讲座畅谈了西方文化巨人歌德的人生。此后，他决定选取东方文化伟人鲁迅作为第二届特别文化讲座的题目。他希望和创价大学的学生们"一起从鲁迅先生的'人格''哲学''言论'等观点，探究他为何于 21 世纪还是有着不朽的影响"③。可以说，正是基于与鲁迅心灵的深深遇合，池田大作不仅对鲁迅充满了尊敬和喜爱，也对鲁迅的文学情有独钟。他称自己是最喜爱鲁迅作品的读者之一，并不断从鲁迅那里汲取了丰富的思想营养和精神动力。

① ［日］池田大作：《我的人学》（第二版），铭九、庞春兰等译，北京大学出版社 2007 年版，第 24 页。

② ［日］池田大作：《"深圳的挑战"是"亚洲的焦点"》，《我的中国观》，四川人民出版社 2009 年版，第 67 页。

③ ［日］池田大作：《谈革命作家鲁迅》，《上海鲁迅研究》2006 年第 4 期，第158 页。

# 第三章 "鲁迅像"的生命感应与 "池田鲁迅"的建构

试图以正义和有勇气的言论来开启民众时代的鲁迅先生，亦随着时间的过去而愈益备受瞩目，成为一个伟大的存在。

——池田大作：《上海鲁迅纪念馆创立 60 周年贺词》，《上海鲁迅研究》2011 年第 2 期。

我认为从青年时代阅读鲁迅开始，到近期《谈革命作家鲁迅》这一讲演稿的发表，池田大作已经形成了一个系统的、一贯的鲁迅观，这个鲁迅观系统由三根柱子支撑：一、鲁迅是一位革命家；二，鲁迅是一个教育家；三，鲁迅是一个不屈的斗士。他们体现着池田大作观察鲁迅的一个独特的角度，以及池田大作在体认鲁迅精神时的一种真正属于自己的生命感应。

——谭桂林：《池田大作与世界文学》，南京大学出版社 2011 年版，第 85 页。

池田大作一直对鲁迅充满了崇敬之情,他说:"我在北京大学的演讲时曾谈及鲁迅的文学,更与中国友人谈话时,多次提及,对于这位中国人民的'民族之魂',我始终怀着深深的敬仰之心。"① 不过,池田大作接受鲁迅的出发点不同于许多纯学术性的鲁迅研究者,他对鲁迅的作品解读、思想阐释与价值践行明显表现出对鲁迅的文学艺术价值、思想实践价值、文化交流价值和教育实践价值等价值的综合考量。具体来说,他一方面在研究文章、对谈录、演讲和讲座中对鲁迅的文学、思想进行探讨和宣扬;另一方面又在诗歌、小说和随笔等文学创作中对鲁迅价值思想进行继承和传播,同时他还将鲁迅精神思想运用于"人性革命"的民众运动、社会活动和文化教育等领域。

由于池田大作对鲁迅的深入探究、系统阐释和传播贡献,借鉴鲁迅研究界诸如"竹内鲁迅""丸山鲁迅"等"鲁迅像"的称谓,自然可以将池田大作对鲁迅文学的阐释、思想的认识以及对鲁迅价值重估过程中的"发现"和"创造"等内容,用"池田鲁迅"这一"鲁迅像"来涵盖。不过,需要指出的是,池田大作所体认的鲁迅价值思想和所建构的"鲁迅像"是基于一种真正属于自己的生命感应,因而池田大作自身的多重身份也就决定了他拥有观察和阐释鲁迅的多维视角。有学者指出:"池田大作已经形成了一个系统的、一贯的鲁迅观,这个鲁迅观系统由三根柱子支撑:一,鲁迅是一位革命家;二,鲁迅是一个教育家;三,鲁迅是一个不屈的斗士。"② 就池田大作本身而言,他不仅具有文学家敏锐

① [日]池田大作:《鲁迅:首在立"人"——通过阿 Q 来教育与鼓舞青年》,香港《紫荆》2008 年第 10 期,第 42 页。
② 谭桂林:《池田大作与世界文学》,南京大学出版社 2011 年版,第 85 页。

的观察力和哲学家深邃的思考力，而且还具有教育家爱护青年的真诚热心和社会活动家的胆略魄力。从青年时代阅读、接受鲁迅开始，池田大作就一直积极致力于发掘鲁迅之于当代世界的价值和意义，他所体认的鲁迅不仅具有巨大的文学创造价值和思想精神价值，而且还在文化交流和教育实践等方面具有巨大的社会价值。可以说，支撑"池田鲁迅"这一"鲁迅像"系统的便是池田大作对鲁迅是一个致力于国民性批判的"精神革命"思想家，"在灵魂深处唤醒民众"的"笔的斗士"，搭建中日文化交流"金桥"的先驱者和践行"立人"的教育家等四位一体的认识。池田大作对鲁迅的阐释无疑具有深刻的内涵，他对鲁迅的传播也有着重要的现实价值，并且在战后日本乃至世界都产生了广泛的影响。同时，值得注意的是，随着战后日本时代语境的变化，池田大作对鲁迅的思想探究和价值体认也是有着不同的侧重的。

# 第一节　致力于国民性改造与
## "精神革命"的思想家

　　池田大作早在青年时期就开始阅读鲁迅作品，并进而受其思想的影响。在 1974 年第一次访华时，他主动提出并参观了上海的鲁迅故居和鲁迅墓。3 年后，他在《鲁迅的烦恼与勇气》一文中专门谈到了对鲁迅本身的认识，他说："鲁迅有两个面目，一个是'笔的斗士'，另一个则是能洞见人的精神内奥并加以发掘的'哲学家',不能只偏重于哪一方面来评估,这也是鲁迅之所以伟大之处。"① 显然,置身反思战败的日本战后时代语境和"革命中国"对当时世界巨大影响的氛围之中,池田大作自然很容易被鲁迅思想的深邃性和鲁迅文学的战斗性所吸引。在他看来,鲁迅深刻地洞察了普通民众的内心世界,始终"注视'人性革命''精神革命'的重要,全心全意以笔来为民众带来黎明"②。正是通过对鲁迅"立人"和"改造国民性"思想的深入探讨,池田大作指出鲁迅是致力于"精神革命"的思想家,其思想对日本"岛国根性"的改造也具有积极的促进作用。

就鲁迅思想的形成而言,对"改造国民性"的正式思考就是鲁迅在日本留学时开始的。在弘文学院时期,鲁迅便开始关注和思考中国的国民性问题。据许寿裳回忆:"鲁迅在弘文时,课余喜欢看哲学文学的书。他对我常常谈到三个相连的问题:一,怎样才是理想的人性?二,中国国民性中最缺乏的是什么?三,它的病根何在?这可见当时他的思想已经超出于常人。后来,他又谈到志愿学医,要从科学入手,达到解决这三个问题的境界。"③ 而在仙台医专发生的"幻灯片事件",给鲁迅以极大的刺激,他更清醒地认识到医治国人的灵魂是远比医治他们的身体更为紧要的事情。池田大作也注意到"幻灯片事件"给鲁迅所带来的强烈冲击,他说:"那情景太刺激了,青年鲁迅记下了当时的心情:'凡

① [日]池田大作:《鲁迅的烦恼与勇气》,《国外社会科学》1981年第9期,第28页。

② [日]池田大作:《谈革命作家鲁迅》,《上海鲁迅研究》2006年第4期,第169页。

③ 许寿裳:《挚友的怀念:许寿裳忆鲁迅》,河北教育出版社2000年版,第73页。

是愚弱的国民，即使体格如何健全，如何茁壮，也只能做毫无意义的示众的材料和看客。'……现在需要的是改造精神。青年鲁迅认为，为此，只有学文学。"① 如同创价学会的首任会长牧口常三郎为改造日本的"岛国根性"而投身创价教育一样，鲁迅认识到能够改变人们精神的首推文艺，并坚信"文艺是国民精神所发的火光，同时也是引导国民精神的前途的灯火"②，所以自投身文学事业之后，他就一直致力于对"立人"的思考和"改造国民性"的文艺实践。

事实上，自 18 世纪下半叶西欧工业革命兴起以后，近代西方文明越来越偏重于工具理性，忽视了对人文精神的建设，从而使得社会中的人重新沦为主人和奴隶的关系。正因为看到了这一点，鲁迅在日本接受了尼采批判工具理性和工业文明，批判近代西方社会把人变成非人，并让现代人再度成为奴隶的超人学说。有学者就指出："鲁迅思考的是人类的根本困境，是'生存还是毁灭'的大问题，与加缪、卡夫卡等西方作家后来思考的问题不谋而合。中国还没有一位作家能像鲁迅这样具有国际性。"③ 正是通过对鲁迅思想的深入探析，池田大作指出："鲁迅先生喜爱的是'月亮'和'孩子'。最讨厌的是'撒谎'。他心里总是充满火热的人类爱。"④ "鲁迅先生的目标是民众觉醒，是'变革奴隶根性'，同时

---

① ［日］池田大作：《谈革命作家鲁迅》，《上海鲁迅研究》2006 年第 4 期，第 162 页。

② 鲁迅：《坟·论睁了眼看》，《鲁迅全集》第 1 卷，人民文学出版社 2005 年版，第 254 页。

③ 孙郁、祝勇：《与孙郁对话》，《鸭绿江》2002 年第 4 期，第 52—53 页。

④ ［日］池田大作：《谈革命作家鲁迅》，《上海鲁迅研究》2006 年第 4 期，第 159 页。

消除旧社会的'主人与奴隶'的关系。"① 鲁迅非常憎恶"老中国儿女"身上的奴隶根性，而喜爱"月亮"和"孩子"，因为"孩子"代表着希望和未来。他厌恶"撒谎"，但内心始终充满了火热的人类爱，也正是这种"火热的人类爱"让他不遗余力地去刻画和批判国民的劣根性，努力通过文学来唤醒民众的精神，变革他们身上的奴隶根性，进而消除中国社会一直以来根深蒂固的"主人与奴隶"的关系。

与许多战后日本的鲁迅研究者常常把鲁迅作为日本民族自我批判的思想资源和追求革命变革的精神动力来对待一样，池田大作也非常重视发掘思想家鲁迅的思想精神价值。他从"人性革命"角度来理解和阐释鲁迅的文学和思想，并形成了自己独特的鲁迅观。他认为鲁迅有着深刻的精神洞察力，是一个"能洞见人的精神内奥并加以发掘的'哲学家'"。鲁迅在创作中一贯坚持对国民的精神进行深刻透视，他通过透视民众的灵魂和解剖自己而达到对人类本性的窥视，其作品所揭示的奴隶根性正是人类共同的弱点。而池田大作对鲁迅思想的探究与传播，也正是为了实现其所领导的日本创价学会"人性革命"的价值追求，也即让所有的人最终都能获得生命尊严和幸福生活。

在池田大作看来，鲁迅有着一副"孤独地凝视内在精神的哲学家的面孔，在他那些大多是短篇的、暗示性的小说中，这种形象总是时隐时现的"②。鲁迅的内心始终贯穿着"对民众的爱"，

---

① ［日］池田大作：《谈革命作家鲁迅》，《上海鲁迅研究》2006 年第 4 期，第170 页。

② ［日］池田大作：《鲁迅的烦恼与勇气》，《国外社会科学》1981 年第 9 期，第28 页。

因而他的小说不仅取材于那些现实中不幸的底层民众，而且在创作中还一直"逼近民众的原像"，凝视他们人性的"最深层"。鲁迅对于历史与现实都有着深刻的洞察力，他发现了几千年来中国传统文化的"吃人"本质，提出"立人"的思想构想，并致力于"改造国民性"的"精神革命"，从而提高整个国民的精神素质。在20世纪之初，鲁迅在《狂人日记》中发出"救救孩子"的呐喊，因为他明白："东方发白，人类向各民族所要的是'人'——自然也是'人之子'——我们所有的是单是人之子"①。这正是"立人"的思想内核，不但对于中国有意义，而且对于整个人类都有深刻的意义。显然，鲁迅的重要价值就在于教我们怎样做一个"人"，怎样做一个堂堂正正的"中国人"，一个具有独立人格的"世界人"。

从世界性意义的角度出发，池田大作指出鲁迅以关注人类的灵魂为职责，其作品不仅揭示了人的精神痼疾，而且具有无比的深刻性。以鲁迅的代表作《阿Q正传》为例，他指出社会革命即使能改变政治制度，但无法改变阿Q的可悲命运。辛亥革命爆发，阿Q所在的村庄来了革命党，但阿Q却被革命的浪潮所摆布，莫名其妙地获罪，并被杀头示众。显然，革命虽然到来，但阿Q那样的普通民众没有精神上的觉醒，自然算不上真正的革命。正是出于对鲁迅小说"改造国民性"思想的深入理解，池田大作将鲁迅的文学创作看成"人性革命"的文学，他说："首先要变革人

---

① 鲁迅：《热风·随感录 四十》，《鲁迅全集》第1卷，人民文学出版社2005年版，第338页。

的精神！这就是鲁迅先生的结论。"① 也正是通过对鲁迅小说作品的解析，池田大作认为，社会革命并不能从根本上改变人们的思想，真正的革命首先必须改变的是"人"，因而必须要探索和推进人的"精神革命"。

## 第二节 "在灵魂深处唤醒民众"的"笔的斗士"

如前所述，在 20 世纪 70 年代，池田大作指出鲁迅是"哲学性格与战士性格的融合体"②，思想家和文学家构成了他的一体两面。对此，有学者就指出："池田先生抓住了鲁迅思想的核心，指出他的这种作家兼哲学家的双重身份，因而鲁迅常常孤独地、绝望地、痛苦地挣扎着，在苦闷中向旧势力发出狮子吼一样的战叫。"③ 鲁迅既是一个能洞见人的精神内奥的"哲学家"，又是一个叱咤文坛"笔的斗士"，他终生都在致力于"在灵魂深处唤醒民众"④。对于"笔的斗士"鲁迅，池田大作特别关注其人生最后十年在上海激烈的斗争生涯："在上海，他继续以笔为武器进行激烈的战斗，因为对'人'的大爱而彻底地憎恶那些人间的罪恶。

① ［日］池田大作：《谈革命作家鲁迅》，《上海鲁迅研究》2006 年第 4 期，第166 页。

② ［日］池田大作：《鲁迅的烦恼与勇气》，《国外社会科学》1981 年第 9 期，第29 页。

③ 孙立川：《跨越过国界与时代的理解——池田大作的鲁迅观》，《西还集——鲁迅研究札记》，香港天地图书有限公司 2001 年版，第 152 页。

④ 金庸、［日］池田大作：《探索一个灿烂的世纪：金庸/池田大作对话录》，北京大学出版社 1998 年版，第 209 页。

'匕首''投枪''以笔为剑'——他磨砥出生命的一字一句,犀利地暴露出'社会的黑暗',不留情面地剥去权力所戴的'虚伪假面具'。"① 在第一次访华之际,池田大作特意到鲁迅在上海的故居和墓地去瞻仰。多年后,他在长篇自传小说《新·人间革命》中描写了瞻仰鲁迅像的情景,当时他们一行人从鲁迅故居来到几百米远的虹口公园,鲁迅墓就坐落在绿荫中,墓前有一座鲁迅像。鲁迅坐在椅子上,挺着胸膛,庄重凛然。在小说中,池田大作借小说的主人公山本伸一之口道出他在见到鲁迅像那一刻的感受:"神情很幸福啊!因为是奋战过的人。"② 可见,鲁迅的斗士人格是令池田大作非常崇敬的,而他后来在与作家金庸对谈时就曾感叹说:"我也想提出这样的叩问:'求之日本,可有能与鲁迅并肩的文人吗?'在日本现代的主要的文人中,像鲁迅这样敢于直面社会之恶并与之战斗的人恐怕并不存在。"③

池田大作之所以特别崇敬"笔的斗士"鲁迅,因为在他看来,"鲁迅所认定的目标是那种肉眼所无法见及的'民众灵魂'的变革,那是至今为止还没有人能踏足的高峰。只有登上险峰的人才会明白峰顶吹过的风是怎样的激烈。我认为,他的苦恼本身正是他斗争的伟大故事的证明。"④ 对鲁迅而言,在仙台医学专门学校受到"幻灯片事件"的刺激后,让他清醒地认识到"改造国

---

① [日]池田大作:《鲁迅:首在立"人"——通过阿Q来教育与鼓舞青年》,香港《紫荆》2008年第10期,第43页。

② [日]池田大作:《新·人间革命》(第20卷),台北正因文化出版公司2012年版,第98页。

③ 金庸、[日]池田大作:《探索一个灿烂的世纪:金庸/池田大作对话录》,北京大学出版社1998年版,第230页。

④ 同上书,第226页。

民性"的重要性，于是便毅然决心"弃医从文"，把文学当成自己终生的事业，致力于"在灵魂深处唤醒民众"的"精神革命"。同样，在战后日本社会运动的高涨时期，池田大作立足于改造日本"岛国根性"的现实需要，因而非常注重从鲁迅那里汲取"精神革命"思想和不屈的斗士精神来带领创价学会推进以宗教活动为基础的民众运动，积极推进日本普通民众的精神变革。在 2000 年 11 月至 2002 年 6 月，池田大作与季羡林、蒋忠新举行了题为《畅谈东方智慧》的对谈。在对谈中，池田大作不仅谈到"鲁迅先生是'笔的战士'。我从他的著作中也受到很多影响"。[①] 还尤其非常喜爱"横眉冷对千夫指，俯首甘为孺子牛"这两句充分体现鲁迅斗士精神的诗句。在 2006 年第 31 届"SGI 日"纪念倡言《通向新民众时代的和平大道》中，池田大作曾引用日本作家中野重治的话来称赞鲁迅顽强战斗的人性意志和与邪恶斗争的气概，鲁迅"不仅仅停留在人性的感动上，他更进一步地与丑恶斗争，达到憎恨丑恶的境地。虽然知道是难以战胜对方，也要在政治上给对方一个烙印，不留下烙印誓不罢休"。[②]

可以说，对于叱咤文坛的"笔的斗士"鲁迅，池田大作一直表现出由衷的钦敬与仰慕，他曾在不同地方反复多次地表达过对"笔的斗士"鲁迅的赞扬。他认为鲁迅是永远的"笔的斗士"，虽然遭遇严酷的现实，但他却始终以坚毅的精神战斗不止，其一生使用了一百四十多个笔名就是最好的见证。在接受香港《明报》

---

① 季羡林、[日] 池田大作、蒋忠新：《畅谈东方智慧——季羡林、池田大作、蒋忠新对谈录》，人民日报出版社 2010 年版，第 46 页。
② [日] 中野重治：《中野重治评论集》，引文见池田大作《通向新民众时代的和平大道 2006 年 SGI 日和平倡言》，日本创价学会 2006 年版。

记者访问时，他就曾指出："由于时常被官宪追迫，他一生使用了一百四十多个笔名，战斗不止。我甚至觉得再没有像他那样能彻底地'临命名言语作为武器'的人了。"① 在与作家金庸的对谈中，池田大作称鲁迅是向一切外在的恶势力与内心的恶宣战，置个人安危、荣辱、生死于度外的"笔的斗士"。特别是在上海的十年间，鲁迅放弃了小说创作，全身心投入"可以致敌于死命"的战斗杂文，这跟日本创价学会的宗祖日莲大圣人钟情于"喷吐着火舌般的激烈性格和信念"② 的论战式散文一样。他说："'日莲其身遭大灾，已历二十余年，却从无退意。'对于恶是正面攻击，决不妥协。其精神正与鲁迅的'以笔为武器'殊途同归。"③ 在与饶宗颐等学者的对谈中，池田大作称鲁迅是"与社会的'恶'战斗到底的文豪"④。在向创价大学即将毕业的青年学生所作文化讲座的讲稿中，他也说："鲁迅先生是斗争者，他一边斗争一边写作。或许正因此，先生的文学给阅读的人以勇气，极大地鼓舞与邪恶战斗的心灵。"⑤

作为著作宏富的文学家和世界著名的桂冠诗人，池田大作也从文学同道者的角度在诗歌、小说和散文等文学创作中表达过对"笔的斗士"鲁迅的崇敬之情和对鲁迅精神的继承和传扬。在纪

---

① ［日］池田大作：《池田大作谈鲁迅（答〈明报〉记者问）》，《鲁迅研究月刊》1995 年第 5 期，第 29 页。

② 金庸、［日］池田大作：《探索一个灿烂的世纪：金庸/池田大作对话录》，北京大学出版社 1998 年版，第 235 页。

③ 同上书，第 240 页。

④ 饶宗颐、［日］池田大作、孙立川：《文化艺术之旅》，广西师范大学出版社 2009 年版，第 65 页。

⑤ ［日］池田大作：《谈革命作家鲁迅》，《上海鲁迅研究》2006 年第 4 期，第 168—169 页。

念鲁迅的长诗《文学界的巨人　精神界的先驱》中，他就盛赞鲁迅是以笔为武器的战士和精神界的先驱。在诗中，他称鲁迅是"不屈的以笔为武器的战士"和"披荆斩棘的开路先锋"①，并描摹了鲁迅"笔的斗士"形象："看吧！/栩栩如生的鲁迅先生——肖像/饱经风霜、坚毅不拔的——面庞/百折不挠、磐石意志的——胡须/更令人难忘的是/横眉冷对邪恶势力的如炬的——目光"②"一个真实的鲁迅仍然活着/他不是偶像而是一名战士/看他——/紧锁的眉头/听他——/弥襟的叹息/读他——/无敌的笔阵/敬他——/毫无奴颜与媚骨。"③ 在另外一些题赠诗中，池田大作也多次颂扬了鲁迅的功绩，表达了对传播鲁迅义不容辞的责任。"三味书屋百草园，每思鲁迅意昂轩。置陈遗物勤查检，同诵彷徨呐喊言。"④ 池田大作在赠给绍兴鲁迅纪念馆馆长陈勤的诗中表示，每当想起鲁迅先生的时候精神就会为之振奋，他希望和绍兴鲁迅纪念馆的同人一样去宣传鲁迅先生的文学。"城头变换大王旗，锡杖不从魔性卑。我为学生说鲁迅，荣光之路拓荒茨。"⑤ 池田大作在这首赠给上海鲁迅纪念馆馆长王锡荣的诗中表示，无论

---

① ［日］池田大作：《文学界的巨人　精神界的先驱——为纪念伟大的鲁迅先生》，《鲁迅研究月刊》2002 年第 6 期，第 76 页。

② 同上书，第 78 页。

③ 同上书，第 79 页。

④ 2012 年 4 月 11 日，在被绍兴鲁迅纪念馆授予名誉顾问之际，池田大作赠给绍兴鲁迅纪念馆馆长陈勤这首诗，诗中不仅巧妙地藏入了陈勤馆长的姓名，还表达了其对鲁迅的敬仰与推崇。此诗转引自俞红《扶桑正是樱花绚烂时——记赴日聘任池田大作为名誉顾问之行》，《绍兴鲁迅研究 2012》，上海文艺出版社 2012 年版，第 244 页。

⑤ 2012 年 11 月 13 日，上海鲁迅纪念馆王锡荣馆长在日本创价学会关西创价学园作了《鲁迅与池田大作——东亚两位伟大思想家的共同点》的讲座。池田大作赠给王锡荣这首诗，诗中不仅巧妙地藏入了王锡荣馆长的姓名，还表达了其对鲁迅精神的推崇。日本创价学会的机关报纸《圣教新闻》在 2011 年 11 月 14 日头版报道了王锡荣的访问消息及照片，并在显著位置刊登了该诗。

黑暗势力与强权者怎样变换，鲁迅总犹如锡杖一般从未屈服这些魔怪。他自己也深深折服于鲁迅的这种精神，并不断向创价大学的青年们传扬鲁迅这种代表未来之路的精神。

除了在诗歌创作中表达对"笔的斗士"鲁迅的崇敬之情，池田大作也在其他文学创作中表达过对鲁迅精神人格的继承。在写给孩子们的童话《两位王子》中，他就告诉小读者们，只有一切为大家着想，为了大家的幸福而努力，才能成为"真正的伟人"，也即"人中之王"。他在《〈两位王子〉后记——给阅读本书的朋友们》一文中写道："在中国的伟大作家中，有一位叫'鲁迅'的人。他是终身与欺压民众的坏人和社会制度进行斗争的人。即使有被害的危险，他也没有屈服。有位诗人写了这样意思的一首诗来赞扬鲁迅的生活态度：'民众会抛弃骑在他们头上作威作福的人。民众永远不会忘记为了他们而不畏艰苦、鞠躬尽瘁的人。'我也怀着同样的心情，战胜自身弱点的人才是'真正的伟人'。为了人们的幸福而辛勤劳动的人、同邪恶作斗争的正义的人才是一个'真正的伟人'。是真正的'人的王者'。我在这本《两位王子》里，就试图表述这样的思想。"① 在多卷本自述传小说《新·人间革命》中，他不仅用大量篇幅描绘他参观上海鲁迅故居和鲁迅墓的感受，而且还多次谈及鲁迅精神对他追求"人性革命"事业的影响，并在其人生中留下了深深的印记。另外，在一些散文和随笔中，池田大作也多次谈到他与鲁迅的精神遇合，特别是为鲁迅的人格精神和个人魅力所折服。也正是基于池田大作与鲁迅

① ［日］池田大作：《〈两位王子〉后记——给阅读本书的朋友们》，《日语学习与研究》1995 年第 3 期，第 51 页。

在文学创作上的深深共鸣，有学者就指出，池田大作"与鲁迅相遇在文学的世界，文心相通，引为知交。鲁迅先生早于一九三六年就因病去世，池田先生无缘亲炙鲁迅先生，但却早于一二十年前就已读过其作品，并为之折服，他对鲁迅文学的理解可以称为是其异国知音。"①

## 第三节　搭建中日友好交往"金桥"的先驱者

池田大作曾十次访华，是一位致力于中日友好的文化交流使者。在他眼里，鲁迅是一位搭建中日文化交流"金桥"的先驱。自 1968 年发表《日中邦交正常化倡言》起，池田大作就致力于日中间的友好交往。因此，他非常重视鲁迅对中日民间交往的贡献以及鲁迅所留下中日文化交流的遗产，也非常注重发挥鲁迅在中日文化交流方面的重要影响。他本人也一直以继承藤野严九郎、牧口常三郎以及鲁迅等先哲的遗愿，以架设中日间"永远友好的金桥"② 为己任。

首先，池田大作非常看重鲁迅与藤野严九郎跨越民族的师生之谊。对许多日本人的来说，他们的"鲁迅情结"往往来自对鲁迅与藤野严九郎间师生情谊的感动，池田大作自然也概莫能外。

---

① 孙立川：《跨越过国界与时代的理解——池田大作的鲁迅观》，《西还集——鲁迅研究札记》，香港天地图书有限公司 2001 年版，第 152 页。
② ［日］池田大作：《池田大作先生贺辞》，见陆建非、寺西宏友［日］主编《多元文化交融下的现代教育研究》，上海三联书店 2014 年版，第 4 页。

他曾多次提到藤野严九郎与鲁迅跨越国家民族的交流佳话和真挚情谊。在纪念鲁迅的诗中，他说："在北京的'老虎尾巴'的斗室里/他常常仰望挂在壁上的/日本恩师的相片/不敢忘怀师长的教泽/《藤野先生》成了千古名篇/这一段日中师徒的佳话令人感怀"①。在与教育家顾明远的对谈时，他又再次提道："一段很有名的佳话是，在鲁迅为了服务中国人民而中途退学回国时，藤野先生送了鲁迅一张自己的照片，就题了'惜别'二字，这张照片后来一直挂在鲁迅先生的书桌旁边，成为唤起青年鲁迅良心与勇气的重要力量。"② 显然，池田大作非常看重鲁迅与藤野严九郎曾经的真挚情谊和人生交往，他认为这种交往超越了国家、民族和时代，是永远值得铭刻标记的。他在纪念鲁迅的诗中说："日本，曾受过中国文化的大恩/却在忘恩负义的泥沼中滑落迷失/在那个颠倒的时代里/真正的人与人之间的友爱/却超越国家和民族的狭窄之见/这对师徒的挚爱刻下深刻的标记。"③ 作为中日友好交往的一段著名的佳话，鲁迅与藤野严九郎的交往不仅镌刻在中日交往史上，而且也永远留在了人们的记忆中，同时也成了池田大作致力于中日友好的重要精神资源。在与日本著名作家井上靖的相互通信中，他就曾说："一位孤独的留学生与一位无名的教师之间这不起眼而又充满温情和真诚的交往，正是我所希求的交流的原型。这个故事写在小说《藤野先生》中。日本的藤野先生的名字

①　[日]池田大作：《文学界的巨人　精神界的先驱——为纪念伟大的鲁迅先生》，《鲁迅研究月刊》2002年第6期，第78页。
②　[日]池田大作、顾明远：《和平之桥——畅谈"人间教育"》，高益民译，教育科学出版社2014年版，第26—27页。
③　[日]池田大作：《文学界的巨人　精神界的先驱——为纪念伟大的鲁迅先生》，《鲁迅研究月刊》2002年第6期，第78页。

也和革命作家鲁迅的名字一起，带着一种可敬可爱的意义，留在了人们的记忆中。"①

除了鲁迅与藤野严九郎的"暖人肺腑的交流"，池田大作对鲁迅与日本的友好渊源也回溯到弘文学院时期鲁迅与创价学会首任会长牧口常三郎的缘分。鲁迅曾在东京弘文学院学习日语，而创价学会创始人牧口常三郎曾在弘文学院任教，这让池田大作非常珍视鲁迅与牧口常三郎之间"不可思议的缘分"。在纪念鲁迅的长诗中，池田大作就曾感叹说："在缘分的天空下　萍踪飘忽/创价学会的初代会长牧口先生/此后也曾在弘文学院/讲授创新的'人生地理学'/与中国青年相交相知/只可惜　同一个学舍之中/鲁迅与牧口，这二位中日的贤哲/却　擦肩而过"②。虽然不知道他们师生两人在两个月的重叠时间里有什么具体来往和精神交流，但是在鲁迅与牧口常三郎身上，池田大作欣喜地发现了一种强烈的共识，那就是他们都不约而同地认为民众的团结对中国未来的重要性。牧口常三郎是创价学会的创始人和精神导师，而鲁迅是中国新文学的旗手，每当池田大作想寻找创价学会精神与中国文化之间的沟通的桥梁时，他自然常常会想到牧口常三郎与鲁迅之间的"不可思议的缘分"。

同时，池田大作也将鲁迅与其日本弟子增田涉的交往看作续写中日友好交流的另一段佳话。在与增田涉交往的十个多月里，鲁迅几乎每天给他个人讲授三个小时左右的中国小说史。

---

① ［日］井上靖、［日］池田大作：《友好及师生》，《四季雁书》，吉林人民出版社 2005 年版，第 5 页。

② ［日］池田大作：《文学界的巨人　精神界的先驱——为纪念伟大的鲁迅先生》，《鲁迅研究月刊》2002 年第 6 期，第 76 页。

课后还留他一起吃晚饭，有时也一起去看电影。池田大作在诗作中说："继续谱写这一佳话的鲁迅先生／与相濡以沫的许广平夫人／在上海的寓居中，日日复日日／为着一个普通的日本青年／他竟耗费宝贵的时间／做一个诚挚负责任的'个人教授'"①。正因为"鲁迅先生——／对人常抱持深深的信赖／万劫不复的灾难中／也永远怀着人性中的至善至纯"②，中日民众间的友好之情如涓涓细流，最终汇成万代奔腾的江河。鲁迅以他高度的文学成就和对日本朋友无私的关爱，让他获得了许多日本文化界友人的尊敬与爱戴。特别是增田涉、鹿地亘等鲁迅的弟子，他们在鲁迅去世之后一直致力于鲁迅的研究与传播，为鲁迅在战后日本的广泛影响和深入传播奠定了坚实的基础。

鲁迅生前长期和日本文化界的人士相往来，他身边聚集了内山完造等一批日本文化界的朋友。池田大作也非常看重鲁迅和内山完造之间真挚的友谊，他曾向创价大学的学生谈到鲁迅与内山完造交往的许多细节。他说在20世纪30年代，几万名日本人在上海居住，很多日本人都与鲁迅结下了友谊。其中，作为内山书店的老板，内山完造不仅为鲁迅提供过避难之地，而且还在鲁迅去世后帮助和保护鲁迅的遗属。在内山完造被指责为日本间谍的时候，鲁迅在文章中极力为之申辩。由是，池田大作指出："鲁迅先生看的是'人'，从不把国籍、地位、利害等放在眼里。鲁迅先生最苦难时最信得过的是一位诚实的日本店主。这是两国友好

① ［日］池田大作：《文学界的巨人 精神界的先驱——为纪念伟大的鲁迅先生》，《鲁迅研究月刊》2002年第6期，第78页。
② 同上书，第78—79页。

的美好历史。"① 正是在鲁迅的影响下，内山完造毕生都在致力于日本和中国的友好交往，他在战后还担任了日中友好协会的第一任理事长。此外，鲁迅曾邀请过内山完造的弟弟内山嘉吉给当时在上海的中国青年木刻家们讲解木刻，他还曾亲自出任现场翻译。内山嘉吉由此与鲁迅建立起了深厚的友谊，他回国后收藏了大量与鲁迅有关的木刻版画。1975 年，正是在他和版画家李平凡等人的大力支持下，日本创价学会在静冈富士美术馆举办了以"鲁迅与中国版画展"为主题的木刻作品展来缅怀鲁迅，展出各类版画和纪念物近四百件。

池田大作也常常借鲁迅的《题三义塔》这首诗来说明中日两国人民源远流长的友好关系，并对传承这种友好关系的有识之士表达了深深的敬意。他说："鲁迅先生曾为祈愿中日友好而写作了七言律诗《题三义塔》，赠给西村真琴博士。其尾联为：度尽劫波兄弟在，相逢一笑泯恩仇。这座诗碑现在设在大阪丰中市，那儿曾是西村博士生活与工作的地方。"② 这座诗碑显然正是鲁迅所留下的中日友好交往的遗产和标志。对于《题三义塔》一诗，池田大作指出，这是鲁迅对中日人民之间友情坚信和期许的最好见证，他说："鲁迅对于当时的日军的侵略暴行毅然射出抗击之矢。然而，他对寄予信赖的日本人民的友情却始终不曾动摇。他将中国与日本的民众视为'兄弟'。他相信：

---

① ［日］池田大作：《谈革命作家鲁迅》，《上海鲁迅研究》2006 年第 4 期，第 184 页。

② 饶宗颐、［日］池田大作、孙立川：《文化艺术之旅》，广西师范大学出版社 2009 年版，第 45 页。

'渡尽劫波兄弟在，相逢一笑泯恩仇。'"① 池田大作也一直记得，与他曾经有过交往的中日友好协会会长廖承志在六十多年前的访问日本时，"曾引用鲁迅的话呼吁日本人民：'其实地上本没有路，走的人多了，也便成了路。友好和平的路，我想也是如此罢！'"② 而在中日建交的几十年来，池田大作欣喜地看到，"鲁迅先生的遗愿，最终以日中民众的心与心的交融而得以实现"。③ 其中，尤为让他欣慰的是，他所创办的创价大学正将藤野严九郎、牧口常三郎以及鲁迅等先哲搭建的中日友谊"金桥"铺向未来。正如他在纪念鲁迅的诗中说："北京大学、厦门大学、中山大学/鲁迅先生执教过的大学/而今与我们的创价大学/在学术教育中缔结友谊，持续交流/拜鲁迅先生的文光教诲所赐/谱写新一代的中日友好的篇章"④。

## 第四节　践行"立人"与爱护青年的教育家

作为著名的教育家，池田大作也一直非常重视对青年和孩子们的教育和培养。他认为鲁迅不仅是一位"笔的斗士"，同样也是一位爱护青年、培育青年并有着丰富的实际教学经验的教育家。

---

① ［日］池田大作：《鲁迅：首在立"人"——通过阿Q来教育与鼓舞青年》，香港《紫荆》2008年第10期，第43页。

② 同上。

③ 同上。

④ ［日］池田大作：《文学界的巨人　精神界的先驱——为纪念伟大的鲁迅先生》，《鲁迅研究月刊》2002年第6期，第79页。

他说："鲁迅先生一方面投入笔战，一方面作为教师为保护学生而奔走。"① "与邪恶论争，培养青年，对于鲁迅先生来说，是车的两个轮子。"② 在池田大作看来，鲁迅一方面在用手中之笔与社会的邪恶论争，另一方面则将心血和热情投入青年的扶持和培养中。因而，他不仅非常推崇鲁迅的思想和文学，而且也非常重视汲取鲁迅的教育思想和借鉴鲁迅的教育实践经验。对此，日本创价大学教授高桥强曾在《池田大作心目中的教育家鲁迅》一文中，专门聚焦过池田大作对鲁迅教育思想的体认与继承。他指出，在池田大作眼中，鲁迅一生匡扶正义、与邪恶斗争的斗士精神以及他的"立人"和创造"第三样时代"的思想等都是人类教育的永恒话题。

池田大作注意到，作为教育家的鲁迅，他曾经从事教育工作十多年，为培养青年付出了大量心血。加上在教育部工作的时间，鲁迅从事与教育相关的工作足足有十八年之久。他对鲁迅一生的教育工作和执教经历都非常熟悉和了解，他说："作为教育家，鲁迅先生也放射着培育人才的永恒光辉。他执教的学校有北京大学、北京师范大学、北京女子师范大学、世界语专门学校、中国大学、厦门大学、中山大学等十三校。听说现在北京大学的校徽也是鲁迅先生设计的。"③ "鲁迅昔曾执教鞭，辈出英才勇当先。百年辉煌现代史，中华民族写新篇……"池田大作在这首赠给北京大学学子的《北京大学赞歌》中也高度评价了鲁迅在英才辈出的北京

---

① ［日］池田大作：《谈革命作家鲁迅》，《上海鲁迅研究》2006 年第 4 期，第 179 页。
② 同上书，第 176 页。
③ 同上书，第 171 页。

大学的执教业绩，正是在鲁迅思想精神的影响下，北京大学为中华民族的百年发展写下了重要篇章，在中国现代史上留下了重要一笔。

对鲁迅的执教经历进行细致考察后，池田大作指出，鲁迅在课堂上是一位"授课高手"①。每当鲁迅上课的时候，大教室里总是挤满了听课的人，双人椅子上往往坐着四五个人，从门口到窗边也挤满了人，外校来听讲的学生也很多。池田大作注意到许广平对鲁迅上课的高度评价，他说："在北京女子师范大学上鲁迅先生课的许广平夫人说：'鲁迅以朴素的、质直的、不加文饰的说话，款款而又低沉的声音，投向群众，投向四周的空中，使人们亲切地听到、看到他的声音笑貌，先得我心。说出了人们普遍懂得的事物的真理，说出了人们心坎里所正要说出而未能说出的语言。'"②他也注意到听过鲁迅《中国小说史》课的小说家王鲁彦对鲁迅上课的感受，他说："鲁迅先生讲课富有犀利的历史观察和社会批判，非常吸引人。日后成为作家的王鲁彦回想说，听他的讲课好像在听全人类心灵的呼声。"③

作为教师，鲁迅的渊博学识，个人魅力以及他的真诚、热心都是他吸引青年们的磁石。池田大作注意到，鲁迅非常关心病弱的学生，曾建议他们做一些具体的运动来强身健体。他还曾到学生的宿舍中看望学生，无微不至地关心他们的生活。为培养学生，鲁迅也曾扶病为学生讲课，尽可能地满足学生们的需求。"在生活

---

①　［日］池田大作：《谈革命作家鲁迅》，《上海鲁迅研究》2006年第4期，第172页。

②　同上书。

③　同上书，第173页。

的路上，将血一滴一滴地滴过去，以饲别人，虽自觉渐渐瘦弱，也以为快活。"① 这就是鲁迅关心和爱护青年的真实写照。而池田大作也说："为让青年开出'花'来，自己甘愿当'土'。鲁迅先生就是这样的人。"② 鲁迅真诚地帮助、爱护和鼓励青年，而青年们也为鲁迅的伟大人格所吸引而围聚在他身边。

　池田大作把创价学会的未来事业寄托在青年人身上，并一心致力于青年的培养和教育，可以说是对鲁迅"立人"思想的继承。对鲁迅而言，他早在日本留学时期就认为，与政治变革和经济变革相比，中国最需要的是人的变革，故而提出"首在立人，人立而后凡事举"③ 的"立人"思想。池田大作认为："比起经济或政治的变革，教育上的革命更要在更深的地方来改变人。当然，教育首要的是教师本身作为人的向上心，以及由此而渗透出的人格和人性。"④ 正是在认识到鲁迅思想与创价学会价值理念这种相通性的基础上，池田大作开始探究鲁迅在教育方面的独特贡献及其教育思想的价值意义。在 20 世纪80 年代初，池田大作就注意到著名教育家顾明远教授系统探究鲁迅一生教育思想与实践的著作《鲁迅教育思想与实践》。在后来创价大学开展关于鲁迅的特别文化讲座的讲稿中，他就大量引用过该著作的观点来阐释鲁迅的教育思想和精神。在

---

① 鲁迅：《两地书》，《鲁迅全集》第 11 卷，人民文学出版社 2005 年版，第253 页。

② ［日］池田大作：《谈革命作家鲁迅》，《上海鲁迅研究》2006 年第 4 期，第174 页。

③ 鲁迅：《坟·文化偏至论》，《鲁迅全集》第 1 卷，人民文学出版社 2005 年版，第 58 页。

④ ［日］池田大作：《人生箴言》，卞立强译，中国文联出版社 1995 年版，第129 页。

给顾明远教授从教六十周年的贺信中,他称《鲁迅的教育思想和实践》是"一部极富启发意义的大作"①,并评价说:"在顾先生的大作中,先生深刻揭示了鲁迅愿把所有青年看成未来之花,而他自己则甘愿做滋养花朵的泥土,这种泥土精神才是教育家最崇高的品格。顾明远先生正是继承了鲁迅先生崇高的精神,他在教育这片希望的沃土上开拓着。"② 可见,池田大作与顾明远对鲁迅教育思想和爱护青年的崇高精神是非常推崇的。后来,在他们开展的《和平之桥——畅谈"人间教育"》的对谈中,两人不仅针对人本教育进行了畅谈,还共同聚焦了作为教育家的鲁迅。正是在对谈中,池田大作高度评价了作为教育家的鲁迅,并称鲁迅是"一位信任青年,爱青年,鼓舞青年的教育家"③。

如前所述,在近十八年的时间里,鲁迅除了在多所大学执教,他还在教育部工作了十多年。正是从鲁迅一生的执教经历和教育工作中,池田大作看到了鲁迅身上那种一心为了青年的奉献精神和"以学生为中心"的人本教育理念。所以他提出要像鲁迅那样和青年生活在一起,并为投身创价教育的伟大事业而奋斗,在面向创价大学学生的《谈革命作家鲁迅》的文化讲座稿中,他说:"我也要活下去,为了完成建树创价教育的伟大事业。"④ 可以说,

<hr />

① [日]池田大作:《池田大作先生贺信》,见王英杰、曲恒昌主编《教育人生 明志致远——顾明远教授从教六十周年庆贺文集》,教育科学出版社 2009 年版,第 26 页。

② 同上。

③ [日]池田大作、顾明远:《和平之桥——畅谈"人间教育"》,教育科学出版社 2014 年版,第 26 页。

④ [日]池田大作:《谈革命作家鲁迅》,《上海鲁迅研究》2006 年第 4 期,第 172 页。

作为教育家，鲁迅的"立人"思想和人格精神都对池田大作产生了巨大影响。池田大作一方面非常推崇鲁迅爱护、扶持和培育青年的"立人"教育思想，并努力探寻鲁迅"立人"思想与创价教育思想的内在相通性；另一方面又将鲁迅"永远革命"的思想引入创价教育的事业追求中，并将鲁迅所谓创造"第三样时代"的思想作为创价教育的终极教育目标。

# 第四章　民众主义的价值立场与
## 鲁迅小说的再解读

　　像鲁迅这样凝视着民众最深层的作家是很稀有的呢！他有时像严父一样，叱责民众；有时又如慈母一般，面对身负重伤，濒死而号哭的子女，哀其不幸；又像一位双眼充满泪光，手持手术刀为自己的孩子治疗的医生。

　　——金庸、池田大作：《探求一个灿烂的世纪：金庸/池田大作对话录》，北京大学出版社 1998 年版。

　　在池田大作先生的《中国文学之旅》中，他与鲁迅相遇在文学的世界，文心相通，引为知交。鲁迅先生早于一九三六年就因病去世，池田先生无缘亲炙鲁迅先生，但却早于一二十年前就已读过其作品，并为之折服，他对鲁迅文学的理解可以称为是其异国知音。

　　——孙立川：《跨越国界与时代的理解——池田大作的鲁迅观》，《西还集——鲁迅研究札记》，天地图书有限公司 2001 年版。

作为著名的文学家和世界桂冠诗人，池田大作非常关注中国文学，他不仅多次谈到《三国演义》《西游记》《水浒传》等中国古代小说对他的影响，他也非常熟悉鲁迅、巴金、冰心和金庸等中国新文学作家的文学创作。对于池田大作与中国新文学的关系，香港学者孙立川较早关注了这一话题。2000 年 4 月 16 日，他在香港国际创价学会举行了题为"与一个世纪的中国文学对话——池田大作先生与鲁迅、巴金和金庸"的文化讲座，就曾畅谈过池田大作与中国新文学的对话关系。此后，谭桂林教授围绕池田大作与中国文学乃至世界文学这一课题进行了系统的研究，出版了《池田大作与世界文学》一书。可以说，池田大作与中国文学的关系是非常密切的。不过，虽然池田大作也关注过巴金、冰心、金庸、王蒙等中国现代作家，但他们在池田大作心中的地位显然是不能和鲁迅相提并论的。这不是因为其他作家都没有鲁迅那么具有国际影响力，而是鲁迅确实在池田大作生命中留下了深深的印记。池田大作对鲁迅充满了崇敬之情，他在给绍兴鲁迅纪念馆邀请其担任名誉顾问的感谢信中就曾说："我年轻时代，十分喜爱阅读鲁迅先生的作品，并且把它当作座右铭般的著作，所以对于大文豪的出生之地，同时也是孕育了他坚强意志和丰润心灵的故乡绍兴，有着一种无法言喻的向往之情。"①

池田大作十分崇敬鲁迅，自然也非常推崇鲁迅的文学作品。在青年时期，池田大作曾为鲁迅作品的"灵魂之光"所深深震

① 池田大作在获悉绍兴鲁迅纪念馆将授予其名誉顾问后曾向绍兴鲁迅纪念馆回复了一份亲笔署名的感谢信。此处引自俞红《扶桑正是樱花绚烂时——记赴日聘任池田大作为名誉顾问之行》，《绍兴鲁迅研究 2012》，上海文艺出版社 2012 年版，第 239—240 页。

撼，他说："我曾是一个'文学少年'，从年轻时就涉猎古今东西的文学，以自己的经验对鲁迅的呐喊也能有共感。我相信，比起'国库'富而'精神'衰的国民来，拥有'灵魂之光'灿烂四射的不朽'文艺'的国民是伟大的，幸福的。"① 而在阅读的过程中，池田大作以敏锐的文学感悟力，并结合自己的人生经历和创价学会的价值追求，对鲁迅作品进行了深入独到的解读。在他看来，鲁迅不仅创作了大量"在世界文学之林中熠熠生辉"② 的文学作品，而且其作品直逼民众精神的"原像"，并始终贯穿着"对民众的爱"。鲁迅一直致力于"精神革命""人性革命"的国民性改造，他的小说以关注普通民众的灵魂为职责，其作品深刻揭示了他们人性中的痼疾，而"在灵魂深处唤醒民众"就是鲁迅创作的根本诉求。也正是从民众主义的价值立场出发，池田大作认为，鲁迅的创作始终贯穿着对民众的爱，是"在灵魂深处唤醒民众"的文学，尤其是鲁迅小说对底层人物的描写往往"逼近民众的原像"，而关注民众、刻画民众、唤醒民众就是鲁迅文学创作最基本的主题。

从池田大作所有论述鲁迅的文字来看，他对鲁迅作品的阅读是比较全面的，尤其是对鲁迅小说的解析最为独到和深刻。通过对鲁迅的《狂人日记》《阿Q正传》《药》《明天》《故乡》《祝福》等小说深入细致的解读，池田大作指出，鲁迅是一个"凝视

---

① ［日］池田大作：《池田大作答〈世界文学〉编辑部问》，《世界文学》1992年第4期，第6页。

② ［日］池田大作：《文学界的巨人　精神界的先驱——为纪念伟大的鲁迅先生》，《鲁迅研究月刊》2002年第6期，第76页。

着民众最深层的作家"① "他有时像严父一样，叱责民众；有时又如慈母一般，面对身负重伤，濒死而号哭的子女，哀其不幸；又像一位双眼充满泪光，手持手术刀为自己的孩子治疗的医生。"② 一方面，鲁迅一直在笔端倾注着对民众的挚爱，像"慈母"一样"哀其不幸"，而且在"任何时候都与群众在一起""任何时候都关注着民众"，其作品正是"爱民众"和唤醒民众的文学。另一方面，鲁迅以深刻的笔触深入人性的深处，揭示了中国最底层民众的"原像"，批判他们愚昧的思想和麻木的精神，并像"严父"一样"怒其不争"，因而鲁迅作品正是"人性革命"的文学。同时，他还指出鲁迅揭示出了中国最底层民众的病苦，并致力于通过"精神革命"来改造他们的精神，医治他们的灵魂，从这个意义上来说，鲁迅更"像一位双眼充满泪光，手持手术刀为自己孩子治疗的医生"。

## 第一节 "慈母"之哀："爱民众"的 价值立场与小说创作

池田大作对鲁迅的小说进行了富有创见性的解读，在他看来，鲁迅探索用文艺创作的方式来开展国民性改造的"精神革命"，并希望以此为民众带来黎明和希望。在与作家金庸对谈时，池田

---

① 金庸、[日]池田大作：《探求一个灿烂的世纪：金庸/池田大作对话录》，北京大学出版社 1998 年版，第 212 页。
② 同上。

大作曾明确表达过自己民众主义的价值立场，他提出必须将对民众的态度作为基准来审视一切领导者和作家，并以此作为检验他们的试金石。他说："俄罗斯民谚说：'眼中有人民，即见真理。'如何看待和掌握作为'人民'的'群众'的存在，可说是触及人的真正价值！从这一点来检视领导者，检验他们是真正的领导人抑或伪善者，也洞若观火。"① 正是在此意义上，池田大作通过对鲁迅《阿Q正传》等作品的解读，进而指出鲁迅是一个与民众同呼吸、共命运的作家，"像鲁迅这样凝视着民众的最深层的作家是很稀有的"②。

　　池田大作认为，在鲁迅的小说中，他对底层普通民众"原像"的刻画，饱含着其对民众慈母般的挚爱。对那些一直饱受压迫，生活在社会最底层的民众，鲁迅内心充满了火热的爱，并像慈母一样"哀其不幸"。阅读鲁迅那些聚焦底层民众的作品，总会让池田大作想起恩师户田城圣对他的教诲。他说："户田先生也常常教诲我们：'要爱人''要爱民众'。另一方面，他也常说'领导者所做的一切都是为了民众'。先生反对因拥有地位和权势而蔑视民众，他与庶民一起生活，受到他们的衷心爱戴。"③ 在池田大作眼里，鲁迅与户田城圣的民众观显然是一致的，他们一样都非常爱护民众，决心为民众做出自己该做的一切来唤醒他们，从而改善他们的人生处境和社会处境。"爱民众"是鲁迅文学创

---

① 金庸、〔日〕池田大作：《探求一个灿烂的世纪：金庸/池田大作对话录》，北京大学出版社1998年版，第212页。
② 同上。
③ 〔日〕池田大作：《"民众时代"的曙光——读鲁迅著〈阿Q正传〉》，《青春岁月　读书感悟》，香港牛津大学出版社2010年版，第262—263页。

作的出发点，也是创价学会作为宗教团体的根本理念，因而池田大作在鲁迅身上常常看到恩师户田城圣的影子。

对池田大作而言，他对鲁迅人格精神和艺术风格的激赏常常是联系在一起的，他说："与社会的'恶'战斗到底的文豪鲁迅先生也曾说：'非有天马行空的大精神，即无大艺术的产生。'以书法为首，艺术与人格是深深相通的；而伟大的人生，本身就可以说是伟大的艺术。我认为：有正义的人才有勇气，有勇气的人才有人格，有人格的人才有艺术。"① 文学创作就是其人格精神和思想追求的最好显现方式，这也正如鲁迅所说，"革命人做出东西来，才是革命文学。"② 作家的人格精神，某种程度上对其创作的主题和风格都有着决定性的影响。在池田大作看来，鲁迅是"以笔为武器的战士"和"披荆斩棘的开路先锋"，他"常为民众苦，常为民众思/为了这些沉默的羔羊/宁愿'以血一滴一滴地去/饲喂他们'/敢以自己孱弱的躯体尽力耕耘/像牛一样!"③ 正因为鲁迅有着对民众强烈的挚爱之心，他才能创作出《阿Q正传》这样一部代表其"民众观的结晶"④ 的杰作。

池田大作非常赞赏鲁迅民众主义的立场，对于鲁迅为什么总能在小说中"剥掉粉饰的掩盖而逼近民众的原像"，他认为原因是鲁迅非常清楚和理解"民众的心"。1997年2月20日，池田大

---

① 饶宗颐、[日]池田大作、孙立川：《文化艺术之旅》，广西师范大学出版社2009年版，第65页。

② 鲁迅：《而已集·革命时代的文学》，《鲁迅全集》第3卷，人民文学出版社2005年版，第437页。

③ [日]池田大作：《文学界的巨人 精神界的先驱——为纪念伟大的鲁迅先生》，《鲁迅研究月刊》2002年第6期，第77页。

④ 金庸、[日]池田大作：《探求一个灿烂的世纪：金庸/池田大作对话录》，北京大学出版社1998年版，第216页。

作在被聘为吉林大学"名誉教授"之时，他与著名学者刘中树在探讨鲁迅思想及其作品时曾谈到，鲁迅小时候遭遇到大家庭的败落，他在贫困的逆境中成长，正是从小与劳苦大众的接触让鲁迅觉悟到"世上饱尝贫苦的人很多"，从此知道了"民众的心"。事实上，鲁迅年少之时经历过家庭破败后的底层社会生活，目睹和体验过底层民众生活的艰辛和困苦，这就使他在后来的文学创作中始终对底层民众抱着悲天悯人的同情态度。基于对鲁迅人生经历的熟悉和了解，在解读鲁迅小说的时候，池田大作总是更愿意从了解民众、关心民众和唤醒民众的角度来进行阐释和解读。

作为战后日本崛起的新宗教团体，日本创价学会在发展壮大的过程中一直在不断逾越和克服现实中的重重困难和阻挠。置身如此艰难的处境之中，作为创价学会的领导者，池田大作无疑更容易认同和接受鲁迅作为不屈斗士的形象，但是他却从未将鲁迅固有的"爱民众"的道德立场和"反庸众"的斗争立场对立起来。有学者在谈到鲁迅思想和创价学会宗教运动的共同点时就曾说："爱民众，憎邪恶，是人类神圣感情的两极，互为表里。"①对此，池田大作也指出："没有对邪恶的愤怒，就不能保卫正义，保卫民众。"② 池田大作对鲁迅的理解，在鲁迅之子周海婴那里得到了印证。周海婴曾对他感慨父亲鲁迅是一个爱憎分明的人，坏事就彻底憎恨，该爱的就彻底爱。"但'一百个批判'后面有'一万个爱'。严厉而辛辣地批判社会时势的后面有一颗爱社会、

---

① 陈漱渝：《鲁迅的人学与池田大作的人学——在北京鲁迅博物馆授予池田大作名誉顾问仪式上的致辞》，《上海鲁迅研究》2004 年第 1 期，第 318 页。

② ［日］池田大作：《谈革命作家鲁迅》，《上海鲁迅研究》2006 年第 4 期，第179 页。

爱人们的心。"① 事实上，鲁迅在创作中始终贯穿着对被压迫的底层民众的同情，他以如椽之笔扫荡那些阔佬和吃人者的盛宴，嘲笑所谓的"聪明人"和权势者，同情那些被视为"傻子"的被压迫者以及在社会底层里挣扎着的普通民众。有学者就指出："鲁迅不是民粹主义者，也不是将'国民'视作敌人的作家，反之，是爱之愈深，责之愈痛。他的基本态度以八个字做出概括，就是'哀其不幸，怒其不争'，他曾呐喊过：惟有民魂是最重要的。"② 鲁迅小说创作中最重要的主题就是对中国民众的国民劣根性问题的聚焦。对于生活在社会最底层的普通民众，鲁迅始终是"哀其不幸，怒其不争"，他对民众的挚爱与对国民劣根性的批判始终是一体两面的。正因为敏锐地注意到这一点，池田大作对鲁迅的民众主义立场产生了强烈的共鸣，他说："鲁迅的一切基准，即是阿Q那样的'民众'了吧！这正是他的伟大之处。"③

可以说，"爱民众，这是鲁迅与池田大作两位文化伟人的一个突出的共同点，池田大作指出鲁迅与民众的紧密联系，非常准确地把握住了鲁迅文学创作的情感取向"。④ 在阅读鲁迅作品的过程中，正如同在战后不久读到高尔基的小说《底层》时对民众不屈不挠的意志所感到强烈的震动一样，池田大作对《阿Q正传》这部描写民众的"巅峰之作"也产生了强烈共鸣。他说："如果要举出代表鲁迅的'民众观'的作品，当然应推《阿Q正传》，那

---

① 见池田大作《谈革命作家鲁迅》，《上海鲁迅研究》2006 年第 4 期，第 179 页。

② 孙立川：《跨越过国界与时代的理解——池田大作的鲁迅观》，《西还集——鲁迅研究札记》，香港天地图书有限公司 2001 年版，第 155 页。

③ ［日］池田大作：《"民众时代"的曙光——读鲁迅著〈阿Q正传〉》，《青春岁月 读书感悟》，香港牛津大学出版社 2010 年版，第 262 页。

④ 谭桂林：《论池田大作的鲁迅观》，《鲁迅研究月刊》2006 年第 6 期，第 71 页。

实在是一部巅峰之作。阿 Q 没有姓名，单从字面来看是'无名的平民'。"① 就创作题材而言，《阿 Q 正传》显然改变了中国传统小说中"主角是勇将策士、侠盗赃官、妖怪神仙，才子佳人，后来则有妓女嫖客，无赖奴才之流"② 的狭隘现象。鲁迅笔下的阿 Q 是一个连自己的名字都搞不清楚的无业游民。由于不知道他姓什么，因而他的原籍与家族也就无从考证。名字中只有一个"阿"字十分明确，至于名字的后半部分是什么谁也不清楚。而且他也没有家和土地，住在村头的一个庙里，没有固定的职业，只能靠给人家打短工来糊口。池田大作认为鲁迅所描写和剖析的阿 Q 这样一个平凡人的遭遇和内心，是颇能代表最普通的中国民众的。因此，他特别推崇《阿 Q 正传》，并认为是一部不朽的"庶民传"。"以这么一个完全'无名'的庶民作为主人公，鲁迅写出了一部不朽的'庶民传'。他从历史的故纸堆中，发掘出民众的'原像'——这本身就是一件颠覆以往常识的'革命性'事件。"③鲁迅改变了过去旧小说被视为"消闲"的玩意儿，赋予了小说创作"为人生"的价值功能，并把批判"国民性"和人性改良当作小说创作的宗旨。鲁迅选取阿 Q 这样一个"完全'无名'的庶民作为主人公"，用文学来为中国最普通的民众代言，这在池田大作看来，正是因为鲁迅内心深处一直怀有对民众深深的挚爱。

———————

① 金庸、[日] 池田大作：《探求一个灿烂的世纪：金庸/池田大作对话录》，北京大学出版社 1998 年版，第 216 页。

② 雁冰：《读〈呐喊〉》，载 1923 年 10 月《文学周报》第 91 期。

③ [日] 池田大作：《"民众时代"的曙光——读鲁迅著〈阿 Q 正传〉》，《青春岁月　读书感悟》，香港牛津大学出版社 2010 年版，第 259 页。

池田大作非常赞赏鲁迅聚焦民众、挚爱民众和唤醒民众的文学创作立场。他认为，正因为鲁迅从小就体验到底层民间的生活疾苦，了解民众的艰辛，知道民众的内心，故而在小说创作中总能"剥掉粉饰的掩盖而逼近民众的原像"。他对鲁迅的小说创作给予了高度的评价，他曾在自传性的长篇小说《新·人间革命》中借主人公山本伸一之口指出，鲁迅的作品让人"深深感到对社会矛盾、不合理的愤怒，和希望民众更加坚强的生命呐喊"①。对于小说《阿Q正传》中的阿Q被革命成功后的当权者所杀，池田大作也由此更深刻地认识到，"在完全忘却那种民众的深切的悲哀之后，革命也只不过成为一种权利与权利之间的简单交替罢了"。②

在池田大作看来，鲁迅一直是爱人类，爱祖国，爱故乡，并深深地爱着自己的同胞和民众。他认为发生在仙台医学专门学校的"幻灯片事件"中那个无助的中国人被残暴的日本皇军砍杀，而自己的同胞却在麻木不仁地围观，这让青年鲁迅的"心中受到强烈刺激"。他在纪念鲁迅的诗中写道："这颗年轻的心灵在流血/还有什么工作比改造国民精神/更为迫切？/还有什么力量比以文学唤醒/沉睡的民心更为巨大？/他于是举起投枪　发出战叫"③。池田大作认为鲁迅对民众一直有着深深的挚爱，他"为/在风雨如磐的故园中挣扎的民众，愿/以自己的生命投入殊死的决斗"④。正是出于对民众深深的挚爱，鲁迅一心要通过文学来改造

---

① ［日］池田大作：《新·人间革命》第20卷，台北正因文化2012年版，第96页。

② ［日］池田大作：《"民众时代"的曙光——读鲁迅著〈阿Q正传〉》，《青春岁月　读书感悟》，香港牛津大学出版社2010年版，第262页。

③ ［日］池田大作：《文学界的巨人　精神界的先驱——为纪念伟大的鲁迅先生》，《鲁迅研究月刊》2002年第6期，第77页。

④ 同上。

国民的精神。而池田大作也指出："他的文学是'爱民众的热血'。因为爱民众，所以极其憎恨使民众深受其害的虚伪。"① "鲁迅曾为了'治病救人'而立志学医，这与孙中山早年的经历一样，但前者却一转成为立志'改造国民精神'的作家。这种'以笔为武器'的真正价值，我以为就是重视群众，'任何时候都与群众在一起''任何时候都关注着民众'。"② 池田大作甚至说："没有一位作家像他那样，对自己的祖国爱之愈切，对民族'劣根性'亦就愈是深切痛击的吧！充分暴露了残酷封建社会的'吃人'本质，呼喊'救救孩子'的《狂人日记》，还有《药》《明天》《故乡》等等作品，一篇篇灿烂的力作都紧贴着挣扎在旧社会底层的民众，可谓与他们心心相印。"③

在答《明报》记者问时，池田大作指出自己最喜爱和敬重鲁迅的首要原因，就在于"他的作品中始终贯穿着'对民众的爱情'"④。显然，池田大作用一个"爱"字点出了鲁迅与民众复杂关系的本质特征。他也常常提到鲁迅"横眉冷对千夫指，俯首甘为孺子牛"这两句诗。他的理解是："哪怕被成千的敌人攻击，也扬起眉毛，冷冷地挺立。但为了幼儿，低下头，甘愿当牛，让他骑到背上。任凭傲慢的权力迫害，坚决战斗。彻底为老老实实生活的民众作贡献。这种爱民众的精神就是缔造新

---

① ［日］池田大作：《谈革命作家鲁迅》，《上海鲁迅研究》2006 年第 4 期，第 169 页。

② 金庸、［日］池田大作：《探求一个灿烂的世纪：金庸/池田大作对话录》，北京大学出版社 1998 年版，第 212—213 页。

③ ［日］池田大作：《鲁迅：首在立"人"——通过阿 Q 来教育与鼓舞青年》，香港《紫荆》2008 年第 10 期，第 42 页。

④ ［日］池田大作：《池田大作谈鲁迅（答〈明报〉记者问）》，《鲁迅研究月刊》1995 年第 5 期，第 29 页。

中国的年轻领袖们的灵魂。"① 池田大作也非常欣喜地看到鲁迅这种"爱民众"的精神传统被继承下来，他认为鲁迅"爱民众"的精神深深地影响了新中国的缔造者们，而且还"成为周总理等新中国领袖的指针之一"②。1992 年 10 月 14 日，池田大作在中国社会科学院题为《21 世纪与东亚文明》的讲演中谈到周恩来总理这一东亚"共生的道德气质"典型的理想人物时，就指出周恩来所继承和发扬的就是鲁迅那种"爱民众"的精神。他说："放眼大局而不忘细节，心藏秋霜信念而脸露春风笑容，不是以我为中心而以对方的心为中心，既是中国良好公民又是世界主义者，经常把温和而公正的目光投向人民，这样卓越的人格，正发扬了鲁迅所呐喊的那种革命是让人活、而不是杀人的伟大精神。"③ 池田大作也非常希望日本的青年能够把鲁迅这种爱人类、爱民众的精神继承下来，他曾对日本创价大学的沉重说："希望全体毕业生继承鲁迅文学中搏动的正义心灵和热爱民众的精神。"④ 同时，他也坚信："热血沸腾的'爱民众的领导人'从我创价学府辈出，是我的希望，是我的坚信。"⑤

---

① ［日］池田大作：《谈革命作家鲁迅》，《上海鲁迅研究》2006 年第 4 期，第 169 页。
② 同上。
③ ［日］池田大作：《21 世纪与东亚文明》，《我的中国观》，四川人民出版社 2009 年版，第 120—121 页。
④ ［日］池田大作：《谈革命作家鲁迅》，《上海鲁迅研究》2006 年第 4 期，第 163 页。
⑤ 同上书，第 169 页。

## 第二节　"严父"之责：民众"原像"的
## 刻画与国民性批判

　　作为一位著作等身的作家和蜚声世界的桂冠诗人，池田大作在创作中一直坚持"文学是时代的精神，是反映社会的镜子"①的文学理念。在解读鲁迅小说的过程中，他不仅结合文学自身的规律对鲁迅小说的价值内涵进行感悟和体认，而且还非常注重从创价学会的价值追求和战后日本的时代语境来贴近鲁迅的作品，特别是对鲁迅小说中的民众"原像"刻画和国民性批判等问题进行了聚焦。在他看来，"能触及'人的灵魂''人类的普遍命题'，就是文学。巴金先生所景仰的前辈鲁迅的文学观，也是基于这一点。而不是'为艺术的文学''为文学的文学'。况且，也没有什么'为政治的文学'，说到底，只有'为人生的文学''为人的文学'。"② 相反，如果"离开'创造人''构筑灵魂'的根本之处，无论怎么对'革命文学'赞叹备至，其目的意识无论怎样突出显明，也不能摆脱'宣传'的范畴。"③ 鲁迅一直关注底层民众的精神痼疾，他的小说作品就是凝视人们心灵最深层的文学，而这也

---

　　① ［日］池田大作：《人生寄语——池田大作箴言集》，程郁译，上海社会科学院出版社 1992 年版，第 132 页。

　　② 金庸、［日］池田大作：《探求一个灿烂的世纪：金庸/池田大作对话录》，北京大学出版社 1998 年版，第 273 页。

　　③ 同上书，第 274 页。

正是鲁迅在 21 世纪仍然具有不朽影响的原因所在。

对鲁迅而言，他"弃医从文"的初衷就是想通过文学来启蒙民众的思想，改造国民的精神。他说当时"有一种茫漠的希望，以为文艺是可以转移性情，改造社会的"①。当然，在日本提倡文艺运动的时候，他并没有开始真正的文学创作，但已经开始做翻译、写评论。随着"五四"新文化运动如火如荼的发展，沉寂了近十年的鲁迅终于打破沉默，发出了他为新文化运动助威的呐喊之声。他说："说到'为什么'做小说罢，我仍抱着十多年前的'启蒙主义'，以为必须是'为人生'，而且要改良这人生。我深恶先前的称小说为'闲书'，而且将'为艺术的艺术'，看作不过是'消闲'的新式的别号。所以我的取材，多采自病态社会的不幸的人们中，意思是在揭出病苦，引起疗救的注意。"② 正是本着"'为人生'，而且要改良这人生"的目的，鲁迅先后创作了《呐喊》和《彷徨》等两部现代题材的小说集，而批判愚昧麻木的国民劣根性和唤醒普通的民众也就自然成了他小说创作的基本主题。

然而，正如鲁迅自己所说，中国的民众"默默的生长，萎黄，枯死了，像压在大石底下的草一样，已经有四千年"③。作为未经革新的古国的人民，他们像压在大石底下的草一样默默地生长着，却从未引起过人们对他们内心世界的真正关注。因而"要画出这

---

① 鲁迅：《译文序跋集·〈域外小说集〉序》，《鲁迅全集》第 10 卷，人民文学出版社 2005 年版，第 176 页。

② 鲁迅：《南腔北调集·我怎么做起小说来》，《鲁迅全集》第 4 卷，人民文学出版社 2005 年版，第 526 页。

③ 鲁迅：《集外集·俄文译本〈阿 Q 正传〉序及著者自叙传略》，《鲁迅全集》第 7 卷，人民文学出版社 2005 年版，第 84 页。

样沉默的国民的灵魂来，在中国实在算一件难事"①。不过，早年家庭破败后屈辱的生活体验，以及与农村小伙伴的接触交往，使鲁迅对生活在社会底层的人们有了更深的观察和了解。因而在池田大作看来，鲁迅少年时经历过家庭破败的屈辱体验，熟悉中国最底层民众的生活，也正是"通过这种苦劳，觉悟到'世上饱尝贫苦的人很多'，知道了'民众的心'"②。鲁迅这些早年的体验与经历自然影响到他后来的小说创作，如其所说："我也只得依了自己的觉察，孤寂地姑且将这些写出，作为在我的眼里所经过的中国的人生。"③ 正因为对底层社会有着穿透性的洞察力，鲁迅小说中的国民灵魂刻画往往直逼民众的"原像"，甚至带有某种残酷性。而池田大作就指出："鲁迅剥掉小说中人物的外衣，赤裸裸地暴露了人的本性；鲁迅的残酷性就在这里。这简直使人情不自禁地要合上书本……"④

　　在阐述鲁迅小说的高度成就时，池田大作也将其与日本近代著名的作家夏目漱石进行比较。他指出，在探究和洞察人的内心世界方面，鲁迅与夏目漱石都是以深刻性著称，他们都有着探索人的内心世界与自然的奥秘的眼睛。然而，具体到对他们作品的理解时，池田大作却又有着截然不同的认识，他说："在漱石的思想深处有一种'会产生满足现状'的日本式的幸福空间。这对鲁

---

① 鲁迅：《集外集·俄文译本〈阿Q正传〉序及著者自叙传略》，《鲁迅全集》第7卷，人民文学出版社2005年版，第84页。

② ［日］池田大作：《谈革命作家鲁迅》，《上海鲁迅研究》2006年第4期，第160页。

③ 鲁迅：《集外集·俄文译本〈阿Q正传〉序及著者自叙传略》，《鲁迅全集》第7卷，人民文学出版社2005年版，第84页。

④ ［日］池田大作：《鲁迅的烦恼与勇气》，《国外社会科学》1981年第9期，第29页。

迅来说却是不能容忍的。他尝到了人间难以忍受的悲哀，同时又不得不继续前进。"① 所以池田大作认为夏目漱石的《哥儿》是"明"的顶点，而鲁迅《阿Q正传》所刻画的阿Q则是"暗"的顶点。也正因如此，池田大作对作为文学家的鲁迅表现出由衷的钦敬。他说，凝视鲁迅的照片，鲁迅那双凝视事物的眼睛给他留下了深刻印象："这双眼睛似乎能够一眼看透人的内心以及人世间的是非善恶。鲁迅就是用这双眼睛凝视着拥有四千年历史的祖国的'黑暗'——尽管他自己也是其中的一部分。他忍着一切烦恼，却从不退缩。"② "他一面在孤独、绝望、激荡当中彷徨，一面继续他的探索。一面充满了苦涩，一面又徘徊、碰壁、杀回马枪。"③ 鲁迅一直用他穿透民族本质的敏锐视线凝视着现实本身，故而他的小说总能剥掉粉饰性的外衣，并塑造了阿Q、祥林嫂等众多逼近现实的人物形象。

在鲁迅塑造的众多底层民众形象中，阿Q无疑最具深度性，也极具普遍性。池田大作就认为："《阿Q正传》中所描写的，正是在那种黑暗中被摆布的民众的'原像'。"④ 阿Q"浑浑噩噩，游手好闲，每日无所事事地混着，无论遇到什么事都自以为是地解释，自我得意，然后龟缩在'自己'的躯壳中苟且过日，因而，不管遇到多么愚蠢的欺侮，受到怎么厉害的虐待都能心安理

---

① 〔日〕池田大作：《鲁迅的烦恼与勇气》，《国外社会科学》1981年第9期，第29页。

② 〔日〕池田大作：《"民众时代"的曙光——读鲁迅著〈阿Q正传〉》，《青春岁月 读书感悟》，香港牛津大学出版社2010年版，第257页。

③ 〔日〕池田大作：《鲁迅的烦恼与勇气》，《国外社会科学》1981年第9期，第29页。

④ 〔日〕池田大作：《"民众时代"的曙光——读鲁迅著〈阿Q正传〉》，《青春岁月 读书感悟》，香港牛津大学出版社2010年版，第258页。

得。对于这种听起来漂亮的处世术，鲁迅称之为'精神胜利法'，其实是一种'彻底悲惨的愚蠢乐天主义'吧！"① 在对《阿Q正传》的解读中，池田大作深深震撼于鲁迅对阿Q"精神胜利法"的深刻透视，他说："对于当时浸淫于这种'精神胜利法'的中国人，鲁迅讽刺说，'他是永远的得意，这或许是中国的精神文明冠绝于世界的一个证据也说不定。'这种沉痛的冷嘲令我久久也难以忘却。"② 所以他认为鲁迅对阿Q形象的描写正是"民众的真实形象"，他说："读到这样简洁的描写，脑子里鲜明地浮现出愚钝但却像茁壮生长的杂草一般顽强的民众的真实形象。"③ 可以说，在池田大作看来，阿Q的"精神胜利法"正是一种"彻底悲惨的愚蠢乐天主义"，而"阿Q相"更是一种普遍的、有社会意义的代表性形象。在人类社会发展的途中，阿Q那样愚蠢乐天、自欺欺人的"精神胜利法"会不断地出现变种，制约着人类真正的进步。而鲁迅笔下阿Q形象的警示意义就在于，人们要时时警惕和反省自身的"阿Q精神"，才能永葆"精神革命"的动力。

　　正是通过对《阿Q正传》的深入解读，池田大作认为鲁迅具有看透民族本质的敏锐视线，他不要任何的棱镜，而是要凝视现实本身。无论是他在谈论现实中的人物，还是刻画小说形象的时候，都要剥掉粉饰的掩盖而逼近本质的"原像"。《阿Q正传》"鲜明地刻画出那种生存于愚钝之中，像杂草一样挺拔的民众的原

---

① 金庸、[日]池田大作：《探求一个灿烂的世纪：金庸/池田大作对话录》，北京大学出版社1998年版，第217页。
② 同上。
③ [日]池田大作：《寻求新的民众形象》，《我的中国观》，四川人民出版社2009年版，第75页。

始形象"①。阿Q无疑已成为世界文学中一个具有典型意义的人物形象，鲁迅通过对阿Q等形象的刻画，深刻揭示了人类共同的弱点。正是在此意义上，阿Q的典型形象不仅让法国著名作家罗曼·罗兰难以忘怀，而且还给世界各国民众的反抗压迫斗争也提供了深刻启示。池田大作就曾提道："中美洲危地马拉的一位作家这样说，'阿Q主义，或者精神胜利法，在展开对抗压迫的斗争时，只会妨碍我们看清自己所处的状况。因此，现在就必须抛弃它。'"② 也正是基于此，池田大作指出："鲁迅先生用阿Q这一形象表达的思想超越国境，启示全世界民众。'要改变社会，首先改变自己！自己坚强起来！聪明起来！'这不就是从《阿Q正传》中读取的普遍性、世界性吗?"③ 所以，正是在世界文学的意义上，池田大作认为鲁迅的文学是"凝视"人类心灵"最深层"的文学。

显然，池田大作一直非常注重从描绘民众灵魂"原像"的角度来理解《阿Q正传》的文学价值。"阿Q虽然生性善良，但他的懦弱导致各种悲喜剧的同时，也使他不断滑向破灭的深渊。鲁迅毫不留情地发掘出他性格中的傲慢、贪欲、愚昧、目光短浅、怯懦、虚荣、奴隶根性……"④ 对鲁迅而言，改造国民的精神就是要批判中国人自私，不团结，苦于虐政而甘心情愿，不敢抗争，夜郎自大，愚昧落后等国民劣根性。如果民众都像阿Q一样得过

---

① ［日］池田大作：《我的人学》（第二版），北京大学出版社2010年版，第193页。
② ［日］池田大作：《谈革命作家鲁迅》，《上海鲁迅研究》2006年第4期，第166页。
③ 同上。
④ ［日］池田大作：《"民众时代"的曙光——读鲁迅著〈阿Q正传〉》，《青春岁月　读书感悟》，香港牛津大学出版社2010年版，第260页。

且过，不去面对现实，那就永远也不可能改变社会现实。鲁迅的小说让池田大作产生了共鸣，他从中也认识到，"绝对不能改变黑暗的状态，永远是奴隶！长久处于被统治的地位，很多人不知不觉死了心，被关进眼睛看不见的'心的牢笼'里。"① 而鲁迅正是"用阿Q的形象把这一点暴露在光天化日之下。看清这种愚昧！克服这种愚昧！"② 借助对鲁迅作品的阐释解读，他也呼吁民众不要自欺，要砸碎"心的牢笼"，把民众沉默的灵魂唤醒。

事实上，池田大作一生致力于以宗教活动为基础的"人性革命"运动，他一直呼吁日本乃至全世界的民众，无论处于多么严酷的环境，心灵不要被束缚，灵魂也不要被夺走。正是透过对鲁迅《阿Q正传》的解读，池田大作指出，社会革命并不能从根本上改变人们的思想，而是必须致力于"人性革命"来改变人们的精神。他指出社会革命即使能改变政治，但却改变不了阿Q的可悲。阿Q的村庄来了辛亥革命的革命党，但阿Q却被革命的浪潮摆布，莫名其妙地获罪，被杀头示众。小说到此结束，而被枪毙的阿Q最后无声地叫喊"救命……"所以他说："与'国家'或'制度'相比，真正必须改变的首先是'人'。阿Q那样的人不自觉，就算不上真正的革命。鲁迅先生就是这样想的。"③ 这也正是鲁迅当时所说的中国"最要紧的是改革国民性"④。正是出于对鲁迅"立人"思想和"改造国民性"思想的深入理解与认同，池田

---

① ［日］池田大作：《谈革命作家鲁迅》，《上海鲁迅研究》2006年第4期，第165页。

② 同上。

③ 同上书，第166页。

④ 鲁迅：《两地书·八》，《鲁迅全集》第11卷，人民文学出版社2005年版，第31—32页。

大作将鲁迅的作品看成是"人性革命"的文学。

总之，作为一位具有世界性眼光的文学家，池田大作认为真正优秀的文学作品就是要超越时代的局限和个人的限制，直探人性的本质。他说："文学要深深探索人的本性，进行文学活动就必须越过人性的陷阱和时代的局限。"① 他认为置身于社会现实，那些令青年鼓起勇气、积极面对人生苦难的文学作品越来越重要，他说："在作家自己不断磨炼、修身、陶冶下写成的作品，能够超越国界、时代，发出不减的光彩。像中国的鲁迅先生，以及曾与我多番对话的巴金先生，他们两位就是最好的例子。"② 而在对鲁迅作品进行解读的过程中，池田大作显然超越了国家和民族的狭隘之见，他从世界性意义的角度指出鲁迅是以关注人类灵魂为职责的作家，其作品不仅深刻批判了旧中国愚弱国民的精神痼疾，而且极具典型性和普遍性。

## 第三节 "医生"之治："在灵魂深处唤醒
民众"的创作诉求

池田大作在年青时期就开始致力于以宗教活动为基础的日本民众运动，在此期间，他不仅开始了对鲁迅作品的阅读，而

---

① ［日］池田大作：《人生寄语——池田大作箴言集》，程郁译，上海社会科学院出版社1992年版，第131页。
② ［日］池田大作、吴真、符俏琳：《摄影与自然的"内心对话"》，《大学语文》，东南大学出版社2009年版，第133页。

且也形成了从关注民众、唤醒民众的角度来理解和阐释鲁迅作品的解读视域。出于对民众的挚爱，鲁迅一生都在通过文学来致力于国民精神的改造，他一直是"肩负着黑暗的闸门，放他们到光明的地方去"①。鲁迅关注民众、刻画民众、唤醒民众，这也引起了池田大作的强烈共鸣。在他看来，鲁迅正是通过文学来刻画民众的精神"原像"，进而改变他们的精神。而他也指出："鲁迅宁愿作为一个'仆人'而以真诚的自我牺牲投身于中国国民的精神改造。"② 显然，在文学价值功用的认识上，池田大作与鲁迅是有着深深共鸣的，他说："文豪鲁迅有这样的话，是我也极其喜爱的至理名言：'文艺是国民精神所发的火光，同时也是引导国民精神的前途的灯火。'"③ 在池田大作看来，"在灵魂深处唤醒民众"正是作为"笔的斗士"鲁迅创作的根本诉求。

对鲁迅来说，他一生都在致力于通过文学来刻画民众的精神"原像"，并进而改变他们的精神。在谈到自己最初的小说创作动机时，鲁迅就指出自己"并没有要将小说抬进'文苑'里的意思，不过想利用他的力量，来改良社会。"④ 在仙台医学专门学校学医时的"幻灯片事件"极大地刺激了鲁迅，他由此更清醒地认识到，治疗国民的灵魂是远比治疗国民的身体更为紧要的事情。

① 鲁迅：《坟·我们现在这样做父亲》，《鲁迅全集》第1卷，人民文学出版社2005年版，第145页。
② ［日］池田大作：《鲁迅的烦恼与勇气》，《国外社会科学》1981年第9期，第30页。
③ ［日］池田大作：《池田大作答〈世界文学〉编辑部问》，《世界文学》1992年第4期，第6页。
④ 鲁迅：《南腔北调集·我怎么做起小说来》，《鲁迅全集》第4卷，人民文学出版社2005年版，第525页。

对此，池田大作就指出："他切身地感受到，与肉体的苦痛一样，某种精神上的病痛也不是简单的药就可以治好，必须经过手术切开治疗。"① 因而，在日本东京开始创办《新生》的时候，鲁迅就开始了"立人""立国"的探索与构想。他在《文化偏至论》中说："其首在立人，人立而后凡事举；若其道术，乃必尊个性而张精神。"②"国人之自觉至，个性张，沙聚之邦，由是转为人国。"③ 在《破恶声论》中，他也提出："盖惟声发自心，朕归于我，而人始自有己；人各有己，而群之大觉近矣。"④ 他认为只有每个作为个体的人自己觉醒了，才可能有群体的觉醒，最终才有国家的强盛。因而，面对国人的"不撄"，他非常推崇拜伦、雪莱、普希金等"摩罗诗人"，他说："今且置古事不道，别求新声于异邦，而其因即动于怀古。新声之别，不可究详；至力足以振人，且语之较有深趣者，实莫如摩罗诗派。"⑤ 鲁迅注重对"心声"的发扬，他希望通过"心声"的发扬来使国民的精神振奋起来。因而他从东欧等弱小国家和被压迫民族的作品中寻找叫喊和反抗之声，以振奋国人的抗争精神。所以，在刚走上文艺道路之时，鲁迅便开始向当时的中国读者介绍和翻译许多外国作家的作品，就是想让国人从不屈民族的"勇敢呐

① ［日］池田大作：《"民众时代"的曙光——读鲁迅著〈阿 Q 正传〉》，《青春岁月　读书感悟》，香港牛津大学出版社 2010 年版，第 260 页。

② 鲁迅：《坟·文化偏至论》，《鲁迅全集》第 1 卷，人民文学出版社 2005 年版，第 58 页。

③ 同上书，第 57 页。

④ 鲁迅：《集外集·破恶声论》，《鲁迅全集》第 8 卷，人民文学出版社 2005 年版，第 26 页。

⑤ 鲁迅：《坟·摩罗诗力说》，《鲁迅全集》第 1 卷，人民文学出版社 2005 年版，第 68 页。

喊"来学习猛烈的抵抗精神。他后来在谈到早期翻译作品时也说："我当时的意思，不过要传播被虐待者的苦痛的呼声和激发国人对于强权者的憎恶和愤怒而已"①。到了五四新文化运动时期，作为文学革命的旗手，鲁迅正式开始了小说创作。他从病态的社会不幸的人们中选取创作素材，刻画了像阿Q这样愚弱民众的精神"原像"，目的正是揭出国民精神的痼疾，引起疗救的注意。

从"人性革命"的视域出发，池田大作指出，鲁迅致力于"精神革命""人性革命"，用文学创作来刻画民众、唤醒民众，进而为民众带来真正的黎明。在中国近现代史上，"曾经有过很多文学起到'革命警钟'作用，鼓舞整个民族、促进民众觉醒的例子"②，而鲁迅就是最为典型的例子。鲁迅一直用看透民族本质的敏锐视线来凝视着现实本身，故而他的小说总能剥掉粉饰性的外衣，并塑造了阿Q、祥林嫂等众多逼近现实的人物形象。"在《阿Q正传》里，他描写了任人愚弄、生活于黑暗之中的平民的'原像'。"③而在《祝福》中，"比谁都能干的主人公祥林嫂被残酷剥夺了人的尊严、女性和母亲的幸福，还遭受周围的人们欺辱，被描写得非常悲惨。正因为凝视这种盘踞在人的世界的深深黑暗，鲁迅先生才始终为人们的幸福黎明坚持斗争。"④鲁迅致力于探究

①  鲁迅：《坟·杂忆》，《鲁迅全集》第1卷，人民文学出版社2005年版，第237页。
②  ［日］池田大作：《"民众时代"的曙光——读鲁迅著〈阿Q正传〉》，《青春岁月  读书感悟》，香港牛津大学出版社2010年版，第254页。
③  ［日］池田大作：《池田大作谈鲁迅（答〈明报〉记者问）》，《鲁迅研究月刊》1995年第5期，第29页。
④  王蒙、［日］池田大作：《家庭、故乡以及青春之日》，《上海文学》2016年第3期，第77页。

社会黑暗和人性深渊，拷问恶的根源并追踪其种种变相，所以池田大作指出，鲁迅不仅具有"笔的斗士"的一面性，而且更是一个能洞见人的精神内奥并加以发掘的"哲学家"。他说："鲁迅对人性的观察是如此之深刻。因为深刻，他揭露社会痛疾的笔锋就超众地尖锐。"① 因此，在对鲁迅作品进行解读时，池田大作尤为重视鲁迅笔下所刻画的那些复杂的、深刻的、独特的人物。他指出："鲁迅作品中的人物有一个共同点，亦即从民众的'原像'（真实面目）、'本质'所撷取的消极性（negative）为中介的，且对之是彻底地予以提炼。"② 对于鲁迅来说，他创作的出发点就是救治像阿Q、祥林嫂这样的平民。为了救治像阿Q、祥林嫂这样深受毒害和压迫的底层民众，鲁迅像医生救治孩子一样手持手术刀进行心灵的救治。他以阿Q、祥林嫂等病态社会不幸的底层民众为刻画对象，揭出他们的病苦，以引起疗救的注意。池田大作非常欣赏鲁迅逼近民众原形的人物刻画，他指出鲁迅正是通过文学来唤醒民众，从而改变他们的精神和思想。鲁迅的最终目的就是为使自己描绘的"阿Q"那样的民众都能变成"新的民众"，并能够无所畏惧地起来战斗和叫喊。在《阿Q正传》中，鲁迅正是在深刻洞悉国民劣根性的基础上，抓住了以"精神胜利法"为典型的阿Q形象，塑造了阿Q以"精神胜利法"来自我解嘲、自欺欺人。池田大作也从阿Q身上认识到，很多像阿Q这样长久处于被统治地位的平民，不知不觉死了心，

---

① ［日］池田大作：《鲁迅的烦恼与勇气》，《国外社会科学》1981年第9期，第29页。

② 金庸、［日］池田大作：《探求一个灿烂的世纪：金庸/池田大作对话录》，北京大学出版社1998年版，第222页。

被关进眼睛看不见的"心的牢笼"里。鲁迅用阿 Q 这一形象把这一点揭示出来，目的自然是让读者能够看清这种愚昧，克服这种愚昧。"历史上任何时代都有人被歧视，被虐待。但是，哪怕身体被束缚，也能在心里叫喊'等着瞧吧！''欺负他人是错误的'。这个民族早晚一定能打破被统治的黑暗，夺得光明。"① 因此，他呼吁："民众啊，不要自欺！砸碎'心的牢笼'！《阿 Q 正传》咚咚敲响了'觉醒的铜锣'，把民族沉默的灵魂唤醒。"② 作为个体的人，心灵自然不应该被束缚，不应该被夺走灵魂，不然，那就成了永远的奴隶。正是透过对鲁迅笔下阿 Q 等形象的深入解析，池田大作认为，如果民众都像阿 Q 一样得过且过，不去面对现实，那就永远也不可能改变社会现实。要真正实现民族独立和国家富强，就必须要有民众的觉醒，就必须改造"人"，进行"人性革命"。

　　鲁迅致力于通过文学来疗治中国人的国民劣根性，改造国民灵魂中不健康的部分，使他们能够真正地站立起来。正是通过阿 Q 等人物形象，池田大作更深刻地认识到，如果大多数民众得过且过，不面对现实，那就到什么时候也不能改变社会现实。如其所说："只要是读后使我们感动的文学作品，不管他的内容如何绝望，也不管它如何冷酷地揭露人生的虚妄与无意义，它的深处就必定会清晰地传来努力追求生存意义希望之声。"③ 鲁迅通过文学

---

　　① ［日］池田大作：《谈革命作家鲁迅》，《上海鲁迅研究》2006 年第 4 期，第 165 页。

　　② 同上。

　　③ ［日］池田大作：《人生寄语——池田大作箴言集》，程郁译，上海社会科学院出版社 1992 年版，第 132 页。

创作揭出底层民众的"原像",揭出他们人生的疾苦,并进而医治他们的精神,这自然与他的"立人"理想是相通的。而"真正的革命是民众的觉醒",这也正是池田大作从鲁迅那里所获得的启示。在他看来,鲁迅的目标是唤醒民众,变革他们身上的奴隶根性,同时消除社会中人与人之间"主人与奴隶"的关系。从而使得在将来构筑的新社会里,既没有"主人",也没有"奴隶",而只有人与人之间的平等。

因此,在鲁迅的文学创作中,一直贯穿着唤醒国民的"立人"思想。而在池田大作看来,《阿Q正传》自然是最能代表鲁迅"民众观"的作品。同时,《阿Q正传》给他的启示就是,只有一般的平民都觉醒了,才是真正的革命。他说:"阿Q性格善良而软弱,演出了各种各样的悲喜剧,跌入破灭的深渊。通过滑稽得令人悲哀的形象。鲁迅呐喊:真正的革命必须是民众的觉醒,不能沦为权力与权力的交替剧。"① 而池田大作也总是将阿Q的醒悟与其所领导的创价学会的民众运动联系起来加以考察和探讨。他指出,阿Q虽然愚弱,但最后意识到自己被吃时便已经觉醒,并像狂人一样发出叫喊。"在《狂人日记》中描写到的那种'人吃人'的残忍的'食人社会',张开血盆大口,要将阿Q吞没。而阿Q所发出的'救命……'的微弱呼喊,像'狂人'一样,作为一种觉醒——可以说只有从这里才能看到真实的希望,让人切实地感受到生存的感觉。"② 阿Q的觉醒就是

---

① [日]池田大作:《池田大作谈鲁迅(答〈明报〉记者问)》,《鲁迅研究月刊》1995年第5期,第29页。

② [日]池田大作:《"民众时代"的曙光——读鲁迅著〈阿Q正传〉》,《青春岁月 读书感悟》,香港牛津大学出版社2010年版,第261—262页。

民众最后的觉醒，而这才是革命最后所要达到的目的。所以池田大作认为，只有让阿Q这样的人也觉醒起来，才能算是真正的革命。

与鲁迅一样，池田大作为唤醒民众而竭尽心力，他在从事创价学会以佛教活动为基础的事业追求之中始终笔耕不辍。为把日本创价学会和国际创价学会致力于生命尊严和正义和平的真实情况准确地告诉后人，他陆续创作了长篇小说《人间革命》《新·人间革命》等著作。从1965年1月起，池田大作的多卷本长篇小说《人间革命》就开始在创价学会的机关报《圣教新闻》上连载。他说："这部书的主题，是写在一个人的身上所进行的人的革命，很快使一个国家的命运发生转变，甚至能使全人类的命运发生转变。"① 显然，在池田大作与鲁迅之间，他们的文学创作不仅具有内在相通性，而且明显可以看到池田大作对鲁迅"人性革命"文学的承续性。要实现社会繁荣、国家富强和世界和平，就必须要有民众精神的觉醒，就必须改造"人"，进行"人性革命"。而透过鲁迅的小说，池田大作认为社会革命并不能从根本上改变人们的思想，还必须要致力于人的"精神革命"。社会革命即使能改变政治体制，但改变不了阿Q的可悲命运。在辛亥革命中，阿Q的村庄来了革命党，但阿Q却被革命的浪潮所摆布，莫名其妙地获罪，并被杀头示众。无论是什么革命，阿Q这样的人没有真正觉醒，就算不上真正的革命，而真正必须改变的首先是人的精神。所以，在池田大作看来，在灵魂深处唤醒民众就是鲁

---

① ［日］池田大作：《我的履历书》，赵恩普等译，吉林人民出版社1984年版，第90页。

迅文学创作的根本诉求，鲁迅所揭示的国民劣根性在某种意义上来说也正是人类共同的弱点。鲁迅在创作中"洞见人的精神内奥并加以发掘"，其正是通过透视民众灵魂和解剖自己而达到对人类本性的透视。因此说，池田大作一生中的主题"人性革命"是与鲁迅国民精神改造相互呼应的，也是对鲁迅致力于"改造国民性"的"精神革命"的继承。

# 第五章 "人性革命"的价值探寻与
## 鲁迅"人学"的思想阐释

我们追悼了过去的人，还要发愿：要自己和别人，都纯洁聪明勇猛向上。要除去虚伪的脸谱。要除去世上害己害人的昏迷和强暴。

我们追悼了过去的人，还要发愿：要除去于人生毫无意义的苦痛。要除去制造并赏玩别人苦痛的昏迷和强暴。

我们还要发愿：要人类都受正当的幸福。

——鲁迅：《坟·我之节烈观》，《鲁迅全集》第1卷，人民文学出版社2005年版。

一个人的身上所进行的人的革命，很快使一个国家的命运发生转变，甚至能使全人类的命运发生转变。

——池田大作：《我的履历书》，吉林人民出版社1984年版。

作为一种进步的、善良的、主张和平的社会力量，池田大作所领导的日本创价学会是一个建立在以日莲大圣人的佛法和生命哲学为基础的，以佛教的生命尊严思想为根本，希望使人人幸福，推进世界永久和平的宗教团体。自继任创价学会第三任会长以来，池田大作就不断根据日本新的国际国内形势，在继承创价学会原有理论学说的基础上，建立了自己完整的"人学"思想体系。而所谓"人学"，从广义上说，就是人把自身作为对象来自觉思考的一门学问。这门学问面向个体和世界，反思自我并提升自身。它关注的是人的心灵世界，追寻的是生命的意义，并且要为个体找到最适合的存在方式。从创价学会的理念出发，池田大作认为"在现代，显得特别重要的是，努力变革和提高人的生命或精神的世界"①，因而他不仅一直致力于"人性革命"的思考与实践，而且还将"人性革命"确立为创价学会的立会宗旨："我们人的革命运动是用自己的双手来开发内在的宇宙，即开发蕴藏于自身的有创造性的生命，是使人类自立的改革工作。"② 基于"人性革命"的价值追求和思想主张，池田大作还创作了多卷本长篇小说《人间革命》和《新·人间革命》以及《我的人学》等著作来探讨现代人应有的生活态度和人生态度。在《我的人学》中文序言中，他称中国是"人学"的宝库，而他就曾广泛汲取了中国文化的营养，尤其对鲁迅的思想文学更是充满由衷的喜爱。

从"人性革命"为旨归的宗教文化事业出发，池田大作总是

---

① ［日］池田大作、［意］奥锐里欧·贝恰：《二十一世纪的警钟》，卞立强译，中国国际广播出版社 1988 年版，第 147 页。

② ［日］池田大作：《人生寄语——池田大作箴言集》，程郁译，上海社会科学院出版社 1992 年版，第 57 页。

在包括中国文化在内的全世界所有文化中寻找思想上的呼应。所以他的"人学"思想既融合了日莲大圣人的思想、牧口常三郎的价值论和户田城圣的生命论等创价学会思想体系的核心价值理念，同时又广泛接纳了世界其他文化思想的精神内核。比如，雨果、托尔斯泰的博爱精神、和平主义，鲁迅的"改造国民性"思想和"立人""立国"思想都是池田大作"人学"思想的重要资源。他一直把中国视为丰富多彩的"人学"宝库，并称中国是日本的"文化大恩之国"。他也非常善于从中国古代到现代的文化（文学）中汲取思想精华，其中尤其是对鲁迅的"立人""立国"思想有着深切的会心。他说："孔子在《论语》中明确地说'修己以安人'。《大学》的'皆以修身为本'，《老子》的'胜人者有力，自胜者强'，《近思录》的'立己'，鲁迅先生则强调'必须先改造了自己，再改造社会，改造世界'。可以说，凝视自己，驾驭自己，形成自己，在中国思想中常常被当作最大的课题。这也是和佛法共鸣的主题。"① 池田大作一直对鲁迅充满尊敬和喜爱，他对鲁迅"人学"思想的理解与接受，显然跨越了文化和宗教的区隔，并与之产生了深深共鸣。

同为东方的两位文化巨人，虽然池田大作与鲁迅所从事的职业不同，但都曾致力于对"人学"的思考和实践。池田大作多次谈到，鲁迅像早年的孙中山一样为"治病救人"而立志学医，但后来一转而成为"改造国民精神"的作家。事实上，有一种倾向就认为："鲁迅的创作是一个复杂的、深刻的、独特的个体心灵的表现，因而他的意义不只是中国现代民主革命的象征，而是人类

---

① 王蒙、[日]池田大作：《活自己的命》，《上海文学》2017 年第 2 期，第 68 页。

心灵与世界精神的象征。"① 与鲁迅执着于对国民灵魂的刻画和对愚弱国民性的改造一样，池田大作也一直致力于以创价学会宗教活动为基础的"人性革命"实践，并以此来进行日本民族"岛国根性"的反思和改造。有学者就指出："鲁迅和池田大作先生的人学思想都是从现实出发，有着很强的现实针对性。"② 池田大作与鲁迅在"人学"思想的探寻方面不仅具有深刻的相通性，而且在心灵和思想上有着深深的共鸣。对此，池田大作就曾说过："革命也好、改革社会流弊也好，一切都要首先以使'人'革命为开始，不能使人产生'变革'，就不能使社会产生'变革'。鲁迅的革命的人道主义（Humanism），我想与我所提出的'人间革命'的主张是有共鸣之处的。"③ 正是在与鲁迅"人学"思想产生深深共鸣的基础上，池田大作从"人性革命"的视域对之进行了深入阐发。

## 第一节 "人性革命"与池田大作阐释
## 鲁迅思想的视域

作为著名的宗教思想家，池田大作一直致力于"人性革命"的思想探索和价值实践。"所谓人性革命就是确立人生的目的观，

---

① 谭桂林：《论池田大作的鲁迅观》，《鲁迅研究月刊》2006 年第 6 期，第 66 页。

② 陈漱渝：《鲁迅的人学与池田大作的人学——在北京鲁迅博物馆授予池田大作名誉顾问仪式上的致辞》，《上海鲁迅研究》2004 年第 1 期，第 316 页。

③ 金庸、［日］池田大作：《探求一个灿烂的世纪：金庸/池田大作对话录》，北京大学出版社 1998 年版，第 222 页。

并努力自我完成。人性革命不仅要确立现实的、眼前的目的观，更要注重永远的生命观，确立坚定不动摇的生命观。"① "人性革命"其实质就是通过道德革命、精神革命来确立正确的生命观，明确人生的意义与价值。正是从重视"人性"的角度出发，池田大作提出应把"人性革命"作为社会变革的前提，他认为："人类革命不仅是政治家的课题，它同时也是民众自身的课题。每个人都不应去追求那漫无止境的欲望，而应把利他和自我抑制作为目标，为了实现这个目标，努力实行自身的人性革命。"② 在池田大作的"人学"思想中，"人性革命"是其基本主题，"生命尊严"则是其根本性理念。他认为树立生命的尊严，不仅是解决人类和平问题，同时也是解决人类所有危机的根本出路。"对 21 世纪来说，最重要的是在社会扩大这绝对性的亲切——对生命的慈爱。"③ 当前人类社会的所有危机的根源都是人的问题、人性的问题，解决人类危机根本上是要解决人性问题，使人性向善转化的问题，因而必须要进行"人性革命"。而"人性革命"的目标就是树立生命的尊严，他说："如果承认生命本身的真正的尊严，那么，这就是一个理所当然的结论，人类必须进行自我意识的变革。"④

　　如前所说，在建构自己的"人学"思想体系时，池田大作一

---

　　① 创价学会教学部：《新版佛教哲学大辞典》，东京圣教新闻社 1986 年版，第 1384 页。

　　② ［日］池田大作、［英］B. 威尔逊：《社会与宗教》，梁鸿飞、王健译，四川人民出版社 1991 年版，第 122 页。

　　③ ［日］池田大作：《青春对话》，中国友谊出版公司 2000 年版，第 160 页。

　　④ ［日］池田大作、［英］汤因比：《展望二十一世纪》，国际文化出版公司 1985 年版，第 164 页。

直从包括中国文化在内的世界文化中汲取思想的精华，他也对鲁迅的"人学"思想产生了深深的共鸣。他说："'精神改造'是这位文豪的肺腑之言。这恰恰与我一生中的主题'人之革命'相互呼应，产生共鸣。"① 在战后日本社会运动的高涨时期，池田大作立足于改造日本"岛国根性"的现实需要，不断从鲁迅那里汲取"精神革命""人性革命"思想和不屈的斗士精神来开展民众运动，积极推进日本民众的精神变革。

与战后日本许多鲁迅研究者常把鲁迅作为日本民族自我批判的思想资源和追求革命变革的精神动力来对待一样，池田大作也非常重视发掘鲁迅在"立人""改造国民性"和"唤醒民众"等方面的思想精神价值。对鲁迅而言，他早在日本留学时就特别注意到西方近代文明偏重工具理性而忽视人文精神的建设，把人变成了非人，人与人之间也重新沦为"主人—奴隶"的关系。置身于20世纪初世界大变革的时代，他认为只有清醒地认识自己，认识世界，才能确定自己在世界中的位置，并作出正确的生存与发展方略。而当时的中国显然已陷于闭着眼睛求圆满的"瞒和骗"的大泽中而不可自拔，因而必须要"精神界之战士"来大声呵斥，才能使之猛醒。然而，许多先觉者在讨论如何救中国时，或"竟言武事"，或"制造商估立宪国会之说"。在鲁迅看来，这些人显然都是"不根本之图"的"轻才小慧之徒"，而他自己则坚持认为"根底在人"，"首在立人，人立而后凡事举"。所以他提出了"立人""立国"的构想："人生意义，致之深邃，则国人之

---

① ［日］池田大作：《"民众时代"的曙光——读鲁迅著〈阿Q正传〉》，《青春岁月　读书感悟》，香港牛津大学出版社2010年版，第260页。

自觉至，个性张，沙聚之邦，由是转为人国。"① 只有当所有的人精神自觉了，成了新的人，才会出现民众的团结和国家的兴盛。

事实上，在正式提出"立人""立国"思想之后，鲁迅又目睹了数场政治革命的失败，这使他更加坚信"最要紧的是改革国民性，否则，无论是专制，是共和，是什么什么，招牌虽换，货色照旧，全不行的"②。特别是辛亥革命后，鲁迅对当时绍兴光复时的乱象就有深刻的体验。"我们便到街上去走了一通，满眼是白旗。然而貌虽如此，内骨子是依旧的，因为还是几个旧乡绅所组织的军政府，什么铁路股东是行政司长，钱店掌柜是军械司长……"③ 而且，带领新军光复绍兴的督军王金发也迅速被闲汉们所包围，做起了王都督，精神和思想也开始退化，最终死在了守旧势力的屠刀下。在鲁迅看来，虽然中国的体制落后，但是中国的人心，国民劣根性其实更加败坏。因而，在走上文学创作的道路之后，鲁迅以文学描写、刻画的方式对旧中国最底层民众的精神进行了深刻透视，尤其对中国民众的自私、怯弱、卑琐、愚蠢、凶残、阿Q主义、喜欢宣传和做戏、喜欢瞒和骗等国民劣根性进行了深入批判。在五四时期，鲁迅呼喊"救救孩子"就是要寻找"真的人"④，他说："只能先从觉醒的人开手，各自解放了自己的孩子。自己背着因袭的重担，掮住了黑暗的闸门，放他们

① 鲁迅：《坟·文化偏至论》，《鲁迅全集》第1卷，人民文学出版社2005年版，第57页。

② 鲁迅：《两地书·八》，《鲁迅全集》第11卷，人民文学出版社2005年版，第32页。

③ 鲁迅：《朝花夕拾·范爱农》，《鲁迅全集》第2卷，人民文学出版社2005年版，第324—325页。

④ 鲁迅：《呐喊·狂人日记》，《鲁迅全集》第1卷，人民文学出版社2005年版，第452页。

到宽阔光明的地方去；此后幸福的度日，合理的做人。"① 可以说，鲁迅的一生几乎都在同将人变成非人的外在力量进行斗争，并致力于唤醒民众的工作，而这也是池田大作一直想试图解决的问题。在与汤因比的对话中，池田大作指出"精神革命，已成为人类福利所不可或缺的东西了。人是不能只靠体制和技术革命而获得幸福的。我们也都在呼吁人类革命（humam revolution）的必要性，不管怎样，除了从根本上改革人的精神、人的生命以外，是没有解决的途径的。"② 显然，池田大作所提倡的"人性革命"主张是与鲁迅的"立人""改造国民性"和"唤醒民众"等思想有着明显的内在相通性和承续性的。

也正是在对鲁迅思想与作品的深入解析中，池田大作提出了"鲁迅文学正是'人性革命'的文学"③ 的命题，并指出鲁迅是一位"革命作家"。不过，与过去人们把鲁迅视为带有浓厚政治革命色彩的作家不同，池田大作对"革命作家"的理解是从"革命"的日语原意，也即"人性改良"的角度出发的。"革命"在日语中的原初意义是指改革、改良、洗心革面等。在 20 世纪初经由留日学生引入中国思想界以后，"革命"一词的词汇意义才逐渐发生变化，由中性色彩的改革或改良演变成为推翻、取代等暴力色彩的词汇。池田大作称鲁迅的创作是"人性革命"的文学，显然，他对鲁迅"革命"理念的理解是比较切合日语中"革命"

---

① 鲁迅：《坟·我们现在怎样做父亲》，《鲁迅全集》第 1 卷，人民文学出版社 2005 年版，第 135 页。

② ［英］汤因比、［日］池田大作：《展望二十一世纪——汤因比与池田大作对话录》，国际文化出版公司 1985 年版，第 116—117 页。

③ ［日］池田大作：《谈革命作家鲁迅》，《上海鲁迅研究》2006 年第 4 期，第 166 页。

原意的，"这种'革命'理念当然也包容了为民众求解放的政治学的含义，但它的更其重要的特点在于对'人性革命'的突出与强调"①。池田大作不仅从民众主义的立场对鲁迅的文学作品进行了深入解读，而且还从"人性革命"的视域和"人学"思想继承的角度去认识和理解作为思想家的鲁迅。从"人性革命"的角度出发，池田大作表现出一种不同于中日许多鲁迅研究者的研究视角。"池田大作用'革命'一词来定位鲁迅，主要思路是高度评价鲁迅的文学生涯在人性改革方面所具有的独特贡献。"② 在他看来，文学某种程度上在近代以来的中国起着鼓舞整个民族、促进民众觉醒的"革命警钟"作用，而鲁迅更是堪称"用文学来革命的旗手"③。鲁迅坚信，在中国，总有一天，阿Q那样的民众能够真正站起来。他说："中国倘不革命，阿Q便不做，既然革命，就会做的。……但此后倘再有改革，我相信还会有阿Q似的革命党出现。"④

在日本鲁迅研究界，鲁迅研究学者伊藤虎丸一直聚焦鲁迅对"人"的思索，他用西方近代"个"的思想概括和阐释鲁迅的思想和精神发展史，并认为鲁迅正是从"真的人"出发，提出"根柢在人"的"立人"思想。要"立人"，首先是个人的自立、国民的"人各有己"，也即国民主体性的确立为前提的。伊藤虎丸

① 谭桂林：《如何评价"阿Q式的革命"并与汪晖先生商榷》，《鲁迅研究月刊》2011年第11期，第48页。

② 谭桂林：《论池田大作的鲁迅观》，《鲁迅研究月刊》2006年第6期，第66页。

③ ［日］池田大作：《"民众时代"的曙光——读鲁迅著〈阿Q正传〉》，《青春岁月 读书感悟》，香港牛津大学出版社2010年版，第254页。

④ 鲁迅：《华盖集续编·〈阿Q正传〉的成因》，《鲁迅全集》第3卷，人民文学出版社2005年版，第397页。

对鲁迅的阐释在池田大作那里得到了共鸣。他说，鲁迅正是通过文学创作，"令中国的民众认识到一直以来被掩盖的自己的可能性，发现了真实的'自我'。"① 而池田大作也指出："鲁迅先生引导的近代中国'文学革命'的核心'白话运动'，就是说，文学基于口语，不再用难解的文言，这也出于能够有更多的民众觉醒，走正确之路的誓愿。"② 池田大作一直非常推崇鲁迅的思想和精神，首先就是对鲁迅作品中始终贯穿"对民众的爱"的共鸣。事实上，"鲁迅的人学跟池田大作先生人学的共同立足点，是他们都以民众作为思考问题的尺度。"③ 池田大作一直致力于塑造创价学会的价值追求，其核心价值就是通过"人性革命"实现社会的进步发展和人类的永久和平。

　　鲁迅坚持对人的"内在之恶"与社会的"外在之恶"进行批判，他的创作通过对普通民众的聚焦和灵魂的刻画而达到对人类本性的透视。通过透视民众灵魂和解剖自己而达到对人类本性的窥视，其所揭示的奴隶根性正是人类共同的弱点。鲁迅不是用固定的三棱镜去观察事物，而是将目光直接对准现实，揭去一切粉饰的外衣。池田大作说："我从鲁迅的锐利目光中感觉到的，正是这种注视民族灵魂的视线。他排除一切三棱镜，全神注视现实。他在评论人的时候，揭去一切粉饰外装，表现出人的本来面

　　① 金庸、[日] 池田大作：《探求一个灿烂的世纪：金庸/池田大作对话录》，北京大学出版社 1998 年版，第 224 页。
　　② 王蒙、[日] 池田大作：《家庭、故乡以及青春之日》，《上海文学》2016 年第 3 期，第 77 页。
　　③ 陈漱渝：《鲁迅的人学与池田大作的人学——在北京鲁迅博物馆授予池田大作名誉顾问仪式上的致辞》，《上海鲁迅研究》2004 年第 1 期，第 317 页。

目。"① 表现在创作中，就是如池田大作所指出的，《狂人日记》揭露了中国旧社会"吃人"的本质，极具震撼性。"'人吃人'的社会，那是'自己被人虐待，又能虐待别人'的社会，是结构性的榨取、歧视、暴力横行的社会。而且，谁都受'吃人的诱惑'驱使，不谴责支撑'吃人社会'的腐朽制度。小说描绘出这一现实，历历在目。"② 而在《阿Q正传》里，鲁迅描写了生活于黑暗之中的平民阿Q的精神"原像"。阿Q性格上善良却怯懦，精神上自欺欺人，演出了种种的悲喜剧，最终跌入了破灭的深渊。对此，池田大作指出："鲁迅先生笔下的阿Q，浑浑噩噩，没有思想也没有主见，在宿命的波浪里载浮载沉，无声无息地掉落在绝望的深渊里去。倘若中国人的芸芸众生如阿Q那样不能觉醒的话，则社会永远也不会改变，无论进行什么革命，如果不能改造民众之心，令他们变换头脑，则这'革命'只有沦为权利更迭的闹剧而已。"③ 正是透过阿Q这一形象，鲁迅喊出了真正的革命必须是民众的觉醒，而不是权力与权力的交替。正是通过对《阿Q正传》的解读，池田大作指出，只有让阿Q这样的人也觉醒了，才能算是真正的革命。

总之，从"人性革命"的视域出发，池田大作指出："最重要的是立'人'，要树立真正的人！这是鲁迅一再强调的核心价

---

① ［日］池田大作：《我的人学》（第二版），铭九、庞春梅等译，北京大学出版社 2010 年版，第 192 页。

② ［日］池田大作：《谈革命作家鲁迅》，《上海鲁迅研究》2006 年第 4 期，第 164 页。

③ ［日］池田大作：《鲁迅：首在立"人"——通过阿Q来教育与鼓舞青年》，香港《紫荆》2008 年第 10 期，第 42—43 页。

值。"① 只有真正实现了自我革命，而后方能转换为"社会革命"。
正是在此意义上，有学者指出，池田大作"将鲁迅定位于'革命
作家'而且予以特别的突出与强调，这充分显示出了池田大作看
待鲁迅的独特眼光与高超的见识。"② 鲁迅通过透视民众灵魂和解
剖自己而达到对人类本性的窥视，其文学创作所揭示的奴隶根性
正是人类共同的弱点。而池田大作也指出："鲁迅对精神洞察的深
刻性，揭露了所有的'罪恶'"③，因此他是一个"能洞见人的精
神内奥并加以发掘的'哲学家'"。鲁迅留下的相片"给人留下深
刻印象的是那双总是凝视事物的双眼。这双眼睛似乎能够一眼看
透人的内心以及人世间的是非善恶"。④ 因为对人性的观察如此的
深刻，鲁迅揭露社会痛疾的笔锋也就超常的尖锐。在洞察到铁屋
子里的黑暗后，他决心用笔来唤醒那些熟睡的民众。而基于"精
神革命"与"人性革命"的同质性，池田大作对鲁迅"人学"思
想进行阐释的过程中，非常注意将鲁迅的"精神革命"话语向体
现创价学会价值追求的"人性革命"话语转换。正如有学者所指
出的，"池田大作的'革命'概念和定位将为民众求解放的政治
学意义与人性改革的精神性质结合起来，不仅高度肯定了鲁迅创
作的重要的历史贡献，而且为鲁迅的创作找到了它之所以不朽的
当代意义。"⑤

---

① ［日］池田大作：《鲁迅：首在立"人"——通过阿 Q 来教育与鼓舞青年》，
香港《紫荆》2008 年第 10 期，第 43 页。
② 谭桂林：《论池田大作的鲁迅观》，《鲁迅研究月刊》2006 年第 6 期，第 67 页。
③ ［日］池田大作：《鲁迅的烦恼与勇气》，《国外社会科学》1981 年第 9 期，第
29 页。
④ ［日］池田大作：《"民众时代"的曙光——读鲁迅著〈阿 Q 正传〉》，《青春
岁月 读书感悟》，香港牛津大学出版社 2010 年版，第 257 页。
⑤ 谭桂林：《论池田大作的鲁迅观》，《鲁迅研究月刊》2006 年第 6 期，第 67 页。

## 第二节 "第三样时代"与"人性革命"的
## 终极目标

池田大作的"人学"思想探索是以"人性革命"为出发点的，而他所领导的日本创价学会开展的所有宗教文化活动就是建立在"人学"思想基础上的。对于"人性革命"的具体实践，池田大作指出，"在一个人的身上所进行的人的革命，很快使一个国家的命运发生转变，甚至能使全人类的命运发生转变……在二十世纪的今天，平民前赴后继、壮烈展开的和平与文化的史剧，推动着真理的发展。事实是由每一个无名的民众进行人的变革的积累，而推动了这一和平运动向前发展"。① "一个人的身上所进行的人的革命"就是指自我意识的觉醒、生命力的高扬和在自己身上进行的"生命"层次的变革。当然，创价学会的"人性革命"在进行自我变革的同时，也在推进社会变革。日本创价学会的会员们一方面在日常生活中开展日常的宗教信仰活动，另一方面也积极参与日本的和平运动、护宪运动、文化运动及社会福利活动等社会运动，而这一切都是在向着创价学会"人性革命"的终极目标迈进的。

在继任日本创价学会第三任会长的前一年，池田大作就开始

① ［日］池田大作：《我的履历书》，赵恩普等译，吉林人民出版社1984年版，第90页。

在思想理论上为创价学会的"人性革命"勾画未来，并提出了"第三文明"的构想。在他看来，精神文明和物质文明都不能满足人类的欲求，当代真正需要的是第三文明。全体民众的根本欲求，既不是物，也不是心，而是每个人都获得真正的幸福和应有的尊严，即从"色心不二"的哲学出发而形成的"第三文明"。此后，在与鲁迅等世界各国思想家、文化名士产生精神遇合之后，池田大作又从创价学会的价值追求出发，寻求与世界各种文明间的彼此相通性。在他看来，鲁迅始终对人的"内在之恶"与"外在之恶"进行批判，其最终目标就是通过"精神革命"唤醒民众，变革奴隶根性，进而消除旧社会主人与奴隶的关系，进入所有民众都赢得人的尊严和幸福的"第三样时代"。因此说，与鲁迅一生致力于"立人"的追求一样，池田大作"人性革命"所追求的最终目标，同样也是鲁迅所谓的创造"第三样时代"。鲁迅在思考中国历史时，将中国以往的历史总括为不是"想做奴隶而不得的时代"，就是"暂时做稳了奴隶的时代"，并大声疾呼"创造这中国历史上未曾有过的第三样时代，则是现在的青年的使命"①。

正是在鲁迅的作品中，池田大作解读出，与"国家"或是"制度"相比，处在首要变革地位的就是要改变人的精神，如果像阿Q那样的底层民众还没有觉醒，那就不是真正的革命。他说："人不变，政治招牌怎么变也不过是统治的道具。所以，首先要变

---

① 鲁迅：《坟·灯下漫笔》，《鲁迅全集》第 1 卷，人民文学出版社 2005 年版，第 225 页。

革人的精神！这就是鲁迅先生的结论。"① 可以说，在创作中，鲁迅一直坚持对人的"内在之恶"与社会的"外在之恶"进行批判，并致力于"立人"和"改造国民性"的思考和探究。而且鲁迅还特别指出，现代中国的体制固然落后，但中国的人心和国民劣根性其实更加败坏。1925 年 3 月，他在给许广平的信中就曾谈到，辛亥革命之后中国的政治混乱腐败，实在令人失望。他认为这种革命只注重外在的政治体制的改变，而遗忘了对国民精神的改造。国民性依旧，外在的政治体制无论如何改革，也自然不会有好的结果。据此，池田大作指出鲁迅笔下"阿 Q 的呼喊是平民的'想叫而不能叫之声'。不能让阿 Q 们醒悟的革命就不是真正的革命。必须理解阿 Q 那样的平民的悲剧，否则的话，不管革命也好，政治也好，都只是权力的更迭活剧的告终"②。

池田大作一直致力于以创价学会的宗教活动为基础的"人性革命"的价值追求，他说："'人性革命'才是希望的关键词。那是所有人都可以自身为主体而展开的革命，而这种革命是没有任何牺牲流血的。"③ 他还说："必须使每一个人都在生命的深处感受到真正的幸福，然后才能获得全人类的幸福。我们所主张的'人之革命'，是不流血的变革运动，其意义也就在这里。"④ 池田大作曾十次访华，他亲身感到中国人民充满了自信和勇气，给他

---

① ［日］池田大作：《谈革命作家鲁迅》，《上海鲁迅研究》2006 年第 4 期，第 166 页。

② 金庸、［日］池田大作：《探求一个灿烂的世纪：金庸/池田大作对话录》，北京大学出版社 1998 年版，第 218 页。

③ ［日］池田大作：《拥抱未来——池田大作随笔集》，香港紫荆出版社 2009 年版，第 204 页。

④ ［日］池田大作：《人生寄语——池田大作箴言集》，程郁译，上海社会科学院出版社 1992 年版，第 57 页。

留下了深刻的印象。在他看来，呼应鲁迅"改造国民性"呐喊的正是新中国成立五十多年以来所取得的巨大进步。他说："我在与金庸先生对话时说过，中国的国民劣根性已得到改造，我认为最大的变化不就是中国人民变得更有自信和带着更大的勇气吗?"①池田大作所追求的"人性革命"就是要在每个人身上实现"精神革命"，不久就能改变一国的命运，甚至可以改变全世界的命运。而这可以说既是其所著的长篇多卷本小说《人间革命》和《新·人间革命》的思想主旨，也是创价学会的立会宗旨。2009年10月25日，池田大作在致辽宁师范大学与日本创价大学合办以"人本主义与人类的发展"为主题的第五届池田大作思想国际研讨会的书面贺词中，借鲁迅的名言"人既发扬踔厉矣，则邦国亦以兴起"②指出，在当今世界，人就是一切的基点。"离开人就没有社会，也没有经济、政治、宗教、思想、科学。不，应该说，一切活动都是'为人的幸福'而有的。"③可以说，在阐述"人性革命"的话语时，池田大作总是从鲁迅的作品中去寻找一种应和，他曾引用鲁迅《我之节烈观》中大段文字来表达对人类未来的"发愿"。

> 我们追悼了过去的人，还要发愿：要自己和别人，都纯洁聪明勇猛向上。要除去虚伪的脸谱。要除去世上害己害人的昏迷和强暴。

---

① 见王炳根、孙立川《与池田大作对话》，《福建论坛》2004年第7期，第76页。
② 鲁迅：《坟·文化偏至论》，《鲁迅全集》第1卷，人民文学出版社2005年版，第47页。
③ ［日］池田大作：《池田大作先生贺辞》，见曲庆彪、寺西宏友主编《与池田大作对话人类发展》，中国社会科学出版社2012年版，第2页。

我们追悼了过去的人，还要发愿：要除去于人生毫无意义的苦痛。要除去制造并赏玩别人苦痛的昏迷和强暴。

　　我们还要发愿：要人类都受正当的幸福。①

　　而池田大作也指出："鲁迅先生的'发愿'，令人想起大乘佛教的菩萨立下的四个'誓愿'，第一是'众生无边誓愿度'，即拯救一切众生。"② 可以说，追求以宗教活动为基础的"人性革命"并致力于人类"正当的幸福"的探寻让池田大作在鲁迅那里找到了共鸣。

　　正是因为对鲁迅有着深深的了解，所以在池田大作的眼中，作为"革命作家"的鲁迅，其革命理念的核心就是"精神革命""人性革命"。在几千年封建思想的禁锢下，即便到了 20 世纪初期，中国广大的民众仍然处在蒙昧之中。鲁迅早在日本留学时就意识到"改造国民性"的重要性，其终生都在考虑中国人的国民性问题，而"改造国民性"的思考与探索就贯穿了他的一生。池田大作也指出，鲁迅一生都非常重视"精神革命""人性革命"的问题，他始终致力于唤醒最广大的民众，变革他们的奴隶根性，同时消除旧社会的主人与奴隶的关系，并最终创造前所未有的"第三样时代"。对于什么才是"第三样时代"，池田大作在鲁迅的基础上又给出了自己的理解，他说："前所未有的'第三样时代'，是无辜民众不再受战火与骚乱之苦的时代，而且什么也不隶

---

　　① 鲁迅：《坟·我之节烈观》，《鲁迅全集》第 1 卷，人民文学出版社 2005 年版，第 130 页。

　　② 王蒙、[日] 池田大作：《家庭、故乡以及青春之日》，《上海文学》2016 年第 3 期，第 77 页。

属，所有民众都赢得人的尊严和幸福的时代。"①

当然，池田大作在对鲁迅的"人学"思想进行探究时，也非常注意将其还原到 20 世纪初中国的时代语境中去考察。他说："打破这种'主人—奴隶'关系的格局，创造出一个没有主人和奴隶的新世界。这也可以说是孙中山先生和鲁迅先生等人的奋斗目标。"② 但同时他又指出，孙中山所领导的辛亥革命"不是一场改造中国国民精神的真正的革命。这场革命迫使他（鲁迅）感到：在自己充满激愤的身上，不，在国民当中，潜在着一种想摆脱也摆脱不掉的愚弱性"。③ 因而，池田大作认识到，与孙中山的国民革命相比，鲁迅的"精神革命"显得更为深刻，其最终目标就是要通过改造国民的奴隶根性，唤醒民众的灵魂，进而消除旧社会主人与奴隶的关系，进入所有民众都赢得尊严和幸福的"第三样时代"。而在谈到改革开放以后中国民众的国民性时，池田大作也指出，中国民众的国民劣根性某些方面已经得到了很大的改造，最大的表现就是"中国人民变得更有自信和带有更大的勇气"。他说："中国人最大的变化是，'让自身潜在之力大大地发挥出来'。鲁迅先生不倦追求的人的精神改造，其实就是希望民众的觉醒。"④ 同时他还指出："未来改变社会，首先民众必须让自己变得更坚强，更有觉悟。这种精神的根底中灌注着对民众强烈

---

① ［日］池田大作：《谈革命作家鲁迅》，《上海鲁迅研究》2006 年第 4 期，第 171 页。

② 章开沅、［日］池田大作：《世纪的馈赠：章开沅与池田大作的对话》，湖北人民出版社 2011 年版，第 106 页。

③ ［日］池田大作：《鲁迅的烦恼与勇气》，《国外社会科学》1981 年第 9 期，第 28 页。

④ 王炳银、孙立川：《与池田大作对话》，《福建论坛》2004 年第 7 期，第 76 页。

的信赖。呼应鲁迅先生的这种呐喊的是，中国人民已经坚强地站起来了，新中国成立后的五十多年来的进步就证明了这一点。"①显然，处于长期以来对中国民众国民性的聚焦，池田大作已注意到新中国成立后，特别是改革开放几十年来，中国民众在精神上的进步与觉醒。

与之对应的是，池田大作一直将中国近代以来的发展道路作为参照，对日本的"岛国根性"和日本近代化道路进行反思，他说："明治维新的日本打出'脱亚入欧'的招牌，要脱离亚洲，跟在欧洲的后面。可是，只精明地输入文明成果，装饰外表，内里并不能充分确立。对强者'从属'，出优秀人物就'嫉妒''吃醋'，总之是一种失落的表现，是无根的浮萍。"② 所以，在战后时期，池田大作一直基于创价学会的价值追求而致力于创造日本的"第三样时代"。因此，池田大作呼吁"每个人要自觉本来具有的'伟大使命'，毅然争取使命实现。这就是真正的人性革命道路。"③ 而在他看来，创造"第三样时代"，其重要的途径之一就是对青年以及下一代进行悉心培养和教育。他说："创造'第三样时代'的智慧要塞就是我创价大学、创价女子短期大学，还有创价学园。"④ 事实上，鲁迅也非常重视青年在未来事业中的决定性作用，其一生都在为培育青年而呕心沥血。对此，池田大作指出："一切取决于人。一旦确立了人，那就什么都能确立。所

① 王炳银、孙立川：《与池田大作对话》，《福建论坛》2004 年第 7 期，第 76 页。
② ［日］池田大作：《谈革命作家鲁迅》，《上海鲁迅研究》2006 年第 4 期，第 170 页。
③ 同上书，第 171 页。
④ 同上。

以，造就人！为此，鲁迅先生把全部心魂倾注于'教育'。"① 把创造真正的"第三样时代"的希望和使命寄托在精心培养的青年继承人身上，池田大作与鲁迅的出发点可以说是一样的。

## 第三节　"永远革命"与"人性革命"的实现路径

池田大作所领导的创价学会的立会宗旨就是以宗教活动为基础来探寻和追求"人性革命"。然而，区别于现实中具体的革命事件，"人性革命就是洗心革面，就是脱胎换骨，这就必然地规定了人性革命将是一个永远不止、永远进取的历史过程，也就必然地决定了任何一个具体的革命事件都不可能圆成、不可能穷尽这一革命的内涵。"② 日本创价学会以宗教活动为基础不断寻求变革灵魂的可能性，而这一过程就是一场"永远革命"。正如池田大作所说："人类并不听从命运的操纵，他们背负命运的'阴影'，不断寻求变革灵魂的可能性。我以为，这种创造性的生命才是人生的出发点。"③ "创造性的生命"就是池田大作及其创价学会追求"人性革命"的出发点。

---

① ［日］池田大作：《谈革命作家鲁迅》，《上海鲁迅研究》2006 年第 4 期，第171 页。

② 谭桂林：《评汪晖近期的鲁迅思想研究》，《中国现代文学研究丛刊》2012 年第 4 期，第 75—76 页。

③ ［日］池田大作：《人生寄语——池田大作箴言集》，程郁译，上海社会科学院出版社 1992 年版，第 57 页。

作为现代中国的杰出代表，孙中山和鲁迅等人都曾认识到人的变革的重要性问题，而且都引起了池田大作的共鸣。在孙中山身上，池田大作也找到了其革命追求与创价学会"人性革命"价值追求在某种程度上的相通性，他说："以一人之内部变革为起点，以实现社会安定，构筑世界和平——'革命之父'这一基于中国传统思想的信念，与我们佛法者所追求的'人间革命'的思想是有着深深的共鸣的。"① 而在鲁迅那里，池田大作尤为关注鲁迅对中国历史循环和"吃人的社会"的深刻洞察。他指出："中国历史就是'想做奴隶也做不成的时代'与'可以安稳地做奴隶的时代'的循环，是《狂人日记》中所说的'吃人的社会'的别名。要在这种如同渣滓沉淀并凝固的岩块上凿出个洞来，绝非易事。因此鲁迅的一生可以说是连续不断地与绝望作斗争的一生。然而在这一过程中，他始终没有放弃过希望。"② 面对这样循环的旧的历史世界，"只有　铲除旧世界的愚昧暴力/只有　摧毁'人吃人'的专制社会/才能让全人类享受真正的幸福/鲁迅先生以此为誓，信誓旦旦"③。但是，需要指出的是，"'人性革命'是一个永远的、不断的革命过程，它不会也不可能通过某种具体的政治秩序和社会制度的变革就能毕其功于一役，因而鲁迅的'人性革命'理念乃是一种纯粹的革命理念，不是任何现实的具体的革命

① ［日］池田大作、顾明远：《和平之桥——畅谈"人间教育"》，高益民译，教育科学出版社2014年版，第199页。
② ［日］池田大作：《"民众时代"的曙光——读鲁迅著〈阿Q正传〉》，《青春岁月　读书感悟》，香港牛津大学出版社2010年版，第265页。
③ ［日］池田大作：《文学界的巨人　精神界的先驱——为纪念伟大的鲁迅先生》，《鲁迅研究月刊》2002年第6期，第77页。

事件可以取代和圆成的。"①

中国的传统文化源远流长，但也有着很强的历史惰性，其中一些传统文化的糟粕不仅根深蒂固，也很难根除，这就导致了中国任何的变革都异常艰难。鲁迅就曾指出："中国大约太老了，社会上事无大小，都恶劣不堪，像一只黑色的染缸，无论加进什么新东西去，都变成漆黑。可是除了再想法子来改革之外，也再没有别的路。我看一切理想家，不是怀念'过去'，就是希望'将来'，而对于'现在'这一个题目，都缴了白卷，因为谁也开不出药方。"② 可以说，正是在强大的传统面前，鲁迅认识到人的改革重要但却又十分困难。对此，池田大作也指出："在历史意识的深层，蕴藏着中国数千年来的传统，而这些传统，都是无法一下子改变过来的，这对中国人民来说，不知应该说是祸还是福。鲁迅针对这一潜意识，在小说中写出了'食人'这个构想，指出了人的改革十分困难但极为重要。"③ 正是由于国民劣根性渊源于"吃人"的历史文化传统，所以鲁迅指出，不改革中国国民的这种劣根性，中国就没有希望。他说："这种漆黑的染缸不打破，中国即无希望。但正在准备毁坏者，目下也仿佛无人，只可惜数目太少。"④ 特别是面对代表历史惰性的庸众的包围，旧社会的"毁坏者"也往往被包围浸染而退化变色。鲁迅在回忆散文《范爱

---

① 谭桂林：《如何评价"阿Q式的革命"并与汪晖先生商榷》，《鲁迅研究月刊》2011 年第 11 期，第 48 页。

② 鲁迅：《两地书·四》，《鲁迅全集》第 11 卷，人民文学出版社 2005 年版，第20 页。

③ ［日］池田大作：《人才是创造历史的主角》，《我的中国观》，四川人民出版社 2009 年版，第 89 页。

④ 鲁迅：《两地书·六》，《鲁迅全集》第 11 卷，人民文学出版社 2005 年版，第26 页。

农》中就提到他在绍兴光复时的亲身经历。在辛亥革命胜利后，革命党人王金发率军进入绍兴，一举光复了绍兴，但随即就因被旧势力的包围而退化和变质。鲁迅说："他进来以后，也就被许多闲汉和新进的革命党所包围，大做王都督。在衙门里的人物，穿布衣来的，不上十天也大概换上皮袍子了，天气还并不冷。"① 在《这个和那个》一文中，鲁迅再一次谈到王金发被包围后的变质与退化，他说："民元革命时候，我在 S 城，来了一个都督。他虽然也出身绿林大学，未尝'读经'（？），但倒是还算顾大局，听舆论的，可是自绅士以至于庶民，又用了祖传的捧法群起而捧之了。这个拜会，那个恭维，今天送衣料，明天送翅席，捧得他连自己也忘其所以，结果是渐渐变成老官僚一样，动手刮地皮。"②

　　与王金发截然相反的，显然是鲁迅极为尊敬和推崇的"永远的革命者"孙中山。鲁迅对孙中山的评价是："革命一世，至死无大变化。"③ 鲁迅非常敬重孙中山的人格，更是十分推崇孙中山"永远革命"的精神，他在孙中山逝世一周年的纪念文章中称孙中山为创造民国战士的第一人，他说："凡是自承为民国的国民，谁有不记得创造民国的战士，而且是第一人的？"④ "中山先生的一生历史俱在，站出世间来就是革命，失败了还是革命；中华民国成立之后，也没有满足过，没有安逸过，仍然继续着进向近于

---

① 鲁迅：《朝花夕拾·范爱农》，《鲁迅全集》第 2 卷，人民文学出版社 2005 年版，第 325 页。
② 鲁迅：《华盖集·这个与那个》，《鲁迅全集》第 3 卷，人民文学出版社 2005 年版，第 151 页。
③ 鲁迅：《书信·350224 致杨霁云》，《鲁迅全集》第 13 卷，人民文学出版社 2005 年版，第 393 页。
④ 鲁迅：《集外集拾遗·中山先生逝世后一周年》，《鲁迅全集》第 7 卷，人民文学出版社 2005 年版，第 305 页。

完全的革命的工作。直到临终之际，他说道：革命尚未成功，同志仍须努力！"① 所以，在鲁迅眼里，孙中山就是一个值得让人永远尊敬的"永远的革命者"，"他是一个全体，永远的革命者。无论所做的那一件，全都是革命。无论后人如何吹求他，冷落他，他终于全都是革命"。② 而鲁迅对孙中山的人格也十分推崇，特别是孙中山去世前宁可死也拒服中药所表现出的坚定意志让鲁迅深为赞赏。他说："那时新闻上有一条琐载，不下于他一生革命事业地感动过我，据说当西医已经束手的时候，有人主张服中国药了；但中山先生不赞成，以为中国的药品固然也有有效的，诊断的知识却缺如。不能诊断，如何用药？毋须服。人当濒危之际，大抵是什么也肯尝试的，而他对于自己的生命，也仍有这样分明的理智和坚定的意志。"③ 可以说，作为鲁迅眼中的"永远的革命者"，孙中山身上所散发出的人格精神是让鲁迅非常击节称赏的，而他们在"永远革命"的精神向度上也有着深深的共鸣。

其实，对鲁迅而言，在经历了近代以来的诸次革命事件以后，他对中国历来的政治革命有了非常清醒的认识。他说："见过辛亥革命，见过二次革命，见过袁世凯称帝，张勋复辟，看来看去，就看得怀疑起来。"④ 基于这些亲身经历，鲁迅对现实的政治变革越来越有清醒的认识，但同时也越来越意识到改造人的精神革命

---

① 鲁迅：《集外集拾遗·中山先生逝世后一周年》，《鲁迅全集》第7卷，人民文学出版社 2005 年版，第 305 页。

② 同上书，第 306 页。

③ 鲁迅：《集外集拾遗·中山先生逝世后一周年》，《鲁迅全集》第7卷，人民文学出版社 2005 年版，第 305—306 页。

④ 鲁迅：《南腔北调集·〈自选集〉自序》，《鲁迅全集》第4卷，人民文学出版社 2005 年版，第 468 页。

的重要性。正如有学者指出，"在对待所有的具体现实的革命事件的态度上，鲁迅既是一个热情的鼓吹者，同时又永远是一个清醒而严峻的批判者"。① 而鲁迅也一再地说："所谓'革命成功'，是指暂时的事而言；其实是'革命尚未成功'的。革命无止境，倘使世上真有什么'止于至善'，这人间世便同时变了凝固的东西了。"② 对此，池田大作心领神会，他说："一旦停下来，革命就到此结束。'永远变革下去才是革命'，所以接班的青年很重要。所谓革命，是永远向上，永远成长，永远斗争。'革命不止'就是鲁迅先生的一生。"③ 正是基于对"人性革命"复杂性的深刻认识和对鲁迅"人学"思想的深入理解，池田大作指出："自身的'人性革命'，民众的'精神革命'，那不是一蹴而就的。所以，鲁迅先生说要不懈努力，坚韧前行。好像一时获胜了，但旧的反动势力必然卷土重来。因此，他警告说：'要治这麻木状态的国度，只有一法，就是"韧"，也就是"锲而不舍"。'"④ 池田大作非常赞赏鲁迅战斗不止、锲而不舍的精神，他也正是从鲁迅身上得出了"永远变革下去才是'革命'"⑤ 的结论。当然，他也像鲁迅一样认识到在现实中会不断遭遇到"无物之阵"似的困境，即使搬动一张椅子也要流血，所以为了胜利，必须采用鲁迅"韧"的斗争策略，而这需要有坚韧不息的意志。可以说，在池田大作

---

① 谭桂林：《评汪晖近期的鲁迅思想研究》，《中国现代文学研究丛刊》2012 年第 4 期，第 75 页。

② 鲁迅：《而已集·黄花节的杂感》，《鲁迅全集》第 3 卷，人民文学出版社 2005 年版，第 428 页。

③ ［日］池田大作：《谈革命作家鲁迅》，《上海鲁迅研究》2006 年第 4 期，第 189 页。

④ 同上书，第 168 页。

⑤ 同上。

看来，对"永远革命"的追求正是鲁迅身上所散发的一种特质。

对池田大作而言，他非常注重将鲁迅"永远进击""永远革命"的精神进行自我内化。当池田大作1974年第一次访华时，他就专门到上海鲁迅的墓园去缅怀鲁迅先生。他看到绿树丛中鲁迅先生的坐像面容沉静，仿佛在遥望未来。这次参观上海鲁迅故居，可以说让他终身难以忘怀。他在自述传小说《新·人间革命》中描述了当时参观鲁迅故居的感受，他说："坚持信念奋战到底的人不会留下后悔。奋战的人生是充实的，是全生命的燃烧。为正义、为他人的奋战与努力之中，才有真正的幸福。"[1] 同样，池田大作也非常欣赏鲁迅笔下的大禹、墨子等实干家形象。他就曾指出："《故事新编》中的《理水》是一篇杰作，倾注着鲁迅对虞舜时代的水利专家和官员大禹的想法。只动口不动手的所谓贤达的知识分子——使我想起即使现代，搬弄口舌之非、信口开河之徒为什么仍旧这么多？他们和风骨凛然、被太阳晒得黧黑、大步行走的大禹的风貌，正是一个鲜明的对照。"[2] 作为"实干家"的大禹，无疑凝聚着鲁迅"永远进击"的实干精神的，因而也引起了池田大作极大的共鸣。而池田大作对自己在率领创价学会致力于"人性革命"的民众运动道路上的进击和战斗，感到非常自豪。他说："要永远进击！穷追到底！我就是这样彻底战斗过来了。这是我的骄傲。"[3]

---

① ［日］池田大作：《新·人间革命》第20卷，台北正因文化2012年版，第98页。

② 金庸、［日］池田大作：《探求一个灿烂的世纪：金庸/池田大作对话录》，北京大学出版社1998年版，第215页。

③ ［日］池田大作：《谈革命作家鲁迅》，《上海鲁迅研究》2006年第4期，第189页。

池田大作认为，鲁迅一生不畏强暴而永远进击，他始终坚持点燃信念的言论之光，并把希望寄托在青年们身上。而尤其是在鲁迅的思想和创作中，始终都贯穿着对人类不屈不挠、"永远革命"的潜在能力的确信，超越了国家、超越了时空，至今依然能不断鼓励着青年们。池田大作指出："正如鲁迅先生所指明，不惜自身，愿望其他人幸福的慈爱，和与人之恶战斗的勇气是一体的。而且，鲁迅先生相信跨越任何障碍进步的'生命'所蕴藏的伟大创造力、成长力。"① 同时，在池田大作看来，鲁迅非常爱护青年，并把希望寄托在他们身上，原因就在于"青年在本质上是指向未来的，也带有革新性，他们往往不甘于现状，常常挑战未知的可能性。"② 而池田大作也认识到青年在一切事业中的进击作用，所以他非常重视对青年人的培养与教育，他说："发现人、培养人，这是从事一切战斗首先应该着手的根本。他是出发点，是向着无限未来茁壮成长、不断引向胜利的基础。"③ 显然，把希望寄托在青年身上也正是鲁迅与池田大作追求"永远革命"的一种体现。

　　总之，在池田大作看来，鲁迅以"改造国民性"为出发点的"精神革命""人性革命"是一场"永远革命"。"精神革命""人性革命"不同于一般的具体革命事件，它是通过主体内部斗争以达到自我的不断改良和壮大，但这却是一个永远的、不断的过程，

---

① 王蒙、〔日〕池田大作：《家庭、故乡以及青春之日》，《上海文学》2016年第3期，第77页。

② 金庸、〔日〕池田大作：《探求一个灿烂的世纪：金庸/池田大作对话录》，北京大学出版社1998年版，第227页。

③ 〔日〕池田大作：《培育人——教育家的鲁迅》，《我的人学》，北京大学出版社2010年版，第60页。

是一场永无止境的革命。永远进击、永远革命不仅是鲁迅一生的写照，也是鲁迅传递给青年的重要精神。而鲁迅也指出："最后的胜利，不在高兴的人们的多少，而在永远进击的人们的多少。"① 也正是从"人性革命"的视域出发，池田大作指出，鲁迅一方面批判国民性，从灵魂深处唤醒民众；另一方面又在青年和孩子们身上发现了无限的可能性，并重视他们，培育他们。同样，池田大作也认识到他所从事推进的以佛教活动为基础的"人性革命"的长期性和艰巨性，所以他说永远变革下去才是"革命"。"革命就是'永远进击'。我和青年们一道继续前进。"② 所以他非常重视以创价教育理念来培养未来事业的青年接班人，他说："创价大学充满着恩师的精神，是一所薪火相传的大学，是为实现民众理想的大学。"③ 而池田大作也对创价大学的全体学生宣布，他下定决心要以发展人本教育作为自己生涯最重要的事业，因为"人"是决定未来最重要的因素。

---

① 鲁迅：《集外集补编拾遗·庆祝沪宁克复的那一边》，《鲁迅全集》第 8 卷，人民文学出版社 2005 年版，第 196 页。

② ［日］池田大作：《谈革命作家鲁迅》，《上海鲁迅研究》2006 年第 4 期，第 192 页。

③ 同上书，第 182 页。

# 第六章 鲁迅价值思想的承续与创价
# 学会价值理念的实践

我也非常喜欢读鲁迅的作品。在我 32 岁时，在就任创价学会第三任会长三个月以前，我记过这样的日记："翻开《鲁迅评论集》——'什么是路？就是从没路的地方践踏出来的，从只有荆棘的地方开辟出来的。以前早有路了，以后也该永远有路。'"（1960 年 2 月 4 日）这是鲁迅《生命之路》中有名的一段。

一定要开辟出一条民众的胜利与幸福之路！——与大文豪的呐喊一道，这种抱负正是我作为学会的"青年会长"在向世界和平迈进的日子里鲜明地悟到的，而这一信念至今也丝毫没变。

——池田大作、顾明远：《和平之桥——畅谈"人间教育"》，高益民译，教育科学出版社 2014 年版。

我被推选为第三代会长，指挥以前从未有过的民众运动。当时我的精神支柱就是恩师曾经说过的，要使在充满荆棘的荒野中开拓出来的小路成为"永远的大道"。于是我一直忘我地努力着，努力做个好弟子，好青年。因此，鲁迅的话深深地打动了我年轻的心弦。

——池田大作：《"民众时代"的曙光——读鲁迅著〈阿Q正传〉》，《青春岁月　阅读感悟》，牛津大学出版社 2010 年版。

作为宗教思想家、社会活动家、文学家和教育家，池田大作不仅专注于心灵世界和艺术世界，同时也追求内心世界和外部世界的相互转化。他说："如何使内心世界和外部世界相互转化发展，对学问和艺术来说，也是一个根本性的课题。当然，学问和艺术本来有它们自己的规律，为此，有人采取这样的生活态度，企图在学问、艺术孤独的世界里通过自我实现来感受美。然而，真正的自我实现，要在自我于外界充分发挥后才能体现出来。"①1995 年，在答《明报》记者问时，池田大作曾明确表示，他既非常欣赏鲁迅的文学作品，又特别推重鲁迅的思想与精神。也就是说，在对待鲁迅的态度上，池田大作与纯粹的鲁迅研究者不同，他一直以"学鲁迅"的姿态来阅读鲁迅作品和探究其思想精神。身为佛教徒的他常常将鲁迅与佛祖释迦牟尼以及创价学会的宗祖日莲大圣人、第一代会长牧口常三郎和第二代会长户田城圣进行比较，寻找他们在思想精神上的相通性，并将之作为自己人生成长和事业开拓的精神资源。因而，池田大作对鲁迅的接受与传播，既表现在对鲁迅文学创作的深刻透视和鲁迅"人学"思想的深入

---

① ［日］池田大作：《人生寄语——池田大作箴言集》，程郁译，上海社会科学院出版社 1992 年版，第 133 页。

阐发方面，也表现在社会活动、创价教育和文化交流中对鲁迅精神思想价值的自觉发掘。他非常注重从鲁迅那里汲取精神养料，并把鲁迅的精神思想进行自我内化和广泛宣扬，进而投入到创价学会的宗教发展、创价教育、文化交流以及和平运动等各项事业和活动中去。

## 第一节　"精神革命"的承续与"人性革命"的价值实践

池田大作所领导的日本创价学会是一个有着 80 多年历史的宗教法人团体，它诞生于二战前的日本，发展壮大于战后时期。1945 年日本战败投降，没有了天皇作为精神支柱的日本国民便陡然陷入了"自我"迷失之中。在战后日本价值重建的过程中，传统日本佛教的主流早已不能适应时代和社会发展的需要，而作为一个追求"大众思想运动"的新兴宗教，创价学会在战后日本民众间引起了巨大反响，并迅速崛起。在首任会长牧口常三郎去世之后，户田城圣和池田大作等继任者与创价学会凭借着日本传统的佛教思想资源对日本民族的价值信仰进行自我重构，并在理念和实践方面展开了大胆尝试，使得创价学会的价值理念内含同任何思想、宗教、民族都能很好调和的融通性。特别是第三代会长池田大作，他以广博的视野与世界著名文化人士展开对话，探寻创价学会价值理念与世界其他民族文化的相通性。在战后日本民众运动高涨期间，池田大作就曾深入发掘并继承了鲁迅"改造国民性"的"精神革命"思想和不屈的斗士精神，并利用鲁迅"立人"思想及其抗争精神来促进创作学会以"人性革命"为核心的民众运动。

在20世纪60—70年代，池田大作带领创价学会致力于"人性革命"为主导的民众运动时，他特别注重对鲁迅思想的价值内化和鲁迅精神的践行传播。立足于改造"岛国根性"的现实需要，他从鲁迅思想作品中汲取"精神革命"思想和不屈斗争精神开展民众教育运动，推进日本民众的精神变革，并进而推动社会变革。他说："鲁迅先生的作品是我青春时代喜爱的读本，他那尖锐的词锋，每一句说话都让我激动不已。当中充满着对人民的爱情，忧虑时势的满腔热情，对不公正义与腐败丝毫不妥协的强烈斗争，这一切都深深刻印在我年轻的生命之中。"① 在青年池田大作的心目中，鲁迅是其无比崇敬的人生楷模。鲁迅的一生是战斗的一生、奋斗的一生，他与无数论敌进行过论战，去世前仍然发愿对敌人"一个都不宽恕"②。池田大作非常重视鲁迅的思想批判和精神追求，他总是不断把鲁迅的人格精神内化为自己的精神力量并投身于创价学会的事业中去。所以他常常在著作和讲座中引用鲁迅的一句话："观史实之所垂，吾则知先路前驱，而为之辟启廓清者，固必先有其健者矣。"③ 池田大作不断以鲁迅的精神人格

① ［日］池田大作：《上海鲁迅纪念馆创立60周年贺词》，《上海鲁迅研究》2011年第2期，第18页。

② 鲁迅：《且介亭杂文末编·死》，《鲁迅全集》第6卷，人民文学出版社2005年版，第635页。

③ 鲁迅：《集外集拾遗补编·破恶声论》，《鲁迅全集》第8卷，人民文学出版社2005年版，第28页。

为感召，以鲁迅的话来自勉，并勇于肩负起人类社会前进开道者的责任。

　　鲁迅一方面与社会之恶进行着永不妥协的斗争，另一方面又怀着对民众的挚爱之情，不停地发出"精神改造"的呐喊，以期唤醒他们沉睡的灵魂和麻木的精神。池田大作也指出，鲁迅凝视"无声的中国"的民众灵魂的最深层之处，发出真实的"精神改造"的呐喊，这是鲁迅终身为之奋斗的事业。他特别欣赏鲁迅的斗士精神人格和韧性斗争精神，在其创作生涯中，"前面是敌人，后面也有敌人，'横站'于这种逆境中的鲁迅先生，以'韧性'的斗争方法继续他的笔战，在他的写作生涯中曾以一百四十余个笔名来对付那些'文化审查'的文网，不停地发出他的'战叫'的'情热之声'。"① 他甚至认为，在唤醒民众这一点上，鲁迅完全可以与印度的甘地相提并论。两人都为改变这两个世界上人口最多国家的人民进行"精神改造"运动。而日本创价学会也是立足于通过佛教活动将社会底层中人们的力量诱发出来，使他们苏醒过来。对此，有学者就指出："池田大作的思想有一个中心，两个基点。这个中心就是生命，两个基点就是民众和佛教。"② 池田大作自己也说："我们创价学会的社会运动的基点也是民众，是来自民众又回到民众。也就是说，它是一个集结民众的自发的意志，作为争取和平的动力而展开的运动。"③ 从改造民众精神和唤醒民

---

　　① ［日］池田大作：《鲁迅：首在立"人"——通过阿 Q 来教育与鼓舞青年》，香港《紫荆》2008 年第 10 期，第 43 页。

　　② 谭桂林：《池田大作的鲁迅观》，《鲁迅研究月刊》2006 年第 6 期，第 64 页。

　　③ ［日］池田大作：《东西文化交流的新道路》，《池田大作选集》，北京大学出版社 1988 年版，第 95 页。

众的角度来说，池田大作推行的以宗教活动为基础的"人性革命"也正是对鲁迅"立人""立国"事业的承续，两者正是殊途而同归的民众"精神革命"。池田大作在阐述"立正安国"理论时把社会的最终变革归结为人的内在精神的变革，这与鲁迅"立人""立国"在很大程度上是相通的，因而他在推进以创价学会的宗教运动为基础的"人性革命"时，自然会在鲁迅那里获得思想和精神上的共鸣。

日本创价学会是由牧口常三郎在战前创立，但在战后日本才迅速发展壮大。这一方面固然是由于创价学会的价值理念适合许多日本人在战后时期的精神需要，另一方面则与以池田大作为代表的领导者们在战后不畏艰难险阻的大力开拓精神也有莫大的关系。鲁迅生前曾因猛烈抨击黑暗势力而遭到围攻，但他从来没有屈服，而是采取横眉冷对的姿态，意思是不管你们多少人围攻，我始终坚定不移。鲁迅的这一点也引起了池田大作深深共鸣。在创价学会发展壮大的过程中，池田大作本人也遭遇了种种污蔑，也面临着各种敌对势力的围攻。尽管前进之路充满艰难险阻，但是池田大作总是正气凛然，奋勇向前。他曾用鲁迅的"希望是本无所谓有，无所谓无的。这正如地上的路；其实地上本没有路，走的人多了，也便成了路"[1] 这段话来自勉。1960 年池田大作就任创价学会第三任会长时，年仅 32 岁，他在就任之前在日记里抄下了鲁迅关于"路"的这段话，以此激励自己。他说："希望靠自己创造。要从荆棘中开路，把希望留给后面的人们。这是鲁迅

---

① 鲁迅：《呐喊·故乡》，《鲁迅全集》第 1 卷，人民文学出版社 2005 年版，第510 页。

先生身体力行的'希望哲学'。"① 正因为与鲁迅的"希望哲学"有着强烈的共鸣，池田大作认为要直面严酷的现实，要通过坚持不懈的努力和永不停息的行动来打开活路，从而推进"人性革命"的施行。可以说，在青年时期就开始受到鲁迅精神影响的池田大作也像鲁迅一样勇于战斗，善于战斗，并带领创价学会在日本民众运动中不断前行，并引起巨大反响，成了战后引导和影响日本民众最大的一个民间佛教组织。在 20 世纪 60 年代，日本创价学会甚至引起了周恩来总理的关注，并称赞"创价学会是从民众中崛起的团体"②。

当然，池田大作所致力于"人性革命"运动实践的起源，某种意义上说，源于他对"岛国根性"和日本近代化道路的反思。而在对"岛国根性"和日本近代化道路的反思上，池田大作总是不断地以鲁迅"批判国民性"的"精神革命"作为参照和借鉴。日本自明治维新以后，就开始走上"脱亚入欧"的道路，一心要脱离亚洲，转向对以欧洲为代表西方近代文明的学习和追赶。对此，池田大作批评说，日本"只精明地输入文明成果，装饰外表，内里并不能充分确立。对强者'从属'，出优秀人物就'嫉妒'，'吃醋'，总之是一种失落的表现，是无根的浮萍。"③ 而对比现代

① ［日］池田大作：《谈革命作家鲁迅》，《上海鲁迅研究》2006 年第 4 期，第 170 页。

② 周恩来总理早在 1960 年就注意到日本创价学会这一民众社团的活动和影响，并指示孙平化调查日本创价学会。应周恩来总理的指示，世界知识出版社在 1963 年 9 月出版了达高一编著的《创价学会——日本新兴的宗教性政治团体》小册子。1966 年 7 月和 1970 年 3 月，周恩来总理又两次托日本来访嘉宾向创价学会会长池田大作转达"欢迎访问中国"的口信。此处转引自池田大作《上海鲁迅纪念馆创立 60 周年贺词》，《上海鲁迅研究》2011 年第 2 期，第 18 页。

③ ［日］池田大作：《谈革命作家鲁迅》，《上海鲁迅研究》2006 年第 4 期，第 170 页。

以来中国的革命之路，池田大作不禁发出感叹，在鲁迅以及中国共产党的影响下，许多中国民众开始奋斗挣扎，为反抗黑暗势力而斗争，呈现出了一派生气勃勃的向上精神的气息。他说："当时的革命者向农民进行教育，彻底地成功地争取了他们，为了正义、平等、自由和人的尊严而战斗，然后以唤醒的中国农民的意识和力量，令沉睡二千年的中国从沉睡中觉醒起来，在这个大地上产生了激烈变化。"① 在与池田大作对话时，香港作家金庸也指出，在建立新中国的革命斗争中，农民的广泛参与正是源于他们精神上的觉醒，他说："在建立新中国的斗争中，这些愚昧的农民不再萎靡怕事、糊里糊涂的在黑暗中摸索了。他们拿起了刀枪，推翻了压在他们头上的赵太爷和假洋鬼子。在江西、湖南、陕西、山西、河北、山东……中国广大土地上数以亿计的阿Q，都挺起身来，成为响当当的顶天立地的英雄好汉，他们的身体没有变，变了的是他们的头脑。"②

从鲁迅及其继承者身上，池田大作认识到创价学会的奋斗目标和价值实践在某种程度上与中国现代思想革命殊途同归，并产生了强烈的共鸣。他说："我们一直祈愿、一直奋斗来达至此一目标，要带给被苦恼几乎压扁的平民无限的勇气和希望，让他们重新拥有作为人的尊严和自信！在那种民众运动中使平民从'沉默'变成呐喊，从'嗫嚅吞吐'到开怀大笑。以前有位叫杉浦明平的作家曾经说过，'创价学会的最大业绩，就是将社会底层中的

---

① 金庸、[日] 池田大作：《探求一个灿烂的世纪：金庸/池田大作对话录》，北京大学出版社1998年版，第221页。
② 同上书，第218—219页。

人们，亦即平民的力量诱发出来，使之苏醒过来.'"① 因此，池田大作也总是将鲁迅与创价学会的宗祖日莲大圣人的思想进行比较。当鲁迅在日本经历"幻灯片事件"时，他看到愚弱国民的麻木，就认为"我们的第一要著，是改变他们的精神。"② 而池田大作指出"日莲大圣人教示：'但心唯贵耳！'（御书1240页）自身的幸福、社会的建设，胜负都在于人的心。"③ 他正是从鲁迅和日莲大圣人那里领悟到"要使自己的心变得敏锐，坚强如钢，不要被懦弱与怠惰制造的'墙'的幻影所蛊惑。唯有以坚强的心、跃动的生命与绝对胜利的决心，鼓起勇气走到底，新时代的太阳才会升起。"④

事实上，早在留日时期，鲁迅的"革命"理念就开始形成，而这个时候恰恰是日本民族的一些改革志士掀起改造日本"岛国根性"的时候。由于这样的一种思想渊源的同源性，早期鲁迅的"立人"思想以及他后来的文学创作自然会给战后日本的民众思想运动以启示和借鉴意义。日本创价学会自成立之初，就一直在探求改造日本的"岛国根性"，从第一代会长牧口常三郎起，就致力于改造日本的"岛国根性"。池田大作指出，在日本军国主义发动对外侵略的时候，"起而改造日本这种'岛国根性'的是创价教育之父牧口先生。他遭到国家权力镇压，死在狱中。"⑤ 当

---

① 金庸、［日］池田大作：《探求一个灿烂的世纪：金庸/池田大作对话录》，北京大学出版社1998年版，第219页。
② 鲁迅：《呐喊·自序》，《鲁迅全集》第1卷，人民文学出版社2005年版，第439页。
③ ［日］池田大作：《新·人间革命》第20卷，台北正因文化2012年版，第97页。
④ 同上。
⑤ ［日］池田大作：《谈革命作家鲁迅》，《上海鲁迅研究》2006年第4期，第171页。

年，牧口常三郎在去东京弘文学院授课前半年就已经出版了他的代表作《人生地理学》，这本著作鲜明地体现了他的主张，他将地理学与人生问题结合起来，而且非常赞赏古代中国向日本传来文化的恩义，强调团结的力量对于 20 世纪初中华民族的重要性。这种思路和观点与鲁迅当时的心情和想法显然是有许多共同之处的。应该说，在日本留学时期，鲁迅就已经选定了他终生所要从事的志业和方向，那就是致力于中国民众的"精神改造"。而池田大作指出，鲁迅"挺立于这个'无声的中国'的民众最深层之处，发出真实的'精神改造'的呐喊——我深信这就是鲁迅日思夜想的事。"① 在与池田大作的对谈中，金庸也认为："鲁迅先生一生所悲叹的，是阿 Q 的头脑，所期望而努力从事的，是彻底改变阿 Q 的头脑。"② 揭出阿 Q 那样底层民众的疾苦，唤醒他们的灵魂，变革他们的奴隶根性，从而使得在构筑的新社会里，实现人与人之间的平等，让每个人都获得真正的生命尊严和生活幸福。

在 20 世纪 60 年代前后，在池田大作的领导下，日本创价学会以宗教活动为基础的民众运动引起了一场民众的精神变革，在日本社会层面产生了重大影响。池田大作称这是"一种平民阶层的精神变革，在日本的历史中也是罕见的事。在这个意义上我们的这种前进，可谓是促成日本精神史上的一次文化革命"③。而池田大作也指出，创价学会的目的就在于广宣流布，进而实现"立

---

① 金庸、[日] 池田大作：《探求一个灿烂的世纪：金庸/池田大作对话录》，北京大学出版社 1998 年版，第 218 页。
② 同上书，第 218—219 页。
③ 同上书，第 220 页。

正安国"。"所谓'立正',是生命尊严的哲理,在人们的心中树立指示人间革命途径的佛法人本主义思想。为此的实践就是广宣流布,而广宣流布以实现'安国'此社会繁荣与和平为终极目标。"①"立正"是从个人内心的信仰入手而进行的人的内在革命;"安国"是从外在方面进行的社会革命。而连接"立正"与"安国"的桥梁,则是以生命尊严为根本的尊重人性、实现绝对和平等理念。创价学会所致力于实践的"人性革命",就是要永远向上,永远成长和永远斗争,也就是希望在民众的主体内部进行斗争,并进而达到自我觉醒和精神壮大,并最终实现社会的繁荣,民众的福祉以及世界的和平。

如果说在 20 世纪 60 年代,池田大作在从事"宗教的使命"方面为日本创价学会带来了飞速的发展,并引起了全世界的广泛关注,那么在 70 年代以后,池田大作的重心则已由"宗教的使命"转向"人的使命",并开展以文化交流、教育培养以及和平运动为中心的"人性革命"。在 20 世纪 70 年代以后,池田大作更加重视发掘鲁迅在文化交流和教育实践方面的价值,并以鲁迅为媒介,来推进东亚乃至世界文化的交流与沟通。尤其是后来辞去创价学会会长,成为名誉会长之后,池田大作依托国际创价学会也极大地发掘了鲁迅的文化交流意义和教育思想价值。事实上,从 20 世纪 70 年代开始,日本创价学会就走上和平、教育和国际交流这条新路。1976 年 10 月,池田大作在创价学会第 39 次本部大会上提出了作为创价学会发展永远不变的"五个不变的理念":(1)创价学会永远站在民众的立场。(2)创价学会的实践是"人

---

① ［日］池田大作:《新·人间革命》第 21 卷,台北正因文化 2012 年版,第 168 页。

性革命"的运动。(3)创价学会朝着佛法中道的大道前进。(4)创价学会的社会意义是维护和平,并促进人类文化的兴隆。(5)创价学会坚守人类的精神自由与信教自由。自此以后,池田大作更是在创价教育、文化交流和世界和平的事业活动中标举鲁迅的思想和精神。他说:"一定要开辟出一条民众的胜利与幸福之路!——与大文豪的呐喊一道,这种抱负正是我作为学会的'青年会长'在向世界和平迈进的日子里鲜明地悟到的,而这一信念至今也丝毫没变。"① 可以说,在精神追求上,池田大作与作为先驱者的鲁迅有着深深的共鸣,因而他总是不断发掘鲁迅的思想和精神资源,投入到创价学会的各项事业与文化教育等活动之中。2012 年,池田大作在获悉绍兴鲁迅纪念馆将授予其"名誉顾问"称号后,他在感谢信中表示会一如既往地宣传鲁迅的思想精神,不断向青年们介绍他的人生事迹,把鲁迅的价值精神融入创价学会的价值追求中。他说:"我将把诸位的这番厚情视为最大的鼓励,今后努力地构建鲁迅先生所祈愿的重视人性尊严和拥有丰富精神文明的社会,并且也要为日中友好与人类的共和更加奋斗。"②

---

① [日]池田大作、顾明远:《和平之桥——畅谈"人间教育"》,高益民译,教育科学出版社 2014 年版,第 21 页。

② 池田大作在获悉绍兴鲁迅纪念馆将授予其名誉顾问后曾向绍兴鲁迅纪念馆回复了一封亲笔署名的感谢信。此处转引自俞红《扶桑正是樱花绚烂时——记赴日聘任池田大作为名誉顾问之行》,《绍兴鲁迅研究 2012》,上海文艺出版社 2012 年版,第 240 页。

## 第二节　"立人"思想的承续与创价
## 教育实践的拓展

　　池田大作一直坚持日本创价学会"人性革命"的价值追求，自 20 世纪 70 年代中期以后，他又将自己事业的重心之一转移到以"人性革命"为最终旨归的创价教育上来。1975 年，池田大作在创价学会夏季讲习会壮年部代表者集会上指出，创价学会要"以人的革命为地下水脉，在其肥沃的大地上培育教育、文化、和平的大树这一佛法中道主义、创价文化主义路线"①。很明显，自 20 世纪七八十年代以来，池田大作领导的日本创价学会已经改变了以前较为激进的方略，开始把"人性革命"等一切价值诉求都融合于创价教育的实践中。所以池田大作总是反复地说："在日本，在世界，引发世纪'民众的真正力量'，这个战斗就是创价教育的使命。"② "21 世纪必须把时代的潮流转向'以民为本''以人为本'。我要强调，创价大学的使命即在于此。"③

　　作为教育理论家和教育实践家，池田大作一直非常重视儿童

---

　　①　见池田大作在 1975 年夏季讲习会壮年部代表者集会上的演讲稿，此处转引自何劲松《池田大作的佛学思想》，宗教文化出版社 2006 年版，第 19 页。

　　②　［日］池田大作：《谈革命作家鲁迅》，《上海鲁迅研究》2006 年第 4 期，第 186 页。

　　③　同上书，第 191—192 页。

的教育和青年的培养，并先后创办了日本创价学园、创价大学、创价女子短期大学和美国创价大学等多所不同层次的学校。① 他认为"人性革命"是创价教育的核心功能，而只有通过对人性进行改造，全面提升人的素质，才能促进人和社会的和谐发展。他说："古今东西的历史如实地表明，民族的盛衰、国家的兴亡，首先在于教育。"② 而池田大作对鲁迅最感钦佩的地方之一，就在于鲁迅同时也是一位优秀的教育家，他说："在帝国主义时代人们高喊富国强兵的口号时，青年鲁迅却向社会大声疾呼要看到表面繁荣背后的根本问题。教育是未来发展的根本。只有教育，才是使人发展成为真正的人并完成善的使命的原动力。"③ 在对鲁迅思想精神的接受中，他也非常重视鲁迅教育思想的社会践行价值。在 20 世纪 70 年代中期以后，当池田大作把人生最后事业的重心之一转向以人本教育为内核的创价教育时，他一方面非常推崇鲁迅爱护、扶持和培育青年的"立人"教育思想，并将其内化到创价教育思想之中；另一方面又积极汲取鲁迅"以学生为中心"的教育理念以及"永远革命"、创造"第三样时代"等思想并融入创价教育的实践之中。

---

① 池田大作创办的创价学园、日本创价大学和美国创价大学等创价教育学府，与创价学会基本上是两个不同的机构。冠以"创价"名称的学校不带任何宗教色彩，其门为所有学生敞开，且不施行宗教教育。但创价学会的创立精神，与创价教育学府的办学宗旨是相通的。两者所欲成就的都是人类的幸福、人性的开发以及和平的实现等人本主义理念。

② ［日］池田大作：《人生箴言》，卞立强译，中国文联出版社 1995 年版，第130 页。

③ ［日］池田大作、顾明远：《和平之桥——畅谈"人间教育"》，高益民译，教育科学出版社 2014 年版，第 153 页。

### 一　"立人"思想与创价教育相通性的探寻

对日本创价学会而言，教育是其传统和核心事业之一。创价学会在战前原为创价教育学会，其最初主要从事教育活动。第一代会长牧口常三郎是一位非常杰出的教育家，他著有三卷本的《创价教育学体系》，并创立了著名的创价教育学说。作为一名教师和小学校长，牧口常三郎毕生倾力于建立一个富有人性、以人为本的教育系统，来启发和教导每一位学生，让他们发挥自己的潜能和创造力。第二次世界大战爆发后，牧口常三郎受到军国主义的迫害，最终死于狱中，其理想自然无法实现。作为创价学会的第三代会长，池田大作继承了创价教育的价值理念，他非常热心于对青年人的教育和培养，并先后创办了由幼儿园至大学的一系列创价教育学府，实现了牧口常三郎未完成的梦想，而"创价大学"四个字也正是选自牧口常三郎亲笔所书的手迹。

正是从创价教育理念出发，池田大作认为人的潜能是无限的，而教育就是要相信学生，相信他们具有丰富和未知的特质并将其发掘出来。在自然人向社会人转化的过程中，必须要通过教育进行主导和干预。因为自然人性无所谓善恶，但社会人性却有善恶之分，有的人通过创造价值建设社会，有的人却碌碌无为，没有价值的创造，也有少数的人"创造"出负面价值，给社会带来危害。通过教育进行"人性革命"，就可以在更深刻的地方改变人，培育人自由思考和理性判断的主体性。事实上，"牧口常三郎的'创价教育'思想是以'创造价值'为中枢，熔和谐的世界观、创造的人生观和'利、善、美'价值观于一炉，同时围绕创造幸福人生为宗旨的教育目的观而展开的教育理论体系。"① 为了继承和推行创价教育的价值理念，池田大作创办了创价大学。在1969年创价学会的总会上，他为创价大学的建立提出了三条"建校精神"：一、成为人本教育的最高学府；二、成为建设新式文化的摇篮；三、成为坚守人类和平的要塞。不断朝向捍卫生命尊严的和平的"大善"前进，无论遇到怎样的困难也不停止创造价值——致力于培养具有这样人格的"创造性的人"，这就是创价大学的核心理念。

如前所说，创价教育的价值理念源于牧口常三郎，而牧口常三郎又与鲁迅在思想上有着一定的相通性。牧口常三郎曾是日本弘文学院的老师，而鲁迅则是弘文学院的学生。池田大作在谈到鲁迅与牧口常三郎"不可思议的缘分"的同时，也常常将他们的思想进行比较。他说："鲁迅先生在混乱的时代呐喊'救救孩子'，这是很有名的。牧口先生也主张'教育为孩子的幸福'，但军政府把孩子当作'小国民'，强制推行为军国日本的教育，牧口先生遭到镇压，被投入监狱。"② 显然，鲁迅的"立人"思想与牧口常三郎的创价教育学说诞生于同样的时代语境中，具有深刻的相通性。作为后辈，池田大作一直非常推崇两位先哲的精神和思想，他说："创价教育之父牧口先生呐喊：'如不是能当恶人之敌的勇士，则不能当善人之友。'为了善的胜利，要有谴责邪恶的勇气！要磨砺粉碎邪恶的智慧！——必

---

① 王丽荣：《池田大作德育理论及其实践》，黑龙江教育出版社2012年版，第12页。
② 王蒙、[日]池田大作：《家庭、故乡以及青春之日》，《上海文学》2016年第3期，第76页。

须把这作为创价教育的根干。"① "绝不向恶低头。要战而胜之！这就是创价教育的基点，是鲁迅先生的精神。推动人类历史前进的巨大力量也就是'师与弟子'这种薪传的意志。"② 牧口常三郎和鲁迅都以其光辉的人格与邪恶势力进行了殊死的斗争，这种绝不向邪恶低头的勇气，让池田大作对他们非常崇敬，他因此称"他们是二个秉持伟大信念的灵魂"，并将他们的思想和精神作为创价教育的"根干"和"基点"来教育青年们，让他们永远地传承下去。

显然，在池田大作眼里，鲁迅"在身为一个伟大作家的同时，也是一个卓越的教育家。鲁迅深深爱护着青年。他被称为'黎明前的作家'，自己在黑暗中不断探索的同时，也对后继的青年们寄予着无限期望。"③ 鲁迅无私地帮助青年，爱护他们，鼓励他们，鲁迅的精神人格像磁石一样吸引了许多年轻人，他们云聚在鲁迅身边，尊他为精神的导师。在纪念鲁迅的长诗中，池田大作就盛赞鲁迅"为了后世常有万紫千红／他愿朽化为草／为了筑成青年进步的阶石／他愿以自己的躯体作铺垫的地基"。④ 鲁迅对青年寄予了巨大的期望，并甘愿做他们的"阶石"和"地基"，池田大作对此既为之感动，也有着深深的共鸣。他曾对创价大学的学生们说："我心中始终铭记着鲁迅说过的话：'在生活的路上，

---

① ［日］池田大作：《谈革命作家鲁迅》，《上海鲁迅研究》2006 年第 4 期，第 180 页。

② 同上书，第 181—182 页。

③ ［日］池田大作：《"民众时代"的曙光——读鲁迅著〈阿 Q 正传〉》，《青春岁月　读书感悟》，香港牛津大学出版社 2010 年版，第 264 页。

④ ［日］池田大作：《文学界的巨人　精神界的先驱——为纪念伟大的鲁迅先生》，《鲁迅研究月刊》2002 年第 6 期，第 78 页。

将血一滴一滴地滴过去，以饲养别人，虽自觉渐渐瘦弱，也以为快活。'"① 而且，他还指出："伟大的教育家牧口先生与户田先生二位的一生也就像这句话所说那样。"② 显然，在爱护青年和培育青年这一点上，牧口常三郎、户田城圣等创价学会的两代会长都与鲁迅有着相像之处，而这更加激起了池田大作对鲁迅思想精神的共鸣。

池田大作甚至还指出，鲁迅一心为了青年，"他对青年寄予的深切期望，终生没有改变过。他坚持教育家的道路直到人生最后的瞬间"③。为了青年们的成长，鲁迅毕生都在奉献自己的精力和心血。在逝世前不久，他还抱病参加了青年艺术家们的"木刻展览会"。尽管当时他的身体已经非常虚弱，但他还是非常渴望看到这些青年艺术家们生气勃勃不断成长的姿影。所以他不顾病体，还是到现场去了。在谈到鲁迅扶病坚持培养青年时，池田大作引用鲁迅自己的话说："'在生活的路上，将血一滴一滴地滴过去，以饲别人，虽自觉渐渐瘦弱，也以为快活。'(《两地书》)'老的让开道，催促着，奖励着，让他们走去。路上有深渊，便用那个死填平了，让他们走去。'(《随感录四十九》) 为让青年开出'花'来，自己甘愿当'土'。鲁迅先生就是这样的人。"④ 对鲁迅来说，青年是开辟新时代的瑰宝，虽然为青年们开拓活跃的天地有许多

---

① ［日］池田大作：《"民众时代"的曙光——读鲁迅著〈阿 Q 正传〉》，《青春岁月 读书感悟》，香港牛津大学出版社 2010 年版，第 264 页。

② 同上书，第 265 页。

③ ［日］池田大作：《我的人学》（第二版），铭九、庞春兰等译，北京大学出版社 2010 年版，第 59 页。

④ ［日］池田大作：《谈革命作家鲁迅》，《上海鲁迅研究》2006 年第 4 期，第 174 页。

的艰难困苦，但一想到青年们活跃的情形，一切困苦也就都成为快乐了。鲁迅为青年的发展而甘愿付出自己一切的无私精神，在池田大作那里也获得了同样的感受："他的心情大概是这样的：不管我的身体多么衰弱，即使即将死去，但看到如早晨太阳升起一般的青年人成长的情景，就再也没有比这个更使我快乐的了。我对鲁迅的心情完全同感。"①

池田大作一直以在青年人心中播撒和平、文化和教育的种子为己任。他一方面继承了牧口常三郎创价教育思想的内核，另一方面又在鲁迅"立人"思想那里找到了共鸣，因而他非常重视作为培育青年、爱护青年的教育家鲁迅。在他看来，"鲁迅先生呐喊：'其首在立人，人立而后凡事举'（《文化偏至论》）。一切取决于人。一旦确立了人，那就什么都能确立。所以，造就人！为此，鲁迅先生把全部心魂倾注于'教育'。"② 如何才能"立人"？在鲁迅那里，除了他大力提倡的文艺以外，教育自然也是一个非常重要的途径。1909 年鲁迅从日本回国后，就开始在故乡从事教育。民国建立以后，他又应蔡元培之邀到北京教育部任职，为推广当时中小学生的美术教育做了大量工作。这段时间他还一直在多所大学兼职任教。1926 年离开北京后，鲁迅又选择了到厦门大学、中山大学等大学任专职教授。直到 1927 年因遭到迫害，鲁迅才不得不离开自己喜爱的教育岗位。可以说，鲁迅一生有近二十年都在从事教育工作，他在长期的教育实践中积累了丰富的教育

---

① ［日］池田大作：《我的人学》（第二版），铭九、庞春兰等译，北京大学出版社 2007 年版，第 59 页。

② ［日］池田大作：《谈革命作家鲁迅》，《上海鲁迅研究》2006 年第 4 期，第 171 页。

经验，为池田大作的教育实践和青年培育提供了宝贵的启示。而在创价学会的事业发展中，池田大作本人就一直对青年们寄予厚望，并不断致力于对青年的培养和教育。可以说，重视青年教育和对个体精神的唤醒，正是鲁迅思想精神与创价学会价值追求的相通之处。池田大作在纪念鲁迅的诗歌中就曾高度赞许过鲁迅的"立人"教育思想及其现实意义，他说："首要之务是让人人享有教育，／惟有确立真正的人／才是唯一可行之道，／处世先立人，普世共此想"①。池田大作自己也特别重视教育无可替代的重要功用，他在《精神之楼阁》一诗中说："啊 教育才是／使人类获得自由的根基／站在广阔的学习大地／人方为人　国方为国。"② 可见，其教育思想与鲁迅"立人"思想是有着明显的一致性和承续性的。

## 二　鲁迅教育思想的继承与创价教育的拓展

池田大作非常注重发掘鲁迅文化遗产的当代价值，他对鲁迅的接受尤为重视其社会践行价值。除了对鲁迅文学价值和"人学"思想进行深入阐发以外，池田大作不仅非常推崇鲁迅的"立人"思想以及为青年的奉献精神，还将其内化到创价教育的事业当中。早在20 世纪 80 年代初，池田大作曾专门研读了顾明远教授专著《鲁迅的教育思想和实践》的日文版，并从中受益良多，加深了他对鲁迅在教育思想和实践更系统的认识。在《培育人——教育家的鲁迅》

---

① ［日］池田大作：《文学界的巨人　精神界的先驱——为纪念伟大的鲁迅先生》，《鲁迅研究月刊》2002 年第 6 期，第 77 页。
② ［日］池田大作：《精神之楼阁》，《理解、友谊、和平——池田大作诗选》，作家出版社 2002 年版，第 201 页。

一文中，池田大作就专门聚焦了作为教育家的鲁迅。具体到对鲁迅教育思想资源的发掘而言，除了极为赞赏鲁迅为青年的奉献精神以外，池田大作也非常注意汲取鲁迅"以学生为中心"的教育理念，并将鲁迅的"立人""永远革命"以及创造"第三样时代"等思想融入创价教育的教育目标中。

首先，重视对人的教育，注重对青年人的培养，是鲁迅与创价学会的相通之处，也是池田大作对鲁迅教育思想最推崇的方面。池田大作认为，为了将来的事业，必须要培养有用的人才。20世纪80年代以后，他把教育事业作为自己人生中最重要的事业。在教育活动中，教师与学生有着许多的接触，教师的人格精神能够直接作为教育资源，渗透到学生的心灵中去。鲁迅有过十多年的教学经历，他曾抱病到很远的大学讲课，他总是尽量满足学生们的需求，真诚地帮助他们、鼓励他们，而学生们更是为鲁迅的人格所吸引而云聚在他周围。正是基于此，池田大作指出："鲁迅先生是一位信任青年、爱青年、鼓舞青年的教育家，他丝毫没有形式主义和权威主义，对青年是不惜生命地给予——给予那些崭新的、深邃的和有价值的东西，他为了那些肩负未来的青年奉献出整个自己，这就是真正的教育家。"① 在池田大作看来，鲁迅的恩师藤野先生对鲁迅同样也是以诚相待。"藤野先生为中国，为学问，同样是人，以诚相待。年轻的鲁迅很感激，把藤野先生仰为毕生之师。"② 每当遇到困难的时候，鲁迅总是想起藤野先生，并

---

① ［日］池田大作、顾明远：《和平之桥——畅谈"人间教育"》，教育科学出版社2014年版，第26页。

② ［日］池田大作：《谈革命作家鲁迅》，《上海鲁迅研究》2006年第4期，第180—181页。

从他那里获得前进的动力和勇气。所以池田大作说:"鲁迅先生与藤野先生之间的师生佳话,也是大放异彩的'人间教育'。"① 教育的根本永远是学生,教育要以学生为中心,这就是池田大作在鲁迅和藤野先生那里获得最重要的启示。对鲁迅而言,只要对青年有利,他就不顾一切地埋头去做。池田大作一直记得周海婴对他讲述过类似的话,他说:"鲁迅,正是以其生命的血,一滴一滴地滴下去,'以饲青年'。这种为年轻一代的精神向上而不惜生命的行为,周海婴先生认为,这是作为人间教育者的父亲最值得肯定的精神。"② 鲁迅重视对青年的教育和培养,而且真正培育人,就必须靠真诚的力量。如果有培育人才的真心实意,那么在十个人当中只要有三个人培育成才,这三个人也会起到三十个人的作用。池田大作认为鲁迅"作为教育家,在青年身上发现了无限的可能性"③,而这也是他自己从领导创价学会的现实经历中得来的深刻认识。

其次,池田大作非常认同鲁迅呼吁年轻一代来创造前所未有的"第三样时代",在推行创价教育实践的过程中,池田大作就将鲁迅创造"第三样时代"的思想作为创价教育的终极目标。鲁迅在剖析中国过去历史的时候指出,中国的历史包括两种,一种是"想做奴隶而不得的时代",另一种就是"暂时做稳了奴隶的时代",而创造中国历史上从未有过的"第三样时代",正是当时青年们的使命。池田大作指出,所谓"前所未有的'第三样时

---

① [日]池田大作、顾明远:《和平之桥——畅谈"人间教育"》,高益民译,教育科学出版社2014年版,第26页。

② [日]池田大作:《鲁迅:首在立"人"——通过阿Q来教育与鼓舞青年》,香港《紫荆》2008年第10期,第43页。

③ [日]池田大作:《我的人学》(第二版),北京大学出版社2010年版,第59页。

代’，是无辜民众不再受战火与骚乱之苦的时代，而且什么也不隶属，所有民众都赢得‘人’的尊严和幸福的时代。为此，每个人要自觉本来具有的‘伟大使命’，毅然争取使命实现。这就是真正的人性革命道路。创造‘第三样时代’的智慧要塞就是我创价大学、创价女子短期大学，还有创价学园。”① 显然，在池田大作看来，创造前所未有的“第三样时代”不仅是未来社会发展的愿景，更是以创价大学、创价女子短期大学和创价学园为依托的创价教育应当承担的使命。

　　再者，池田大作一直深受鲁迅“永远革命”“永远进击”思想的影响，在推进创价教育的过程中，他也将鲁迅“永远革命”的思想引入到创价教育的事业追求中。他认为，为了将来的事业，培养有用的人才是至关重要的。“发现人、培养人，这是从事一切战斗首先应该着手的根本。它是出发点，是向着无限未来茁壮成长、不断引向胜利的基础。”② 池田大作从鲁迅“永远进击”思想那里受到的启发良多，他在谈到创价大学建校的宗旨时说：“绝不向恶低头。要战而胜之！这就是创价教育的基点，是鲁迅先生的精神。推动人类历史前进的巨大力量也就是‘师与弟子’这种薪传的意志。”③ 池田大作把希望寄托在接受创价教育的青年们身上，他也因此祈念：“青年啊，雄赳赳展翅飞上使命的长空！夺取胜利！创大生啊，短大生啊，学园生啊，

　　① ［日］池田大作：《谈革命作家鲁迅》，《上海鲁迅研究》2006 年第 4 期，第171 页。

　　② ［日］池田大作：《我的人学》（第二版），铭九、庞春兰等译，北京大学出版社 2007 年版，第 60 页。

　　③ ［日］池田大作：《谈革命作家鲁迅》，《上海鲁迅研究》2006 年第 4 期，第181—182 页。

美国创大生啊,都要战无不胜!我已下定决心:以发展人本教育作为我生涯最重要的事业,因为这也是决定未来的重要因素。"① 可以说,像鲁迅一样,池田大作总是孜孜不倦地进行人的精神革命的思考和对青年们的教育培养实践,他也为此而自豪。当然,池田大作也清醒地认识到:"鲁迅的文学运动很难说已取得了胜利。但我深信,他毕生的任务确实在新中国传续下来。"② 在《笔的战士》一文中,他说巴金与鲁迅一样也是一位"笔的战士",并继承了鲁迅"永远进击"的精神。在他看来,"人性革命"是没有止境的,所以他在谈到创价教育的使命时说:"创价大学也永远以学生为中心,是'为学生而办的大学'。这一根本精神坚如磐石,创价大学就坚如磐石。作为创办人,我要强调这一点。我现在就决心奠定延续百年,不,延续千年的'创价教育的永恒基础'。"③ "以学生为中心",这固然是创价教育的基础,但显然,池田大作对这一"永恒基础"的强调,也正显示出鲁迅"永远革命"思想和"永远进击"精神对创价教育思想的深刻影响。

池田大作重视对青年的教育和培养,他认为,为了将来的事业,培养有用的人才是非常重要的。而在他所创办的创价大学,就一直追求以学生为本,其教育目的在于使学生在心智、情操、知识、身体等方面得到全面的发展。在他看来,"学生是大学建设

① [日]池田大作:《谈革命作家鲁迅》,《上海鲁迅研究》2006 年第 4 期,第182 页。

② [日]池田大作:《寻求新的民众形象》,《我的中国观》,四川人民出版社2009 年版,第 75 页。

③ [日]池田大作:《谈革命作家鲁迅》,《上海鲁迅研究》2006 年第 4 期,第176 页。

的主体"①，"教育的精髓，正在于与每一个个体的碰撞"②。池田大作在创价教育中就一直秉持着这样的信念，将之付诸实践。出于对鲁迅精神人格的推崇，池田大作在对青年的培养中也不断灌输鲁迅的人格精神和价值理念，并以鲁迅为光辉的榜样来向学生不断宣扬。

　　总之，与鲁迅一样，池田大作也认为青年才是开辟新时代的瑰宝，他说："为了开拓青年人活跃的天地，就是为了这个，纵有任何艰难困苦也要前进。一想到青年们那些活跃的情况，一切困苦也都成为快乐的了。"③ 所以，池田大作总是不断地向不同的青年学生传播鲁迅的精神和思想。在与教育家顾明远对谈时，他就曾说："我还跟我所深爱的创价大学、创价女子短期大学、创价学园、美国创价大学的学生们多次谈过鲁迅先生的思想与为人。"④而在创价教育的实践中，就有池田大作直接利用鲁迅资源对学生进行教育的例子。鲁迅曾耗费大量时间来翻译介绍世界各民族的文学，他翻译了十四个国家，一百多位作家的两百多部作品。池田大作非常赞赏鲁迅放眼世界的眼光，便特别重视培养青年学生开阔的世界视野，他说："大量培养像鲁迅先生那样放眼世界的世界公民是我创价大学的使命。"⑤ 在创价大学校园本部大楼的二楼，有一个对学生常年开放的校园纪念室，其中就有一块纪念鲁迅的陈列区域，展板上陈列着鲁迅的生平年表，陈列柜中还陈列

---

　　① ［日］池田大作、顾明远：《和平之桥——畅谈"人间教育"》，高益民译，教育科学出版社 2014 年版，第 38 页。

　　② 同上。

　　③ ［日］池田大作：《我的人学》（第二版），铭九、庞春兰等译，北京大学出版社 2007 年版，第 59 页。

　　④ ［日］池田大作、顾明远：《和平之桥——畅谈"人间教育"》，高益民译，教育科学出版社 2014 年版，第 26 页。

　　⑤ ［日］池田大作：《谈革命作家鲁迅》，《上海鲁迅研究》2006 年第 4 期，第 176 页。

着鲁迅发表的书籍作品以及有关研究他的文章。创价学园也有上
海鲁迅文化发展中心自 2005 年设立的“鲁迅青少年文学奖”。在
每年学园的毕业典礼上，都对成绩优秀的学生进行表扬，希望他
们能够继承鲁迅文学中搏动的正义心灵和热爱民众的精神。特别
是在 2005 年，池田大作曾计划亲自为创价大学的毕业学生作关于
鲁迅的文化讲座，虽然最后没能进行现场讲演，但是他将长篇演
讲稿发表在报纸上，从而为创价大学的毕业生一壮行色。对于池
田大作“不遗余力地向日本社会的普罗大众及芸芸众生推介鲁
迅”，香港学者孙立川就指出，从来没有一个鲁迅研究的教授能像
池田大作那样，向那么多的日本青年以及对鲁迅、对中日文学未
曾了解的日本人上了一堂如此深刻的分析鲁迅作品、鲁迅精神的
教育之课。①

# 第三节　中日友好交流的薪火
传递与新路开拓

作为日本著名的宗教家和社会活动家，池田大作一直致力于
推进世界和平和中日文化交流。从 20 世纪 60 年代，他就开始致
力于日中间的友好交往。他非常重视鲁迅对中日民间交往的贡献
以及鲁迅所留下的中日文化交流的遗产，也非常注重发挥鲁迅在

---

① 见孙立川 2007 年 2 月 4 日在由上海鲁迅文化发展中心、绍兴旅港同乡会和香
港国际创价学会共同举办的“鲁迅是谁”展览开幕式上的讲话。

中日文化交流方面的影响力。他还一直以继承鲁迅和藤野严九郎、牧口常三郎等先哲的遗愿，架设日本与中国之间"永远友好的金桥"为己任。

## 一 鲁迅与中日友好交流的薪火传递

鲁迅在近代以来的中日文化交流中有着特殊的地位和影响。他不仅被视为"国民作家"来看待，而且许多日本人都有着很深的"鲁迅情结"。鲁迅作品很早就被收入了日本的教科书，除了小说《故乡》入选日本通行的六种教材外，在藤野严九郎的故乡福井县教材中还收入了《藤野先生》。日本民众的"鲁迅情结"使得鲁迅成了日中关系的润滑剂，鲁迅在日本的传播也对于日本民众的中国印象产生了正面的建设性的影响。日本各界凡是谈到中日友好，基本上都会提到鲁迅。可以说，在战后以来，包括池田大作在内的许多致力于日中友好的日本文化人士都非常崇敬鲁迅，也非常重视其为中日友好留下的精神遗产。

如前所述，池田大作之所以将鲁迅视为近代以来中日友好交流的先驱，主要是因为鲁迅与藤野严九郎、内山完造、内山嘉吉以及增田涉等众多日本人士之间建立了跨越国家、民族的友谊，并谱写了一段段中日友好交往的佳话。尤其是对于鲁迅与藤野严九郎间的师生之谊，池田大作指出这是真正的人与人之间的友爱，超越了国家和民族狭窄之见而谱写的一段中日友好交流的佳话。1975 年 4 月 7 日，池田大作在他所创办的创价大学接收了 6 名来自中国的留学生，这也是新中国成立后第一批去往日本的留学生。作为创价大学的创办人，他在创价大学学生宿舍为中国留学生举办了欢迎会，并希望像鲁迅留学日本时和老师藤野严九郎之间温暖的交流一样，创价大学师生和中国留学生之间也能培育出美好的友情。当然，除了在仙台医学专门学校时期，鲁迅和恩师藤野严九郎之间有过"暖人肺腑的交流"，在弘文书院执教的牧口常三郎和中国留学生们也曾有过"心心相印的交流"，这些都不断萦绕在池田大作的脑际。鲁迅曾在东京弘文学院求学，而牧口常三郎也在弘文学院任过教，他们在弘文学院有两个月的重叠期。池田大作一直对他们师生两人在两个月的重叠时间里有什么具体来往和精神交流非常感兴趣。牧口常三郎是日本创价学会的创始人，而鲁迅是中国新文学的旗手，所以每当池田大作想寻找创价学会精神与中国文化之间沟通的桥梁时，他就自然会想到牧口常三郎与鲁迅之间这段"不可思议的缘分"。池田大作也一再提起恩师户田城圣对他提出要重视对留学生的培养，牢固地结下友谊的教诲，因为创造明治新日本的是海外学习归来的留学生们，留学生必定会在各个领域成为国家未来的领导。他说："按照恩师的教诲，我以最尊敬、最真诚的心情欢迎留学生来我创价大学，形成了与留学生的良好的友情源流。日中邦交正常化以后，第一个接收中国的正式留学生的，是我创价大学，那是和周恩来总理会见的第二年。"① 显然，在池田大作看来，日中友好交流就像薪火相传一样在中日两国人民间一代又一代的传递。因此他说："我

---

① ［日］池田大作：《谈革命作家鲁迅》，《上海鲁迅研究》2006 年第 4 期，第162 页。

总希望留学生们能有像藤野先生和青年鲁迅这样的心灵交汇。"①
"在世界各民族之间架设'友谊的金桥',肩负这一重大使命的
主体就是创价的学生、毕业生。每一个人都是我的生命,我的
希望。"②

　　同时,池田大作还认为,鲁迅善于以文学来沟通世界各民
族人民的心灵,尤其是他那些叙写日本人和事的文字最为感人。
鲁迅一生都有着很深的"日本情结",他的许多作品都贯穿着
"日本主题",尤其是他的《题三义塔》和《藤野先生》等作品
更是种下了中日友好的种子。在池田大作看来,藤野严九郎与
鲁迅这一段日中师徒"超越国家和民族的狭窄之见"的佳话令
人感怀,而鲁迅根据他与恩师藤野严九郎交往的经历写成的
《藤野先生》一文更是感人至深。而为了继承先哲们的遗愿,池
田大作一直用实际行动来开拓日本和中国的青年交流之路。在
长篇自述传小说《新·人间革命》中,池田大作不仅描述了他
同世界各国间的友好交往和文化交流,而且也记载下他对中日
友好所做的努力。他说:"我创办的创价大学接收了六名从中国
来的留学生。提到中国留学生,我想起伟大的文学家,为了人
的解放,与旧道德、旧思想彻底战斗的鲁迅先生与仙台藤野先
生的友谊。……鲁迅先生留下了《藤野先生》一文,他们两人
之间超越民族、国家的壁垒,人的温暖之心相融,奏响了崇高

---

① ［日］池田大作、顾明远:《和平之桥——畅谈"人间教育"》,高益民译,教
育科学出版社 2014 年版,第 27 页。
② ［日］池田大作:《谈革命作家鲁迅》,《上海鲁迅研究》2006 年第 4 期,第
192 页。

而美丽的人性乐章。"① 池田大作也一直对鲁迅赠给日本友人西村真琴博士《题三义塔》一诗的逸事记忆犹新，他从鲁迅的诗句"度尽劫波兄弟在，相逢一笑泯恩仇"中看到鲁迅对中日关系的期望与预判。他说："在日中关系最坏的日子里，鲁迅也不舍希望。"② 只要直视严酷的现实，就一定能从中打开活路。"死去的鸽子化作精卫，用嘴衔运木石，不断地填埋中日之间的深沟'劫波'。有朝一日，一切恩仇都涣然冰释，中日人民将作为'兄弟'再会。有'斗士'诚坚的抵抗，这一天必然到来。"③ 这就是池田大作从鲁迅诗句中领悟和继承的精神，而他也一直在努力推动中日间的文化交流和友好往来。

可以说，池田大作对鲁迅文学中人类情怀的深刻阐释和对鲁迅文学"交往"功能的发掘，对深化中日文化交流和促进中日关系的发展无疑有着重要意义。而为了促进日本创价学会同中国各界的友好往来，池田大作还先后十次访华，他的一系列举动正是对鲁迅致力于促进中日友好交往精神的继承。1990 年5 月 28 日，池田大作第七次访华，他在北京大学的演讲《教育之道，文化之桥》中再次回忆了鲁迅的《藤野先生》及其与藤野严九郎的师生之谊，他说："曾在北京大学草创期工作过的文豪鲁迅先生，他的著作《藤野先生》，就是记述当年在日本留学时的恩师。受人之恩，不论是什么恩，终生都不会消失。所谓'恩'，重要不在于施的一方，而是在受的一方'心的问题'。

---

① ［日］池田大作：《新·人间革命》第 21 卷，台北正因文化 2012 年版，第 163 页。
② ［日］池田大作：《池田大作谈鲁迅（答〈明报〉记者问）》，《鲁迅研究月刊》1995 年第 5 期，第 29 页。
③ 同上。

留在文豪心中的老师恩情，好比一曲倾诉人类高贵情操的乐章。"① 因此，他指出："对我们来说，现今最重要的现实问题就是怎样使这中日友好的'金桥'发展得更坚固、更稳定。"② 1994 年 1 月 20 日，池田大作第九次访华，他在深圳市欢迎宴会上的讲话"'深圳的挑战'是'亚洲的焦点'"中引用鲁迅的"横眉冷对千夫指，俯首甘为孺子牛"来说明深圳"开拓牛"的精神，并说"现在我所蔑视无知的批判和压制，同时要和敬爱的中国朋友一起建设'友好的金桥'。在我的心中，始终回响着对鲁迅先生的这种精神的共鸣。"③

事实上，对中日未来关系的展望上，鲁迅坚信"日本和中国的人们之间，是一定会有互相了解的时候的"④。而池田大作非常重视鲁迅作为中日友好交流先驱者的意义，他也一直继承着鲁迅的友好交往精神，始终致力于维护和发展中日间的友好交流。2012 年，池田大作与顾明远教授的对谈集即将出版时，他将之命名为《和平之桥》，这其中就包含着他对搭建中日友好金桥的美好期望，他希望他们的对话"能为延绵万代的和平友好金桥打下一块基石"。他说："1974 年，在我第一次访华时，我曾说'要建造一座庇荫子孙、坚如磐石的和平友好'金桥'。'桥'这个词凝结了我对多年来所力行的和平交流的思想感情。而

---

① ［日］池田大作：《教育之道　文化之桥》，《我的中国观》，四川人民出版社 2009 年版，第 97 页。

② 同上。

③ ［日］池田大作：《"深圳的挑战"是"亚洲的焦点"》，《我的中国观》，四川人民出版社 2009 年版，第 67 页。

④ 鲁迅：《且介亭杂文二集·内山完造〈活中国的姿态〉序》，《鲁迅全集》第 6 卷，人民文学出版社 2005 年版，第 277 页。

'金'则是永恒的象征，为了亚洲，为了世界，中国和日本绝对需要携起手来，因此必须是不朽不灭的和平友好'金桥'。而支撑这座金桥的，是教育交流，是文化交流，是人民的交流，是青年的交流。"①

## 二 池田大作与中日友好的新路开拓

池田大作是战后日本最早提出与中国恢复邦交的民间文化人士，他一直致力于中日民间的友好往来和文化交流，并为中日友好而开拓新路。在他看来，"日本，曾受过中国文化的大恩，却在忘恩负义的泥沼中滑落迷失"②。而他自己从20世纪60年代起，为了改变日中关系的现状，一直以日本创价学会这一民间组织为平台来推动中日政治关系的发展，继而又通过文化交流和教育交流的方式推动中日民众间的友好往来。也就是从20世纪六七十年代起，池田大作就开始为搭建一座中日友好的桥梁而不懈努力。

在池田大作看来，鲁迅是近代以来中日友好交流的先驱，"他对寄予信赖的日本人民的友情却始终不曾动摇。他将中国与日本的民众视为'兄弟'。"③他一直期望并相信中日两国的人民将来一定会"相逢一笑泯恩仇"。"这种寄望于两国老百姓的观点，在

① ［日］池田大作、顾明远：《和平之桥——畅谈"人间教育"》，高益民译，教育科学出版社2014年版，第236—237页。
② ［日］池田大作：《文学界的巨人　精神界的先驱——为纪念伟大的鲁迅先生》，《鲁迅研究月刊》2002年第6期，第78页。
③ ［日］池田大作：《鲁迅：首在立"人"——通过阿Q来教育与鼓舞青年》，香港《紫荆》2008年第10期，第43页。

鲁迅逝世之后，由周恩来总理继承下来，并确定为现代中国的对日路线"①。事实上，周恩来也是池田大作最崇拜的三个近代以来的中国历史人物之一。周恩来一直致力于推动中日关系的发展，他很早就关注过日本创价学会，他在病重之时还曾接见过池田大作。在 1960 年，周恩来就注意到日本创价学会这一民众社团在日本的巨大影响，并指示孙平化调查日本创价学会的相关情况。应周恩来的指示，世界知识出版社在 1963 年 9 月出版了《创价学会》的小册子。1966 年 7 月，周恩来通过日本作家有吉佐和子向池田大作转达"欢迎访问中国"的口信。1970 年 3 月，周恩来又再次托松村谦三向池田大作转达"欢迎访问中国"的口信。1974 年 12 月，池田大作第二次访华，身患重病的周恩来在医院接见了池田大作，他也成为周恩来生前接见的最后一位外宾。为了纪念周恩来总理，在池田大作的提议下，创价大学的第一期中国留学生 1975 年 11 月在校园内植下"周樱"。后来，又与来日访问的中国青年联合会高占祥团长等一同于 1979 年 4 月在创价大学的校园里种下纪念周总理夫妇的"周夫妇樱"。可以说，周恩来与池田大作之间的互动和联系对推动后来中日关系发展和中日两国建交起到了重要的推动作用。

对池田大作而言，为继承中日先哲们的友好交往精神，他一直用实际行动来开拓日本和中国的友好交往之路。1968 年 9 月 8 日，他在创价学会第十一届学会部大会上发表《日中邦交正常化倡言》，公开呼吁日中邦交正常化，大力倡言日中友好，并支持中

---

① ［日］池田大作：《鲁迅：首在立"人"——通过阿 Q 来教育与鼓舞青年》，香港《紫荆》2008 年第 10 期，第 43 页。

国恢复联合国席位。池田大作的演讲在日本社会上引起了强烈反响，当天许多新闻媒介都作了报道，起到了唤起民众的作用。有日本评论家称"《池田建议》再一次打通了日中丝绸之路"①。著名评论家竹内好还就池田大作发表《日中邦交正常化倡言》专门撰写了《看到了光明》这样一篇评论文章，他说："我已经废弃了评论家的职业，不想以评论的形式来谈什么。但对池田先生的讲话，即使没有要求，我也想写点感想。"② 他认为池田大作的《日中邦交正常化倡言》在当时是"最好的建设性的建议"③，"它形式上是一个宗教团体的内部发言，但实质上是提出了关系全体国民的重大问题，应该当作超越信仰立场的共同的课题"④。应该在各界各阶层中就《池田倡言》进行讨论，并沿着《池田倡言》的路线集结力量，"最好是借此机会，发起一个'真正结束战争'的运动"⑤。《池田倡言》对后来中日关系的正常化产生了重要的影响。1969 年 6 月，池田大作又在小说《人间革命》第 5 卷中主张尽快同中国缔结和平友好条约。

从 1974 年 5 月起，池田大作先后十次访华，与中国政治界、文化界、宗教界和教育界的著名人士进行了深入交流，对促进日本创价学会乃至日本民众与中国的友好做出了重要的贡献。池田大作访华具体情况见下表。

---

① ［日］西川雅子：《〈池田建议〉再一次打通了日中丝绸之路》，见《日中回复邦交秘话——池田大作与日中友好》，卞立强编译，经济日报出版社 1998 年版，第 119 页。
② ［日］竹内好：《看到了光明》，见《日中回复邦交秘话——池田大作与日中友好》，卞立强编译，经济日报出版社 1998 年版，第 84 页。
③ 同上书，第 85 页。
④ 同上书，第 91 页。
⑤ 同上书，第 86 页。

表 6 – 1　　　　　池田大作十次访华的友好交往活动

| 访华次数 | 访华时间 | 到访地方及相关活动 |
|---|---|---|
| 第一次访华 | 1974 年 5 月 28 日至 6 月 16 日 | 参观北京、西安、郑州、上海、杭州、广州六个城市。访华期间会见副总理李先念、中日友好协会会长廖承志和佛教协会会长赵朴初等 |
| 第二次访华 | 1974 年 12 月 2 日至 12 月 6 日 | 访问北京大学,出席图书五千册赠书仪式,访华期间受到周恩来总理的会见,并和邓小平副总理会谈 |
| 第三次访华 | 1975 年 4 月 14 日至 22 日 | 访问北京大学、武汉大学和复旦大学等高校。访问期间与邓小平副总理会面,和中日友好协会会长廖承志、佛教协会会长赵朴初分别举行会谈 |
| 第四次访华 | 1978 年 9 月 11 日至 20 日 | 访问上海、苏州、无锡、南京和北京等地。访问期间与邓颖超女士、中日友好协会会长廖承志等会谈 |
| 第五次访华 | 1980 年 4 月 21 日至 4 月 29 日 | 访问北京、桂林和上海等地。22 日参观"周恩来总理展"并拜访邓颖超女士,同日还在北京大学作了题为"寻求新的民众形象"的演讲。23 日,与敦煌文物研究所常书鸿先生对谈。28 日,与作家巴金和复旦大学校长苏步青会谈 |

续　表

| 访华次数 | 访华时间 | 到访地方及相关活动 |
| --- | --- | --- |
| 第六次访华 | 1984 年 6 月 4 日至 6 月 10 日 | 访问北京、上海等地。先后与邓颖超女士、中日友好协会名誉会长王震、胡耀邦总书记见面和会谈。其中,5 日,北京大学授予池田大作名誉教授称号,池田大作作了题为"走向世界和平之康庄大道"的演讲。7 日,访问廖承志故居。9 日,复旦大学授予池田大作名誉教授称号。池田大作作了题为"人才是创造历史的主角"的演讲。10 日,前往巴金寓所拜访 |
| 第七次访华 | 1990 年 5 月 27 日至 6 月 1 日 | 访问期间拜访了邓颖超女士,并和江泽民总书记、李鹏总理等会见,获中日友好协会名誉会长王震颁赠该协会"和平使者"匾额。28 日,访问北京大学,获颁教育贡献奖,并发表题为"教育之道　文化之桥"的演讲。29 日,在北京民族文化宫举办"池田大作摄影展——自然与和平对话",出席开幕仪式,并于日后带领江泽民总书记参观其摄影展。6 月 1 日,与敦煌研究院名誉院长常书鸿会谈 |
| 第八次访华 | 1992 年 10 月 12 日至 17 日 | 访华期间与李鹏总理会见,并与中国教育委员会李铁映主任会谈。13 日,出席中日友好协会举办的欢迎宴,获颁"人民友好使者"称号。14 日,中国社会科学院授予池田大作名誉研究教授称号,池田大作在授予仪式上作了题为"二十一世纪与东亚文明"的主题演讲。15 日,出席在北京中国美术馆举办中日邦交 20 周年纪念活动东京富士美术馆"西洋绘画名作展"开幕剪彩,获颁中国文化部的"文化交流贡献奖"。17 日,在北京钓鱼台国宾馆获颁敦煌研究院"名誉研究员"称号 |

续　表

| 访华次数 | 访华时间 | 到访地方及相关活动 |
|---|---|---|
| 第九次<br>访华 | 1994 年 1 月 30<br>日至 2 月 1 日 | 访问深圳。31 日,在深圳大学作了题为"'人本主义'大地万里无垠"的演讲 |
| 第十次<br>访华 | 1997 年 5 月 10<br>日至 15 日 | 访问上海等地。12 日,访问上海大学,被上海大学授予名誉教授称号,并与钱伟长校长会谈 |

可以说,池田大作前后十次访问中国,积极致力于中日友好,这在中日民间交往史上留下了浓墨重彩的一笔。在开启访华之旅的同时,池田大作所领导的创价学会及其外围组织更是在思想、教育、文化等方面开展全面的交流。创价大学与国内的高校和科研机构一直保持着密切的学术、教育往来,先后与中国十几所大学互派了留学生,与中国三十多个高校和科研机构联合设立了有关池田大作研究的研究所,几乎每年都与中国的高校或科研机构联合举办有关于池田大作研究的学术研讨会。作为创价学会的外围组织,民主音乐协会和富士美术馆也都分别举办了许多与中国相关的演出和展览。作为占日本总人数十分之一的民间团体,创价学会不仅一直维系着中日民间的友好往来,而且频频为中日关系的发展开拓着新路。

### 三　创价学会中日文化交流中的"鲁迅主题"

由于鲁迅在中日文化交流中的巨大影响,池田大作及其领导的日本创价学会和国际创价学会一直与鲁迅有着不解之缘。自 20

世纪七八十年代以来，池田大作就不断向日本乃至世界宣扬传播鲁迅。在与金庸、顾明远、王蒙、章开沅等对话时，池田大作曾多次将话题聚焦在鲁迅身上，探究鲁迅的世界意义和文化价值。此外，在许多国际场合的演讲中，池田大作还多次宣传过鲁迅的思想精神。他在一些鲁迅纪念活动和相关学术活动中发表过许多发言和致辞，阐述了鲁迅对促进今天社会发展以及中日文化交流的价值意义。在访华期间，池田大作在相关演讲中也以开阔的世界视野来开掘鲁迅思想的世界性意义，凸显了鲁迅对中日文化交流的重要意义。另外，在创价教育活动中，池田大作更是不断通过讲演等方式来宣扬和传播鲁迅文化价值。特别是在 2005 年，他为创价大学的学生举行以鲁迅为主题的第二届特别文化讲座的演讲稿《谈谈革命作家鲁迅》在中日两国间引起了很大反响。进入 21 世纪以来，池田大作还陆续担任了北京鲁迅博物馆、上海鲁迅纪念馆和绍兴鲁迅纪念馆等中国三大鲁迅纪念馆的名誉顾问。而池田大作也和鲁迅之子周海婴以及北京、上海、绍兴鲁迅纪念馆的人士都有着长年的交往。对此，他自己也说："对于从青春时代爱读鲁迅先生的文学的我来说，实在是光荣之至。"①

受池田大作的影响，鲁迅也成为创价学会与中国文化交流活动中的一个重要主题。为了纪念鲁迅，国际创价学会 2004 年 4 月在东京牧口纪念庭园内为"鲁迅家族樱"的樱花树命名挂牌。2013 年 11 月 24 日，上海鲁迅纪念馆举行"鲁迅 池田大作樱"植树仪式，8 株象征着两位先生伟大精神的"染井吉野"樱树在

① 王蒙、[日]池田大作：《家庭、故乡以及青春之日》，《上海文学》2016 年第 3 期，第 76 页。

上海鲁迅纪念馆前被种下。这些都成为中日友好交流中具有标志性意义的事件。鲁迅故乡的大学绍兴文理学院还和创价大学联合成立了鲁迅与池田大作研究所。中国鲁迅文化基金会不仅与创价学会有着密切的往来，而且还向创价学园学生颁发过鲁迅青少年文学奖。此外，日本创价学会和国际创价学会都曾主办过以鲁迅为主题的讲座和以鲁迅主题的展览。

可以说，池田大作本人以及他所领导的创价学会因为鲁迅传播在中日两国间产生的重要影响，使得池田大作以及创价学会已经和鲁迅的名字紧紧联系在一起。具体而言，日本创价学会及国际创价学会历年来开展了大量以鲁迅为主题的中日文化交流活动。如表 6 - 2 所示。

表 6 - 2　　　创价学会的"鲁迅主题"文化交流活动

| 时　间 | 创价学会以鲁迅为主题的中日文化交流活动 |
| --- | --- |
| 1975 年 | 在版画家李平凡和曾经受到鲁迅先生指导过的日本版画收藏家内山嘉吉等人的支持下，日本创价学会在静冈富士美术馆举办了"鲁迅与中国版画展"。此次画展展出在鲁迅指导的版画运动中产生的木版画和有关鲁迅的各种资料等，合计约四百件 |
| 2000 年 4 月 3 日 | 北京鲁迅博物馆授予池田大作首位"名誉顾问"称号的仪式在日本创价大学举行。鲁迅先生之子、北京鲁迅博物馆顾问周海婴先生及北京鲁迅博物馆副馆长张全国、陈漱渝等人出席。陈漱渝作了"鲁迅的人学与池田大作的人学"的演讲，将鲁迅的"人学"思想跟池田大作的"人学"思想进行比较，阐述了池田大作与鲁迅先生"人学"思想的相通性。池田大作业创作了长诗《文学界的巨人　精神界的先驱——为纪念伟大的鲁迅先生》以示感谢 |

续　表

| 时　间 | 创价学会以鲁迅为主题的中日文化交流活动 |
| --- | --- |
| 2000 年 4 月 16 日 | 香港国际创价学会举行池田大作与中国现代作家的文化讲座。香港著名作家孙立川博士在香港国际创价学会香港文化会馆主讲了"与一个世纪的中国文学对话——池田大作先生与鲁迅、巴金和金庸"的讲座 |
| 2002 年 4 月 8 日 | 上海鲁迅纪念馆聘池田大作为名誉顾问,上海鲁迅纪念馆王锡荣副馆长在日本创价学园举行颁授名誉顾问证书仪式 |
| 2003 年 1 月 4 日 | 澳门国际创价学会主办文化讲座"鲁迅小说与中国人民的觉醒" |
| 2004 年 2 月 22 日 | 周海婴夫妇、周令飞赴香港国际创价学会参访,周海婴做了题为"鲁迅与我七十年"的文化讲座,200 余名创价学会会员出席 |
| 2004 年 3 月 5 日 | 周海婴夫妇、周令飞出席在福井县国际交流会馆,由上海鲁迅文化发展中心策划举办的《鲁迅展》开幕仪式。《鲁迅展》为期十天,参观人数 15000 人次 |
| 2004 年 3 月 7 日 | 周海婴夫妇、周令飞会见福井国际创价学会吉乡研滋副会长等人,并应邀为福井国际创价学会 1200 名会员做演讲 |
| 2004 年 3 月 10 日 | 上海鲁迅文化发展中心授予池田大作终身顾问证书。东京哲学研究所授予周海婴东洋哲学学术赏。仪式后池田大作会长夫妇与周海婴理事长夫妇、周令飞主任举行座谈会"学习鲁迅的精神　继承鲁迅的路线" |
| 2004 年 4 月 | 日本国际创价学会在东京牧口纪念馆庭园内为"鲁迅家族樱"的樱树命名挂牌 |
| 2005 年 3 月 16 日 | 上海鲁迅文化发展中心向创价学园、创价大学 8 名学生颁发第一届"鲁迅青少年文学奖" |

续 表

| 时 间 | 创价学会以鲁迅为主题的中日文化交流活动 |
| --- | --- |
| 2005 年 3 月 | 池田大作在发行量 550 万份的创价学会机关报《圣教新闻》连续三天以大篇幅发表题为"谈革命作家鲁迅"的第二届特别文化讲座内容,掀起了传播鲁迅精神、研究鲁迅思想的高潮 |
| 2005 年 7 月 24 日 | 日本创价学会妇女部、青年部在仙台市东北文化会馆举办"东北青年和平文化讲座",东北大学佃良彦教授演讲了《日本与中国民间交流的原点——鲁迅与仙台》 |
| 2006 年 3 月 16 日 | 鲁迅文化基金会主任周令飞代表理事长周海婴,向日本创价学园(东京、大阪)6 名学生颁发第二届"鲁迅青少年文学奖" |
| 2006 年 9 月 | 池田大作第 2 届特别文化讲座"谈革命作家鲁迅"分三次在香港国际创价学会《黎明圣报》刊出 |
| 2007 年 2 月 4 日 | 为纪念中国伟大的思想家、教育家鲁迅,以及让广大市民深入认识"鲁迅精神"的"鲁迅是谁?"展览在香港国际创价学会举行。上海鲁迅文化发展中心、绍兴旅港同乡会及香港国际创价学会合办这次展览。展览 2 月 4 日至 25 日上午 10 时至晚上 9 时,于香港国际创价学会文化会馆(香港九龙塘界限街101—109 号)展出 |
| 2007 年 4 月 26 日至 5 月 3 日 | "鲁迅是谁?"图片展在澳门旅游活动中心展览厅举行。为配合展览,鼓励学子研读鲁迅著作,澳门主办单位澳门国际创价学会向全澳学校赠送鲁迅作品集,还特设"鲁迅是谁?"征文比赛 |
| 2007 年 9 月 28 日 | 在澳门新口岸澳门文化中心之澳门艺术博物馆演讲厅,由澳门国际创价学会与上海鲁迅文化发展中心、澳门中华教育会、澳门笔会、澳门潮州同乡会主办的"澳门'鲁迅是谁'展览征文比赛"举行获奖作品颁奖典礼,共有 78 人获奖 |

续 表

| 时　　间 | 创价学会以鲁迅为主题的中日文化交流活动 |
| --- | --- |
| 2012 年 3 月 25 日 | 绍兴文理学院与日本创价大学共同发起创建的"鲁迅与池田大作研究所"的揭牌仪式在绍兴文理学院举行 |
| 2012 年 4 月 11 日 | 绍兴鲁迅纪念馆授予日本创价学会名誉会长、国际创价学会会长池田大作为绍兴鲁迅纪念馆"名誉顾问",池田大作表示将继续为弘扬鲁迅文化精神,推进中日友谊作贡献 |
| 2012 年 8 月 16 日至 9 月 9 日 | 为纪念中日邦交正常化 40 周年,也为感谢池田大作对中日友好的贡献,上海鲁迅纪念馆特别举办了"与自然对话——池田大作摄影展" |
| 2012 年 11 月 13 日 | 上海鲁迅纪念馆王锡荣馆长在日本创价学会关西创价学园作了"鲁迅与池田大作——东亚两位伟大思想家的共同点"的讲座 |
| 2013 年 10 月 12 日 | 由马来西亚国际创价学会邀请北京鲁迅博物馆联合主办的"鲁迅生平展暨学术交流会"在吉隆坡开幕。"鲁迅生平展"采用大量珍贵历史图片,配以相关文字、实物,从多角度、多层次展示了鲁迅的生平、思想与其成就,展示了鲁迅先生丰富多彩的一生及精神面貌。在 5 天的展期中,还举行了两场由北京鲁迅博物馆黄乔生副馆长主讲的讲座,并举办"鲁迅电影节"放映了 3 部由鲁迅作品改编的电影《阿 Q 正传》《药》及《祝福》 |
| 2013 年 11 月 24 日 | 上海鲁迅纪念馆举行"鲁迅·池田大作樱"植树仪式。8 株象征着二位先生伟大精神的"染井吉野"樱树在上海鲁迅纪念馆前被种下 |
| 2015 年 10 月 7 日 | 由东京中国文化中心与日本创价大学联合主办的"鲁迅与中国现代文学展"在创价大学展厅开幕。展览由"到日本留学""翻译活动"及"友好来往"三个部分构成,巨细无遗地介绍文坛斗士鲁迅的足迹 |

从表 6-2 中可以看到，池田大作非常重视在一些中日文化交流活动中去宣扬鲁迅的精神和价值。受池田大作的影响，日本创价学会和国际创价学会在日本乃至世界范围内也多次开展鲁迅文化传播和交流活动，扩大了鲁迅在日本乃至东南亚普通民众间的影响。如上表所示，创价学会开展的以鲁迅为主题的中日文化交流活动，主要表现在三个方面：一是以日本创价大学为载体开展过鲁迅讲座、鲁迅展览；二是以日本创价学会为载体，近半个世纪以来不断开展有关鲁迅的文化交流；三是以香港国际创价学会、澳门国际创价学会和马来西亚国际创价学会等国际创价学会机构为载体，组织了多场有关鲁迅的主题展览和文化讲座等。

　　总之，池田大作十次访问中国，与中国领导人以及文化界、教育界著名人士都结下了深厚的友谊，他为中日邦交正常化作出了重要贡献，并且几十年来始终如一地致力于中日文化和教育的交流，促进中日民间的友好。曾在日本创价学会参加授予池田大作上海鲁迅纪念馆名誉顾问的学者王锡荣就曾说："他们是在用赤诚的心，与我们作心灵与心灵的交流，他们真心祈望着中日的友好和人类的和平，这样的人们在日本有千千万万。"① 池田大作一直主张通过文化交流的方式来促进中日民族之间的心灵沟通，他所领导的创价学会也一直在继承和践行池田大作致力于中日友好和世界和平的理念与追求，这些可以说与鲁迅的文化沟通思想和交流精神是一脉相承。

---

　　① 王锡荣：《心与心的交流——访问日本创价学会》，《上海文博论丛》2002 年第 3 期，第 89 页。

# 第四节　文化沟通的共鸣与"和平
## 行动主义"的践行

　　作为战后日本著名的宗教家和社会活动家，池田大作在推行
创价学会价值理念的过程中也一直致力于世界的和平事业。他认
为政治和经济领域的交流容易受到现实利益关系的影响，而唯有
在文化、教育等领域进行更加广泛深入的交流，才能切实加深各
国、各民族民众之间的相互理解和友好。然而，人类之间的互不
信任感却是实现世界和平的致命障碍，"要跨越这道阻碍人类前途
的无比高大的墙壁，归根结底还是要加强人与人之间的个别交
流"①。在 1975 年 5 月，当全世界因美苏两个超级大国的对峙而处
于全面"冷战"的时期，池田大作在莫斯科大学发表了题为"东
西文化交流的新道路"的演讲，他大声呼吁："现在比任何时代
都需要越过民族、社会制度和意识形态的障碍，在整个文化领域
里进行民众的交流，也就是开辟把人与人的心灵联结在一起的
'精神上的丝绸之路'。"② 正是基于对东西方各民族文化对话交流
的畅想，池田大作开创性地提出了将东西方民众的心联系在一起
的"精神上的丝绸之路"的概念。这也正如鲁迅所说："人类最

---

　　① ［日］池田大作：《我的履历书》，赵恩普等译，吉林人民出版社 1984 年版，
第 98 页。
　　② ［日］池田大作：《东西文化交流的新道路》，《池田大作集》，北京大学出版
社 1988 年版，第 102 页。

好是彼此不隔膜，相关心。然而最平正的道路，却只有用文艺来沟通。"① 通过文学的交流和文化的沟通不仅可以形象地了解一个国家社会现状、人们生活、伦理道德等方面的情况，而且还可以沟通人们的心灵、思想和感情，从而搭建起牢固的"友好金桥"。

可以说，在通过文化沟通的方式来架起连通各国民众心灵桥梁这一点上，池田大作与鲁迅是有着深深共鸣的。在他看来，鲁迅重视以文学来沟通各民族人民的心灵，而他也非常注重发掘鲁迅的世界性意义。他不仅以鲁迅作为中日友好交往的"金桥"来推动中日间的文化交流和民间交往，甚至他所践行的"和平行动主义"理念也从鲁迅那里获得过重要启示。池田大作致力于以文化交流和文明对话来促进世界交流就与鲁迅重视以文学来沟通人类心灵的文化观念可谓一脉相承。

## 一 池田大作的反战思想与创价学会的和平理念

对池田大作而言，年少时遭逢战争的经历对他影响至深，甚至促使他开辟了新的人生起点。在日本军国主义发动的侵略战争后期，池田大作居住的东京连连遭到盟军飞机的空袭，他和家人经常在燃烧弹的爆炸中慌乱逃生，房子也一度在空袭中被烧毁。在这场不义之战中，池田大作的四个哥哥都被迫参军，其中他最心爱的大哥阵亡。然而，直到战争结束近两年后的 1947 年 5 月底，池田大作家里才收到长兄喜一在缅甸阵亡的通知，看到双亲

---

① 鲁迅：《且介亭杂文末编·〈呐喊〉捷克译本序言》，《鲁迅全集》第 6 卷，人民文学出版社 2005 年版，第 544 页。

哀伤的模样，池田大作非常痛恨战争。尤其是母亲流泪紧紧搂住装着大哥遗骨的盒子，她那悲伤的身影让池田大作终生难忘。战争的无情，在池田大作的心中留下了深深的烙印，并成为他毕生追求和平的原点。在与顾明远教授对话时，他就曾说："我在小说《人间革命》的开头写道：'残酷莫如战争，悲惨莫如战争！'这也是我一生从事和平活动的出发点。"① 失去长兄以及目睹日本侵略战争所带来的种种悲剧，这一切都在池田大作的心中烙下印记，促使他萌生坚决反对战争、为和平行动的信念。在他看来，不管任何时代，战争中最受苦的永远是民众，是妇女，是儿童，为了不让未来重蹈历史的覆辙，不能让世界被分裂与仇恨之火所吞噬。所以池田大作后来不断开展与世界各国的领袖人物和贤人志士对话，不断培育与世界各国民众的友谊和从事文化交流。他坚信通过宣传、培育和激发人们的"善性"，"压倒内在的'破坏性与攻击性'——这正是化仇恨为理解、化分裂为团结、化战争为和平的坚实之道路。"②

正因为有过对战争残酷性的亲身经历，池田大作在战后时期对日本军国主义的扩张战争的体验作出了深刻的反思。他说："战争把许许多多的民众推进不幸的深渊，战争结束后，十多岁的我就已下定决心，一定要把日本的民主与和平重建起来。"③ 正是基于对战争的反思，池田大作决定要把重建日本的民主与和平作为

① ［日］池田大作、顾明远：《和平之桥——畅谈"人间教育"》，教育科学出版社2014年版，第16页。
② 同上书，第17页。
③ 饶宗颐、［日］池田大作、孙立川：《文化艺术之旅》，广西师范大学出版社2009年版，第30页。

己任。而事实上，反对战争和追求和平也一直是日本创价学会所秉持的价值理念。追溯创价学会的历史可以看到，创价学会的宗祖日莲大圣人就是主张反战的。创价学会的第一代会长牧口常三郎在二战期间就以拒绝信奉国家神道的形式表现出坚定的反战立场，同时对日本军国主义的侵略战争进行了批评。在户田城圣担任会长期间，创价学会更是明确提出了反对核武器，倡导世界和平的主张。而到了池田大作出任创价学会的第三任会长时，他更是以一位"和平行动主义"者的姿态活跃在世界舞台上，并在反对战争和呼吁和平方面作出了大量卓有成效的工作和贡献。

池田大作深刻意识到日本民族持久的和平同世界和平之间有着密不可分的内在联系。他说："我心里深深地感到，时代的潮流将日益要求人们站在'世界'这一全球性的角度来思考和行动。总之，我觉得要走出单一的文化圈——岛国日本来考虑'世界'。"① 特别是到了1975年1月26日国际创价学会成立时，身为国际创价学会会长的池田大作又确立了三条基本路线："第一，国际创价学会的会员尊重自己国家的文化、传统，尊重法律，作为优秀的市民，为各自的社会繁荣作出贡献。第二，国际创价学会会员以生命的尊严为根本，兴隆人的文化·教育。为此，积极地促进国际文化交流和教育交流。第三，国际创价学会会员否定包括战争在内的一切暴力，并致力于人类的幸福和世界的和平与繁荣。为此，应以实现废除核武器和世界不战为远大目标，推行支

_____

① ［日］池田大作：《我的履历书》，赵恩普等译，吉林人民出版社1984年版，第95页。

持联合国宪章精神，协助联合国努力维护世界和平这条路线。"①
从中可知，与世界不同国家民族的对话正是池田大作所领导的国
际创价学会进行交流的主要方式。

　　自担任日本创价学会的会长时起，池田大作不仅为弘扬创价
学会的价值理念而奋斗，也为世界和平、为人类的美好未来而努
力。他不仅提出了著名的《池田倡言》，他也与世界各国的思想
家和知名人士进行了广泛的对话，为人类思想宝库增添了丰富的
成果。作为宗教活动家，池田大作一生与佛教结缘，他一生所从
事的就是以宗教活动为基础的"人性革命"和人类和平事业，他
说："在我们人类生命的深处潜藏着烦恼，确切地掌握烦恼的实
质，就能充分发挥它的作用，为人类的生活创造价值。了解了这
个哲学命题，烦恼就会给人生带来切实的好处，成为推动人生车
轮转动的原动力。烦恼既不是应该消灭的东西，也不是必须压抑
的东西。佛法的主旨就告诉我们，要为人类和平这个大烦恼操
心。"② 池田大作以宗教活动为基础，致力于世界和平和世界各国
文化教育事业的交流与发展，并往来穿梭于世界各地，同世界各
国领导人、知名学者进行对话和交流。其对世界和平的追求、宣
扬和实践得到了国际社会的普遍赞扬和尊敬。

　　在阐述创价学会的价值理念时，池田大作认为信仰是道德修
养的关键，并特别指出信仰《法华经》的重要性。因为《法华
经》具有平等、慈悲、智慧这些超越时空的魅力，可以超越民族、

　　① 创价学会学生和平委员会编：《向着新的"人的主义"》（国际创价学会会长
池田的和平思想与行动），第三文明社 1991 年版，第 25 页。
　　② ［日］池田大作：《人生寄语——池田大作箴言集》，程郁译，上海社会科学
院出版社 1992 年版，第 59 页。

文化和时代而被普遍接受，而且还能克服现代社会中由个人欲望所带来的分裂和憎恨意识，成为促进人类大同的思想基础。池田大作及创价学会所倡导的价值理念，在一定程度上既适应了战后日本社会的精神文化需要，也与世界政治文化发展的大潮同步。所以，自战后以来，日本创价学会一直活跃在日本乃至世界舞台上，其会员在 20 世纪末就已达到 821 万户 1000 多万人。与此同时，创价学会还不断向海外发展，并在 1979 年成立了国际创价学会。作为一个致力于促进和平、文化和教育的佛教团体，国际创价学会现在已拥有来自世界各地 192 个国家与地区的 1200 多万会员。世界各地的会员都以日莲佛法为根本，在日常生活中实践《法华经》的理念，争取成为好公民、好国民，通过和平、文化与教育贡献社会，追求世界和平的共同目标。

在佛法哲学基础上，池田大作提出了生命尊严的理念。人类共同生活在地球上，每个人都憧憬着幸福，希望世界和平。立足于这一共同点，他认为世界最需要的是以生命尊严为重，谋求和谐与融合。世界上的每一个生命都是极其宝贵的，是没有任何等价物的，因此，在什么情况下都不能不珍视他人的生命和自己的生命。然而，在现实中，残酷的战争正在无情地夺取无数宝贵的生命。因此，他认为必须树立生命尊严的思想，从而实现永久的和平。他说："我认为生命的尊严观要切实地在人们的心中扎下根，这种思想要成为大地，在这上面开展的废除核的运动才会取得实效。"① 他认为最终的世界和平和人类幸福取决于每个人心中的变化，他也一直以生命尊严的哲学为根本，宣扬创价学会的反

---

① ［日］池田大作：《人生箴言》，中国文联出版公司 1995 年版，第 177 页。

战思想与和平理念，努力为世界和平而做出贡献。

除了佛法具有沟通人们心灵的作用，池田大作认为"重视学问、艺术、教育的发展，也可以说是通往创造人性丰饶的和平社会的大道。"① 在他看来，"艺术是一个国家、民族的精神和思想的结晶。因此，艺术教育既是培养继承自己国家精神传统的一股力量，也是与异国文化加深共鸣的力量"。② 而池田大作也注意到鲁迅在 1913 年发表的《拟播布美术意见书》中对艺术教育重要性的强调。他说："鲁迅先生指出'美术可以辅翼道德'。他提及'其力足以渊邃人的性情，崇高人之好尚，亦可辅道德以为治。物质文明日益蔓延，人情因亦日趋于肤浅，今以此优美而崇大之，则高洁之情独存，邪秽之念不作，不作惩劝，而国乃安'。"③ 在物欲横流的今天，池田大作认为文化艺术的力量有助于造就高尚、有道德、纯粹的人，由此营造风气的纯正，环境的优化，必将有效推进人类社会的长治久安。

无论是基于创价学会的和平价值理念，还是从自己的反战思想出发，池田大作认为文化交流和思想对话是和平的磐石。文化能够超越民族、国家、意识形态的壁垒，连接人心。为了实现世界的永久和平，池田大作指出，最重要的是将民众的心牢固地联系起来，架起友情之桥、信义之桥，开展各民族的文化交流。因此，他把使人类的文化之花盛开作为自己的使命，并创办了推进文化交流、相互理解的多个独立文化机构。其中，1963 年，他创

---

① 饶宗颐、[日]池田大作、孙立川：《文化艺术之旅》，广西师范大学出版社 2009 年版，第 30 页。
② 同上书，第 145 页。
③ 同上。

立了民主音乐协会，通过音乐活动致力于推动文化交流。1983年，创价学会又成立了东京富士美术馆，致力于促进国际美术、文化的广泛交流。他认为，战争是凭武力从外部压抑人们，而文化是人们内在精神之力所培育出的鲜花，文化沟通是理解一个民族和国家的最有效途径。从音乐和美术等方面来进行全球性的文化交流，就是期望在不同文化间及各国民众中搭起一座理解与沟通的桥梁。

## 二 池田大作的和平追求及其与鲁迅的共鸣

自20世纪70年代以来，池田大作与世界各地的文化、教育和政治等各界的思想家展开对谈，他开展民间外交的足迹遍布全球各地。为加强同中国的友好交往，他曾十次访华，与中国领导人以及文化界、教育界著名人士都结下了深厚的友谊，并为中日邦交正常化作出了重要贡献，并且几十年来始终如一地致力于中日文化和教育的交流，促进中日间的友好往来。

作为一位活跃在世界舞台上的社会活动家和文化名人，池田大作不仅像鲁迅一样非常注重文化（文学）交往的纽带作用，他也非常重视发掘鲁迅资源的世界性意义，并将之运用于中日友好交往和世界和平的事业中。在纪念鲁迅的诗中，他就曾表达过要继承鲁迅的反战精神，致力于维护全人类的友好与和平，他说："在阴霾弥漫的当年／鲁迅先生早就戳破军国主义的祸心／我们要正视那些被歪曲的历史／要永远永远实践和平的誓言／／维护先生所讴歌的和平／为着全人类的幸福繁荣／将亿万人的心灵大地／变成鲜花盛开的人间乐园"①。1984 年 6 月 5 日，在北京大学的演讲《走向和平之康庄大道》中，池田大作向在场的听众讲述了鲁迅小说《非攻》中墨子救宋的故事。对于如何才能使世界走向和平的康庄大道，他从鲁迅小说中总结出："要达成和平这一目标，只有靠我们不断地采取果断的行动和进行有勇气的对话。"② 池田大作一直非常推崇鲁迅的精神人格，除了在谈到人生奋斗与鲁迅的精神共鸣外，在谈及有关中日关系和废除核武器的话题时，他也是不断引用鲁迅《故乡》中关于路的一段话来自我激励。1990 年 5 月，池田大作第七次访华，他在展望中日友好交往的未来时曾说："21 世纪已迫在眼前。鲁迅先生在《故乡》的结尾，有这样的名言：'地上本来没有路，走的人多了便也成了路。'我痛感到，我们必须要在这条已经开辟的友好的大道上共同前进，并把它当作有很多人往来，通向 21 世纪的真正信义的大道，使这个新世纪变成和平、繁荣的世纪。"③ 2011 年 7 月 26 日，池田大作在《佛教领导人呼吁拟订"废除核武器"》专访中也曾说："我个人非常喜爱中国文化巨人鲁迅（1881—1936）的一段话：'其实地上本没有路。走的人多了，也变成了路'（鲁迅《故乡》）。所谓'进步'就是这个道理。各国政府应该众志成城，以《最后文件》为基础，在未经开垦之地，一步一脚印地把路走出来。"④

---

　　① ［日］池田大作：《文学界的巨人　精神界的先驱——为纪念伟大的鲁迅先生》，《鲁迅研究月刊》2002 年第 6 期，第 80 页。

　　② ［日］池田大作：《走向和平之康庄大道》，《我的中国观》，四川人民出版社 2009 年版，第 85—86 页。

　　③ 同上书，第 50 页。

　　④ ［日］池田大作：《佛教领导人呼吁拟订"废除核武器"——"深层报导"（In Depth News）专访池田大作》，《圣教新闻》2010 年 6 月 23 日。

对鲁迅而言，他一生都在借助文艺的"交往"功能，在各国民众的心灵深处建构起思想精神沟通的桥梁。早在日本留学时期，鲁迅曾致力于翻译西欧主流文学以外"被压迫民族"和"弱小民族"的文学作品，就是希望通过互相翻译来达到与各国民众之间的精神交流，来寻求实现弱小国家的精神盟友。而在登上文坛以后，鲁迅又借助文学创作将中国人的心灵世界展示在全世界民众面前，他也善于以文学来沟通各民族人民的心灵，他怀念日本恩师的名作《藤野先生》就种下了中日友谊的种子。在开拓中日交往之路的过程中，池田大作及日本创价学会就特别注重发掘鲁迅的桥梁作用。他指出，鲁迅不仅具有广泛的世界影响，而且鲁迅是中日文化交流的先驱，更是世界和平的有力倡导者。

　　置身于全球化的时代，池田大作指出，无论是国家还是个人，都无法孤立生存，而必须接受别人或别的国家的恩惠。而所谓的"恩"，就是在生活里互相支持的一种精神的表露和人性的精髓。他以鲁迅与藤野严九郎的交往为例，指出鲁迅受过藤野严九郎的恩惠，便终生难忘，他不仅写下《藤野先生》来缅怀恩师，而且还将他的照片挂在自己的书桌前，以激励自己与论敌的论争。对于鲁迅与藤野严九郎恩惠的给予与接受，池田大作认为"从本质上与其说是授予一方，不如说是接受一方的'精神问题'。正是从蕴藏在文豪内心对恩师的眷恋怀念中，我倾听到人的高贵精神所鸣奏出的心灵之歌。"① "'感受'恩惠与'报答'恩惠，确实是人之'正道'，因此，我确信：'文化恩人'中国的发展与幸

―――――――――――

　　① ［日］池田大作：《教育之道，文化之桥——我的几点看法》，《日本学》（第3辑），北京大学出版社1991年版，第267页。

福，愈加要求日本人诚心诚意，竭尽全力。"①

池田大作一直坚信："个人与个人之间自然接触的积累，就像那山下的广阔原野，有了它的支持，国与国之间真诚友好的山峰才得以巍然屹立。从某种意义上说，个人之间交流的背后，有着各自国家民众的大海，这无数的细小交流好似互相倾注着自己的海水，汇成了友谊的海洋。我愿珍重这集流中的每一滴水珠。"② 在他看来，正是这"个人与个人之间自然接触的积累"的水珠最终汇成了友谊的海洋。所以在与日本作家井上靖的通信中，池田大作不时提起作为中国留学生的鲁迅与日本恩师藤野严九郎之间的交往，他说："鲁迅作为到仙台医学专门学校读书的唯一中国学生，既会遇到语言方面的障碍，再加身处那不一定算得上温暖的环境中，他该需要忍受怎样的孤独呀。"③ 然而，"藤野先生的激励当时使鲁迅受到莫大的感动，并在鲁迅后来的一生中成为他胸中一盏不灭的明灯"。④ 藤野严九郎的激励不仅让鲁迅非常感动，而且还像一盏明灯一样照亮了鲁迅的精神，鼓舞着他不断前行。

也正是从鲁迅与藤野先生触及灵魂的交往中，池田大作越发认识到个人与个人、民众与民众之间心灵联系的重要性，这种联系虽然看不见摸不着，却强劲有力。在他看来，文化间的纽带给人的精神添加飞向"永恒"与"普遍"的翅膀，而教育则开拓了人所具有的无限可能性，在人与人之间建立"平等"的与"共

---

① ［日］池田大作：《教育之道，文化之桥——我的几点看法》，《日本学》（第3辑），北京大学出版社1991年版，第267页。

② ［日］井上靖、［日］池田大作：《友好及师生》，《四季雁书》，吉林人民出版社2005年版，第5页。

③ 同上。

④ 同上。

感"的联系。如何使中日友好的"金桥"能够通向未来而且坚如磐石，面对这一现实课题，池田大作指出："自不待言，政治经济的交往也是重要的，然而，首先建立联结民众与民众的'心灵的联系'，才能维持更加久远的友好交流。缺乏民众之间的互相信赖关系，无论政治经济如何结合，恐怕也只是沙上楼阁。只有在民众的'大海'上，政治经济之'船'才会浮起来并驰向前方。"①显然，池田大作认为，能够产生"心灵的联系"的文化交流和教育交流，才是使中日人民间的联系永远牢固的根本力量。只有通过更加深入的文化、教育交流，才能在中日友好的"金桥"上开辟交往的新阶段。池田大作在创价大学最早招收来自中国的留学生，就是希望能够与留学生们产生藤野先生和青年鲁迅那样的心灵交流。为致力于中日友好交往，自 1974 年起，他前后十次访问中国，这在中日文化交往史上可谓留下了浓墨重彩的一笔。

作为一位活跃在国际舞台上的"和平行动主义者"，池田大作总是以其开阔的世界视野不断发掘和阐释鲁迅思想中的世界性意义，同时注重发掘鲁迅文学的"交往"功能，促进中日文化乃至世界文化的交流与沟通。为致力于以文化和教育交流来沟通各民族的心灵和推进世界和平的发展，池田大作的足迹遍布全世界，受到多国政界要人接见，并与许多国家的有识之士进行对谈。他通过民间外交的方式将人间主义、人道主义以及和平主义的思想推广到全世界。由于致力于推动文化、教育与和平，他也因此获得了"联合国和平奖"（1983），"国际和平奖"（1988 年）、联合

---

① ［日］池田大作：《教育之道，文化之桥——我的几点看法》，《日本学》（第3辑），北京大学出版社 1991 年版，第 268 页。

国难民专员公署的人道主义奖（1989）和爱因斯坦和平奖（1999）等。中国政府和中国民间组织也颁授他中日友好"和平使者"称号（1990）、"人民友好使者"称号（1992）和中日文化交流贡献奖（1997）等。

### 三 鲁迅对池田大作"和平行动主义"的启示

池田大作一生积极致力于世界和平的事业，他善于吸收古往今来的各种有益思想，并熔铸为自己的"和平行动主义"。在中国诸子百家中，墨子反对面对强暴采取消极不抵抗的奴隶思维，提倡不放弃武力的积极的和平主义思想，墨子本人和墨家弟子也曾多次亲身参与到帮助弱国抵御强国侵略的自卫反击战中。池田大作非常推崇墨子的兼爱非攻思想，他称赞墨子是"战国时代有名的行动派和平主义者"，并受到墨家学说的影响，特别是鲁迅小说《非攻》中的墨子形象更是给他带来了重要启示。

在池田大作看来，鲁迅思想中的坚韧与不妥协、正义与公平、民主与科学等内容与墨家的兼爱、平等、为民谋利的思想有许多相通性。同时，鲁迅创造性地转化了墨家的兼爱、非攻、贵义等思想价值，与墨家学说保持了最为深厚的思想联系。在 1984 年池田大作第六次访华期间，池田大作在北京大学发表了《走向和平之康庄大道》的演讲，他在演讲中向人们阐述了他对被日本学者竹内好翻译为《使战争停止的故事》的鲁迅小说《非攻》的解读。正是通过对《非攻》的深入解析，池田大作从鲁迅那里获得了深刻的启示，也即推进世界和平必须要坚持用文化和文明

"文"的力量来抑制现代军备"武"的力量，而这唯一道路就是"果断的行动，勇敢的对话"①。

首先，池田大作一直希冀建立永久的世界和平，无论是鲁迅本人还是鲁迅的小说《非攻》给他的启示就是必须坚持用文化和文明之"文"的力量，来抑制现代军备"武"的力量，从而实现世界和平。池田大作指出，艺术是和平的武器，而艺术家则是最高尚的和平战士。池田大作说："鲁迅先生看穿了物质文明内含的危险因素，对此深表忧虑。单是物质上的进步，不一定会带来精神上的进步。相反，近现代大大扩张军事力量这'硬实力'（Hard power），将人类的蛮性释放出来，在世界各地制造了大量的杀戮惨剧。而艺术则是扎根在精神的进步上。因此，艺术本来就是能够启发和提升人类精神性的一项'软实力'（Soft Power）。"② 在他看来，无论是个人间的冲突，还是国家间的战争，任何纷争都是在失去自制力的时候产生的。然而，即便是在当代世界，要发挥自我控制力，却又是极其困难的。而文化和艺术则是能够启发和提升人类精神性的一项软实力。"与野蛮对决的是精神的奋战，奏响人性胜利的凯歌；这也就是艺术的真髓。艺术是和平的武器。艺术家是最高尚的和平战士。"③ 因此，池田大作指出："在当前的局势下，我们急需解决的课题，是如何用文化和文明'文'的力量，来抑制军备'武'的力量。这就是我想说的发

① ［日］池田大作：《走向和平之康庄大道》，《我的中国观》，四川人民出版社2009年版，第84页。

② 饶宗颐、［日］池田大作、孙立川：《文化艺术之旅》，广西师范大学出版社2009年版，第145页。

③ 同上书，第146页。

挥'国家自我控制能力'的问题。"① 他认为人类文明力量，亦即自制力或意志力可以控制人或国家的自身本能和兽性，能够实现控制及废除军备的和平之路，除了积蓄和发挥这种力量之外，别无他途。这也正如鲁迅所说："人类最好是彼此不隔膜，相关心。然而最平正的道路，却只有用文艺来沟通。"② 采取墨子式的和平对话不仅能够发挥文化和文明抑制武力的自制力作用，而且也是控制军备和实现和平之路的唯一途径。他也引用巴金先生的话说："用笔作武器，我们能够显示真理，揭露邪恶，打击黑暗势力，团结正义力量，只要世界各国一切爱好和平、主持正义的人们紧密地团结在一起，掌握着自己的命运，世界大战、核子战争就一定能够避免。"③

其次，鲁迅《非攻》给池田大作的另一个启示就是，推动世界的和平事业必须采取"果敢的行动"。池田大作非常欣赏鲁迅身上那种身体力行的实干精神。鲁迅小说《非攻》《理水》中有关禹、墨的埋头苦干和拼命硬干的实干精神让他产生了共鸣。作为具有现代意识的墨家学派的传人，鲁迅继承了墨子埋头苦干、拼命硬干的精神，这种精神投射在创作中，就是小说《非攻》中墨子反对不义战争，摩顶放踵而利天下的精神。透过小说《非攻》，池田大作从中得到的启示就是，要使战争停止并最终实现和平，就要不断地付出实际努力，也就是他所谓的"动"。他说：

---

① ［日］池田大作：《走向和平之康庄大道》，《我的中国观》，四川人民出版社2009年版，第79页。

② 鲁迅：《且介亭杂文末编·〈呐喊〉捷克译本序言》，《鲁迅全集》第6卷，人民文学出版社2005年版，第544页。

③ ［日］池田大作：《走向和平之康庄大道》，《我的中国观》，四川人民出版社2009年版，第85页。

"只有墨子的和平行动主义，才是打开出口，实现和平的关键所在。总之，为了和平而行动、交谈……我坚信这种'动'的触发作用，即使看起来是在走远路，但这条路却是唯一可以变不信为信赖，变憎恶为爱心，变恐惧为友情，通往和平的康庄大道，朝着这个方向努力，终究会打通心与心之间的渠道。"① 他认为鲁迅笔下的墨子就是这种"动"的形象，是典型的"行动派和平主义者"。同时，池田大作也从《理水》中只动口不动手的所谓贤达知识分子联想起现代社会中的搬弄口舌之非、信口开河之徒，而跟风骨凛然、被太阳晒得黝黑、大步行走的大禹风貌形成鲜明对照。墨子和大禹都是鲁迅笔下的实干家典型，他们最大的特点就是同属于身体力行的行动派，而这正与池田本人对世界和平锲而不舍的追求和百折不挠的实践十分契合。

再次，池田大作通过《非攻》得出的结论是，只有通过像小说中的墨子一样进行勇敢和智慧的对话，才能实现最终的世界和平。墨子见到楚王后对其直斥战争的愚蠢和不义，虽然楚王同意墨子所讲的道理，但是仍然执意要攻打宋国。因此，墨子便智慧地说，即便杀了他，宋国仍然会有许多人用他的守城之法来抵挡楚国的进攻，从而最终迫使楚王不得不放弃攻打宋国的念头。池田大作认为小说中楚王所说"公输般已经给我造云梯，总得去攻的了"的言论，正是现代扩军论者的丑恶嘴脸，鲁迅对好战者绝妙的讽刺给他留下了难以磨灭的印象。如何才能达成和平这一目标，池田大作的结论就是，不断地采取果断

---

① ［日］池田大作：《走向和平之康庄大道》，《我的中国观》，四川人民出版社2009年版，第85页。

的行动和进行有勇气的对话。特别是当前许多的国际纷争，应通过"和平对话""文明对话""建设性对话"来解决。他指出联合国正是全球的"对话场所"，应该充分利用联合国这个阵地，开展反复协商和对话来解决国际纷争。在倡导国际对话的同时，池田大作本人也一直亲力亲为，不仅足迹遍及世界各大洲，先后访问了54个国家和地区，在海外各大学、学术机构进行几十场演讲，而且还与世界各国领导人、学者、文化界人士等进行了无数次会谈和对话，他也因此获得过"联合国和平奖"等多项国际奖项。

总之，池田大作力主世界和平，反对战争，并不断倡导以和平对话的方式来解决国际争端。正是通过对鲁迅小说《非攻》的解读，池田大作深入认识到，"一个人一个人的努力，即使就像水滴那样微小，但终究会穿透石头，而无数的水滴将汇成掀动并冲走岩石的大河。要达成和平这一目标，只有靠我们不断地采取果断的行动和进行有勇气的对话。"① 同时，值得注意的是，在解读鲁迅的小说《非攻》时，池田大作总是将小说中主人公墨子所生活的时代与当今世界相关联起来，他说："鲁迅先生在诸子百家中，最尊敬的就是墨子。这篇作品绝妙的讽刺，给我留下了深刻的印象。尤其是楚王说的那句话：'公输般已经给我造云梯，总得去攻的了'。在这里，我们见到的不正是现代扩军论者的嘴脸吗？"② 正是在和平价值论的指引下，池田大作不仅发展壮大了日本创价学会和国际创价学会，而且还创立了

---

① ［日］池田大作：《走向和平之康庄大道》，《我的中国观》，四川人民出版社2009年版，第85—86页。

② 同上书，第85页。

日本公明党，走上议会民主政治的道路，并与国际社会开展各种合作，宣传反对战争和维护世界和平的思想，并积极介入当今世界的国际争端，在国际事务和世界和平方面发挥着重要的作用。同时，他还不断开展与世界各国的文化交流，不断与全世界著名的政治领袖和文化人士开展对话，培育与世界各民族的友谊。

# 第七章 "池田鲁迅"的现实指向、研究范式及学术特质

池田大作先生不愧为鲁迅的"东瀛知音"。他的精辟见解，对于中国的鲁迅研究家同样也有深刻的启示。

——陈漱渝：《鲁迅的人学与池田大作的人学——在北京鲁迅博物馆授予池田大作名誉顾问仪式上的致辞》，《上海鲁迅研究》2004 年第 1 期。

池田大作与鲁迅有什么样的关系？作为一个诗人，池田大作的文学创作受到鲁迅哪些影响？他又是怎样看待和总结鲁迅的？思考和研究这样的问题，对于我们充分认识鲁迅的世界性影响、鲁迅在中日文化交流方面的重要作用，无疑是大有裨益的。

——谭桂林：《池田大作与世界文学》，南京大学出版社 2011年版。

日本和中国是一衣带水的近邻，历史上两国的文化交流极其频繁。虽然近代以来日本寻求"脱亚入欧"，以西方为师，但许多日本人对中国文化和文学仍有着非常浓厚的兴趣，对现代中国的发展也有深入了解的愿望。被称为中国"民族魂"的鲁迅，自然是他们认识中国的一面最好的镜子。特别是二战中日本的惨败和1949年新中国的成立，更加促使日本知识阶层向代表"革命中国"的"文化权威"鲁迅那里去寻找思想精神的资源。战后日本的"鲁迅热"就是日本社会各界对鲁迅精神、思想和文学价值进行开掘、探讨、体认和利用的最明显表征。正是在战后日本文化语境中，池田大作开始了对鲁迅的关注和阅读，进而向日本乃至世界传播鲁迅的思想文学和践行鲁迅的价值追求。

对池田大作而言，他对鲁迅思想精神和文学价值的探究与体认，对鲁迅遗产的开掘与传播，是非常看重其社会属性的。他对鲁迅的阅读、理解和接受从来不是要将之束之高阁，而是将鲁迅与日本的社会现实、创价学会的价值追求联系起来。也就是说，对鲁迅的接受与传播，池田大作并不是静态的解读和研究，而是进行动态的学习和对话。如其所言："一切著作都在和读者对话，是作者和读者的共同作品。"① 他把握鲁迅的方式也是在作品阅读中进行人生体悟，在心灵对话中进行精神传承，在价值内化中进行社会实践。所以在与鲁迅相遇的过程中，池田大作不断从鲁迅那里发掘新的思想动力和精神源泉，以此来致力于创价学会的价值追求。而且，池田大作传播鲁迅的方式和途径也是多种多样的，

① ［日］池田大作：《人生寄语——池田大作箴言集》，程郁译，上海社会科学院出版社1992年版，第53页。

既有各种鲁迅主题的文学创作，也有关于鲁迅的文化讲座；既在专门研究中对鲁迅文化价值进行阐述，也在和著名文化人士的对谈中聚焦鲁迅话题。同时池田大作所在的创价学会和创价大学还举办过鲁迅展览、鲁迅讲座等活动来普及和传播鲁迅，让更多的人来了解鲁迅和学习鲁迅。池田大作注重对鲁迅价值的践行与传播，积极致力于发掘鲁迅之于当代世界的价值和意义。作为一种新的鲁迅传播形象，"池田鲁迅"也以其深刻内涵和突出成就显示出鲁迅在域外传播的强大活力。

虽然"池田鲁迅"与"竹内鲁迅""丸山鲁迅"等日本"学院鲁迅"一样都是在战后日本时代语境中建构的鲁迅形象，但是明显又区别于日本经院化的鲁迅研究，池田大作以"学鲁迅"的方式来致力于鲁迅的继承与传播，这种现实指向和社会属性也正是"池田鲁迅"的独特之处。而"池田鲁迅"与"学院鲁迅"的不同就在于它属于"日本鲁迅"中实用性阐释和研究的典范，明显区别于"学院鲁迅"相对纯学术性的研究。可以说，注重对鲁迅价值的践行与传播既是"池田鲁迅"的题中应有之意，同时也是其在战后日本变化的时代语境中仍然具有旺盛生命力的根本原因所在。

## 第一节　"学鲁迅"的社会属性与
## "鲁迅学"的局限

面对鲁迅的思想遗产，无论在中国，还是在日本，思想界、文化界都各有侧重地对鲁迅的精神思想和文学价值进行了深入的开掘和探究。就对鲁迅思想遗产的开掘而言,呈现出两种不同的方式:一种是秉持求真实证的探求方式,来对鲁迅的本来面目进行还原,以此重构我们所理解的鲁迅和社会现实,这正是当代"学院派"鲁迅研究者们所努力建构的"鲁迅学";另一种则是着眼于现实,开掘鲁迅思想、文学资源的现实意义和当代价值,以促进现实社会的发展,而这就是以继承和传播鲁迅精神价值为旨归的"学鲁迅"。就本质内涵而言,前者体现得更多的是"鲁迅学"的学术属性,后者则更具有"学鲁迅"的社会属性。

作为一位具有世界影响的作家,鲁迅的文学作品超越了语言和民族的限制而在世界各国传播,并不断启示着包括日本在内的各国研究者和阅读者。在二战后,日本知识界的许多思想精英对鲁迅倾注了大量的热诚,并借助鲁迅的精神命题来批判日本近代以来的社会道路和文明弊端。可以说,战后时代语境中的许多日本知识精英对鲁迅的接受与传播都带有很强的现实性。特别是在战后初期,鲁迅在日本的影响远远跨出了"学界"范围。当时日本发生了大规模的抵抗运动,鲁迅为许多青年投身反战和平运动、安保斗争乃至学生造反运动提供了精神动力。然而,必须指出的是,无论是在日本还是在中国,鲁迅的接受与传播都经历了一个从"学鲁迅"到"鲁迅学"的转变。随着 20 世纪 70 年代日本经济的快速发展,日本的社会结构发生了巨大变化,过去以农村为主的社会结构变成了以城市为主的社会结构。由此带来了整个社会文化语境的转变,日本的社会意识形态明显右转,知识分子的政治参与意识越趋淡化。因此,在 20 世纪 80 年代以后,鲁迅在日本的阅读与传播环境发生了明显的变化,鲁迅在日本民众中的影响也越来越疏离，渐渐地不再与人们的现实人生有什么关联，而仅仅是日本大学里学者们学术研究的对象。在 1981 年鲁迅诞辰一百周年之际，人民文学出版社出版了 16 卷本的《鲁迅全集》，日本鲁迅研究界的许多学者们也花费了大量心血翻译出版了这套全集。然而，新版《鲁迅全集》的出版在日本读者中并没有引起预期的反响。有学者就对此发出感叹说："不无讽刺的是，一方面鲁迅的研究越来越趋向精密，而另一方面鲁迅的读者却愈来愈显得稀少。"① 特别是在日本青年的眼中，过去被日本民众当作"国民作家"来看待的鲁迅就变得越来越陌生了。

同样，在 20 世纪 80 年代以后的中国也一度出现"鲁迅热"的退潮现象，但不同的是，在中国的思想界、文化界、学术界和教育界又迅速兴起了一股"解构经典，否定鲁迅"的思潮。最具典型性的就是 1998 年 5 月由青年作家朱文、韩东设计并向 73 位青年作家和青年批评家发出的《断裂》问卷所引发的"非鲁"事件。在问卷中，一部分青年作家不仅直言不讳地指出鲁迅对中国当代文学并无创作指导意义，而且还对鲁迅摆出一副不屑一顾甚至是猛烈抨击的姿态。其中，以"第三代诗人"的主将韩东、于坚等人的观点最为偏激。韩东毫不客气地指出，"鲁迅是一块老石头。他的权威在思想文艺界是顶级的，不证自明的；即使是耶和华人们也能说三道四，但对鲁迅却不能够。因此他的反动性也不证自明，对于今天的写作而言鲁迅也确无教育意义。"② 于坚也偏

---

① ［日］山田敬三：《十多年来的日本鲁迅研究》，《上海鲁迅研究》1995 年第 2 期，第 211 页。

② 朱文：《断裂：一份问卷和五十六份答卷》，《北京文学》1998 年第 10 期，第 29 页。

激地说："我年轻时，读过他的书，在为人上受他影响。但后来，我一想到这位导师说什么'只读外国书，不读中国书''五千年只看见吃人'，我就觉得他正是'乌烟瘴气乌导师'，误人子弟啊！"① 而朱文更是从打倒一切"权威"的角度喊出"让鲁迅到一边歇一歇吧"②。《断裂：一份问卷和五十六份答卷》问卷中的偏激言论，在文化界引起了广泛的争议。然而，在面对这些质疑和贬损鲁迅的思潮时，许多鲁迅研究者已不再从政治地位的角度对鲁迅进行维护，而仅仅从思想价值和文学价值来肯定鲁迅的地位。不过，尽管今天的时代语境发生重大转变，但鲁迅的遗产仍是不能被遗忘的，鲁迅的精神人格和思想价值更是不能被轻易否定掉的。翻译家文洁若在翻译《理解·友谊·和平——池田大作诗选》时就曾指出，鲁迅对池田大作的一生曾产生过难以估量的影响，而作为民族文化遗产的鲁迅作品在今天仍然具有重要的现实意义。她说："在池田大作的成长过程中，鲁迅的人品和文品起了不可估量的作用。人类已经进入 21 世纪，但是鲁迅的文章揭露的时弊依旧存在。今天读来仍像有针对性，发人深省。鲁迅还是宣传少了，我们应该多读鲁迅，因为他的遗产首先是属于中华民族的。"③ 显然，在当代中国的时代语境中，如何让人们正确地认识鲁迅遗产的价值意义是一个值得思考的问题。

相较于鲁迅精神在当代的渐渐失落，池田大作一直都保持着关注鲁迅和传播鲁迅的热情。自阅读和接受鲁迅作品以来，他就

---

① 朱文：《断裂：一份问卷和五十六份答卷》，《北京文学》1998 年第 10 期，第 29—30 页。

② 同上书，第 30 页。

③ 文洁若：《乔伊斯在中国》，《鲁迅研究月刊》2007 年第 6 期，第 11—12 页。

一直非常推崇鲁迅的精神人格和文学思想，并不断地发出学习和传承鲁迅思想精神的呼声。在 20 世纪 70 年代，池田大作在参观上海鲁迅故居后不久，他在随笔中曾表示："尽管鲁迅死了，但他却成了中国的精神支柱。就是在毛泽东领导的中国，鲁迅的地位仍没有变。不仅如此，就是在日本，他也在继续放射光彩。鲁迅精神的深邃，毕竟使他成了导师。"① 即便在后来日本"鲁迅热"的退潮期，他对鲁迅的阅读、接受与传播的热情却丝毫不受时代变化的影响。在 20 世纪七八十年代以后，池田大作开始注重发掘鲁迅的教育思想价值和文化交流意义，从而更全面地认识和把握鲁迅的价值内涵。2011 年，他在《上海鲁迅纪念馆创立 60 周年贺词》中就指出："试图以正义和有勇气的言论来开启民众时代的鲁迅先生，亦随着时间的过去而愈益备受瞩目，成为一个伟大的存在。"②

在对待鲁迅的态度上，池田大作非常推崇鲁迅的精神人格，也一直十分注重对鲁迅精神遗产的开掘、继承和传扬。一方面，池田大作一直坚持将鲁迅反思批判的精神进行内化，在战后一直坚持对日本发动的侵略战争进行反省，尤其是把鲁迅作为批判日本"岛国根性"的思想资源来看待，以鲁迅为镜子思考、反省和批判日本。另一方面，池田大作注重将鲁迅的价值精神外化于行，并致力于对鲁迅精神价值的践行。在他所开展的民众运动、创价教育、中日文化交流、世界和平的事业中，都能看到鲁迅对他的

① ［日］池田大作：《鲁迅的烦恼与勇气》，《国外社会科学》1981 年第 9 期，第 30 页。
② ［日］池田大作：《上海鲁迅纪念馆创立 60 周年贺词》，《上海鲁迅研究》2011 年第 2 期，第 19 页。

影响。同时，池田大作还非常注重通过文学创作、文化讲座、思想对话和展览宣传等方式来对鲁迅精神价值进行继承和传扬。显然，池田大作这种"学鲁迅"的价值立场与钱理群、王富仁、林贤治等以秉持鲁迅精神而闻名的学者在内心上是相通的。在钱理群看来，鲁迅属于中华民族源泉性的文学家和思想家，"鲁迅开创的是现代思想、文化的新传统，他对现代中国，始终是一个'正在进行式'的作家、思想家，我们在现实生活中遇到什么问题，都能从他那里得到启示。"① 已故学者王富仁生前也一直呼吁说，中国需要鲁迅，中国比任何时候都需要鲁迅。他对鲁迅作为战士本质的认识与池田大作颇为接近，他指出鲁迅是一个有血有肉的真正的战士，不是死板的、教条主义式的、假道学式的伪君子。他说："我反对把鲁迅还原为普通人的倾向，刻意把鲁迅世俗化、变成庸俗的好人以使人们对他感到亲切，这样的还原是在扼杀和庸俗化鲁迅。鲁迅作为一个文化形象，他首先是一个战士、批判者、关心着中华民族命运的痛苦挣扎的形象，一生追求正义，说真话，不怕得罪人。假如不是这样的鲁迅，鲁迅就毫无价值。"② 林贤治针对当代鲁迅研究中存在的学问化、玄学化问题，则更直接地指出："鲁迅本人是个直面人生的人，如果我们的研究不能和当代人的生存结合起来，那是没有意义的，当今鲁迅研究的最大问题就在这里。"③

---

① 钱理群：《重新体认鲁迅的源泉性价值——王晓初〈鲁迅：从越文化视野透视〉序》，《鲁迅与当代中国》，北京大学出版社 2017 年版，第 233 页。

② 王富仁：《我反对把鲁迅还原为普通人的倾向》，《信息时报》2010 年 4 月 4 日。

③ 参见赵晋华《我们今天怎样才能真正走近鲁迅——著名作家访谈录》，《中华读书报》2001 年 9 月 26 日。

就池田大作而言，他在战后日本文化语境中开始阅读鲁迅、接受鲁迅并进而传播鲁迅。对鲁迅精神人格的推崇和价值思想的认同，使得他与鲁迅由精神相通进而生命相融。与战后初期日本许多的鲁迅接受者和传播者一样，池田大作以鲁迅作为思想资源来反思日本的历史与现实问题，不同的是他更加注重继承和发扬鲁迅精神思想来实现创价学会的价值主张和解决日本现实社会中的问题。尽管有学者称池田大作是"研究鲁迅的大家"①，但是他却一直自觉地将自己与纯粹的鲁迅研究者区分开来，并强调自己"外行人"的身份。正如他在答《明报》记者问时所表明："我不是研究者，不是专家，只是作为一个爱好鲁迅的读者。"② 池田大作不说自己是鲁迅研究者，却承认是鲁迅精神思想和文学创作的热爱者。显然，与纯学术性的鲁迅研究不同，他一直是以"学鲁迅"的姿态来阅读鲁迅作品、接受鲁迅思想并进而传播鲁迅精神和践行鲁迅价值的。在与季羡林、蒋忠新等举行的题为《畅谈东方智慧》的对谈中，池田大作不仅谈到他对"笔的斗士"鲁迅"横眉冷对千夫指，俯首甘为孺子牛"两句诗的由衷喜爱，他还回忆了自己在参观鲁迅故居时的深深感动，他说："我第一次访问上海时曾参观'鲁迅故居'。那里陈列着他去世两个月前写的一封信中的两句话：'假如我还能活下去，我当然要学下去。'就是说，要活到老，学到老！这种斗志，这种执着之念，使我非常

---

① 章开沅：《"世纪的馈赠：章开沅与池田大作的对话"附录》，《章开沅文集》（第十卷），华中师范大学出版社 2015 年版，第 194 页。

② ［日］池田大作：《池田大作谈鲁迅（答〈明报〉记者问）》，《鲁迅研究月刊》2008 年第 10 期，第 29 页。

感动。"① 在与鲁迅产生精神的相遇后，池田大作总是不断地向鲁迅学习，并以继承和传播鲁迅为己任。他对鲁迅的阅读、理解、接受与传播就是在用自己的人生体验和文学感悟去与鲁迅的人格精神、思想文学进行碰撞。如其所说，"读书并不单纯是知识增长的过程，通过书籍，作者和读者可以进行对话，这就会引起生命的波动，加深人生的痕迹。"② 正是在与鲁迅作品对话的过程中，鲁迅的精神思想深深影响了池田大作，而他也从鲁迅那里无限地生发新的自我，并进而进入新的人生境界。

池田大作一直都非常推崇鲁迅的精神人格和文学创作，他总是不断从鲁迅那里汲取精神动力和思想营养，致力于创价学会价值实践。他曾将鲁迅的话作为座右铭，在鲁迅精神的激励下不断开拓人生和事业的新境界。如其所说："我的每一天，乃至时时刻刻，都是和鲁迅先生的勇气灵魂同在。"③ 在池田大作看来，无论是鲁迅的思想文学，还是其人格精神，都蕴含着重要的现实价值。他说："在鲁迅文学中，始终贯穿着对人类不屈不挠的潜在能力的确信，而这一份确信，超越了国家、超越了时空，至今依然能不断鼓励着青年，这也是无可替代的精神至宝。"④ 他一方面对鲁迅深邃的"人学"思想产生了强烈共鸣，并从"人性革命"的视域

---

① 季羡林、［日］池田大作、蒋忠新：《畅谈东方智慧——季羡林、池田大作、蒋忠新对谈录》，人民日报出版社 2010 年版，第 46 页。

② ［日］池田大作：《人生寄语——池田大作箴言集》，程郁译，上海社会科学院出版社 1992 年版，第 54 页。

③ 2011 年 9 月 23 日，纪念鲁迅诞辰 130 周年系列活动在沪拉开帷幕，上海鲁迅纪念馆举行了"鲁迅与现代中国文化"国际学术研讨会，池田大作虽未能亲自参加，但作了书面发言。此处引文见徐颖《今天，我们这样怀念鲁迅》，《新闻晨报》2011 年 9 月 24 日。

④ 同上。

对之进行了深入阐发；另一方面一直致力于对鲁迅思想的现实价值进行挖掘，并将之融合于创价学会的创价教育、中日文化的友好交往和维护世界的和平等各项事业中去。也就是说，池田大作总是基于创价学会主张的重塑战后日本的价值追求，注重将鲁迅的思想和精神运用于他所从事的民众运动、社会活动中。即便在推动中日友好交往、废除核武器和维护世界和平的事业中，池田大作也在不断地从鲁迅那里获取精神上的支撑。

可以说，池田大作对鲁迅的接受与传播是非常注重发掘鲁迅思想精神的当代价值和意义的。基于时代的现实语境，在对鲁迅的接受中发扬鲁迅的现实参与精神，从而使其成为思想界、文化界一个活的存在，这正是池田大作的"学鲁迅"所带给我们的启示。事实上，目前对鲁迅的探讨研究大致可分为三种基本范式："第一，以史料挖掘为主的历史性研究；第二，以知识阐释和审美评价为主的学问化研究；第三，以追求思想的当下意义与价值为主的当代性研究，即鲁迅研究的当代价值和社会功能研究的关联性研究。"① 这一划分不仅适用于中国的鲁迅研究，同样也适用于日本的鲁迅研究。在"日本鲁迅"中，无论是以丸山升、北冈正子等为代表的"以史料挖掘为主的历史性研究"，还是以竹内好、伊藤虎丸，以及丸尾常喜、藤井省三等为代表的"以知识阐释和审美评价为主的学问化研究"，都一直受到中日学界的高度关注。但是像池田大作这样以追求鲁迅思想的当下意义与价值为主的当代性研究范式则显然并不被学界所关注和重视。

---

① 张福贵：《鲁迅研究的三种范式与当下的价值选择》，《中国社会科学》2013年第 11 期，第 165 页。

对池田大作而言，他不仅善于用浅显易懂的话语来解析深奥的佛法哲理，他也同样以浅显易懂的话语来表达对鲁迅思想的理解，并以大众能接受的方式展开对鲁迅的传播。无论是在文章随笔、小说诗歌，还是在对谈录、演讲和讲座中，池田大作注重将鲁迅思想进行大众化的阐释，让鲁迅走进人们的内心，走进青年群体之中，从而获得普及性的意义。因而，与池田大作"学鲁迅"的价值取向相比，当代鲁迅研究中确实存在一些值得反思的地方。那就是在 20 世纪 80 年代以后，中国鲁迅学界越来越讲究学术规范，鲁迅研究也越来越注重从学理上对鲁迅思想进行探究。许多研究者动辄就将鲁迅进行哲学化和体系化的处理，于是有关鲁迅的许多简单问题也就变得复杂化和概念化，鲁迅研究也便呈现出明显的玄学化倾向。对此，有学者指出："过度学术化的结果恰恰使其思想失去了大众性和现实感，使鲁迅成为高高在上的哲人，其思想亦成为束之高阁的理论。这种把战士变成学者和哲人的努力，淡化了鲁迅思想的平民情怀和当代意义，既疏离了现实又疏离了大众，反过来制约了鲁迅思想的社会影响。"[①] 正因为鲁迅研究逐渐知识化、经院化和古典化，最近三十年来中国鲁迅研究明显存在疏离当代语境的问题。中国鲁迅研究界越来越倾向于将鲁迅思想、文学的探究与鲁迅当代价值相分离，这种"为学术而学术"的研究理念，强调的是鲁迅研究的客观化、历史化、科学化的学术品质，反对学术研究直接介入社会现实，尤其是反对鲁迅研究中的功利主义。在追求"鲁迅学"的学问化过程中，鲁

---

① 张福贵：《"普及鲁迅"：鲁迅思想的民众本位与鲁迅研究的大众化价需求》，《远离鲁迅让我们变得平庸》，安徽大学出版社 2013 年版，第 204 页。

迅研究的社会属性越来越被遮蔽。针对鲁迅研究的刻意学问化甚至是玄学化的倾向，有学者批评说："学问化研究范式中出现的这种玄学化的倾向，不仅造成接受者的阅读障碍，而且与鲁迅的思想实际多不符合。研究者对鲁迅思想价值进行学理化乃至学院化的过度阐释，反而在很大程度上限制了鲁迅思想的意义。"① 事实上，刻意将鲁迅思想性、政治性和实践性的一面进行遮蔽，既背离了鲁迅五四时期所开创的启蒙传统与他20世纪30年代所致力于的左翼传统，又导致了鲁迅研究与当下世界的隔绝。对于当代"鲁迅学"中知识化、经院化和玄学化的偏颇，林贤治也曾批评说："鲁迅研究被经院化了，被专家、学者规范化，失去了独特的生命力。"② 显然，鲁迅的价值不在于其思想系统性和复杂性的程度，而在于其即便在今天仍然具有很强的现实针对性。

池田大作本人以及在其影响下的日本创价学会一直在向日本乃至世界传播鲁迅的思想文学，践行鲁迅的价值追求，他对鲁迅的阐释、探讨和研究无疑避开了这种经院化、玄学化的倾向。池田大作以心灵的碰撞来贴近鲁迅，并与之展开精神交流，他这种独辟蹊径的"学鲁迅"精神以及对鲁迅精神文化资源的开掘与学院体制内的"鲁迅学"是有着明显区别的。一方面，"池田鲁迅"与日本学界所构筑的鲁迅形象有很大的不同，相对于日本"学院鲁迅"学问化和玄学化的倾向，池田大作致力于"人性革命""精神革命"的价值实践，他更重视发掘鲁迅资源在社会实践价

---

① 张福贵：《鲁迅研究的三种范式与当下的价值选择》，《中国社会科学》2013年第11期，第172页。

② 参见赵晋华《我们今天怎样才能真正走近鲁迅——著名作家访谈录》，《中华读书报》2001年9月26日。

值方面的意义。而另一方面，尽管池田大作不是专门的鲁迅研究者，但其所理解、想象和创造的"鲁迅"具有极大的综合性，包含了丰富的内涵。总之，池田大作及创价学会对鲁迅的接受与传播，从一个侧面显示了鲁迅的"世界意义"。相较于中国本土所建构的鲁迅形象，"池田鲁迅"是池田大作想象和建构的活跃在异域日本的"鲁迅像"，它与中国本土的鲁迅研究形成参照，构成互补。而有学者就指出："池田大作先生不愧为鲁迅的'东瀛知音'。他的精辟见解，对于中国的鲁迅研究家同样也有深刻的启示。"①

## 第二节 "池田鲁迅"："日本鲁迅"的 实用性研究典范

鲁迅的思想和创作有着多重文化背景，其本身汇集了多元的文化传统，是一个复杂的综合体，而对鲁迅的接受与研究也正是基于这种复杂性和丰富性。所以在不同的历史时期和不同的国度，鲁迅的阅读者和研究者从他那里摄取的思想资源也不尽相同。在日本，鲁迅的作品通过越境、传入、渗透到日本文化界和思想界，并以其深刻性和超越性的文学特质成了许多日本文化人的精神家园和思想源泉。特别是在战后日本五六十年代的时代语境中，许

---

① 陈漱渝：《鲁迅的人学与池田大作的人学——在北京鲁迅博物馆授予池田大作名誉顾问仪式上的致辞》，《上海鲁迅研究》2004 年第 1 期，第 318 页。

多文化精英都把鲁迅作为民族自我批判的思想资源和追求社会变革的精神动力来看待，因而战后日本的鲁迅接受与传播带有明显的时代烙印。而所谓的"日本鲁迅"不仅包括日本学者的鲁迅研究，也包括日本作家、翻译家和鲁迅文学爱好者对鲁迅的阅读、理解，甚至是对鲁迅的想象和创造。受战后文化语境的影响，池田大作从青年时起就开始接受鲁迅，并进而致力于对鲁迅思想文学和精神价值的传播。在如何发掘鲁迅资源的问题上，池田大作显然是立足于变化的时代语境，不断去发掘鲁迅思想精神中为现实所需要的资源，注重发挥鲁迅的媒介作用。因此，"池田鲁迅"也以其鲜明的现实指向性，成为"日本鲁迅"中实用性研究范式的典型代表。

"池田鲁迅"的现实价值指向，首先表现在池田大作在接受鲁迅的过程中注重发挥鲁迅在反思日本"岛国根性"方面的思想媒介作用。在战后日本，鲁迅无疑充当了日本读者沟通中国的桥梁，许多知识分子从鲁迅那里探寻和获取的不仅仅是文学方面的内容，他们通过鲁迅重新认识中国、反省自我、重建自我，尤其是他们把鲁迅文学作为批判日本的思想资源，以鲁迅的精神思想为镜子来思考、反省和批判日本。在池田大作看来，日本缺乏像鲁迅那样能够深入审视本民族国民劣根性的思想家，因而他也是侧重于将鲁迅作为批判日本的思想资源来处理，尤其是注重发掘其精神思想来改造日本的"岛国根性"。在寻求解决战后日本自身问题的方法过程中，他不断寻找与鲁迅思想精神的联系，探求鲁迅的参照和启示意义，以鲁迅为镜子思考现实、反省自我并进而重建自我。进一步说，池田大作总是在探究鲁迅思想文学与践行鲁迅精神价值的过程中来审视日本自身的"岛国根性",通过"人性革命"来寻求变革,并推动社会的进步与发展。与竹内好等著名思想家一样,池田大作以鲁迅为媒介来批判日本"脱亚入欧"的近代道路和日本民族的"岛国根性"。他的《人间革命》《新·人间革命》等作品不仅对鲁迅批判国民性的"人学"思想有所继承,而且也像鲁迅拷问中国人的灵魂一样对日本人的信仰、灵魂和精神进行不懈的拷问。除了反思日本"脱亚入欧"的近代化道路和批判日本的"岛国根性",池田大作更多的则是通过将创价学会的价值追求付诸实际行动来改变日本民众的精神和日本社会的现实。特别是在战后日本社会运动高涨时期,池田大作立足于改造日本"岛国根性"的现实需要,从鲁迅那里汲取了"精神革命""人性革命"思想和不屈斗争精神来开展以宗教活动为基础的民众运动,推进民众精神变革,注重发扬鲁迅思想精神在"精神革命""人性革命"中的作用。

"池田鲁迅"的现实价值指向也表现为池田大作注重鲁迅的文化桥梁与传播载体意义,将鲁迅作为促进中日友好交流的文化媒介。鲁迅一直希冀中日之间能够相互理解并最终实现世代友好。他不仅在中日民众间有着崇高的威望,其文学作品也在两国间产生了巨大影响。在战后日本,日本人对鲁迅的普遍印象:"他是东亚最伟大的作家,他具有深刻的思想和高超的写作技巧,日本很难找到能与鲁迅相提并论的作家。"① 1998 年上半年,日本大型文学月刊《文艺春秋》针对日本文化界、政界和财界著名人物的问卷调查表明,鲁迅在 20 世纪日本"海外优秀作家"榜上排行第一

---

① 王锡荣:《鲁迅与中日关系》,《新文学史料》2015 年第 1 期,第 51 页。

名，他的《阿Q正传》则位列20世纪"最具影响的海外经典日译本"第二名。可见在日本社会精英的心目中，鲁迅及其作品是有着巨大影响的。正是在认识到鲁迅在中日民众间的巨大影响力后，池田大作非常注重发掘鲁迅在中日文化交流中的纽带作用，特别是在创价学会的各项活动和事业发展中，不断发掘并运用鲁迅作为文化桥梁，展开中日间的文化交流。自1968年发出恢复中日邦交正常化的倡议以来，他就一直致力于开展中日间文化、教育等领域的交流，并架起了创价学会与中国民众，乃至日本与中国和平友好的"金桥"。而在这之中，池田大作非常重视发掘鲁迅之于中日友好交往的文化桥梁意义，开展鲁迅主题的文化活动。1974年第一次访问中国，池田大作就主动提出并参观了上海鲁迅故居，他当时曾表示说："今后有机会我会将鲁迅先生的活跃写下，向日本以及世界宣扬。"①　在1975年，在版画家李平凡和曾经受到鲁迅指导过的日本版画收藏家内山嘉吉等人的大力支持下，池田大作领导的日本创价学会就曾在静冈富士美术馆举办了以"鲁迅与中国版画展"为主题的木刻作品及缅怀鲁迅先生的木刻作品展。而在创价大学创办人池田大作的展览厅里，也收藏了不少有关鲁迅的文物和资料。对鲁迅资料的呈列与展览，这既是对鲁迅的尊敬与纪念，也是通过对鲁迅文物资料的展示而宣传鲁迅形象，宣扬鲁迅精神。同时，除了池田大作自己对鲁迅的宣扬和传播以外，他所领导和影响下的日本创价学会以及国际创价学会等组织也非常重视鲁迅的宣扬和传播。在其影响下，不仅日本创价学会和日本创价大学，香港国际创价学会、澳门国际创价学会

---

① 〔日〕池田大作：《新·人间革命》第20卷，台北正因文化2012年版，第98页。

和马来西亚国际创价学会也都参与举办过以鲁迅为主题的展览和有关鲁迅的讲座等。

可以说，无论是在战后从事以创价学会宗教活动为基础的民众运动期间，还是在开展创价教育的实践之中，池田大作都非常重视对鲁迅精神的传承和对鲁迅文化的普及传播。在池田大作心中，鲁迅与藤野严九郎、牧口常三郎等之间的交流和缘分就是他认为跨文化交流的理想原型，为继承先哲的精神和遗志，他率先展开的中日民间外交也最终推动了中日两国政府的正式建交，他所创办的创价大学也率先接收了新中国政府正式派遣的留学生。甚至在近年来中日关系出现一些裂痕时，池田大作也一直为架设中日"永远友好的金桥"而努力，不断发挥鲁迅在中日友好和文化交流中的价值和意义。2012 年 10 月，池田大作在《第七届池田大作思想国际学术研讨会贺词》中就引用了鲁迅留学日本的例子来阐述推进多元文化交融的重要性，并号召人们继承鲁迅所开创的"永远友好的金桥"，开拓日本和中国青年交流之路。

"池田鲁迅"的现实价值指向还表现为池田大作在传播鲁迅的过程中又将其作为倡导"人性革命"价值主张的载体和媒介。作为"哲学性格与战士性格的融合体"的鲁迅，他不仅给池田大作的成长带来了重要影响，而且其精神被内化在池田大作的人格之中。池田大作说鲁迅的作品是他青春时代喜爱的作品，鲁迅作品中对人民的爱情，忧虑时势的满腔热情，对不公正义与腐败丝毫不妥协的强烈斗争，都深深刻印在他年轻的生命之中。他把鲁迅的一生看成为唤醒民众、解放民众而战斗的一生。他说："鲁迅先生是用笔的斗士，站在时代的风口浪尖。在接连不断的困难与迫害中，披荆斩棘地开拓'改革国民性''使民众觉醒'这条从未有过的路。"① 所以在战后时期，池田大作十分注重汲取鲁迅的思想精神，并像鲁迅一样重视一般民众，关心他们的一切，并致力于唤醒他们的精神和灵魂。为推进创价学会以"人性革命"为目的的宗教运动，池田大作尤为看重斗士鲁迅身上那种直面现实的不屈斗争精神。正如他后来所说："青年啊，抬头挺胸，直起腰杆来！不要两眼下视，要睁开眼睛注视邪恶！战斗，拿出打破邪恶的勇气和气概！——这就是鲁迅精神。"② 鲁迅呼吁人们要不怕面对现实，只有正确地面对现实，才能正确思考，正确行动。池田大作一生致力于对民众最深处的"精神改造"，尤其是在战后日本社会运动高涨时期，他立足于日本的现实需要，推行以宗教活动为基础的"人性革命"，注重发扬鲁迅思想精神在民众运动中的作用。鲁迅一生致力于促进中国民众觉醒、变革奴隶根性的思考与探索。池田大作意识到"岛国根性"问题的存在，因而提倡走"真正的人性革命道路"来改造"岛国根性"。要改变社会，最首要的就是要改变人自身的精神。鲁迅"人性革命"思想的目标就是变革奴隶根性，使民众觉醒，消除旧社会主人与奴隶的关系，构筑"第三样时代"的新社会。立足于改变日本"岛国根性"的现实需要，池田大作在日本民众中推行"人性革命"的宗教运动，并注重发扬鲁迅思想精神在民众运动中的激励和促进作用，推进日本民众的精神变革，进而推动社会变革。他将鲁迅思想用于倡导"人性革命"，让所有民众都获得幸福，并进入所谓

---

① ［日］池田大作：《谈革命作家鲁迅》，《上海鲁迅研究》2006 年第 4 期，第 159 页。

② 同上书，第 167 页。

的"第三样时代"。同时，还不断汲取鲁迅"以学生为中心"的教育理念，将鲁迅"立人"、创造"第三样时代"等思想融入创价教育的教育目标中。

池田大作具有开阔的世界视野，他在接受鲁迅的过程中注意汲取其精神思想为我所用，同时也以鲁迅为文化桥梁将创价学会"人性革命"的思想以及和平主义的价值理念向全世界进行广泛传播。自20世纪七八十年代以来，池田大作不仅写有歌颂鲁迅精神的长诗，也著有继承鲁迅精神的长篇小说。他既在著作和文章中探讨了鲁迅的"人学"思想，也在各种国际演讲中发表过对鲁迅的见解与认识；他不仅在与金庸、顾明远等人的对谈中用大量篇章来专门探讨鲁迅的文学作品和教育思想，也在与季羡林、饶宗颐、章开沅和王蒙等著名学者、作家的对话中交流过对鲁迅的认识。在言说鲁迅的思想精神的同时，池田大作不仅阐述了他对鲁迅精神思想的认同和接受，而且也将创价学会的价值理念向中国和日本的读者进行了传播和扩散。最典型的例子就是他总是不断地探寻鲁迅与创价学会第一任会长牧口常三郎之间的"奇缘"和思想相通性，在对他们进行探究和评述的过程中也表露了创价学会的价值主张。他称鲁迅与牧口常三郎是两个"秉持伟大信念的灵魂"，并经常谈及鲁迅与牧口常三郎在东京弘文学院"不可思议的缘分"和思想上的相通性。在不断探究和阐述鲁迅与牧口常三郎思想相通性的同时，他也不断向外传播了自牧口常三郎延续至今的创价学会价值理念和思想追求。可以说，池田大作注重鲁迅的文化桥梁与传播载体意义，既以鲁迅为文化媒介进行中日文化交流，并以鲁迅为文化桥梁将自己的价值理念向全世界进行广泛传播，显出其独特的价值。

从接受与传播鲁迅近六十年的历史来看，池田大作非常注重探寻鲁迅的当代意义，他总是从鲁迅的精神人格和思想文学出发去探究鲁迅为何在21世纪仍然有着不朽的影响。无论在创价学会的社会活动，还是在创价教育实践中，为了培育和激励年轻人，池田大作一直都在积极利用鲁迅思想来进行精神鼓励。在纪念鲁迅的长诗《文学界的巨人 精神界的先驱》中，他说，将鲁迅的文学继续向日本的青年传诵，让日本的青年们来学习鲁迅，继承鲁迅的思想精神，这既是自己至高无上的荣誉，也是一项无上光荣的重任。2002年4月8日，在被上海鲁迅纪念馆聘为名誉顾问时，池田大作表示，今后还要更加努力弘扬鲁迅，因为鲁迅是我们整个人类的宝贵财富。在2011年获悉绍兴鲁迅纪念馆即将授予其绍兴鲁迅纪念馆聘为名誉顾问时，他也曾说："关于鲁迅先生，为了要宣扬他的伟大精神，我经常找机会向青年们介绍他的事迹。"①

在接受鲁迅的过程中，池田大作明显表现出不同于"学院鲁迅"纯学术性研究的价值倾向。他一直主张："非常专门的专业研究者，也必须把自己的研究课题和成果用通俗的表达方式告诉学生或一般市民，或者说，要使这门学问能用以教育他人。"② 基于创价学会的价值追求，池田大作总是立足于现实的情境和需要，

① 池田大作在获悉绍兴鲁迅纪念馆将授予其名誉顾问后曾向绍兴鲁迅纪念馆回复了一封亲笔署名的感谢信。此处转引自俞红《扶桑正是樱花绚烂时——记赴日聘任池田大作为名誉顾问之行》，《绍兴鲁迅研究2012》，上海文艺出版社2012年版，第240页。

② ［日］池田大作：《人生寄语——池田大作箴言集》，程郁译，上海社会科学院出版社1992年版，第117页。

从鲁迅文学和思想中汲取有价值意义的东西，进而为社会创造价值。在他看来，"今天的时代，一切哲学、宗教、思想都已不是单纯的概念学问，如何为社会创造价值，必定成为它们最重大的课题"①。正是基于这样的认识，在阅读鲁迅作品和接受鲁迅思想的过程中，池田大作总是基于创价学会的价值主张和重塑战后日本价值追求的需要，积极发掘鲁迅之于战后日本乃至当代世界的价值和意义，并注重将鲁迅的精神思想融合进他所致力的创价学会的社会活动和价值实践。特别是在 20 世纪 70 年代以后，他借助鲁迅进行中日文化交流和青年教育等方面取得了重要影响和突出成就。有学者就指出："池田会长对鲁迅的思想深入理解，使鲁迅的思想与时俱进，成了广泛应用于现实生活中的方法，也即鲁迅的思想精华在行动中体现出来的方法。这是非常了不起的成果。"②

不同于日本鲁迅研究学者执着于纯理论性的探究，池田大作更注重对鲁迅的继承和传扬。而且在鲁迅传播方面，池田大作也有着自己独特的表述方式，他经常在文学创作、演讲、讲座、对谈以及社会文化活动实践中来传播鲁迅思想和宣扬鲁迅精神。池田大作常常采用讲述鲁迅事迹的方式来传播和宣扬鲁迅的精神思想，他曾就鲁迅等世界文豪向创价大学的学生们作过文化讲座，他的讲述"不是那种纯粹学术研究性的，而是用诗一般的语言，生动地讲述着这些文化伟人的生命故事，告诉学生我们应该从这

---

① ［日］池田大作：《人生寄语——池田大作箴言集》，程郁译，上海社会科学院出版社 1992 年版，第 116 页。

② 王晓初：《在池田会长和鲁迅身上涌动的"人间主义"思想》，日本《潮》2015 年第 1 期。

些伟人身上学习些什么"①。池田大作对鲁迅思想进行诗性化的阐释和大众化的传播，无疑更容易使鲁迅走进当代，走近青年受众群体，获得普及性的传播。

在战后日本，无论在思想学术界，还是在社会运动的现场，鲁迅的接受者都致力于挖掘处在被压迫民族中鲁迅文学中的抵抗精神、革命要素和反现代的现代性品格，而且在日本本民族历史语境之下，构筑起特有的鲁迅形象，使鲁迅在跨文化传播过程中获得了一种特殊的价值。在池田大作看来，鲁迅的价值不仅在过去的历史上，而且更在当下社会。他对鲁迅资源的开掘和利用无疑可以促进我们重新审视鲁迅的当代价值和现实意义。与日本"学院鲁迅"纯学术性研究不同，池田大作接受与传播鲁迅是为了发掘与传播鲁迅思想从而促进"人性革命"并最终实现社会变革。在 20 世纪七八十年代以后，池田大作一方面积极汲取鲁迅"以学生为中心"的教育理念以及"立人"、创造"第三样时代"等思想并融入创价教育的实践中。另一方面则又以开阔的世界视野开掘鲁迅思想的世界性意义，注重利用鲁迅文学的"交往"功能，推进中日文化乃至世界文化的沟通与交流。池田大作一直致力于鲁迅思想精神的价值践行与文化传播。他注重将鲁迅精神思想运用于民众运动、社会活动和文化教育等领域，而他对鲁迅的接受与传播也成了"日本鲁迅"中实用性研究范式的典型代表。

---

① 谭桂林：《那年枫叶正红的时候》，《文学界(专辑版)》2009 年第 2 期，第 59 页。

# 第三节 "学院鲁迅"与"民间鲁迅"的跨越与缝合

如前所述，在进行民族自我反省和思想抵抗的战后文化语境中，代表"革命中国"之现代精神的鲁迅及其文学让许多日本人在困顿迷惘中获得慰藉、启迪和鼓舞。因而，鲁迅在战后初期日本的影响十分深广，所谓的"鲁迅热"几乎波及日本社会的各个阶层和群体。具体而言，鲁迅在日本的接受与传播主要发生在两个相互关联的层面：一是日本学术体制和教育体制内鲁迅研究者们对鲁迅生平、思想和著作的学术性研究；二是学院之外的大量日本作家、翻译家和鲁迅文学热爱者也在阅读、理解和传播鲁迅，甚至在想象和创造"鲁迅"。因此，日本学者的鲁迅研究、日本作家的鲁迅想象书写和日本文化人士的鲁迅精神价值继承、践行与传播，以及日本不同阶层读者所接受、理解、想象和创造的"鲁迅"建构了战后日本文化语境中不同的"鲁迅像"。

## 一 "池田鲁迅"之于"日本学院鲁迅"

在日本，竹内好、丸山升、伊藤虎丸和丸尾常喜等几代鲁迅研究学者都有着很深的"鲁迅情结"，他们对鲁迅思想文学的阐释与研究建构了战后日本鲁迅研究的独特传统。竹内好在 1944 年出版的著作《鲁迅》就是日本鲁迅研究史上的一部奠基之作,深刻影响了战后日本的鲁迅研究走向,并逐步形成了以"竹内鲁迅"为根基的理论体系和思想传统。自 20 世纪五六十年代以后,经过丸山升、竹内实、木山英雄、伊藤虎丸、山田敬三以及近三十年的丸尾常喜、藤井省三等几代日本学人的不懈努力,日本鲁迅研究取得了长足的发展。这其中,特别引人注目的是竹内好、丸山升以及伊藤虎丸等对鲁迅的阐释分别建构了他们所理解的"鲁迅像"。在竹内好那里,鲁迅是"那个充满'赎罪的心情'而执着抵抗的战士",丸山升则认为鲁迅是"那个片刻不曾离开中国政治的革命人",而伊藤虎丸所理解的鲁迅则"象征着新亚洲个人主体性原型"。[①] 竹内好、丸山升和伊藤虎丸等对鲁迅思想文学的纯学术研究建构了诸如"竹内鲁迅""丸山鲁迅""伊藤鲁迅"等"鲁迅像",学界将之称为"日本学院鲁迅"。[②]

作为力主日中友好的日本创价学会的灵魂人物,池田大作早在青年时期就开始阅读鲁迅作品,进而受到鲁迅的深刻影响,并在日本乃至世界范围内致力于鲁迅思想价值的践行与传播。自 20 世纪七八十年代以来,池田大作不仅写有歌颂鲁迅精神的长诗《文学界的巨人 精神界的先驱》,也著有继承鲁迅思想精神的多卷本长篇小说《人间革命》和《新·人间革命》等。他既在《我的人学》等专著中探讨了鲁迅的"人学"和教育思想,也在各种

① 见赵京华《在东亚历史剧变中重估鲁迅传统——关于鲁迅对"东亚"的淡漠与他在战后该地区影响力的考察》,《学术月刊》2015 年第 1 期,第 132 页。

② 见董炳月《"日本鲁迅"的另一面相》,《鲁迅形影》,生活·读书·新知三联书店 2016 年版,第 174 页。著者将日本学者在日本学术体制、教育制度之内研读、阐释的鲁迅称作"日本学院鲁迅"。

国际演讲中发表过对鲁迅的见解与认识；他不仅在与金庸的对谈集《探求一个灿烂的世纪》和与顾明远的对谈集《和平之桥——畅谈"人间教育"》中用大量篇章来专门探讨鲁迅的文学作品和教育思想，也在与季羡林、饶宗颐、章开沅和王蒙等著名学者、作家的对话中交流过对鲁迅的认识。特别是 2005 年，他在日本创价大学文化讲座的长篇讲稿《谈革命作家鲁迅》中对鲁迅文学、思想和精神进行了系统的阐释，其独到的见解与广泛的影响在新世纪的日本掀起了一股热潮。也正是在前人对池田大作接受传播鲁迅的研究基础上，著者提出了"池田鲁迅"这一概念。

很显然，与"竹内鲁迅""丸山鲁迅"和"伊藤鲁迅"等日本"学院鲁迅"一样，"池田鲁迅"也是在战后日本时代语境中建构的"鲁迅像"。尽管池田大作并不是专门的鲁迅研究者，但是他对鲁迅文学的独到见解和对鲁迅思想的深入阐释，与竹内好、丸山升、伊藤虎丸以及国内鲁迅研究界许多学者的鲁迅阐释依然有着许多内在的相通性。从某种程度上说，竹内好的鲁迅翻译与研究在战后的影响，直接促进了池田大作走进鲁迅。而池田大作借助鲁迅思想资源来反思日本的近代化和批判日本的"岛国根性"也可以说与竹内好是一脉相承的。与丸山升的"革命人"鲁迅相比，池田大作眼中致力于"精神革命""人性革命"的思想家鲁迅与之既有相通之处，也存在一定的区别。在池田大作看来，鲁迅早已认识到仅凭社会革命是救不了中国的，20 世纪初的中国最需要的是精神革命或者说是人的革命。丸山升认为，鲁迅的人生经历和精神人格无疑都是革命的，但鲁迅一直都处于政治的场域之中，他"从未在政治革命之外思考人的革命，对他而言，政治革命从一开始就与人的革命作为一体而存在着"①。在伊藤虎丸那里，他的鲁迅研究感应着 20 世纪 60 年代日本由工业社会向消费社会转变的时代变化，其思考重心明显由"国家民族"转向了"社会个人"，重建亚洲式个人主体性成为其关注的焦点之一。只有让阿 Q 这样的人也觉醒起来，才能算是真正的革命，池田大作与伊藤虎丸在对《阿 Q 正传》的解读上就明显有着共鸣之处。②总之，把鲁迅视为 20 世纪抵抗资本主义世界体系的知识个体，借鉴鲁迅思想精神资源来反思日本近代化道路和重建日本的主体性，在这一点上，池田大作与几位专业领域内日本鲁迅研究学者的立场是一致的，思想上也具有一定的相通性。

许多文化人士不仅对鲁迅有着深入和独特的认识，而且还极大地促进了鲁迅在日本的传播。在战后"日本鲁迅"中，"池田鲁迅"与"学院鲁迅"的相通性正是基于他们对鲁迅文学价值和思想精神的深度认同，并将其作为民族自我批判的思想资源和追求革命变革的精神动力来对待。不过，相较于"学院鲁迅"愈演愈烈的学问化研究和对学术象牙塔的拘守，"池田鲁迅"一直都注重以文学艺术为载体和媒介对鲁迅进行传播。因而，相较于"学院鲁迅"固有的玄学性和思辨性等特征，"池田鲁迅"更具通俗性和传播性，池田大作的目的就在于扩大鲁迅思想精神在民众间的传播和影响。

对鲁迅而言，他创作的出发点就是想以文学来疗治中国人的国民精神，改造其灵魂的愚昧落后、麻木不仁等精神痼疾，使中

---

① ［日］丸山升：《鲁迅——其文学与革命》，东京平凡社 1965 年版，第 121 页。

② ［日］池田大作：《"民众时代"的曙光——读鲁迅著〈阿 Q 正传〉》，《青春岁月 读书感悟》，香港牛津大学出版社 2010 年版，第 262 页。

国大多数民众能够真正站立起来。这在竹内好和池田大作那里都引起了极大的关注，然而，不同之处在于"竹内好先生就十分重视鲁迅的改造民魂之说，他认为阿Q不仅是中国人的，阿Q精神也存在于日本，应当借助鲁迅的批判精神来纠正日本走上军国主义之邪路的精神教训。池田先生则将鲁迅的批判精神具体化，他想以大乘佛教的精神来进行'人间革命'，他认为阿Q的醒悟也与创价学会开展的民众运动一样，将芸芸众生的'自我革命'视作最重要的运动。"① 很明显，虽然都是基于战后日本的现实来发掘鲁迅的思想和精神资源，但竹内好更多的是从思想家的角度接受鲁迅来反思和批判近代日本的军国主义之路，而池田大作则是从宗教活动家的角度将鲁迅资源转化为在普通民众中间发动"人性革命"的运动。

与日本"学院鲁迅"不同，池田大作对鲁迅的接受与传播跨越了学院的界限，他一直在向日本乃至世界传播鲁迅的思想文学，践行鲁迅的价值精神。因而，"池田鲁迅"代表了"日本鲁迅"的另一面相。在接受鲁迅影响的同时，池田大作也从日本社会现实、创价学会的价值追求乃至自身生命感应的角度重新审视与"发现"了鲁迅的价值。而且，池田大作对鲁迅的接受，绝不是简单的嫁接，而是复杂的化合，是以创价学会的价值追求和自身的生命感应为主体，以鲁迅为催化剂，在彼此化合的过程中促使其融化新质，并产生新的形态的"鲁迅像"，鲁迅也正是在此意义上获得了价值的再生。

---

① 孙立川：《跨越过国界与时代的理解——池田大作的鲁迅观》，《西还集——鲁迅研究札记》，香港天地图书有限公司2001年版，第155页。

## 二 "池田鲁迅"之于"日本民间鲁迅"

鲁迅在日本的接受不限于学院内专门的鲁迅研究，在战后日本学院外的民间社会层面，鲁迅也一直有着广泛的影响。战后日本的"鲁迅热"波及日本社会的许多社会阶层和民众群体。在20世纪50、60年代，日本发生了大规模的抵抗运动，人们对鲁迅思想的理解在当时得以升腾飞跃，鲁迅成了许多青年们投身安保斗争、反战和平运动、冲绳反美军基地斗争乃至学生造反运动的精神动力。他们从鲁迅那里汲取精神动力，继承鲁迅精神进行斗争。以"鲁迅研究会""鲁迅友之会"和"鲁迅之会"等民间社团组织在战后日本也一度比较活跃，他们不仅组织学习鲁迅思想，更注重发扬鲁迅精神在民众运动中的作用，使得以"反抗"为核心的鲁迅精神在反抗新殖民压迫和民主化运动中广为传播。因此说，鲁迅在战后初期的影响远远跨出了"学界"的范围。同时，日本文学界也一直热衷于对鲁迅作品进行改编，并以鲁迅生平为素材创作"鲁迅主题"的文学作品。其中尤以太宰治的小说《惜别》、霜川远志的《戏剧·鲁迅传》五部曲、井上厦的话剧《上海月亮》和石垣政裕的话剧《远火：鲁迅在仙台》等文学作品最为有名。日本作家对鲁迅的想象书写和日本文化人士的鲁迅精神价值实践，以及日本不同阶层读者所接受、理解、想象和创造的鲁迅形象，也被学界称为"日本民间鲁迅"①。

---

① 见董炳月《"日本鲁迅"的另一面相》，《鲁迅形影》，生活·读书·新知三联书店2016年版，第174页。著者将学院之外的日本读者所接受、理解、想象的鲁迅称作"日本民间鲁迅"。

然而，如前所述，学界长期以来对鲁迅在日本接受与传播的研究主要聚焦于"竹内鲁迅""丸山鲁迅""伊藤鲁迅""丸尾鲁迅"等日本"学院鲁迅"，却对非学院的"民间鲁迅"关注不多。直到近年来，中日一些鲁迅研究学者才开始关注太宰治的小说《惜别》、霜川远志的《戏剧·鲁迅传》和井上厦的话剧《上海月亮》等对鲁迅的想象和书写。尤其是学者董炳月在这一领域作出了较为深入的探究。在他看来，在小说家太宰治以鲁迅仙台留学的经历为背景完成的小说《惜别》中，"'青年鲁迅的实像'与'太宰治的自画像'构成了《惜别》中青年鲁迅的两个层面"①；在《戏剧·鲁迅传》五部曲中，剧作家霜川远志既"雄心勃勃地力图对鲁迅与鲁迅时代的中国历史进行整体把握"②"同时整合了'太宰鲁迅'和'竹内鲁迅'，从而建构起自己的'鲁迅'"③；在话剧《上海月亮》中，通过对鲁迅上海避乱岁月的书写，"井上厦在剧本中发挥其超群的想象力与戏剧技巧，对鲁迅进行颠覆性、喜剧性处理，塑造了'病鲁迅'形象，表达了对鲁迅的特殊认识。"④ 正是在对文本深入解析的基础上，学者董炳月借鉴日本学界把竹内好所阐释的鲁迅命名为"竹内鲁迅"的做法，将小说《惜别》中的"鲁迅"命名为"太宰鲁迅"，将《戏剧·鲁迅传》五部曲中霜川远志所理解和创造的"鲁迅"称为"霜川鲁迅"，

---

　　① 董炳月：《自画像中的他者 太宰治〈惜别〉研究》，《鲁迅研究月刊》2004年第12期，第68页。

　　② 董炳月：《"日本鲁迅"的另一面相——霜川远志的〈戏剧·鲁迅传〉》，《鲁迅形影》，生活·读书·新知三联书店2015年版，第183页。

　　③ 同上书，第202页。

　　④ 董炳月：《井上厦的"反鲁迅"——〈上海月亮〉的喜剧艺术与意义结构》，《鲁迅研究月刊》2014年第7期，第68页。

将井上厦的话剧《上海月亮》中塑造的"鲁迅"称作"井上鲁迅"。"太宰鲁迅""霜川鲁迅""井上鲁迅"等一系列日本作家想象和"创造"的"鲁迅"构成了"民间鲁迅"的系列形象，而"民间鲁迅"作为"日本鲁迅"的另一面向也越来越引起了学界的重视。

与此同时，池田大作、大江健三郎等日本著名文化人士对鲁迅思想价值的践行与传播也开始逐步受到关注。作为东方文化的巨人，池田大作与鲁迅一样都有着巨大的人格魅力和博大的思想情怀，都曾引领着时代精神的前进方向。池田大作有着宗教思想家、社会活动家、文学家和教育家等多重身份，他对鲁迅的接受与传播自然是从多方面着眼的。他既有对鲁迅"批判国民性"的"精神革命""人性革命"思想的深入发掘，也有对鲁迅"在灵魂深处唤醒民众"文学的独到阐释，还有对鲁迅"立人"教育思想的积极汲取，更有对鲁迅价值精神的内化和践行。因此，相对于战后日本学者纯学术化的鲁迅研究，池田大作对鲁迅的接受与传播是对鲁迅在战后日本研究与传播空间的有力拓展。

池田大作从多方面支持鲁迅主题的展览、鲁迅主题的演讲和讲座，与中国著名作家、学者围绕鲁迅展开对谈，对鲁迅作品进行诗性的解读，以及对鲁迅价值精神进行践行宣扬等方式来传播鲁迅文化价值和思想精神。这些明显与日本学者们学问化的鲁迅研究不同，池田大作主要还是立足于对鲁迅思想价值的继承和传播。除了对鲁迅思想、文学进行深入阐释和探讨外，池田大作更多的精力就在对鲁迅文化（文学）的普及与传播上，如其所说：

"一直以来我在自己的立场上向担负未来的众多学生和青年，畅谈有关鲁迅先生的种种事迹。"① 特别是在 2006 年 9 月，池田大作在创价大学第二届特别文化讲座《谈革命作家鲁迅》的演讲稿不仅在创价学会的机关报《圣教新闻》和香港国际创价学会的《黎明圣报》上连载，后来又在上海鲁迅纪念馆举办的《上海鲁迅研究》上刊登，在日本和中国都引起了很大反响。

可以说，"池田鲁迅"包含着对鲁迅精神价值的社会践行，池田大作在各种不同场合对鲁迅作品进行阐释、对鲁迅思想进行宣传，对鲁迅价值进行践行，拓展了鲁迅在日本的传播空间。他不仅对鲁迅有着独特的价值"发现"，而且将鲁迅及其文学推广至日本普通民众中，让更多民众认识和理解鲁迅的意义。特别是在传播鲁迅的方式上，池田大作总是通过讲述鲁迅事迹和对鲁迅作品进行诗性解读的方式来宣扬鲁迅的精神和思想，这种对鲁迅的传播拉近了与当代青年人的距离，通过回到鲜活的鲁迅自身，让更多的日本青年认识鲁迅、了解鲁迅并进而学习鲁迅。就此而言，"池田鲁迅"与"民间鲁迅"具有同样的特质，也一样有着很强的活力。


三 "池田鲁迅"的学术特质与社会影响


作为域外鲁迅研究和鲁迅传播的重镇，日本 70 多年的鲁迅研究取得了丰硕的成果。无论是竹内好、丸山升、伊藤虎丸、木山

---

① ［日］池田大作：《上海鲁迅纪念馆创立 60 周年贺词》，《上海鲁迅研究》2011 年第 2 期，第 18 页。

英雄,还是 20 世纪 80 年代后的丸尾常喜、山田敬三和藤井省三等人,他们的大部分鲁迅研究著述都被译介到中国,引起了中国学界的重视。近年来,日本民间和文学界对鲁迅的接受与传播,也逐渐引起中国鲁迅研究界的注意。池田大作视鲁迅为一生中最崇拜的人之一,他以传播鲁迅文化精神为己任,高度重视鲁迅的文化遗产和精神遗产,积极传播鲁迅的思想精神。由于传播鲁迅的巨大贡献和影响,池田大作不仅被北京鲁迅博物馆、上海鲁迅纪念馆和绍兴鲁迅纪念馆授予"名誉顾问"称号,他对鲁迅的思想阐释与价值传播也开始受到学界的关注。

池田大作在对鲁迅的接受与传播中虽然一直注重从综合全面的角度来看待和发掘鲁迅的文学思想与价值精神,他对鲁迅的接受也不可避免地受到战后日本时代语境的影响。池田大作一直致力于日本的宗教运动和世界和平的事业,他对鲁迅的接受和传播自然就不可避免地带有现实指向性。池田大作的前期主要投身于创价学会以宗教活动为基础的民众运动,他对鲁迅的接受明显是注重作为思想家和斗士鲁迅的价值和意义。而后来就任国际创价学会会长并以教育作为自己最后的事业时,他就更侧重于发掘作为教育家鲁迅和文学家鲁迅的当代价值和意义。池田大作注重对鲁迅的思想体认与价值践行,并成为域外鲁迅传播中实用性研究范式的典型代表。"池田鲁迅"也正是在不同于中国本民族历史语境中建构的独特鲁迅形象。

一方面,池田大作注意汲取竹内好、伊藤虎丸等学者的鲁迅观,建构了自己所理解的"鲁迅像"。然而,不同于"学院鲁迅"侧重于鲁迅研究的学术属性,他对鲁迅的接受及传播与战后日本的时代语境和创价学会的价值追求息息相关，因而"池田鲁迅"是对日本"学院鲁迅"的补充。而另一方面，池田大作又追求对鲁迅精神价值的社会实践，因而"池田鲁迅"显示出与日本"民间鲁迅"的深刻相通性。所以，相对于战后日本的"学院鲁迅"形象和"民间鲁迅"形象，"池田鲁迅"显然是对二者的兼收并蓄，并构成了域外鲁迅传播的一种重要典范。"池田鲁迅"一方面既保持了对以往日本"学院鲁迅"研究传统的延续，另一方面又紧贴二战后日本变化的时代语境，积极发掘鲁迅的现实意义和当代价值，给20世纪80年代以后日本社会各阶层的鲁迅认识以巨大促进。

虽然自20世纪70年代以来，随着经济的快速发展，日本的整个社会结构发生了巨大变化，由此带来整个社会文化语境的转变。过去被作为"国民作家"来看待的鲁迅，对日本青年来说变得越来越陌生了。在越来越淡出一般日本民众的阅读视野后，鲁迅与人们的现实人生无关了，而只是作为学术研究的对象而存在于大学的研究机构中。然而，与此不同的是，池田大作对鲁迅的接受则一直跟自己人生的思考和社会现实的思考结合起来，因而"池田鲁迅"在鲁迅思想探讨与价值实践之间形成一种张力。某种意义上说，池田大作对鲁迅的继承与传播，既是对从竹内好以来鲁迅研究传统的一种延续，同时也是战后80年代以后日本"学院鲁迅"日趋玄学化、学问化倾向的一种反驳。

具体而言，池田大作对鲁迅的精神思想、文学思想、教育思想不仅进行了深入发掘，并内化为一种"人性革命""精神革命"的价值追求和精神动力，最终创造性地融合在社会、宗教、教育、文化交流和文学创作等事业和活动中。池田大作对鲁迅的接受，从形式上看并非简单的嫁接，而是复杂的化合，是以创价学会的价值追求为主体，以鲁迅为催化剂，在彼此化合的过程中促使其变形变质。正是一直秉承着创价学会创造价值的理念，池田大作在接受鲁迅的过程中，不断由鲁迅生发出一些与改造"岛国根性"和"人性革命"息息相关的价值意义。如其所说："文学就是诉说生之希望的东西。不！不光是文学艺术，人类的一切活动、生存，以及生活本身，不都是人类投身于污浊的现实世界，从中开辟出自己能动性轨迹的过程吗？这就是创造价值的过程。"① 池田大作就是在此意义上汲取了鲁迅"精神革命""人性革命"思想的精髓，并进而致力于创价学会的"人性革命"事业和日本的现实变革。除了像日本"学院鲁迅"通常是把鲁迅作为民族自我批判的思想资源和追求革命变革的精神动力来对待一样，池田大作更注重通过对鲁迅思想的继承与传播来促进"人性革命"并最终实现社会变革。

在战后以来日本社会的各个阶层中，鲁迅的深广传播显然是日本学者和作家、翻译家和其他一些鲁迅热爱者共同作用的结果。因此，若要深入了解和掌握鲁迅在日本的传播情况，不能仅仅关注日本学者和专家的鲁迅研究，也应将视角投向日本的民间社会及文学界。也只有将日本"学院鲁迅"和"民间鲁迅"相结合，构成的才是相对完整的"日本鲁迅"。池田大作一方面对鲁迅的文学创作、"人学"思想进行了深入的探究，承续

---

① ［日］池田大作：《人生寄语——池田大作箴言集》，程郁译，上海社会科学院出版社 1992 年版，第 132 页。

了战后初期许多日本鲁迅研究者的研究主题、思路和方法，另一方面又注重将鲁迅的价值思想融入日本创价学会所从事的民众运动、社会活动和文化教育等领域，在战后日本产生了广泛深远的影响。因此说，"池田鲁迅"是战后日本鲁迅传播中的重要典范，是对日本"学院鲁迅"与"民间鲁迅"两种"鲁迅"的跨越与缝合。

# 结语 "池田鲁迅"研究的当代
## 价值与启示意义

自 20 世纪五六十年代以来，池田大作一直非常敬重鲁迅的精神人格，推崇鲁迅的思想文学，他不断开掘鲁迅的思想文化资源，并积极践行和宣传鲁迅的价值理念。池田大作对鲁迅的思想探究和价值实践，在国际上产生了巨大影响，彰显了鲁迅在当今世界的影响力。作为"日本鲁迅"中一种新的鲁迅形象，"池田鲁迅"以其深刻内涵和突出成就使得鲁迅的域外传播显示出强劲的活力。因而，深入探究"池田鲁迅"的价值内涵对于我们进一步认识鲁迅的世界影响和当代价值有着重要的意义。

首先，对"池田鲁迅"进行系统深入的研究对域外鲁迅研究与传播的空间具有拓展意义。作为域外鲁迅研究与传播的重镇，日本在战后 70 年来的鲁迅研究方面取得了丰硕的成果，其中许多成果也被译介到中国，并促进了 20 世纪八九十年代以来中国鲁迅研究的深入发展。然而，需要指出的是，从竹内好到丸山升、伊藤虎丸、木山英雄，再到丸尾常喜，日本鲁迅研究越来越显示出学问化和玄学化的倾向。因缺乏通俗性，日本"学院鲁迅"的影响也越来越局限于学术界内部。池田大作有着宗教思想家、社会活动家、文学家和教育家等多重身份，他对鲁迅的接受与传播自然也是从多方面着眼的。诞生于战后日本特定时代语境中的"池田鲁迅"，自然与池田大作所致力于的日本创价学会的价值追求息息相关，不仅包含了丰富的价值内涵，也流露出明显的现实气息。与纯学术性的鲁迅研究不同，池田大作更加注重对鲁迅思想精神的继承和内化，在与鲁迅相遇的过程中，他不断从鲁迅那里发掘新的精神源泉和汲取新的思想动力，进而从鲁迅身上无限生发出新的自我。而且，相对于日本"学院鲁迅"的学问化和玄学化，"池田鲁迅"既注重对鲁迅"人性革命""精神革命"思想进行通俗化的解读与阐释，又致力于发掘其社会实践价值。池田大作对鲁迅思想文学的解读和价值精神的践行，无疑更容易被普通民众所接受，这也正是"池田鲁迅"在当代语境中仍然具有旺盛生命力的原因之所在。显然，在战后日本的鲁迅传播史上，"池田鲁迅"既是日本鲁迅传播中实用性研究范式的典型代表，也是对日本"学院鲁迅"的补充。它一方面延续了日本战后初期鲁迅研究的传统，另一方面也对 20 世纪七八十年代以后日本鲁迅传播现状起到一定的促进作用。因而对"池田鲁迅"进行深入探讨，既是对"日本鲁迅"研究的深化和拓展，也有助于对日本等域外鲁迅研究和传播空间的拓展。

其次，池田大作非常注重发挥鲁迅在中日文化交流中的媒介作用，对"池田鲁迅"进行深入探究，对深化中日文化交流和促进当前中日关系发展具有重要意义。池田大作长期致力于中日友

好与世界和平，他对鲁迅作品的人性意识和人类情怀的深刻理解
与传播，也在战后日本产生了深刻影响。在 20 世纪 70—80 年代
以后，池田大作从创价学会的价值追求出发，发掘鲁迅的文化沟
通意义，并以鲁迅为媒介推进中日乃至世界文化的交流与沟通。
在致力于中日友好和世界和平的过程中，池田大作注重发挥鲁迅
的文化桥梁与传播载体意义。他既以鲁迅为文化媒介开展中日文
化交流活动，并以鲁迅为文化桥梁将自己的价值理念向全世界进
行广泛传播，从文化交流和民间交往层面促进了中日友好交往。
对"池田鲁迅"进行深入阐释，显然可以更进一步认识鲁迅的
"世界性"意涵。在异域日本的文化与时代背景中，池田大作以
有别于中国人的眼光来看待鲁迅，他对鲁迅的理解、接受与传播
反映了一个生活在日本的著名文化人士内心的真实思想和真挚情
感，能够加深中日两国人民的相互理解和相互尊重。同时，随着
中国综合国力不断增强，中国文化软实力在世界的影响越来越受
到重视，要想实现中国文化（文学）的"走出去"战略，可从池
田大作对鲁迅的接受传播中汲取有益经验。

再次，池田大作注重发掘鲁迅思想的现实价值，并最终创造
性地融合在民众运动、文化交流和教育事业中，这在域外鲁迅传
播的内容和方式上最具现实性，因而深入探讨"池田鲁迅"对鲁
迅文化资源开发和利用具有重要的借鉴意义。在时代语境发生变
化的今天，虽然鲁迅已经逝世 80 多年了，但是，他的精神思想和
文化资源显然是不能轻易被遗忘的。特别是在接受鲁迅的过程中，
池田大作注意将日本自身的问题与鲁迅的思想文学发生关联，通
过开掘鲁迅的思想文化价值，来审视自身，并改造自身的思路非

常具有启示性。正是在此意义上，开展"池田鲁迅"的研究对于我们进一步认识鲁迅的当代价值有着重要的启示意义，同时也为我们今天发掘和利用鲁迅资源提供了重要的参照。

作为在不同于中国本民族历史语境之下构筑的鲁迅形象，"池田鲁迅"使得鲁迅在跨文化传播中获得了另一种特殊价值。它为我们提供了一个在不同文化语境中重视和发掘鲁迅文化资源，把握鲁迅思想的精髓，实践鲁迅的思想价值，并进而致力于"人性革命"和现实变革的典型个案。然而，无论在中国学界，还是在日本学界，当代鲁迅研究越来越侧重于以史料挖掘为主的历史性研究和以知识阐释和审美评价为主的学问化研究，对以追求思想的当下意义与价值为主的当代性研究则越来越不以为意，自然研究者们对鲁迅在当代社会实践层面的传播也一直缺乏应有的重视。其实，正如有学者所指出的，将鲁迅"与当下中国思想文化、社会现实相链接时，就会发现鲁迅的思想仍然是如此的切合中国社会，也会由此真正地接近鲁迅思想的本体，发现其历史命题后面的当代价值"。① 而池田大作就非常注重发掘鲁迅思想的现实价值，并创造性地融合在社会活动、文化交流和教育事业中。"池田鲁迅"在日本社会的活跃和影响，可以说是一个立足于现实而激活鲁迅当代价值的鲜活例子。"池田鲁迅"既包含了池田大作对鲁迅思想文学的阐释和精神价值的承传，同时也包含了对鲁迅现代价值的重估，其深刻内涵和突出成就彰显出鲁迅精神在异域日本的显扬，这对我国渐渐失落的鲁迅研究尤有启示意义，它为我

---

① 张福贵：《鲁迅"世界人"概念的构成及其当代思想价值》，《文学评论》2013 年第 2 期，第 138 页。

们充分认识鲁迅的世界性影响、当代价值以及鲁迅在中日文化交流方面的重要作用无疑是大有裨益的。

当然，需要指出的是，近年来，作为方法的"日本鲁迅"也开始引起学界的反思。以竹内好为例，他对鲁迅的接受、翻译和阐释就带有很强的自我主体性。一方面，他对鲁迅的翻译是按照现代日本人的习惯进行意译，带有明显的日本化和本土化的倾向；另一方面，他以研究鲁迅为切入点，解剖与中国同一文化圈的日本民族的文学和思想，从而对日本的近代主义进行无情的鞭挞和批判。日本学者沟口雄三在反思竹内好以鲁迅研究为核心的中国论时就指出："'互为表里'的竹内好的中国论，其目的、动机也在于批判日本的'近代'，对中国近代化过程的实际情况其实也并不关心。从这一点来看，他的中国论也就是日本论，并且在以自我为中心这一意义上是主体性的。"① 竹内好这种对鲁迅进行本土化、日本化翻译和研究的方式，显然无法真实地传达出生活在剧烈变化的时代的鲁迅的深刻苦恼，一定程度上存在偏离真实鲁迅的倾向。

同样，池田大作立足于现实社会来阅读、理解和接受鲁迅，他的阅读出发点、接收方式和传播目的也明显受到现实因素的影响和制约，同时他为改造日本现实和推行"人性革命"价值而传播鲁迅的目的和动机也是比较明显的，因而他对鲁迅的接受和阐释自然也就带有明显的自我主体性。另外，池田大作一直十分关注中国的社会发展，他总是本着日中友好的立场和努力理解中国

---

① ［日］沟口雄三：《作为方法的中国》，孙军悦译，生活·读书·新知三联书店2011年版，第31页。

的心情，来看待新中国成立以后中国社会发生的一切，这就使得他在对新中国成立后相当长一个时期中国思想界越趋越左的中国论、鲁迅论某些方面的认识和接受上没有作出进一步的细致甄别。显然，这些都是我们在探究"池田鲁迅"价值内涵的过程中需要仔细甄别和细心拿捏的地方。

　　总之，"池田鲁迅"的诞生源于"鲁迅本体"，是"鲁迅本体"影响力的证明，也是接近"鲁迅本体"的重要途径。"池田鲁迅"中的鲁迅之"影"与"鲁迅本体"之"形"两者之间是一种共生的关系。因此，我们需要立足于当前的时代语境，进一步融通"鲁迅本体"与"池田鲁迅"的区隔，为科学地继承鲁迅的精神遗产提供理论依据和参照借鉴。同时，正如有学者所指出的，鲁迅的"'影'未必以与'形'相同的形状存在，因此另有特殊的存在价值"①。池田大作不仅仅是鲁迅的研究者，他更是鲁迅文学的爱好者和推崇者，还是鲁迅精神价值的践行者与宣扬者，他对鲁迅的认识和理解往往是出于自己与鲁迅的生命感应。在对鲁迅文学的解读、思想的阐释以及对鲁迅价值重估的过程中，池田大作都有着自己的"发现"和"创造"，他所建构的"鲁迅像"也更具鲜活性。因此，"池田鲁迅"无疑也可以理解为一种新的精神资源，它是鲁迅和池田大作共同创造的思想文化遗产，同样也非常值得我们珍视和探讨。

----

　　① 董炳月：《后记　形与影的辩证法》，《鲁迅形影》，生活·读书·新知三联书店 2016 年版，第 350 页。

# 附录一　池田大作及创价学会传播
鲁迅的实践年表

　　为了更清楚地展现池田大作及创价学会对鲁迅传播的实际情况，特意对池田大作及创价学会传播鲁迅的实践进行编年，并作为附录，以供参考。

| | |
|---|---|
| 1960 年<br>2 月 4 日 | 池田大作的恩师户田城圣逝世两周年，自己就任创价学会第三任会长之际,32 岁的他在阅读由中国文学研究者竹内好编译的《鲁迅评论集》时,在日记里引用了这一段鲁迅关于"路"的名言。他将鲁迅的这段名言记录在自己的日记里,他认为这是鲁迅身体力行的"希望哲学",并一直秉承这个信念开拓新的人生,向未知将来挑战。如其后来所说:"从这个意义上来说,我的每一天,乃至时时刻刻,都是和鲁迅先生的勇气灵魂同在。" |
| 1974 年<br>6 月 10 日 | 池田大作第一次访问中国,当时他主动提出并参观了上海鲁迅故居。后来,他在自述传小说《新·人间革命》第 20 卷中描述了当时参观鲁迅故居的情景和感受,他说:"坚持信念奋战到底的人不会留下后悔。奋战的人生是充实的,是全生命的燃烧。为正义、为他人的奋战与努力之中,才有真正的幸福。"同时,他还表示"今后有机会我会将鲁迅先生的活跃写下,向日本以及世界宣扬。" |

续　表

| | |
|---|---|
| 1975 年<br>4 月 21 日 | 正值池田大作在第三次访华,池田大作在上海的欢迎宴会上谈到创价大学接收了 6 名来自中国的留学生一事。他以鲁迅留学日本时和老师藤野先生间温暖的交流为例,阐述了中日交流的重要性以及自己对促进中日交流的责任。他在上海欢迎晚宴上的答谢说:"这次,我所创立的创价大学迎来了 6 位从中国来的留学生。说到从中国来的留学生,令我想起伟大的文学家以及人类解放为目标的与传统道德和思想进行战斗的鲁迅先生和仙台的藤野先生的交流。他们两人之间有的是超越了民族和国家的人与人的温暖的心灵交流。《藤野先生》这篇文章之所以打动人心,就是因为它洋溢着美丽的人性。我与创价大学的师生与从中国来的留学生之间也培养着这种美好的友情,孕育着未来的友好的种子终于变成了婷婷大树,我们要精心维护它。" |
| 1975 年<br>4 月 28 日 | 池田大作在致日本著名作家井上靖的信《友好及师生》中谈到,作为一位孤独的留学生,鲁迅与日本一名无名的教师藤野先生之间不起眼而又充满温情和真诚的交往正是他所希求的交流的原型。因为他相信,无数个人之间细小的交流,必然汇成友谊的海洋 |
| 1975 年 | 在版画家李平凡和曾经受到鲁迅指导过的日本版画收藏家内山嘉吉等人的支持下,日本创价学会在静冈富士美术馆举办了"鲁迅与中国版画展"。此次画展展出在鲁迅指导的版画运动中产生的木版画和有关鲁迅的各种资料等,合计约四百件 |
| 1978 年<br>11 月 | 池田大作在日本杂志《潮》11 月号上发表关于鲁迅的随笔文章《鲁迅的烦恼与勇气》。他指出"鲁迅是哲学性格与战士性格的融合体"。"尽管鲁迅死了,但他却成了中国的精神支柱。就是在毛泽东领导的中国,鲁迅的地位仍没有变。不仅如此,就是在日本,他也在继续放射光彩"。 |

续　表

| | |
|---|---|
| 1980 年<br>4 月 22 日 | 池田大作在北京大学的演讲"寻求新的民众形象"中说:"我从鲁迅明亮的眼睛所感觉到的东西,也是他那看透民族本质的敏锐视线。他不要任何棱镜,而是要凝视现实本身。他在谈论人的时候,也是剥掉粉饰的外衣,逼近民众的真实形象。我也是喜爱鲁迅作品的读者之一。"而且他从巴金身上也看到了与鲁迅相同的、和民众的敌人作斗争的"战士"形象。他认为这些是中国的精神遗产中的最优秀部分,即"正视现实,并由此出发来重新改组现实的精神" |
| 1984 年<br>6 月 5 日 | 池田大作在北京大学的演讲"走向和平之康庄大道"中讲述了鲁迅先生的《非攻》(日本学者竹内好将其翻译为《使战争停止的故事》)。池田大作说:"我之所以要在这里提及《非攻》,是因为我认为只有墨子的和平行动主义,才是打开出口,实现和平的关键所在,总之,为了和平而行动、交谈、行动……我坚信这种'动'的触发作用,即使看起来是在走远路,但这条路却是唯一可以变不信为信赖,变憎恶为爱心,变恐惧为友情,通往和平的康庄大道,朝着这个方向努力,终究会打通心与心之间的渠道。"如何才能使世界走向和平的康庄大道,他从鲁迅的小说《非攻》总结出,"要达成和平这一目标,只有靠我们不断地采取果断的行动和进行有勇气的对话。" |
| 1984 年<br>6 月 9 日 | 池田大作在复旦大学"人才是创造历史的主角"的演讲中提到中国重视历史的传统,并通过鲁迅的"批判国民性"指出"人的改革十分困难但极为重要""在历史意识的深层,蕴藏着中国数千年来的传统,而这些传统,都是无法一下子改变过来的,这对中国人民来说,不知应该说是祸还是福。鲁迅针对这一潜意识,在小说中写出了'食人'这个构想,指出了人的改革十分困难但极为重要。" |

续　表

| 1988 年 | 池田大作的力作《我的人学》由日本读卖新闻社出版,全书通过对世界上古今的历史人物和对世界名著的剖析,探求现代人应有的生活态度和人生观点,并对宗教、生命、道德、教育、人才、社会乃至世界等都有独到的阐述。书中多处提到鲁迅,其中《人与人的亲密无间的纽带——鲁迅和他的朋友》叙述了鲁迅与瞿秋白的灵魂相互沟通、相互连接的友情结成了"美好的心灵的纽带";《培育人——教育家的鲁迅》阐述了作为教育家的鲁迅在青年身上发现了无限的可能性,并重视他们,培育他们;《民众的原像——中国人与正视现实的思想》指出中国不是用一个固定的三棱镜去观察事物,而是把目光对着现实。他认为鲁迅排除一切三棱镜,全神注视现实,尤其在评论人的时候,能够揭去一切粉饰外装,表现出人的本来面目 |
|---|---|
| 1990 年<br>5 月 28 日 | 池田大作在北京欢迎宴会上的致辞"民众向未来携手共进"中引用鲁迅《故乡》的话对 21 世纪进行了展望:"21 世纪已迫在眼前。鲁迅先生在《故乡》的结尾,有这样的名言:'地上本来没有路,走的人多了便也成了路。'我同感到,我们必须要在这条已经开辟的友好的大道上共同前进,并把它当做有很多人往来,通向 21 世纪的真正信义的大道,使这个新世纪变成和平、繁荣的世纪。" |
| 1990 年<br>5 月 28 日 | 在北京大学的演讲"教育之道,文化之桥"中,池田大作以鲁迅与藤野先生之间的师生情谊来阐述中日间的友情,他说:"曾在北京大学草创期工作过的文豪鲁迅先生,他的著作《藤野先生》,就是记述当年在日本留学时的恩师。受人之恩,不论是什么恩,终生都不会消失。所谓'恩',重要不在于施的一方,而是在受的一方'心的问题'。留在文豪心中的老师恩情,好比一曲倾诉人类高贵情操的乐章。"所以他说:"对我们来说,现今最重要的现实问题就是怎样使这中日友好的'金桥'发展得更坚固、更稳定。" |

续　表

| 1992 年 10 月 14 日 | 池田大作在荣获中国社会科学院"名誉研究教授"称号的纪念讲演《21 世纪与东亚文明》中谈到周恩来这一东亚"共生的道德气质"典型的理想人物时说:"放眼大局而不忘细节,心藏秋霜信念而脸露春风笑容,不是自我中心而以对方的心为中心,既是中国良好公民又是世界主义者,经常把温和而公正的目光投向人民,这样卓越的人格,正发扬了鲁迅所呐喊的那种革命是让人活、而不是杀人的伟大精神。" |
| --- | --- |
| 1994 年 1 月 20 日 | 池田大作在深圳欢迎宴会上的讲话《"深圳的挑战"是"亚洲的焦点"》中谈到深圳充满活力的挑战开拓了中国乃至人类历史的新天地,并引用鲁迅的"横眉冷对千夫指,俯首甘为孺子牛"来说明深圳"开拓牛"的精神。并说"现在我所蔑视无知的批判和压制,同时要和敬爱的中国朋友一起建设'友好的金桥'。在我的心中,始终回响着对鲁迅先生的这种精神的共鸣。" |
| 1995 年 1 月 | 《明报月刊》刊载池田大作答记者问《池田大作谈鲁迅》,池田大作谈到他对鲁迅的三点共鸣:一是鲁迅作品中始终贯穿着"对民众的爱情",二是鲁迅永远是笔的战士,三是令他感到共鸣的是他的"希望哲学" |
| 1998 年 | 1995 年 11 月 16 日至 1997 年,池田大作与金庸在香港和日本多次会晤,进行了历时两年多的会谈,二人的对谈录《探求一个灿烂的世纪——和金庸的对谈》日文版于 1998 年出版,中文版由北京大学出版社出版于 1998 年出版。该书在中国文学界,颇为引人关注。对谈录中专门用一章"在灵魂深处唤醒民众的作家"的内容来谈论鲁迅。池田大作指出"像鲁迅这样凝视着民众最深层的作家是非常稀有的",他认为鲁迅有两个面目,一个是"笔的斗士",另一个则是能洞见人的精神内质并加以发掘的"哲学家" |

续　表

| 1997 年<br>2 月 20 日 | 池田大作被聘为吉林大学"名誉教授"之时,他与著名学者、吉林大学校长刘中树的会谈中,两人共同聚焦于鲁迅贫困的逆境,并认为鲁迅正是通过劳苦觉悟到"世上饱尝贫苦的人很多",知道了"民众的心" |
| --- | --- |
| 1997 年<br>5 月 12 日 | 池田大作在被上海大学授予名誉教授称号的大会上致答谢词时谈到鲁迅在东京弘文学院留学时与牧口常三郎在思想认识上的相通性。他说:"早年到日本留学的鲁迅先生,曾在'宏(弘)文学院'——一所中国留学生集中的学校学习。实际上转年创价学会的创始人牧口先生(创价学会第一任会长)就在该学院任教。当时很多贵国留学生对牧口先生的课非常感兴趣。鲁迅先生在日本留学时代的论文中曾提到:'盲目自信往往不会成功,受尽非难未必不是件好事,即使面对嘲讽、中伤,也不必担心被孤立',伊藤虎丸将鲁迅先生的话译为'这种人无论曝之于烈日之下,还是置身于黑夜之中,都能为国民发挥光和热。'牧口先生也怀着完全相同的信念,'如果你不是同邪恶势力抗争的勇者,那么你不可能是好人,也不会是我的朋友'。这是牧口先生发自内心的怒吼,是对日本军国主义的反抗。" |
| 1997 年<br>5 月 12 日 | 池田大作在《文汇报》上发表祝贺《文汇报》创刊 60 周年的文章《中国的发展将为世界瞩目》,他在文章中回忆了 1974 年 6 月祭扫鲁迅先生墓,参观鲁迅故居的情景。他认为正是因为有了鲁迅先生这样为唤醒人民,鞠躬尽瘁,死而后已的奉献精神,中国的发展必然会令世界瞩目 |
| 2000 年<br>4 月 3 日 | 池田大作在北京鲁迅博物馆授予其首位"名誉顾问"称号之际,创作长诗《文学界的巨人　精神界的先驱——为纪念伟大的鲁迅先生》,称鲁迅先生不仅是其"最敬仰的先生",而且是"二十世纪最伟大的文学和精神的巨人",鲁迅"对人类的伟大贡献,千秋万代,永载史册" |

| | |
|---|---|
| 2000 年<br>4 月 3 日 | 北京鲁迅博物馆授予池田大作"名誉顾问"称号的仪式在日本创价大学举行。鲁迅先生之子、北京鲁迅博物馆顾问周海婴及北京鲁迅博物馆副馆长张全国、陈漱渝等人出席。并举办了圣教新闻文化讲演会,鲁迅博物馆副馆长陈漱渝的演讲《鲁迅的人学与池田大作的人学》,将鲁迅的"人学"思想跟池田大作的"人学"思想进行对照和比较,阐述了池田大作与鲁迅先生"人学"思想的相通性 |
| 2000 年<br>4 月 16 日 | 香港国际创价学会举行池田大作与中国现代作家的文化讲座。香港著名作家孙立川博士在香港国际创价学会香港文化会馆主讲了"与一个世纪的中国文学对话——池田大作先生与鲁迅、巴金和金庸"的讲座,孙博士主要以池田先生与鲁迅、巴金和金庸三位中国文学大师的"文学对话"作了深入探讨,指出池田大作在年轻时就读过鲁迅的文学作品,并为之深深折服,他对鲁迅文学的理解可以称为是其异国知音 |
| 2002 年 | 2000 年 11 月至 2002 年 6 月,池田大作与季羡林、蒋忠新的对谈录《畅谈东方智慧——季羡林、池田大作、蒋忠新对谈录》分四次在日本创价学会东洋哲学研究所的学术杂志《东洋学术研究》上连载。对谈录由东洋哲学研究所 2002 年出版日本版,2004 年四川出版社出版中文版。对谈录中,池田大作谈到了他对鲁迅"横眉冷对千夫指,俯首甘为孺子牛"这两句诗的喜爱,并说自己从鲁迅著作中受到很多影响。他还回忆说:"我第一次访问上海时曾参观'鲁迅故居'。那里陈列着他去世两个月前写的一封信中的两句话:'假如我还能活下去,我当然要学下去。'就是说,要活到老,学到老! 这种斗志,这种执着之念,使我非常感动。" |
| 2002 年<br>4 月 8 日 | 上海鲁迅纪念馆聘池田大作为名誉顾问,上海鲁迅纪念馆王锡荣副馆长在日本创价学园举行颁授名誉顾问证书仪式。池田大作表示鲁迅先生是他一生中最崇拜的人,并表示要终身学习鲁迅、弘扬鲁迅精神。他说:"我今后还要更加努力弘扬鲁迅,鲁迅也是我们整个人类的宝贵财富。" |

续　表

| 2003 年<br>1 月 4 日 | 澳门国际创价学会主办文化讲座"鲁迅小说与中国人民的觉醒" |
|---|---|
| 2003 年<br>9 月 | 9 月 26 日至 10 月 5 日,"与自然对话——池田大作摄影展"在福建省博物馆展出。展览期间,福建省冰心文学馆常务副馆长王炳银先生通过网络与远在日本的池田大作进行了对话。池田大作在对话中谈到中国的国民劣根性得到改造,最大的表现就是"中国人民变得更有自信和带有更大的勇气"。他说:"比中国人最大的变化是,'让自身潜在之力大大地发挥出来'。鲁迅先生不倦追求的人的精神改造,其实就是希望民众的觉醒。""未来改变社会,首先民众必须让自己变得更坚强,更有觉悟。这种精神的根底中灌注着对民众强烈的信赖。呼应鲁迅先生的这种呐喊的是,中国人民已经坚强地站起来了,新中国成立后的五十多年来的进步就证明了这一点。" |
| 2004 年<br>2 月 22 日 | 周海婴夫妇、周令飞赴香港国际创价学会参访,周海婴作了题为"鲁迅与我七十年"的文化讲座,内容涉及"要使我变成他们所设想的形状,鲁迅的手稿和在'文化大革命'时的一个故事",文化讲座 200 余名会员出席 |
| 2004 年<br>3 月 5 日 | 为纪念鲁迅留学仙台 100 周年,上海鲁迅纪念馆举办的"鲁迅纪念展——中国文豪、友好使者"展览在藤野先生的故乡、日本福井县的国际交流会馆隆重开幕。展览共有四个部分的内容:留学东流、文学与生活、友好交往、共同的纪念。展览从介绍鲁迅先生的生平、主要文学成就及其影响入手,着重反映了鲁迅的留日生涯及与日本各界人士的交往和友谊,特别是生动表现了鲁迅先生与藤野先生的关系,颂扬了这段至为珍贵的人间真情,中日两国人民对这位伟大文学家的深切缅怀,在展览中得到了很好的展示。池田大作专门为展览写了贺词 |

续　表

| | |
|---|---|
| 2004 年<br>3 月 7 日 | 周海婴夫妇、周令飞会见福井国际创价学会吉乡研滋副会长等人，并应邀为福井国际创价学会 1200 名会员做演讲 |
| 2004 年<br>3 月 10 日 | 鲁迅之子、上海鲁迅文化发展中心周海婴理事长夫妇和上海鲁迅文化发展中心主任周令飞前往东京拜访日本国际创价学会会长池田大作。上海鲁迅文化发展中心授予池田大作先生终身顾问证书。东京哲学研究所授予周海婴东洋哲学学术赏。仪式后池田大作会长夫妇与周海婴理事长夫妇、周令飞主任举行座谈会"学习鲁迅的精神　继承鲁迅的路线" |
| 2004 年<br>4 月 | 日本国际创价学会在东京牧口纪念庭园内为"鲁迅家族樱"的樱树命名挂牌 |
| 2004 年 | 池田大作与饶宗颐、孙立川围绕"学问之旅""艺术之旅"进行鼎谈，后以《文化艺术之旅》为名出版鼎谈集。池田大作在鼎谈中指出"艺术是和平的武器。艺术家是最高尚的和平战士。"他说："鲁迅先生看穿了物质文明内含的危险因素，对此深表忧虑。单是物质上的进步，不一定会带来精神上的进步。相反，近现代大大扩张军事力量这'硬实力'（Hard Power），将人类的蛮性释放出来，在世界各地制造了大量的杀戮惨剧。而艺术则是扎根在精神的进步上。因此，艺术本来就是能够启发和提升人类精神性的一项软实力（Soft Power）。" |
| 2005 年<br>3 月 | 3 月 16 日至 19 日，上海鲁迅文化发展中心向创价学园、创价大学 8 名学生颁发第一届"鲁迅青少年文学奖"。上海鲁迅文化发展中心计划每年向池田大作创办的中学、小学的学生代表颁赠"鲁迅青少年文学奖"，在日本青少年的心中留下"鲁迅精神"，进一步促进中日友好交流 |

续　表

| | |
|---|---|
| 2005 年<br>3 月 | 池田大作在发行量 550 万份的创价学会机关报《圣教新闻》连续三天以大篇幅发表题为《谈革命作家鲁迅》的第二届特别文化讲座内容,在日本掀起传播鲁迅精神、研究鲁迅思想的高潮。《圣教新闻》是日本第三大报纸,发行量 550 万份,全世界的创价学会会员有 1300 万。2007 年 2 月 4 日,上海鲁迅文化发展中心主任、鲁迅长孙周令飞在香港国际创价学会鲁迅展开幕式上的祝词称《谈革命作家鲁迅》是继 20 世纪竹内好之后,在日本掀起的传播鲁迅精神、研究鲁迅思想的第二次高潮,固然两者传播的范围和形式不尽相同,但是我们相信这次高潮影响的层面和意义十分深远,为两国文化交流和友好往来,为'人'的精神淬炼起到了极为重要的推动作用。" |
| 2005 年<br>7 月 24 日 | 日本创价学会妇女部、青年部在仙台市东北文化会馆举办"东北青年和平文化讲座",东北大学佃良彦教授作了"日本与中国民间交流的原点——鲁迅与仙台"的演讲 |
| 2005 年 | 中国现代著名作家巴金先生去世之后,池田大作在缅怀巴金先生的文章《中国文豪　巴金先生》中称巴金先生是鲁迅的学生,并继承了鲁迅的精神一直从事着鲁迅先生未竟的事业。他说:"穿越了一个世纪的巴金先生。他给人的感觉是,就好像他亲自继承了鲁迅先生的精神那样,不断殷切期盼着新一代能继承大业。" |
| 2006 年<br>1 月 26 日 | 池田大作在第 31 届"SGI 日"纪念倡言《通向新民众时代的和平大道》中,引用文学家中野重治的话称赞了鲁迅顽强战斗的人性意志和与邪恶斗争的气概,他指出鲁迅"不仅仅停留在人性的感动上,他更进一步地与丑恶斗争,达到憎恨丑恶的境地。虽然知道是难以战胜对方,也要在政治上给对方一个烙印,不留下烙印誓不罢休。" |

续 表

| 2006 年<br>3 月 16 日 | 鲁迅文化基金会主任周令飞代表理事长周海婴,向日本创价学园(东京、大阪)6 名学生颁发第二届"鲁迅青少年文学奖"。同日,池田大作会见了周令飞 |
|---|---|
| 2006 年<br>7 月 | 7 月 21 日至 26 日,日本创价学会青年团来华访问。访问团由创价学会副会长谷川佳树带领,参加的青年共 200 名,访问的目的为促进中日青年的交流,让联结两国之间的友好桥梁更为坚固。7 月 22 日,访问团一行专程参观了上海鲁迅纪念馆 |
| 2006 年<br>9 月 | 池田大作第 2 届特别文化讲座《谈革命作家鲁迅》分三次在香港国际创价学会《黎明圣报》刊出 |
| 2007 年<br>2 月 4 日 | 为纪念中国伟大的思想家、教育家鲁迅,以及让广大市民深入认识"鲁迅精神"的"鲁迅是谁?"展览在香港国际创价学会举行。"鲁迅是谁?"展出鲁迅的生平照片及历史资料,呈现一个亲切自然的鲁迅,并传承其"立人为本"的精神。为纪念今年鲁迅于香港演讲八十周年,上海鲁迅文化发展中心、绍兴旅港同乡会及香港国际创价学会合办这次展览。展览 2 月 4 日至 25 日上午 10 时至晚上 9 时,于香港国际创价学会文化会馆(香港九龙九龙塘界限街 101—109 号)展出。开幕礼出席嘉宾包括:上海鲁迅文化发展中心主任、鲁迅长孙周令飞,树仁大学校监、绍兴旅港同乡会名誉会长胡鸿烈,许氏宗亲会副理事长许建勋,香港天地图书有限公司副总编辑孙立川及香港国际创价学会理事长李刚寿等 |
| 2007 年<br>4 月 | 4 月 26 日至 5 月 3 日,"鲁迅是谁?"图片展在澳门旅游活动中心展览厅举行,展出鲁迅的生平照片近四十帧,吸引逾三千人次观展,包括多所中学自发性组织学生到场了解大文豪鲁迅不平凡的一生。鲁迅长孙、上海鲁迅文化发展中心主任周令飞,于展览开幕当天主持了一场别开生面的文化讲座,有系统地梳理了其祖父鲁迅的生平事迹,受到逾七百名师生的欢迎。为配合展览,鼓励学子研读鲁迅著作,澳门主办单位澳门国际创价学会向全澳学校赠送鲁迅作品集,还特设"鲁迅是谁?"征文比赛。澳门国际创价学会理事长李莱德在"鲁迅是谁?"图片展览开幕式致辞表示,举办这项活动,是为了将鲁迅的精神遗产推介给澳门的年轻一代,让未来的主人翁能加以学习、吸收,在面对西方文化巨流的冲击下,能认知固有文化的价值,吸收新知,融会贯通,从而对社会作出承担与贡献 |

续　表

| | |
|---|---|
| 2007 年<br>9 月 22 日 | 9 月 22 日晚 7 点至 9 点,北京大学朗诵艺术协会和北京大学中日交流协会在北大百周年纪念讲堂多功能厅举办了"心的金桥——池田大作先生诗文朗诵会"。长诗《文学界的巨人　精神文明的先驱——为纪念伟大的鲁迅先生》中池田大作对鲁迅真挚而厚重的情感深深地打动了在场观众。而池田大作在赠送北大学子的一首七言诗中说道"鲁迅昔曾执教鞭,辈出英才勇当先",他希望在鲁迅曾经执教过的北京大学学子们能够继承鲁迅精神,勇于成才,造福人类 |
| 2007 年<br>9 月 28 日 | 下午五时,在澳门新口岸澳门文化中心之澳门艺术博物馆演讲厅,由澳门国际创价学会与上海鲁迅文化发展中心、澳门中华教育会、澳门笔会、澳门潮州同乡会主办的"澳门'鲁迅是谁'展览征文比赛"举行获奖作品颁奖典礼,共有 78 人获奖 |
| 2008 年 | 日本《第三文明》月刊"对话"栏目全年连载池田大作与章开沅先生的对话录《走向人间胜利的新世纪——池田大作同章开沅谈历史、文化与教育》,引起日本读者的广泛关注。池田大作与章开沅都谈到鲁迅是他们共同喜欢的作家,给他们的成长带来了很大影响,并多次谈到有关鲁迅的话题 |
| 2008 年<br>10 月 | 香港《紫荆》杂志新辟《名人论名人》栏目,一连 12 个月,刊载国际创价学会池田大作国际会长论名人的文章。首篇题目为《鲁迅:道在立"人"——通过阿 Q 来教育与鼓舞青年》(该文由香港学者孙立川博士翻译) |
| 2009 年<br>10 月 25 日 | 池田大作在致辽宁师范大学与日本创价大学合办以"人本主义与人类的发展"为主题的"第五届池田大作思想国际研讨会"书面贺词中借鲁迅的名言"人既发扬踔厉矣,则邦国亦以兴起"(《文化偏至论》)指出,在现代世界,人就是一切的基点。"离开人就没有社会,也没有经济、政治、宗教、思想、科学。不,应该说,一切活动都是'为人的幸福'而有的。" |

续 表

| | |
|---|---|
| 2009 年 | 日本创价学园组织青年学生参观上海鲁迅纪念馆,进行文化考察,并深受启发 |
| 2010 年<br>11 月 | 11 月 7 日至 13 日,应"中华全国妇女联合会(全国妇联)"之邀,日本创价学会第 6 届妇女访华团访问北京、上海、大连等地。访华期间,创价学会妇女部的访华团专程参观考察了上海鲁迅纪念馆,进行文化交流 |
| 2010 年<br>4 月 | 鲁迅故乡的大学绍兴文理学院授予池田大作名誉教授。池田会长在答谢辞中说,与绍兴文理学院有深厚渊源的鲁迅先生酷爱青年,他不惜牺牲自己,致力让青年的生命开出胜利的花朵,绍兴文理学院继承了这份崇高的精神并将之体现于其教学实践上 |
| 2010 年<br>6 月 20 日 | 池田大作在《佛教领导人呼吁拟订"废除核武器"——"深层报道"(In Depth News)专访池田大作》中曾说:"我个人非常喜爱中国文化巨人鲁迅(1881—1936)的一段话:'其实地上本没有路。走的人多了,也变成了路'(鲁迅《故乡》)。所谓'进步'就是这个道理。各国政府应该众志成城,以《最后文件》为基础,在未经开垦之地,一步一脚印地把路走出来。"鲁迅给予池田大作以极大的影响,在谈到人生奋斗、中日关系和废除核武器时都不断在引用鲁迅《故乡》中关于路一段话来自我激励 |
| 2011 年<br>1 月 7 日 | 上海鲁迅纪念馆创立 60 周年,池田大作特向上海鲁迅纪念馆发去贺词,香港国际创价学会名誉理事长李刚寿代为宣读。池田大作在贺词中说:"鲁迅先生的作品是我青春时代喜爱的读本,他那尖锐的词锋,每一句说话都让我激动不已。当中充满着对人民的爱情,忧虑时势的满腔热情,对不公正义与腐败丝毫不妥协的强烈斗争,这一切都深深刻印在我年轻的生命之中。""一直以来我在自己的立场上向担负未来的众多学生和青年,畅谈有关鲁迅先生的种种事迹。" |

续　表

| 2011 年<br>4 月 8 日 | 鲁迅之子周海婴逝世后,池田大作在致周海婴夫人马新云、其子周令飞的唁电中高度赞扬了周海婴在普及和传扬鲁迅精神方面的重要贡献:"毕生致力于向后代、向世界普及弘扬鲁迅先生的'博爱精神''不屈不屈不挠的正义感''创造历史的开拓精神'。周海婴先生的一生既崇高又具有很大的意义,是所愿满足、胜利的一生。"香港国际创价学会也发来唁电称赞周海婴先生为普及鲁迅知识,弘扬鲁迅精神,作出了卓越的贡献。"多年来周海婴先生对敝会推进和平、文化、教育活动给予理解及支持,尤其远赴港、澳两地及日本举办《鲁迅展》,俾年轻一代能理解鲁迅先生的真知灼见,引领后进得瞻前贤遗泽" |
|---|---|
| 2011 年<br>9 月 23 日 | 纪念鲁迅诞辰 130 周年系列活动在沪拉开帷幕。上午 9 时,上海市纪念鲁迅诞辰 130 周年大会在上海展览中心举行;下午,海内外学者在鲁迅纪念馆举行"鲁迅与现代中国文化"国际学术研讨会。日本国际创价学会会长池田大作虽未能亲自参加,但作了书面发言。他表示:"从年轻时就铭记在心的鲁迅先生的呐喊,至今依然回荡在我的脑海""什么是路? 就是从没路的地方践踏出来的,从只有荆棘的地方开辟出来的。"池田大作说,32 岁时,他就将鲁迅这段名言记录在自己的日记里,并一路秉承着这个信念开拓人生至今。"从这个意义上来说,我的每一天,乃至时时刻刻,都是和鲁迅先生的勇气灵魂同在。"池田大作认为,无论在多么黑暗的时代,鲁迅都坚持点燃信念的言论之光,"在鲁迅文学中,始终贯穿着对人类不屈不挠的潜在能力的确信,而这一份确信,超越了国家、超越了时空,至今依然能不断鼓励着青年,这也是无可替代的精神至宝"。 |

续 表

| | |
|---|---|
| 2012 年<br>3 月 25 日 | 绍兴文理学院与日本创价大学共同创建的"鲁迅与池田大作研究所"的揭牌仪式在绍兴文理学院铁城科教馆一楼会议室举行,这标志着绍兴文理学院人文社科研究领域培育的又一新的学术生长点正式起步。本年 10 月 27 日研究所成员第一次参加池田大作思想国际学术研讨会。傅红英、李红霞、卓光平等老师向大会递交的《生命的尊严——鲁迅与池田大作人学思想研究》《鲁迅与池田大作女性观比较》和《人学思考与青年教育——论池田大作对鲁迅人学观的接受与实践》等论文,初步展示了该所"鲁迅与池田大作"研究的实绩,受到与会学者的好评 |
| 2012 年<br>4 月 11 日 | 绍兴鲁迅纪念馆授予池田大作绍兴鲁迅纪念馆"名誉顾问"称号,池田大作表示将继续为弘扬鲁迅文化精神,推进中日友谊作贡献 |
| 2012 年<br>7 月 3 日 | 作为日中邦交正常化 40 周年庆祝活动"感知中国"的一部分,中国国务院新闻办公室向创价大学赠送了《鲁迅全集》等 1850 册图书。同时,创价大学和中国国务院新闻办公室共同在创价大学设立了"中国馆"用来收藏赠书。在大学主楼举办了"中国.馆"牌匾揭幕仪式和赠书仪式,中国国务院新闻办公室王晨主任发表了讲话:"我衷心希望这些书籍能够帮助同学们了解中国,成为理解中国的窗口和中日相互理解的桥梁。" |
| 2012 年<br>8 月 | 8 月 16 日至 9 月 9 日,为纪念中日邦交正常化 40 周年,也为感谢池田大作先生对中日友好的贡献,上海鲁迅纪念馆特别举办了"与自然对话——池田大作摄影展"。此次展出的作品,是池田大作先生反映人与自然的优秀近作 98 幅。内容主要是日本四季的风光及世界各地景观,包括山川、园林、庭园、都市及郊野的风光写照,作品充分展露出池田先生丰富的诗情心影。上海市文化广播影视管理局副局长、市文物局副局长褚晓波、上海市人民对外友好协会常务副会长汪小澍、日本创价学会常务副会长、事务总长谷川佳树等出席了开幕式。出席当天开幕式的还有上海文化界、摄影界、上海创价学会有关方面人士及中日友好人士 150 人 |

续　表

| | |
|---|---|
| 2012 年<br>8 月 16 日 | 上海鲁迅纪念馆于 8 月 16 日上午 11 时在树人堂举办了"东方讲坛""鲁迅与池田大作——东亚两位伟大思想家的共同点"的讲座。讲座由上海市日本学会会长吴寄南主持,上海鲁迅纪念馆馆长王锡荣主讲。讲座通过鲁迅与池田大作的许多共同特点,如强烈地热爱自己的国家和民族;疾恶如仇、坚忍不拔;思想深刻;都是文艺大家,文坛泰斗,著作等身;都具有世界性的眼光;都具有献身精神等为切入口,详尽讲述了鲁迅与池田大作两人之间深刻的精神联系和灵魂的共鸣。本次讲座上海文化界、摄影界有关方面人士及中日友好人士约 150 人以及日本创价学会常务副会长、事务总长谷川佳树等出席了本次活动 |
| 2012 年<br>10 月 17 日 | 为纪念日中邦交正常化 40 周年与东洋哲学研究所创立 50 周年,东洋哲学研究所出版了池田大作与中国教育学会会长顾明远的对谈《和平之桥——畅谈"人间教育"》。两人针对教育进行畅谈,并共同聚焦作为教育家的鲁迅,池田大作高度评价了作为教育家的鲁迅先生,他说:"鲁迅先生是一位信任青年,爱青年,鼓舞青年的教育家。他丝毫没有形式主义和权威主义,对青年是不惜生命地给予——给予那些崭新的、深邃的和有价值的东西,他为了那些肩负未来的青年奉献出整个自己,这就是真正的教育家。" |
| 2012 年<br>10 月 | 10 月 27 日至 28 日,为纪念日中邦交正常化 40 周年,第七届池田大作思想国际学术研讨会在上海师范大学举行。研讨会以"多元文化交融下的现代教育"为题,由上海师范大学与日本创价大学主办。池田大作在书面的《第七届池田大作思想国际学术研讨会致辞》中引用鲁迅留学日本的例子来号召进行多元文化交融,并继承"永远友好的金桥"。池田大作一方面回顾了鲁迅在仙台医学专门学校与藤野先生"暖人肺腑的交流"以及鲁迅就读东京弘文学院创价学会首任会长牧口常三郎先生与中国留学生"心心相印的交流",另一方面也指出鲁迅与牧口先生同在中国留学生杂志《浙江潮》发表文章的"不可思议的缘分",并指出他们思想上的相通性。同时,他还发出了继承伟大先哲们的遗愿,开拓日本和中国青年交流之路的号召 |

| | |
|---|---|
| 2012 年<br>11 月 13 日 | 上海鲁迅纪念馆王锡荣馆长在日本创价学会关西创价学园作了《鲁迅与池田大作——东亚两位伟大思想家的共同点》的讲座。创价学会关西创价学园 1700 名师生参加,池田大作为王锡荣馆长撰诗:"城头变换大王旗,锡杖不从魔性卑。我为学生说鲁迅,荣光之路拓荒茨。"日本《圣教新闻》在 11 月 14 日头版报道王锡荣的访问消息及照片,并在显著位置刊登了这首诗 |
| 2013 年<br>3 月 | 3 月 23 日至 24 日,在南京师范大学主办的"鲁迅与 20 世纪中国"国际学术研讨会上,日本创价大学高桥强教授在《池田大作心目中的教育家鲁迅》中阐述了池田大作心中作为教育家存在的鲁迅形象。鲁迅的文学与言行使人们加深了对自身的理解,为教育提供了很多宝贵的启示。其用一生与邪恶斗争,匡扶正义,实践"立人"以及致力于创造"第三样时代"等,都是人类教育的永恒话题 |
| 2013 年<br>10 月 12 日 | 由马来西亚国际创价学会邀请北京鲁迅博物馆联合主办的"鲁迅生平展暨学术交流会"在吉隆坡开幕。在开幕典礼上,马来西亚国际创价学会理事长许锡辉指出,国际创价学会会长池田大作非常推崇鲁迅,且鲁迅的精神与创价学会所秉持的理念有许多共同之处,如为民众谋幸福、精神革命、着重教育及重视青年。北京鲁迅博物馆的黄乔生副馆长致辞时也表示,创价学会的理念与鲁迅精神是相通的,池田会长曾写了长诗赞扬鲁迅,被刊载在北京鲁迅博物馆出版的《鲁迅研究月刊》中。他表示,该馆珍视与创价学会的友情,并期待能深化交流。"鲁迅生平展"采用大量珍贵历史图片,配以相关文字、实物,从多角度、多层次展示了鲁迅的生平、思想与其成就,展示了鲁迅先生丰富多彩的一生及精神面貌,让马来西亚民众深入了解这位中华民族文化巨人生前的事迹,展出吸引超过 2100 人前来观赏。在 5 天的展期中,还举行了两场由北京鲁迅博物馆黄乔生副馆长主讲的讲座,并举办"鲁迅电影节"放映了 3 部由鲁迅作品改编的电影《阿 Q 正传》《药》及《祝福》 |

续　表

| | |
|---|---|
| 2013 年<br>11 月 24 日 | 为纪念用笔唤醒国民的灵魂，为正义而战的中国大文豪鲁迅先生，和为实现中日友好呕心沥血奋斗不止的池田大作先生，由日本创价大学校友会、日本商工俱乐部、上海鲁迅纪念馆和鲁迅公园联合举办"鲁迅——池田大作樱花植树典礼"活动，8 株象征着两位先生伟大精神的"染井吉野"樱树在上海鲁迅纪念馆前被种下。仪式中，上海鲁迅纪念馆王锡荣馆长、鲁迅公园吴刚园长和创价大学寺西副校长等代表出席。创价大学校友会及市民等约 160 人参加。创价大学校友会中嶋孝先生、寺西副校长和纪念馆王馆长分别致辞。其中王锡荣馆长说道，鲁迅先生和池田先生都是通过民间交流促进中日友好的模范，是东亚的伟人。今天的植树仪式虽赶上蒙蒙细雨，但是我相信，就像雨后的天空必然放晴一样，中日两国的友谊之花灿烂盛开的时刻也必将来临 |
| 2015 年<br>1 月 | 日本创价学会所属杂志《潮》刊登绍兴文理学鲁迅与池田大作研究所所长王晓初教授的访谈《在池田会长和鲁迅身上涌动的"人性主义"思想》 |
| 2015 年<br>10 月 7 日 | 由东京中国文化中心与日本创价大学联合主办的"鲁迅与中国现代文学展"在创价大学展厅开幕，创价大学理事长田代康则、校长马场善久、创价女子短期大学校长石川惠子、内山书店社长内山篱以及学校教师代表、学生代表、留学生代表近 60 人出席了开幕式。展览由"到日本留学""翻译活动"及"友好来往"三个部分构成，巨细无遗地介绍文坛斗士鲁迅的足迹。中国驻日本大使馆文化参赞陈诤参赞则转达了驻日大使程永华的贺词。贺词中，程大使谈及鲁迅曾为中日友好而作出贡献，表示盼望年轻一代学习鲁迅的精神，进一步构筑友谊的"金桥"。东京中国文化中心主任石永菁在致辞中说，在创价大学"文化节"期间，中心举办了"鲁迅与中国现代文学展"。鲁迅先生是中国新文化运动的先驱，至今对中国文坛有重大影响。他的作品不仅被编入了中国的教科书，也被拍成电影。阅读以鲁迅作品为代表的中国文学是深入了解中国的有效途径 |

续 表

| 2016 年<br>1 月 | 池田大作与作家王蒙自 2013 年开始,通过书信的方式开展了主题为"赠给未来的人生哲学——凝视文学与人"的对谈。两人在对谈中也聚焦了鲁迅,交流了鲁迅对各自成长的影响。该系列文章 2016 年 1 月至 2017 年 4 月在《上海文学》上刊载发表 |
| --- | --- |

# 附录二　笔者已发表的"池田鲁迅" 研究文章①

## "池田鲁迅"：域外鲁迅传播的新形象

二战后日本的鲁迅传播主要表现在学院体制内的学术研究和社会实践中的价值传播两个层面，前者建构了"竹内鲁迅""丸山鲁迅""伊藤鲁迅"等日本"学院鲁迅"形象，后者则形成了日本的"民间鲁迅"形象。然而，长期以来，学界对鲁迅在日本的接受与传播研究主要聚焦于竹内好、丸山升、伊藤虎丸等学者对鲁迅的纯学术性研究，却对非学院的池田大作、大江健三郎等人对鲁迅的接受与传播缺乏足够关注。

作为二战后力主日中友好的日本公明党创始人、日本创价学

---

① "池田鲁迅"由著者首次提出，为使读者更清楚了解著者对这一学术概念的探究过程，特将著者此前探讨"池田鲁迅"的4篇文章附录于此。

会的灵魂人物，池田大作不仅是著名的宗教家、社会活动家、文学家和教育家，同时也身兼北京鲁迅博物馆、上海鲁迅纪念馆和绍兴鲁迅纪念馆等国内三大鲁迅纪念馆的名誉顾问，是当今域外传播鲁迅影响最大的人士之一。早在青年时期，池田大作就深受鲁迅影响，继而在日本乃至世界范围内致力于鲁迅思想价值的践行与传播，并产生了广泛影响。鲁迅长孙周令飞指出，池田大作对鲁迅的传播是"继 20 世纪竹内好之后，在日本掀起的传播鲁迅精神、研究鲁迅思想的第二次高潮"。

具体而言，从 20 世纪 60 年代起，池田大作就开始了对鲁迅的关注，并进而接受鲁迅、传播鲁迅和践行鲁迅。早在 1960 年就任创价学会会长之际，池田大作就曾抄下鲁迅的名言来激励自己。后来，他曾专门到上海鲁迅故居参观，并写有歌颂鲁迅的长诗，也著有继承鲁迅精神的长篇小说《新·人间革命》；他既在《我的人学》等专著中探讨了鲁迅的"人学"和教育思想，也在各种国际演讲中发表过对鲁迅的见解与认识；他不仅在与金庸的对谈集《探求一个灿烂的世纪》和与顾明远的对谈集《和平之桥——论人本教育》中用大量篇章来专门探讨鲁迅的文学和教育思想，也在与季羡林、饶宗颐和章开沅等著名学者的对话中交流过对鲁迅的认识。特别是 2005年他在创价大学《谈革命作家鲁迅》的文化讲座中系统阐释了对鲁迅文学、思想的独到见解，在日本掀起了一股传播鲁迅、研究鲁迅的热潮。因而，就池田大作对鲁迅传播的价值内涵和世界影响来看，像"竹内鲁迅""丸山鲁迅"等日本鲁迅形象一样，他对鲁迅的独特认识和价值传播可称为"池田鲁迅"。

作为思想家，池田大作从"人性革命"角度来理解和阐释鲁迅的文学和思想，形成了独树一帜的鲁迅观。他对鲁迅的"人学"思想印象深刻，指出鲁迅是一个"能洞见人的精神内奥并加以发掘的'哲学家'"。他重点强调了鲁迅对人的"内在之恶"与"外在之恶"的批判，对所有民众都赢得人的尊严和幸福的"第三样时代"的呼唤等思想。同时他也指出，鲁迅的"人性革命"是一场"永远革命"。"人性革命"通过主体内部斗争以达到自我的不断改良和壮大，却是一个永远的、不断的过程，是一场永无止境的革命。

作为文学家，池田大作对鲁迅作品进行了富有创见性的解读。他认为鲁迅"注视'人性革命''精神革命'的重要，全心全意以笔来为民众带来黎明"，故而提出鲁迅文学是"人性革命"文学的命题。池田大作指出鲁迅作品最能"逼近民众的原像"，并始终贯穿着"对民众的爱"，而"在灵魂深处唤醒民众"就是鲁迅创作的根本诉求。此外，池田大作还从世界性意义的角度指出鲁迅以关注人类灵魂为职责，其作品不仅最能揭示人的精神痼疾，而且具有无与伦比的深刻性。

作为社会活动家，池田大作注重将鲁迅精神思想运用于民众运动、社会活动和文化教育等领域，成为"日本鲁迅"中实用性研究范式的典型代表。他一直致力于鲁迅思想精神的价值践行与文化传播。二战后日本社会运动高涨时期，池田大作立足于改造日本"岛国根性"的现实需要，从鲁迅那里汲取"人性革命"思想和不屈斗争精神开展民众运动，推进民众精神变革，注重发扬鲁迅思想精神在民众运动中的作用。80年代以后，日本的时代语境发生变化，人们关注和阅读鲁迅的热度锐减，但池田大作一方面积极汲取鲁迅"以学生为中心"的教育理念以及"立人"、创造"第三样时代"等思想并融入创价教育的实践中;另一方面则又以开阔的世界视野开掘鲁迅思想的世界性意义,注重利用鲁迅文学的"交往"功能,推进中日文化乃至世界文化的沟通与交流。

相对于二战后日本的"学院鲁迅"形象和"民间鲁迅"形象,"池田鲁迅"显然是对二者的兼收并蓄,并构成了域外鲁迅传播的一种重要典范。一方面,"池田鲁迅"既保持了对以往日本"学院鲁迅"研究传统的延续,同时又紧贴二战后日本变化的时代语境,积极发掘鲁迅之于当代的意义和价值,给 20 世纪 80 年代以后日本社会各阶层的鲁迅认识以巨大促进。另一方面,池田大作既以鲁迅为文化媒介推进日中文化交流,又以鲁迅为文化桥梁将自己的价值理念向全世界进行广泛传播,充分发掘了鲁迅的文化桥梁意义与传播载体价值,拓展了鲁迅在日本乃至世界的传播空间。作为一种新的鲁迅传播形象,"池田鲁迅"的深刻内涵和突出成就,彰显出鲁迅思想精神在异域日本的显扬,这对我们进一步认识鲁迅的价值有着重要启示意义,同时也为我们今天发掘和利用鲁迅资源提供了重要参照。

(原载《中国社会科学报》2014 年 11 月 7 日)

# 何为"池田鲁迅"?——池田大作眼中的鲁迅形象

池田大作不仅是日本著名的宗教家、文学家、社会活动家和教育家,同时还身兼北京鲁迅博物馆、上海鲁迅纪念馆以及绍兴鲁迅纪念馆等三大鲁迅纪念馆的名誉顾问。早在青年时期，池田大作就深受鲁迅的影响，继而在日本乃至世界范围内致力于鲁迅思想价值的践行与传播，其对鲁迅思想价值的传播在日本乃至世界都产生了广泛影响。有学者就指出，自20世纪七八十年代以来，"池田大作是国际上传播鲁迅产生最大影响的人物"①。

池田大作一直积极发掘鲁迅之于当代世界的价值和意义，值得注意的是，他对鲁迅的思想探究和价值传播一直紧贴着战后日本变化的时代语境。具体而言，在战后日本社会运动高涨时期，鲁迅在日本社会有着广泛的影响，池田大作便立足于当时的日本现实，在推行"人性革命"的过程中非常注重发扬鲁迅思想精神在民众运动中的作用。在20世纪80年代以后，日本的时代语境发生重大转变，人们关注和阅读鲁迅的热度锐减，池田大作则致力于发掘鲁迅的教育思想价值和文化交流意义。可以说，池田大作对鲁迅的接受与传播有着重要的价值内涵和世界影响，借鉴日本学界的"竹内鲁迅""丸山鲁迅"等称谓，可将池田大作对鲁迅的独特认识和价值传播称为"池田鲁迅"②。

## 一 "人性革命"的思想家

作为著名的思想家，池田大作善于从包括中国文化在内的世界文化中汲取思想的精华，他曾发出中国是日本"文化大恩

---

① 王锡荣：《鲁迅与池田大作——东亚两位伟大思想家的共同点》，《上海鲁迅研究》2012年第4期，第1页。

② 卓光平：《"池田鲁迅"：域外鲁迅传播的新形象》，《中国社会科学报》2014年11月7日。

之国"① 的感叹，并称中国是"人学"的宝库。他不仅对鲁迅充满了尊敬和喜爱，而且还对鲁迅的"人学"思想产生了深深共鸣。他认为鲁迅是"哲学性格与战士性格的融合体"②，能够深刻地洞察人的内心世界，始终"注视'人性革命''精神革命'的重要，全心全意以笔来为民众带来黎明"③。所以在战后日本社会运动的高涨时期，池田大作立足于改造日本"岛国根性"的现实需要，不断从鲁迅那里汲取"人性革命"思想和不屈的斗士精神来开展民众运动，积极推进日本民众的精神变革。

对鲁迅来说，他的"人性革命"思想正是在日本留学时形成的。发生在仙台医专的幻灯片事件给了他极大的刺激，让他清醒地意识到医治国人的灵魂是远比医治他们的身体更为紧要的事情。池田大作也注意到幻灯片事件给鲁迅所带来的强烈冲击，他说："那情景太刺激了，青年鲁迅记下了当时的心情……现在需要的是改造精神。青年鲁迅认为，为此，只有学文学。"④ 正如创价学会的首任会长牧口常三郎为改革日本的"岛国根性"而投身于创价教育一样，鲁迅认识到善于改变人们精神的首推文艺，并坚信"文艺是国民精神所发的火光，同时也是引导国民精神的前途的灯火"⑤，所以自投身于文学事业之后，他就一直致力于对"立人"

---

① 饶宗颐、[日]池田大作、孙立川：《文化艺术之旅》，广西师范大学出版社2009年版，第52页。

② [日]池田大作：《鲁迅的烦恼与勇气》，《国外社会科学》1981年第9期，第29页。

③ [日]池田大作：《谈革命作家鲁迅》，《上海鲁迅研究》2006年第4期，第169页。

④ 同上书，第162页。

⑤ 鲁迅：《坟·论睁了眼看》，《鲁迅全集》第1卷，人民文学出版社2005年版，第254页。

的思考和"改造国民性"的文艺实践。池田大作也指出："鲁迅先生喜爱的是'月亮'和'孩子'。最讨厌的是'撒谎'。他心里总是充满火热的人类爱。"① "鲁迅先生的目标是民众觉醒，是'变革奴隶根性'，同时消除旧社会的'主人与奴隶'的关系。"② 鲁迅非常憎恶国民的奴隶根性，而喜爱"月亮"和"孩子"，因为"孩子"代表着未来和希望。他厌恶"撒谎"，但内心始终充满了火热的人类爱，也正是这种"大爱"让他不遗余力地去拯救国民的灵魂，力图通过文学来唤醒民众，变革国民的奴隶根性，进而消除一直以来根深蒂固的"主人与奴隶"的关系。

　　与战后日本许多鲁迅研究者常把鲁迅作为日本民族自我批判的思想资源和追求革命变革的精神动力来对待一样，池田大作也非常重视发掘鲁迅的思想精神价值。他从"人性革命"角度来理解和阐释鲁迅的文学和思想，并形成了独树一帜的鲁迅观。池田大作认为"鲁迅对精神洞察的深刻性，揭露了所有的'罪恶'"③，是一个"能洞见人的精神内奥并加以发掘的'哲学家'"④。鲁迅善于对人的精神进行深刻透视，其揭示的国民劣根性是人类共同的弱点，而池田大作对鲁迅思想的探究与传播就是要达到最终的"人性革命"。

　　鲁迅坚持对人的"内在之恶"与社会的"外在之恶"进行批

---

　　① ［日］池田大作：《谈革命作家鲁迅》，《上海鲁迅研究》2006 年第 4 期，第159 页。

　　② 同上书，第170 页。

　　③ ［日］池田大作：《鲁迅的烦恼与勇气》，《国外社会科学》1981 年第 9 期，第29 页。

　　④ 金庸、［日］池田大作：《探索一个灿烂的世纪：金庸/池田大作对话录》，北京大学出版社1998 年版，第216 页。

判，并致力于"立人"和"改造国民性"的思考和探究。池田大作在对鲁迅的"人学"思想进行探究时，也注意将其还原到20世纪初中国的时代语境中去，他说："创造出一个没有主人和奴隶的新世界。这也可以说是孙中山先生和鲁迅先生等人的奋斗目标。"① 但孙中山所领导的辛亥革命"不是一场改造中国国民精神的真正的革命。这场革命迫使他（鲁迅）感到：在自己充满激愤的身上，不，在国民当中，潜在着一种想摆脱也摆脱不掉的愚弱性。"② 因而，池田大作认识到，与孙中山的国民革命相比，鲁迅的"人性革命"显得更为深刻，其最终目标就是要通过改造国民的奴隶根性，唤醒民众的灵魂，进而消除旧社会主人与奴隶的关系，进入到所有民众都赢得尊严和幸福的"第三样时代"。同时，池田大作也认识到，鲁迅的"人性革命"也是一场"永远革命"。他说："所谓革命，是永远向上，永远成长，永远斗争。'革命不止'就是鲁迅先生的一生。"③ "人性革命"只有通过主体内部的斗争以达到自我的不断改良和壮大，但这是一个永远的、不断的过程，而且是一场永无止境的革命。

鲁迅通过透视民众灵魂和解剖自己而达到对人类本性的窥视，其所揭示的奴隶根性正是人类共同的弱点。在池田大作心目中，鲁迅先生正是他无比崇敬的心中楷模。他把鲁迅的一生看成战斗的一生、奋斗的一生。他也常引用鲁迅的一句话，"观史实之所

---

① 章开沅、［日］池田大作：《世纪的馈赠：章开沅与池田大作的对话》，湖北人民出版社2011年版，第106页。

② ［日］池田大作：《鲁迅的烦恼与勇气》，《国外社会科学》1981年第9期，第28页。

③ ［日］池田大作：《谈革命作家鲁迅》，《上海鲁迅研究》2006年第4期，第189页。

垂，吾则知先路前驱，而为之辟廓清者，固必先有其健者矣"。① 池田大作非常重视鲁迅的思想批判和精神追求，因而他总是不断把鲁迅的人格精神内化为自己的精神力量并投身于创价学会的事业中去。

## 二　"在灵魂深处唤醒民众"的文学家

池田大作对作为文学家的鲁迅表现出由衷的钦敬与仰慕，他称鲁迅是"与社会的'恶'战斗到底的文豪"②，并对其文学作品进行了富有创见性的解读。在池田大作看来，鲁迅寄希望于"人性革命"和"精神革命"，并用文学创作来为民众带来黎明，故而提出了鲁迅文学是"人性革命"文学的命题。鲁迅一直用看透民族本质的敏锐视线凝视着现实本身，故而他的小说总能剥掉粉饰性的外衣，并塑造了阿 Q 等众多逼近现实的人物形象。正是通过鲁迅笔下的阿 Q 形象，池田大作指出，如果民众都像阿 Q 一样得过且过，不去面对现实，那就永远也不可能改变社会现实。他说："鲁迅先生用阿 Q 这一形象表达的思想超越国境，启示全世界民众。'要改变社会，首先改变自己！自己坚强起来！聪明起来！'这不就是从《阿 Q 正传》中读取的普遍性、世界性吗？"③要实现民族独立和国家富强，就必须有民众的觉醒，就必须改造

---

① 鲁迅：《集外集拾遗补编·破恶声论》，《鲁迅全集》第 8 卷，人民文学出版社 2005 年版，第 28 页。

② 饶宗颐、[日]池田大作、孙立川：《文化艺术之旅》，广西师范大学出版社 2009 年版，第 65 页。

③ [日]池田大作：《谈革命作家鲁迅》，《上海鲁迅研究》2006 年第 4 期，第 166 页。

"人",进行"人性革命"。事实上,从 1965 年 1 月起,池田大作创作的小说《人间革命》开始在创价学会的机关报《圣教新闻》上连载。这部多卷本小说的主题就是写"在一个人的身上所进行的人的革命,很快使一个国家的命运发生转变,甚至能使全人类的命运发生转变。"① 可以说,池田大作所提倡的"人性革命"主张明显与鲁迅的"改造国民性"思想有着深深的共鸣。

正是从"人性革命"的角度出发,池田大作认为鲁迅的创作是在灵魂深处唤醒民众的文学。他指出鲁迅作品最能"逼近民众的原像",并始终贯穿着对民众的爱,而关注民众、刻画民众、唤醒民众就是鲁迅文学最基本的主题。鲁迅从病态社会不幸的人们中选取创作素材,揭出病苦,以引起疗救的注意。池田大作非常欣赏鲁迅的小说,在他看来,鲁迅正是通过文学来改变民众的思想,让民众觉醒。他说:"鲁迅先生是用笔的斗士,站在时代的风口浪尖。在接连不断的困难与迫害中,披荆斩棘地开拓'改革人民'、'使民众觉醒'这条从未有过的路。"② "在《阿 Q 正传》里,他描写了任人愚弄、生活于黑暗之中的平民的'原像'。阿 Q 性格善良而软弱,演出了各种各样的悲喜剧,跌入破灭的深渊。通过滑稽得令人悲哀的形象。鲁迅呐喊:真正的革命必须是民众的觉醒不能沦为权力与权力的交替剧。"③ 池田大作认为,鲁迅的最终目的就是为使自己描绘的"阿 Q"那样的民众都能变成"新

---

① [日]池田大作:《我的履历书》,赵恩普等译,吉林人民出版社 1984 年版,第 90 页。

② [日]池田大作:《谈革命作家鲁迅》,《上海鲁迅研究》2006 年第 4 期,第 159 页。

③ [日]池田大作:《池田大作谈鲁迅(答〈明报〉记者问)》,《鲁迅研究月刊》1995 年第 5 期,第 29 页。

的民众",无所畏惧地起来战斗和叫喊。在《阿Q正传》中,鲁迅正是在深刻理解国民劣根性的基础上,抓住了以"精神胜利法"为典型的阿Q形象,塑造了阿Q以"精神胜利法"来自我解嘲、自欺欺人。池田大作也从阿Q身上认识到,"长久处于被统治的地位,很多人不知不觉死了心,被关进眼睛看不见的'心的牢笼'里"。① 鲁迅用阿Q的形象把这一点揭示出来,目的自然是让读者能够看清这种愚昧,克服这种愚昧。"历史上任何时代都有人被歧视,被虐待。但是,哪怕身体被束缚,也能在心里叫喊'等着瞧吧!''欺负他人是错误的'。这个民族早晚一定能打破被统治的黑暗,夺得光明。"② 因此,他呼吁:"民众啊,不要自欺!砸碎'心的牢笼'!《阿Q正传》咚咚敲响了'觉醒的铜锣',把民族沉默的灵魂唤醒。"③ 作为个体的人,心灵自然不应该被束缚,不应该被夺走灵魂,不然,那就成为永远的奴隶。

　　在池田大作看来,在灵魂深处唤醒民众就是鲁迅创作的根本诉求。鲁迅的作品不仅"逼近民众的原像",并始终贯穿着"对民众的爱",而且还一直凝视着人性的"最深层"。从世界性意义的角度出发,池田大作指出鲁迅通过阿Q等人物形象揭示了人类共同的弱点,鲁迅以关注人类灵魂为职责,其作品不仅最能揭示人的精神痼疾,而且具有无比的深刻性。而透过鲁迅的小说,池田大作认为社会革命并不能从根本上改变人们的思想,还必须要致力于人的精神革命。他指出社会革命即使能改变政治,但改变

---

　　① [日]池田大作:《谈革命作家鲁迅》,《上海鲁迅研究》2006年第4期,第165页。

　　② 同上。

　　③ 同上。

不了阿Q的可悲命运。阿Q的村庄来了辛亥革命的革命党，但阿Q却被革命的浪潮摆布，莫名其妙地获罪，并被杀头示众。所以他说："与'国家'或'制度'相比，真正必须改变的首先是'人'。阿Q那样的人不自觉，就算不上真正的革命。鲁迅先生就是这样想的。"① 正是出于对鲁迅立人思想和改造国民性思想的深刻理解，池田大作将鲁迅的作品看成"人性革命"的文学，他说："人不变，政治招牌怎么变也不过是统治的道具。所以，首先要变革人的精神！这就是鲁迅先生的结论。为此而拿起的武器是笔。鲁迅文学正是'人性革命'的文学。"②

### 三　中日文化交流的先驱者

作为战后日本著名的宗教家和社会活动家，池田大作也一直致力于世界和平和的事业。从青年时代起，他就开始致力于中日间的友好交往。因此，他非常重视鲁迅对中日民间交往的贡献以及鲁迅所留下的中日文化交流的遗产，也非常注重发挥鲁迅在中日文化交流方面的重要作用，他也一直以继承藤野先生、牧口先生以及鲁迅等先哲的遗志，架设中日间"永远友好的金桥"为己任。

鲁迅曾在东京弘文学院的求学，而创价学会创始人牧口常三郎也曾在弘文学院的任教，这让池田大作从他们的人生经历和思想精神上找到了契合与相通。鲁迅1902年到日本留学，最初在东

---

① ［日］池田大作：《谈革命作家鲁迅》，《上海鲁迅研究》2006年第4期，第166页。

② 同上。

京弘文学院学习日文，1904 年 4 月离开弘文学院去仙台学医。创价学会创始人牧口常三郎 1904 年 2 月起也开始在弘文学院讲授地理课。这期间，他们在弘文学院有两个月的重叠期。鲁迅与牧口常三郎是否有过交往，或是否曾经听过牧口的课都存在可能。池田大作一直对他们师生两人在两个月的重叠时间里有什么具体来往和精神交流非常感兴趣。在鲁迅与牧口常三郎身上，池田大作就欣喜地发现了一种强烈的共识，那就是不约而同地认为民众的团结对中国未来的重要性。他说："鲁迅先生在月刊《浙江潮》上强烈诉求团结起来的必要性，说中国不能像一盘散沙。牧口先生很早就在《人生地理学》中主张中国向日本传来文化的恩义，也强调'团结的气力'对这个邻国的未来很重要。民众啊，团结起来！发展的关键即在于此——这就是青年鲁迅和牧口先生的共识。"① 牧口常三郎是创价学会的创始人和精神导师，而鲁迅是中国新文学的旗手，每当池田大作想寻找创价学会精神与中国文化之间沟通的桥梁时，他就自然会想到牧口常三郎与鲁迅。所以他总是说："每当想到鲁迅先生，我心里就浮现慈爱正义的教育家、创价教育之父牧口常三郎先生的身影。"②

在鲁迅弘文书院执教的牧口常三郎和中国留学生们曾有过心心相印的交流，在留学日本仙台医学专门学校时鲁迅和恩师藤野先生也有过暖人肺腑的交流，这些情景总不断萦回在池田大作的脑际。他在诗作中指出鲁迅的《藤野先生》是"真正的人与人之间的友爱／却超越国家和民族的狭窄之见／这对师徒的挚爱刻下深

---

① ［日］池田大作：《谈革命作家鲁迅》，《上海鲁迅研究》2006 年第 4 期，第 161 页。

② 同上书，第 158 页。

刻的标记"①，并认为鲁迅与日本弟子增田涉的交往也是鲁迅谱写的中日友好交流的一段佳话。他诗作中说："在上海的寓居中，日日复日日／为着一个普通的日本青年／他竟耗费宝贵的时间／做一个诚挚负责任的'个人教授'。"② 为继承先哲们的遗志，池田大作一直用他的实际行动来开拓日本和中国的青年交流之路。早在1975 年，池田大作就在他所创办的创价大学接收了 6 名来自中国的留学生，这也是新中国成立后第一批去往日本的留学生。而池田大作就希望像鲁迅留学日本时和老师藤野先生之间温暖的交流一样，在创价大学师生和中国留学生之间也培育出美好的友情。

鲁迅善于以文学来沟通各民族人民的心灵，他的《藤野先生》就种下了中日友谊的种子。正如他所说，"人类最好是彼此不隔膜、相关心，然而最平正的道路却是只有用文艺来沟通。"③ 而池田大作对鲁迅文学中人类情怀的深刻阐释和对鲁迅文学"交往"功能的发掘，对深化中日文化交流和促进中日关系的发展无疑有着重要意义。事实上，对中日关系的展望，鲁迅坚信"日本和中国的人们之间，是一定会有互相了解的时候的"④。池田大作也从鲁迅的小说《非攻》总结出："要达成和平这一目标，只有靠我们不断地采取果断的行动和进行有勇气的对话。"⑤ 而中日之

---

① ［日］池田大作：《文学界的巨人　精神界的先驱——为纪念伟大的鲁迅先生》，《鲁迅研究月刊》2002 年第 6 期，第 78 页。

② 同上。

③ 鲁迅：《且介亭杂文二集·〈呐喊〉捷克译本序言》，《鲁迅全集》第 6 卷，人民文学出版社 2005 年版，第 544 页。

④ 鲁迅：《且介亭杂文二集·内山完造〈活中国的姿态〉序》，《鲁迅全集》第 6 卷，人民文学出版社 2005 年版，第 277 页。

⑤ ［日］池田大作：《走向和平之康庄大道》，《我的中国观》，四川人民出版社 2009 年版，第 86 页。

间"现今最重要的现实问题就是怎样使这中日友好的'金桥'发展得更坚固、更稳定。"① 所以，池田大作前后十次访问中国，积极倡言中日关系正常化，始终致力于中日友好，这也在中日民间交往史上留下了浓墨重彩的一笔。他也指出"在世界各民族之间架设'友谊的金桥'，肩负这一重大使命的主体就是创价的学生、毕业生。每一个人都是我的生命，我的希望。"② 总之，池田大作总是以其开阔的世界视野不断发掘和阐释鲁迅思想中的世界性意义，同时注重发掘鲁迅文学的"交往"功能，促进中日文化乃至世界文化的交流与沟通。

## 四　践行"立人"的教育家

池田大作非常注重发掘鲁迅文化遗产的当代价值，他对鲁迅的接受尤为重视其社会践行价值。因此，他对鲁迅的接受也就不可避免地受到战后日本的时代语境的影响，特别是在 80 年代以后，日本的时代语境发生变化，池田大作便积极汲取鲁迅"以学生为中心"的教育理念以及"立人"、创造"第三样时代"等思想并融入创价教育的实践中。

作为教育家，池田大作不仅是创价大学的创办者，他也一直非常热心于对青年人的教育和培养。他认为鲁迅不仅是一位拿笔的战士，同样也是一位爱护青年、培育青年的教育家。所以他非

① ［日］池田大作：《教育之道　文化之桥》，《我的中国观》，四川人民出版社 2009 年版，第 97 页。
② ［日］池田大作：《谈革命作家鲁迅》，《上海鲁迅研究》2006 年第 4 期，第 192 页。

常重视汲取鲁迅的教育思想，也一直十分推崇鲁迅的教育思想和理念。他说："与邪恶论争，培养青年，对于鲁迅先生来说，是车的两个轮子。"① 在池田大作看来，作为教育家的鲁迅对培养青年付出了大量精力。他对鲁迅一生的执教经历也十分了解："他执教的学校有北京大学、北京师范大学、北京女子师范大学、世界语专门学校、中国大学、厦门大学、中山大学等十三校。听说现在北京大学的校徽也是鲁迅先生设计的。"② 创价大学高桥强教授也指出，池田大作心中一直存在一个教育家鲁迅的形象。鲁迅一生共有近二十年在从事教育工作，在长期的教育实践中积累了丰富的教育经验，为今天的教育提供了宝贵的启示。尤其是鲁迅实践"立人"的教育思想以及致力于创造"第三样时代"的理想追求等都是教育的永恒话题。

池田大作重视对青年的教育和培养，他认为，为了将来的事业，培养有用的人才是非常重要的。20 世纪 80 年代以后，池田大作把教育事业作为自己人生中最重要的事业。而他从鲁迅那里获得了许多启发，他不仅非常认同鲁迅呼吁年轻一代来创造前所未有的"第三样时代"，并且还将其作为创价教育的使命。鲁迅在剖析中国过去历史的时候指出，中国的历史包括两种，一种是"想做奴隶而不得的时代"，另一种就是"暂时做稳了奴隶的时代"，而创造中国历史上从未有过的第三样时代，正是当时青年们的使命。池田大作指出，所谓"前所未有的'第三样时代'，是无辜民众不再受战火与骚乱之苦的时代，而且什么也不隶属，所

---

① ［日］池田大作：《谈革命作家鲁迅》，《上海鲁迅研究》2006 年第 4 期，第 176 页。

② 同上书，第 171 页。

有民众都赢得'人'的尊严和幸福的时代。为此，每个人要自觉本来具有的'伟大使命'，毅然争取使命实现。这就是真正的人性革命道路。创造'第三样时代'的智慧要塞就是我创价大学、创价女子短期大学，还有创价学园"①。池田大作将鲁迅"永远革命"的思想引入创价教育的事业追求中，并将鲁迅所谓创造"第三样时代"的思想作为创价教育的终极教育目标。正是因为受鲁迅精神的激励，池田大作在谈到创价大学建校的宗旨时说："绝不向恶低头。要战而胜之！这就是创价教育的基点，是鲁迅先生的精神。推动人类历史前进的巨大力量也就是'师与弟子'这种薪传的意志。"② 池田大作把希望寄托在接受创价教育的青年们身上，他也因此祈念："青年啊，雄起起展翅飞上使命的长空！夺取胜利！创大生啊，短大生啊，学园生啊，美国创大生啊，都要战无不胜！我已下定决心：以发展人本教育作为我生涯最重要的事业，因为这也是决定未来的重要因素。"③

　　总之，池田大作十分崇敬鲁迅，也一直在向日本乃至世界传播鲁迅的文学和践行鲁迅的思想追求。与"竹内鲁迅""丸山鲁迅"等日本"学院鲁迅"形象一样，"池田鲁迅"也是在战后日本时代语境中建构的日本鲁迅形象。但池田大作对鲁迅的思想探究和价值传播一直紧贴战后日本变化的时代语境，并积极致力于发掘鲁迅之于当代世界的意义和价值，因此"池田鲁迅"不同于日本的"学院鲁迅"，它是日本实用性鲁迅研究的典范。特别是

---

　　① ［日］池田大作：《谈革命作家鲁迅》，《上海鲁迅研究》2006 年第 4 期，第171 页。

　　② 同上书，第 181—182 页。

　　③ 同上书，第 182 页。

在战后 80 年代以后，池田大作既注重鲁迅的"人性革命"思想，同时也重视发掘鲁迅的文化交流意义和教育思想价值，并以鲁迅为媒介，推进中日乃至世界文化的交流与沟通。而作为一种新的鲁迅传播形象，"池田鲁迅"以其深刻内涵和突出成就使得鲁迅的域外传播显示出强劲的活力，这对于我们进一步认识鲁迅的当代价值有着重要的启示意义，同时也为我们今天发掘和利用鲁迅资源提供了重要的参照。

（原载《上海鲁迅研究》2016 年第 1 期）

# "池田鲁迅"对鲁迅当代价值重估的启示

作为日本创价学会的第三任会长和国际创价学会的现任会长，池田大作不仅是著名的宗教家、社会活动家、文学家和教育家，同时还是北京鲁迅博物馆、上海鲁迅纪念馆和绍兴鲁迅纪念馆的名誉顾问。早在青年时期，池田大作就开始受到鲁迅的影响，继而又不断进行鲁迅思想文化的践行与传播，并成为 20 世纪七八十年代以来传播鲁迅在国际上产生影响最大的人士之一。鲁迅长孙周令飞就指出，"鲁迅的魅力，鲁迅活在 21 世纪的体现，亦是日本国际创价学会、池田大作先生与中国鲁迅的相知之缘、不解之缘"。池田大作积极发掘鲁迅的当代价值和意义，他注重将鲁迅精神思想运用于日本创价学会的民众运动、社会活动和文化教育等领域，并成了日本鲁迅传播中实用性研究范式的典型代表。基于池田大作近半个世纪以来传播鲁迅的贡献和影响，可将其对鲁迅思想文学的独特认识和价值传播称为"池田鲁迅"。

在战后日本思想界、文化界乃至普通民众间，鲁迅曾一度有着广泛的影响。受战后日本时代语境的影响，池田大作从青年时起就开始阅读鲁迅文学作品，接受鲁迅思想精神，并进而致力于对鲁迅思想文学和精神价值的传播。特别是在战后日本社会运动高涨时期，池田大作立足于改造日本"岛国根性"的现实需要，从鲁迅那里汲取"人性革命"的思想和不屈斗士的精神来推进创价学会以宗教活动为主的民众运动，推进日本民众的精神变革，注重发扬鲁迅思想精神在民众运动中的作用。

在池田大作看来，鲁迅一生坚持对人的"内在之恶"与"外在之恶"的批判，并致力于"人性革命"的探究，其最终目标就是改造奴隶根性，唤醒民众，进而消除旧社会主人与奴隶的关系，进入所有民众都赢得人的尊严和幸福的"第三样时代"。他说："鲁迅先生的目标是民众觉醒，是'变革奴隶根性'，同时消除旧社会的'主人与奴隶'的关系。"而"前所未有的'第三样时代'，是无辜民众不再受战火与骚乱之苦的时代，而且什么也不隶属，所有民众都赢得人的尊严和幸福的时代。"可以说，池田大作终身所致力于的"人性革命"与鲁迅在思想上有着深刻的相通性。

与日本"学院鲁迅"纯学术性研究不同，池田大作接受与传播鲁迅是为了发掘与传播鲁迅思想从而促进"人性革命"并最终实现社会变革，"池田鲁迅"也正因此成为日本鲁迅接受中实用性研究范式的典范。而且，某种意义上说，从竹内好到丸山升、伊藤虎丸、木山英雄，再到丸尾常喜，日本鲁迅研究一直带有玄学化的倾向。因缺乏通俗性，日本"学院鲁迅"的主要影响一直仅限于学术界内部。相对于日本学院鲁迅的玄学化倾向，"池田鲁迅"注重鲁迅"人性革命""精神革命"通俗化的解读与阐释，并致力于发掘其社会实践价值。池田大作对鲁迅思想文学的解读和价值精神的践行，更容易被人们所接受，这也是"池田鲁迅"在当代语境中仍然具有旺盛生命力的原因之所在。

可以说，在与鲁迅相遇的过程中，池田大作不断从鲁迅那里发掘新的思想动力和精神源泉，进而从鲁迅身上无限地生发新的自我。同时，"池田鲁迅"与同时代的鲁迅论、中国论也息息相关。"池田鲁迅"是池田大作对鲁迅思想精神的继承和内化，某种意义上也是对日本"学院鲁迅"的补充。相较于中国本土所建构的鲁迅形象，"池田鲁迅"是池田大作想象和建构的活在异域日本的鲁迅形象，它与中国本土的鲁迅形象形成参照，构成互补。正因如此，"池田鲁迅"对鲁迅当代价值的重估无疑具有重要的现实价值和启示意义。

（原载《文艺报》2016 年 9 月 23 日）

# "池田鲁迅"：战后日本鲁迅传播的新形象

从 1909 年日本东京出版的《日本及日本人》杂志在"文艺杂事"栏目上刊载鲁迅与周作人合译《域外小说集》的消息算

起，鲁迅在日本的传播已经有一百多年的历史。在这一百多年里，日本知识界及其广大民众对鲁迅倾注了大量热情，特别是在战后日本，鲁迅的影响几乎遍及日本知识界与社会大众的许多层面。然而，长期以来，学界对鲁迅在日本的接受与传播研究主要聚焦于竹内好、丸山升、伊藤虎丸、木山英雄和丸尾常喜等学者对鲁迅的纯学术性研究，却对非学院的池田大作、大江健三郎等对鲁迅的接受与传播缺乏足够关注。作为战后日本力主日中友好的日本创价学会的灵魂人物，池田大作早在青年时期就开始受到鲁迅影响，继而又致力于鲁迅思想价值的践行与传播。此后，池田大作还担任了北京鲁迅博物馆、上海鲁迅纪念馆和绍兴鲁迅纪念馆的名誉顾问，并成为当今域外传播鲁迅影响最大的人士之一。

事实上，作为日本传播中实用性研究的典范，池田大作对鲁迅的思想探究和价值传播一直紧贴战后日本变化的时代语境，并积极致力于发掘鲁迅之于当代世界的价值和意义，在日本乃至世界产生了重要影响。鲁迅长孙周令飞曾指出，池田大作对鲁迅的传播"是继 20 世纪竹内好之后，在日本掀起的传播鲁迅精神、研究鲁迅思想的第二次高潮，固然两者传播的范围和形式不尽相同，但是我们相信这次高潮影响的层面和意义十分深远，为中日两国文化交流和友好往来，为'人'的精神淬炼起到了极为重要的推动作用。"① 因此，就池田大作对鲁迅传播的价值内涵和世界影响来看，其对鲁迅的独特认识和价值传播可称为"池田鲁迅"②。

---

① 见周令飞《周令飞在香港 SGI 鲁迅展开幕式上的贺词》。
② 卓光平：《"池田鲁迅"：域外鲁迅传播的新形象》，《中国社会科学报》2014年 11 月 7 日。

## 一 战后日本文化语境与"池田鲁迅"的诞生

与"竹内鲁迅""丸山鲁迅"等日本"学院鲁迅"形象一样，"池田鲁迅"也是在战后日本时代语境中建构的日本鲁迅形象。从池田大作接受和阅读鲁迅的契机来说，池田大作对鲁迅的接受与传播一方面与中日文化薪火相传的渊源有着深刻的内在关联，另一方面相似的人生奋斗历程和身世经历也让池田大作对鲁迅产生了深深的精神共鸣，而这一切正是发生在战后日本特定的文化语境中的。

一方面，作为作家的鲁迅，其诞生、成长与日本的关系十分密切；另一方面，日本战后初期兴起了借鉴"革命中国"以达到自我反省目的的浪潮，这就使得鲁迅在战后日本不仅被作为"国民作家"来阅读，而且其思想也被广泛接受和传播。对于一般日本读者来说，鲁迅文学作品成为战后陪伴许多文化人和普通人度过战后艰难时世的精神灯火。而对于日本思想界而言，鲁迅思想则成了许多思想家和学者批判当代日本社会和文明弊端的参考尺度。可见，在战后初期的日本，鲁迅的思想和文学给刚刚战败的日本人有着重要影响，并为当时知识分子的社会运动提供了重要的思想精神资源。出于对近代以来日本的反思，一些专门致力于中国文学研究的学者，如竹内好、丸山升、伊藤虎丸等对鲁迅及其文学进行了深入探究，并建构了所谓的"竹内鲁迅""丸山鲁迅""伊藤鲁迅"等鲁迅形象。其中，著名学者竹内好就是经由鲁迅而展开了对近代以来的日本社会及其价值观念的批判，并成了战后在日本具有巨大影响的思想家。作为思想家，竹内好最具创造力的思想之一就是对中国和日本不同的近代化道路进行对照分析。"他借用佛教的'回心'概念，分别把中日两种近代化追求命名为'回心型'近代化和'转向型'的近代化，他以鲁迅式的抵抗批判日本近代化的奴性，试图寻求自主的近代化道路，这样，鲁迅成了竹内好批判日本文化和日本近代化的'他者'。"① 可以说，战后日本对鲁迅的接受通常是把他作为民族自我批判的思想资源和追求革命变革的精神动力来对待的，因而战后日本的鲁迅传播具有极强的现实性。同样，池田大作对鲁迅的接受也一直紧贴战后日本的时代语境，而"池田鲁迅"也正是在战后日本文化语境中诞生的。

战后不久，许多日本知识分子开始通过对"革命中国"的想象来对日本近代化和侵略历史进行批判和反省，其中尤以鲁迅的思想和文学为战后日本提供了重要的价值参考。因此，在战后日本社会形成了阅读鲁迅和研究鲁迅的一个高潮期，而这无疑为在战后成长起来的池田大作提供了一个阅读和接受鲁迅的时代契机。二战结束时，池田大作只有十九岁，也正是青年时期，池田大作开始阅读鲁迅作品，如他后来所说："鲁迅作品作为我的青春时代爱读之书而在我的心中留下了深深的印记。"② 对鲁迅作品的阅读不单纯是知识增长的过程，通过阅读，池田大作和鲁迅进行了精神对话，这也引起了他生命的波动，并加深他人生的痕迹。1960

---

① 王家平：《百年来鲁迅在世界上传播的区域格局及其重要学派》，《反思与深化：在经典与现实中走向纵深的鲁迅研究》，安徽文艺出版社 2013 年版，第 391 页。

② ［日］池田大作、顾明远：《和平之桥——畅谈"人间教育"》，高益民译，教育科学出版社 2014 年版，第 117 页。

年，在池田大作就任创价学会第三任会长之际，年仅 32 岁的他将鲁迅小说《故乡》中"希望本无所谓有，无所谓无，这正如地上的路，其实地上本没有路，走的人多了，也便成了路"① 这段名言记录在自己的日记里，他认为这是鲁迅身体力行的"希望哲学"，并一直秉承着这个信念开拓新的人生，向未知的将来挑战。在池田大作看来，希望就是鲁迅的哲学，鲁迅给他的启示就是，只要直视严酷的现实，就一定能从中打开活路。

从人生的遭际来说，鲁迅与池田大作在年幼时都曾经历了重大的家庭变故，家庭生活陡然落入贫困之中，这对他们年幼的心灵都产生了深刻的影响，并促使他们从小就养成了坚毅的性格。类似的家庭变故和后来的人生奋斗经历使池田大作对鲁迅不屈的斗士人格和韧性战斗精神产生了深深的心灵遇合和精神共鸣。鲁迅为世家子弟，但出生时，家族已处在没落阶段。他 13 岁时，祖父周福清因科场作弊案先是被判"斩监候"，后减为坐牢八年，周家卖田卖地筹款营救，弄得家里"几乎什么也没有了"②。这期间，他和弟弟曾不得不到乡下的舅父家避难，并被当成了"乞食者"来看待。在家庭由大户到小康，再到破产的变故中，鲁迅深切感到世态的炎凉，达到"连心肝也似乎有些了然"③ 的地步。于是，在 18 岁的时候，他毅然走上了"走异路，逃异地"外出求学的生涯，而这是一般世家子弟所不屑于走的人生道路。池田大

---

① 鲁迅：《呐喊·故乡》，《鲁迅全集》第 1 卷，人民文学出版社 2005 年版，第 510 页。
② 鲁迅：《集外集·俄文译本〈阿 Q 正传〉序及著者自叙传略》，《鲁迅全集》第 7 卷，人民文学出版社 2005 年版，第 85 页。
③ 鲁迅：《朝花夕拾·琐记》，《鲁迅全集》第 2 卷，人民文学出版社 2005 年版，第 303 页。

作的父亲先是在日本从事紫菜制造业，生活起初还算比较稳定。"可是，在关东大地震时，由于海岸隆起，海岸一代的紫菜生产量一下子降落下来，我们家的家运也就开始衰落了"①。而后来战争爆发，紫菜生产完全陷于停顿，池田大作的4个哥哥又分别走上战争前线，家中从此一贫如洗。再后来，他的大哥在缅甸战死，使家庭更是雪上加霜。相同的贫苦出生和家庭变故促使了两位文化巨人从少年起就开始关注底层民众，在逆境中立志向上，并养成了一种坚毅的求索精神。而池田大作从鲁迅身上看到了他们的共同之处，"只要精神坚强，困难就能变为成长的食粮"②。

相同的坎坷遭遇让池田大作对鲁迅产生了一种亲切感，他也从鲁迅身上看到了一种成长的精神。正如有学者指出，"人们接触'他者'，主要不是出于好奇心而寻找差异性，而是为了在'他者'身上找到与自己相同的共性"。③ 类似的家庭变故，特别是后来的人生奋斗经历使让池田大作在心灵上与鲁迅达到了一种契合，使他超越了有限的时空，与鲁迅进行了灵魂与灵魂的沟通和联结。如其后来所说："我的每一天，乃至时时刻刻，都是和鲁迅先生的勇气灵魂同在。"④ 可以说，池田大作对鲁迅充满了尊敬和喜爱，

---

① ［日］池田大作：《谈谈我的父亲》，《池田大作选集》，北京大学出版社1988年版，第214页。

② ［日］池田大作：《谈革命作家鲁迅》，《上海鲁迅研究》2006年第4期，第160页。

③ 王家平：《百年来鲁迅在世界上传播的区域格局及其重要学派》，见寿永明、王晓初主编《反思与深化：在经典与现实中走向纵深的鲁迅研究》，安徽文艺出版社2013年版，第390页。

④ 2011年9月23日，纪念鲁迅诞辰130周年系列活动在沪拉开帷幕，上海鲁迅纪念馆举行了"鲁迅与现代中国文化"国际学术研讨会，池田大作虽未能亲自参加，但作了书面发言。此处引文见徐颖《今天，我们这样怀念鲁迅》，《新闻晨报》2011年9月24日。

他不仅阅读了鲁迅大量的作品，汲取其思想精神，而且还不遗余力地向日本乃至世界传播鲁迅的思想和精神。在 1974 年 5 月，池田大作第一次访问中国时，他便主动提出并参观了上海鲁迅故居。他对鲁迅坚持信念奋战到底的人生大为感动，并表示要向日本乃至世界宣扬和传播鲁迅的思想和精神，他说："今后有机会我会将鲁迅先生的活跃写下，向日本以及世界宣扬。"① 在此后的 40 多年里，池田大作一直致力于鲁迅思想精神的探究、传播和践行，并成为当今世界传播鲁迅影响最大的人士之一。

## 二　作为日本实用性研究典范的"池田鲁迅"

就鲁迅传播层面而言，鲁迅在日本的接受与传播主要发生在思想文化的学术研究和社会实践的价值传播两个的层面。前者建构了诸如"竹内鲁迅""丸山鲁迅""伊藤鲁迅""丸尾鲁迅"等日本"学院鲁迅"形象，后者则主要体现在学院之外日本不同阶层读者所接受、理解、想象和创造的鲁迅形象，可称为"民间鲁迅"②。池田大作对鲁迅进行接受传播和价值践行中形成了独到的思想认识，而"池田鲁迅"就是对池田大作在接受与传播鲁迅过程中的思想认识和价值实践的称谓。在池田大作看来，鲁迅具有多重价值：一是思想精神价值。他指出鲁迅是哲学性格与战士性格的融合体，其哲思之精辟与精神品质之高尚，对人类具有普泛性的借鉴意义。二是文学创造价值。在他看来，鲁迅善于对人的

---

① ［日］池田大作：《新·人间革命》第 20 卷，台北正因文化 2009 年版，第 98 页。
② 董炳月：《"日本鲁迅"的另一面相》，《鲁迅形影》，生活·读书·新知三联书店 2016 年版，第 174 页。

精神进行深刻透视，其作品所揭示的国民劣根性是人类共同的弱点，而鲁迅文学正是"在灵魂深处唤醒民众"的"人性革命"文学。三是社会践行价值。基于创价学会主张重塑战后日本的价值追求，他不断从鲁迅那里汲取精神动力来开展民众运动的斗争，并成了日本鲁迅研究中实用性研究范式的典范。

在战后日本文化语境中，人们对鲁迅的接受通常是将其作为民族自我批判的思想资源和追求革命变革的精神动力来对待的，因而鲁迅的接受与传播就具有极强的现实性。池田大作对鲁迅的接受不可避免地受到战后日本文化语境的影响，而且他非常注重从实践性的角度来看待和发掘鲁迅精神思想资源，他所体认的鲁迅就是集思想家、文学家、教育家和现实斗士为一体的鲁迅形象。与战后日本许多知识分子将鲁迅作为民族自我批判的思想资源和追求革命变革的精神动力来对待一样，池田大作致力于对鲁迅的接受与传播正是为了发掘和传播鲁迅思想以促进他所主张的"人性革命"。他基于创价学会主张的重塑战后日本的价值追求，注重将鲁迅精神思想运用于民众运动和文化教育等活动。可以说，池田大作对鲁迅的接受与传播非常注重其社会践行价值，注重对鲁迅思想的普及和精神的内化，而"池田鲁迅"也构成了对日本"学院鲁迅"的补充和延伸。

作为在战后日本传播与践行鲁迅文化价值而建构的鲁迅形象，"池田鲁迅"成为战后日本鲁迅传播中的一个重要典范。"池田鲁迅"注重对中日鲁迅研究的兼收并蓄，尤其是对日本"学院鲁迅"和"民间鲁迅"进行了跨界缝合。因而，"池田鲁迅"与日本"学院鲁迅"中充满"赎罪的心情"而执着抵抗的"文学者鲁迅",片刻不曾离开中国政治的"革命人鲁迅"以及象征着新亚洲个人主体性原型的鲁迅等既相区别,又有所关联。作为作家的池田大作,他从鲁迅文学中深受教益,形成了颇具鲁迅精神的文学创作特色;作为社会活动家的池田大作,他又注重将鲁迅精神思想运用于民众运动、社会活动和文化教育等领域,成为"日本鲁迅"中实用性研究范式的典型代表。

作为著名的宗教活动家和思想家,池田大作对鲁迅的接受与传播无疑是与其"人性革命"的价值追求是相一致的。战后日本社会运动高涨时期,池田大作立足于改造日本"岛国根性"的现实需要,从鲁迅思想作品中汲取"人性革命"思想和不屈斗争精神开展民众教育运动,推进日本民众的精神变革,进而推动社会变革。尤其是在担任日本创价学会会长期间,池田大作致力于"人间革命"的民众运动,就一直致力于汲取鲁迅的思想和精神,并将其运用于社会现实之中。池田大作认为真正的革命是民众的觉醒,他决心像鲁迅一样"在灵魂深处唤醒民众",启发民智,追求"人性革命"。而鲁迅不仅创作了大量文学作品,同时也曾从事教育多年,并致力于对青年的培养,池田大作把事业寄托在青年人身上和致力于青年的培养教育正是对鲁迅教育和关注青年思想的继承和延伸。鲁迅提倡"立人"思想,池田大作针对"岛国根性"提出了"人性革命"的教育思想就是对鲁迅批判"国民性"和"立人"思想的继承与发展。同时,他还汲取鲁迅以学生为本的教育思想,将鲁迅"永远革命"、创造"第三样时代"等思想融入创价学会的创价教育的终极教育目标中。

可以说,池田大作对鲁迅的精神思想、文学思想、教育思想不仅进行了深入发掘，并还内化为一种"人性革命""精神革命"的价值追求和精神动力，最终创造性地融合在社会、宗教、教育、文化交流和文学创作等事业和活动中。同时，在日本战后变化的文化语境中，"池田鲁迅"也一直紧贴战后日本的社会现实和时代语境，从鲁迅那里汲取精神动力，利用鲁迅精神价值进行社会文化实践。

### 三 活跃在日本"后战后"时期的"池田鲁迅"

鲁迅在日本接受与传播的百年中经历了战前、战后以及"后战后"时期三个阶段。由于不同的时代背景，无论是普通读者还是鲁迅研究者对鲁迅进行阅读、译介和研究的接受心理和动机不尽相同，因而呈现出丰富复杂的传播景观。战前阶段，鲁迅的作品被大量译介到日本，许多鲁迅的日本友人及弟子分别撰文回忆和怀念鲁迅。此时，鲁迅在日本的传播尚处在发端和起步阶段。战后初期至20世纪70年代，鲁迅在日本被作为国民作家来阅读，鲁迅在日本知识界和普通读者那里都有着很高的研究和阅读热度。然而，进入20世纪80年代以后的日本"后战后"时期，一个不容回避的事实就是，日本的鲁迅研究不仅开始变得相对冷清，鲁迅在日本读者中的关注度也急剧下降。池田大作对鲁迅的接受与传播一直紧贴战后日本的现实语境，也明显呈现出阶段性。尤其是20世纪80年代以后的日本"后战后"时期，日本的时代语境发生变化，人们关注和阅读鲁迅的热度锐减，池田大作开始侧重发掘和推广鲁迅的教育思想价值和文化交流意义，并产生了巨大的社会影响。

从鲁迅在日本的传播状况来说，在日本战后初期至 20 世纪 70 年代，鲁迅在日本民众间的影响一直很大。对池田大作而言，他早年对鲁迅的接受注重的是作为思想家和斗士的鲁迅。当时日本社会运动高涨时期，池田大作立足日本现实和改变日本"岛国根性"的需要，积极推行"人性革命"，注重发扬鲁迅思想精神在民众运动中的作用。所以前期池田大作十分注重对鲁迅思想精神的发扬，而作为"哲学性格与战士性格的融合体"的鲁迅对池田大作"人性革命"思想以巨大的促进。所以在战后至 70 年代，池田大作从重视民众，关心民众，唤醒民众，发动民众的角度出发，非常注重对鲁迅思想精神的内化和发扬。

但是在 80 年代以后，日本的整个经济社会发生了巨大变化，过去以农村为主的社会结构变成了以城市为主的社会结构，由此带来整个社会文化语境的变化。过去被作为"国民作家"来看待的鲁迅，对日本青年来说变得越来越陌生了。而日本知识界的社会意识形态明显右转，知识分子的政治参与意义明显淡化，鲁迅研究也只是作为纯学术性的专业研究。面对 80 年代日本变化的时代语境，池田大作一方面仍然推动鲁迅"人性革命"思想的传播，同时也越来越重视发掘鲁迅的文化交流意义和教育思想价值，并以鲁迅为媒介，推进东亚乃至世界文化的交流与沟通。尤其是在 1979 年池田大作辞去创价学会会长成为名誉会长之后，池田大作开始利用国际创价学会的平台极大地发掘了鲁迅的文化交流意义和教育思想价值。

作为教育家，池田大作曾创办日本创价大学、创价女子短期大学、美国创价大学和创价学园等，他把创价教育作为自己终身最重要的事业之一。因此，池田大作非常重视汲取鲁迅的教育思想，也一直十分推崇鲁迅的教育思想和理念。他说："与邪恶论争，培养青年，对于鲁迅先生来说，是车的两个轮子。"① 在池田大作看来，鲁迅作为教育家放射出了培育人才的巨大光辉，而他对鲁迅一生的执教经历也十分了解："他执教的学校有北京大学、北京师范大学、北京女子师范大学、世界语专门学校、中国大学、厦门大学、中山大学等十三校。听说现在北京大学的校徽也是鲁迅先生设计的。"② 池田大作将鲁迅"永远革命"思想引入创价教育的事业追求中，并将鲁迅所谓创造"第三样时代"的思想作为创价教育终极的教育目标。他说："鲁迅先生回顾以往的中国历史，总括为两种：不是'（战争不断）想做奴隶而不得的时代'，就是'暂时做稳了奴隶的时代'。并呼吁年轻一代：'创造这中国历史上未曾有过的第三样时代，则是现在的青年的使命！'（《灯下漫笔》）前所未有的'第三样时代'，是无辜民众不再受战火与骚乱之苦的时代，而且什么也不隶属，所有民众都赢得'人'的尊严和幸福的时代。为此，每个人要自觉本来具有的'伟大使命'，毅然争取使命实现。这就是真正的人性革命道路。创造'第三样时代'的智慧要塞就是我创价大学、创价女子短期大学，还有创价学园。"③ 日本创价大学高桥强教授在《池田大作心目中的教育家鲁迅》一文中就曾系统阐述了池田大作心中的教育家鲁

① ［日］池田大作：《谈革命作家鲁迅》，《上海鲁迅研究》2006 年第 4 期，第 159 页。

② 同上书，第 171 页。

③ 同上。

迅为现代教育提供了许多宝贵的启示。鲁迅用一生与邪恶斗争，匡扶正义，实践"立人"以及致力于创造"第三样时代"等都是人类教育永恒的话题。

另一方面，池田大作一直致力于中日友好与世界和平，他对鲁迅人性意识、人类情怀的深刻理解与传播，在战后日本产生深刻影响，对深化中日文化交流，促进中日关系的发展有着重要意义。作为中日友好的文化使者，池田大作一直以继承藤野严九郎、牧口常三郎以及鲁迅等先哲的遗志，架设中日"永远友好的金桥"为己任。鲁迅在20世纪初叶留学日本仙台医学专门学校时和恩师藤野先生有过暖人肺腑的交流，在鲁迅曾学习过的日本弘文学院执教的创价学会创始人牧口常三郎先生和中国留学生们也有过心心相印的交流，这些都不断萦回在池田大作的脑际。鲁迅与牧口常三郎分别追求通过文学与教育努力改变社会现实。在五四新文化运动时期，鲁迅呼喊要"救救孩子"，而鲁迅一生正是通过文学与教育，致力于现代中国的思想革命和精神革命。而牧口常三郎在日本倒向军国主义的时代，坚定主张"教育的目的就是孩子的幸福"，最终遭到军政府的镇压而死于监牢中。为继承先贤们的遗志，池田大作一直努力开拓日本和中国的青年交流之路，他所致力于以文化交流和文明对话来促进世界和平就与鲁迅重视以文学来沟通人类心灵的理念一脉相承。鲁迅重视以文学来沟通各民族人民的心灵，也运用文学手段来刻画和揭示人的普遍性和世界性，而池田大作总是以其开阔的世界视野不断发掘和阐释鲁迅思想中的世界性意义，同时注重发掘鲁迅文学的"交往"功能，促进中日文化乃至世界文化的交流与沟通。池田大作还曾积极倡言中日关系正常化，始终致力于中日友好，并十多次访问中国，这些都在中日民间交流史上留下了浓墨重彩的一笔。

在"后战后"时期的日本，池田大作对鲁迅的接受与传播总是跟自己人生事业以及社会处境相结合起来，并积极推动了鲁迅在日本乃至世界的传播。事实上，池田大作的鲁迅传播产生较为持续的影响也主要是在80年代以后日本"后战后"时期。而池田大作对鲁迅价值的深入发掘和传播践行既是对竹内好、丸山升等战后80年代以前日本"学院鲁迅"的继承和延伸，也是对80年代以后日本鲁迅接受现状的一种反驳。在"后战后"时期的日本，池田大作注重发掘鲁迅思想的现实价值，并创造性地融合在社会活动、文化交流和教育事业中，这为我们今天发掘和利用鲁迅资源也提供了重要参照和借鉴。

（原载《济南大学学报》2016年第6期）

# 主要参考文献

**一 池田大作著作**

1. ［日］池田大作：《我的履历书》，赵恩普、过放、赵诚译，吉林人民出版社 1984 年版。

2. ［英］汤因比、［日］池田大作：《展望二十一世纪：汤因比与池田大作对话录》，荀春生、朱继征、陈国樑译，国际文化出版公司 1985 年版。

3. ［日］池田大作：《青春寄语》，苏克新译，吉林人民出版社 1986 年版。

4. ［日］池田大作：《女性箴言》，仁章译，吉林人民出版社 1986 年版。

5. ［日］池田大作、［美］基辛格：《和平·人生与哲学：与基辛格的对谈》，卞立强译，中国国际广播出版社 1988 年版。

6. ［日］池田大作：《池田大作选集》，卞立强选译，北京大学出版社 1988 年版。

7. ［日］池田大作：《我的中国观》，四川人民出版社 1989
　　年版。

8. ［日］池田大作、［日］井上靖：《四季雁书》，仁章译，
　　吉林人民出版社 1990 年版。

9. ［日］池田大作：《我的人学》（上、下），铭九、潘金生、
　　庞春兰译，北京大学出版社 1990 年版。

10. ［日］池田大作、［俄］罗古诺夫：《第三条虹桥》，卞立
　　　强译，中国国际广播出版社 1990 年版。

11. ［日］池田大作、［英］威尔逊：《社会与宗教》，梁鸿
　　　飞、王建译，四川人民出版社 1991 年版。

12. ［日］池田大作、常书鸿：《敦煌的光彩：常书鸿、池田
　　　大作对谈录》，中国社会科学出版社 1991 年版。

13. ［日］池田大作：《池田大作文集：人生箴言》，卞立强
　　　译，中国文联出版社 1995 年版。

14. ［日］池田大作：《池田大作思想小品》，程郁、禾声编
　　　译，上海社会科学院出版社 1997 年版。

15. ［日］池田大作、金庸：《探求一个灿烂的世纪：金庸/
　　　池田大作对话录》，孙立川译，北京大学出版社 1998
　　　年版。

16. ［日］池田大作：《心灵四季》，吴锐钧、王云涛译，时
　　　事出版社 1998 年版。

17. ［日］池田大作：《教育指针》，（台北）正因文化出版社
　　　1999 年版。

18. ［日］池田大作、［日］松下幸之助：《人生问答》，卞立

强译，中国文联出版社 2000 年版。

19. ［日］池田大作：《万里长空——池田大作随笔集》，（香
    港）天地图书有限公司 2001 年版。

20. ［日］池田大作：《我的天台观》，卞立强译，四川人民
    出版社 2001 年版。

21. ［日］池田大作：《我的释尊观》，卞立强译，四川人民
    出版社 2001 年版。

22. ［日］池田大作：《我的佛教观》，卞立强译，四川人民
    出版社 2001 年版。

23. ［日］池田大作：《续·我的佛教观》卞立强译，四川人
    民出版社 2001 年版。

24. ［日］池田大作：《人生的坐标》，卞立强译，上海外语
    教育出版社 2001 年版。

25. ［俄］里哈诺夫、［日］池田大作：《孩子的世界》，中国
    文联出版社 2002 年版。

26. ［日］池田大作：《理解·友谊·和平：池田大作诗选》
    文洁诺译，作家出版社 2001 年版。

27. ［日］创价学会编：《理解·友谊·和平：池田大作讲演
    随笔集》，北京大学日语系译，作家出版社 2002 年版。

28. ［日］池田大作：《池田大作集》，何劲松编，上海远东
    出版社 2003 年版。

29. ［俄］戈尔巴乔夫、［日］池田大作：《20 世纪的精神教
    训：戈尔巴乔夫与池田大作对话录》，孙立川译，社会科
    学文献出版社 2005 年版。

30. ［日］池田大作：《时代精神的洪流》，商务印书馆 2005
年版。

31. ［日］池田大作：《孩子们是未来的宝贝：教育箴言录》，
卞立强译，中国文联出版社 2005 年版。

32. ［印度］钱德拉、［日］池田大作：《畅谈世界哲学：钱
德拉与池田大作对话录》，（香港）明报出版社有限公司
2005 年版。

33. ［美］杜维明、［日］池田大作：《对话的文明：谈和平
的希望哲学》，卞立强、张彩虹译，四川人民出版社 2007
年版。

34. ［美］保林、［日］池田大作：《生生不息为和平》，广西
师范大学出版社 2007 年版。

35. ［日］池田大作：《谈幸福》，卞立强、张彩虹译，中国
文联出版社 2007 年版。

36. ［俄］里哈诺夫、［日］池田大作：《给青少年的哲学》，
刘焜辉译，正因文化事业有限公司 2008 年版。

37. ［日］池田大作、饶宗颐、孙立川：《文化艺术之旅：鼎
谈集》，广西师范大学出版社 2009 年版。

38. ［日］池田大作：《我的中国观》，卞立强译，四川人民
出版社 2009 年版。

39. ［日］池田大作：《新妇女抄：在胸中回荡的话语》，卞
立强、张彩虹译，中国文联出版社 2010 年版。

40. ［日］池田大作：《青春岁月　读书感悟》，牛津大学出
版社 2010 年版。

41. ［日］池田大作：《四季箴言》，卞立强译，四川人民出
版社 2010 年版。

42. ［日］池田大作：《走在大道上：我的人生记录》第 2
卷，卞立强、张彩虹译，湖南师范大学出版社 2010 年版。

43. ［日］池田大作：《走在大道上：我的人生记录》第 1
卷，卞立强、张彩虹译，湖南师范大学出版社 2011 年版。

44. ［日］池田大作：《走在大道上：我的人生记录》第 3
卷，卞立强、张彩虹译，湖南师范大学出版社 2011 年版。

45. 高占祥、［日］池田大作：《联结地球的文化力：高占祥
与池田大作对话录》，中国人民大学出版社 2011 年版。

46. ［日］池田大作、章开沅：《世纪的馈赠：章开沅与池田
大作的对话》，湖北人民出版社 2011 年版。

47. ［日］池田大作：《池田大作全集》，圣教新闻社 2012
年版。

48. ［印尼］A. 瓦希德、［日］池田大作：《和平的哲学　宽
容的智慧：伊斯兰教与佛教的对话》，陈鹏仁译，正因文
化事业有限公司 2012 年版。

49. ［乌］兹古罗夫斯基、［日］池田大作：《和平世纪的教
育曙光》，刘焜辉译，正因文化事业有限公司 2012 年版。

50. ［日］池田大作：《新·人间革命》（第 20 卷），日本创
价学会编译，正因文化事业有限公司 2012 年版。

51. ［日］池田大作：《新·人间革命》（第 21 卷），日本创
价学会编译，正因文化事业有限公司 2012 年版。

52. ［日］池田大作、［美］罗·马里诺夫：《哲学复兴的对

话》，崔学森、朱俊华、姜明译，大连出版社 2013 年版。

53. ［日］池田大作、顾明远：《和平之桥——畅谈"人间教育"》，高益民译，北京教育科学出版社 2014 年版。

54. ［日］池田大作、［印度］拉达克里希南：《走向人道世纪：谈甘地与印度哲学》，李长声译，四川人民出版社 2014 年版。


二　有关池田大作研究的专著、译著、论文集

1. 达高一编著：《创价学会——日本新兴的宗教性政治团体》，世界知识出版社 1963 年版。

2. 何劲松：《创价学会的理念与实践》，中国社会科学出版社 1995 年版。

3. 卞立强编译：《日中恢复邦交秘话：池田大作与日中友好》，经济日版出版社 1998 年版。

4. 王永祥主编：《周恩来和池田大作》，中央文献出版社 2001 年版。

5. ［日］木村惠子：《我眼中的池田大作》，商务印书馆 2002 年版。

6. 苏庆华、濮文起：《普世价值的实践：马来西亚创价学会的和平、文化与教育》，天津社会科学院出版社 2002 年版。

7. 冉毅主编：《关爱人性　善待生命：池田大作思想研究》，湖南师范大学出版社 2003 年版。

8. 贾蕙萱、张可喜主编：《池田大作研究论文集》，香港社会

科学出版有限公司 2005 年版。

9. 冉毅:《人性革命:池田大作人学思想研究》,四川人民出版社 2005 年版。

10. 孔繁丰、纪亚光:《周恩来、池田大作与中日友好》,中央文献出版社 2006 年版。

11. [日] 前原政之:《池田大作行动与轨迹》,崔学森译,(香港)天地图书有限公司 2006 年版。

12. 何劲松:《池田大作的佛学思想》,宗教文化出版社 2006年版。

13. 华中师范大学池田大作研究所、日本创价大学编:《中外学者论池田大作:和谐社会与和谐世界》,华中师范大学出版社 2007 年版。

14. 曲庆彪等:《回归与超越:池田大作和平文化思想研究》,辽宁师范大学出版社 2007 年版。

15. 李庆:《池田大作传》,浙江人民出版社 2008 年版。

16. 唐凯麟、高桥强主编:《多元文化与世界和谐——池田大作思想研究》,人民出版社 2008 年版。

17. 梁桂全、温宪元主编:《和平·文化·教育:和平发展中的文化与教育学术研讨会论文集》,中国社会科学出版社 2008 年版。

18. 李锦坤、刘玉珊编:《池田大作与中国》,中央文献出版社 2008 年版。

19. 董武:《日本创价学会》,团结出版社 2009 年版。

20. 高益民主编:《和平与教育:池田大作思想研究》,教育科学出版社 2010 年版。

21. 黄富峰：《池田大作教育伦理思想研究》，中国社会科学
    出版社 2010 年版。

22. 谭桂林：《池田大作与世界文学》，南京大学出版社 2011
    年版。

23. 高岳仑主编：《廖承志与池田大作》，中央文献出版社
    2011 年版。

24. 史振中：《感悟生命：与池田大作的心灵对话》，辽宁师
    范大学出版社 2011 年版。

25. 曲庆彪、［日］寺西宏友：《与池田大作对话文明重生》，
    中国社会科学出版社 2011 年版。

26. 孔繁丰、纪亚光：《周恩来、邓颖超与池田大作》，南开
    大学出版社 2011 年版。

27. 曲庆彪、［日］寺西宏友主编：《与池田大作对话人类发
    展》，中国社会科学出版社 2012 年版。

28. 王丽荣：《池田大作德育理论及其实践》，黑龙江教育出
    版社 2012 年版。

29. 刘伟忠主编：《池田大作与中国——纪念中日和平友好条
    约签订三十五周年》，紫荆杂志社 2013 年版。

30. 梁桂全、曾峥主编：《走向 21 世纪的生命尊严：2012 池
    田大作思想研讨会文集》，中国社会科学出版社 2013
    年版。

31. 萧正洪、拜根兴主编：《池田大作香峰子思想的新探索：
    和平对话、家庭教育与和谐幸福》，社会科学文献出版社

2014 年版。

32. 温宪元、李莱德主编：《走向 21 世纪的生态文明——2013 池田大作思想研讨会论文集》，中国社会科学出版社 2015 年版。

33. 陆建非、[日] 寺西宏友主编：《多元文化交融下的现代教育研究》，上海三联书店 2014 年版。

34. 李萍、[日] 寺西宏友主编：《构建 21 世纪之新文明——池田大作新文明思想研究》，人民出版社 2015 年版。

35. [日] 寺西宏友、萧正洪主编：《开创精神丝绸之路的新纪元——2014 年陕西师范大学池田大作国际研讨会论文集》，社会科学文献出版社 2016 年版。


三　其他与本研究相关的专著

1. [日] 山田敬三：《鲁迅世界》，韩贞全、武英勋译，山东人民出版社 1983 年版。

2. 刘柏青：《鲁迅与日本文学》，吉林大学出版社 1985 年版。

3. 程麻：《沟通与更新——鲁迅与日本文学关系发微》，中国社会科学出版社 1990 年版。

4. 严绍璗、王晓平：《中国文学在日本》，花城出版社 1990 年版。

5. 孟庆枢：《日本近代文学思潮与中国现代文学》，时代文艺出版社 1992 年版。

6. 彭定安等：《鲁迅：在中日文化交流的坐标上》，春风文艺出版社 1994 年版。

7. ［日］丸尾常喜：《"人"与"鬼"的纠葛——鲁迅小说论析》，秦弓译，人民文学出版社 1995 年版。

8. 王向远：《中日现代文学比较论》，湖南教育出版社 1998 年版。

9. 张福贵、靳丛林：《中日近现代文学关系比较研究》，吉林大学出版社 1999 年版。

10. ［日］伊藤虎丸：《鲁迅与日本人——亚洲的近代与"个"的思想》，李冬木译，河北教育出版社 2000 年版。

11. ［美］史沫特莱等：《海外回响：国际友人忆鲁迅》，河北教育出版社 2000 年版。

12. 张杰：《鲁迅：域外的接近与接受》，福建教育出版社 2001 年版。

13. 孙立川：《西还集——鲁迅研究札记》，天地图书有限公司 2001 年版。

14. 诸葛蔚东：《战后日本舆论、学界与中国》，中国社会科学出版社 2003 年版。

15. 方长安：《选择·接受·转化：晚清至 20 世纪 30 年代初中国文学流变与日本文学关系》，武汉大学出版社 2003 年版。

16. ［日］牧口常三郎：《人生地理学》，陈莉、易凌峰译，复旦大学出版社 2004 年版。

17. ［日］竹内实：《竹内实文集》（10 卷本），中国文联出版社 2004 年版。

18. 靳明全：《中国现代文学兴起发展中的日本影响因素》，

中国社会科学出版社 2004 年版。

19. ［日］木山英雄：《文学复古与文学革命》，赵京华编译，
    北京大学出版社 2004 年版。

20. ［日］伊藤虎丸：《鲁迅、创造社与日本文学——中日近
    现代比较文学初探》，孙猛、徐江、李冬木等译，北京大
    学出版社 2005 年版。

21. ［日］丸山升：《鲁迅·革命·历史》，王俊文译，北京
    大学出版社 2005 年版。

22. ［日］竹内好：《近代的超克》，李冬木等译，生活·读
    书·新知三联书店 2005 年版。

23. 董炳月：《"国民作家"的立场：中日现代文学关系研
    究》，生活·读书·新知三联书店 2006 年版。

24. 张大柘：《宗教体制与日本的近现代化》，宗教文化出版
    社 2006 年版。

25. 李志：《现代中日文化交流的滥觞——20 世纪上半叶日本
    鲁迅研究历史探源》，吉林文史出版社 2007 年版。

26. 张梦阳：《鲁迅学：在中国，在东亚》，广东教育出版社
    2007 年版。

27. 郜元宝：《鲁迅六讲》（增订本），北京大学出版社 2007
    年版。

28. 汪晖：《反抗绝望：鲁迅及其文学世界》（增订版），生
    活·读书·新知三联书店 2008 年版。

29. ［日］伊藤虎丸：《鲁迅与终末论——近代现实主义的成
    立》，李冬木译，生活·读书·新知三联书店 2008 年版。

30. ［日］丸尾常喜：《耻辱与恢复——〈呐喊〉与〈野草〉》，秦弓、孙丽华编译，北京大学出版社 2009 年版。

31. 严绍璗：《日本中国学史稿》，学苑出版社 2009 年版。

32. 高远东：《现代如何"拿来"——鲁迅的思想与文学论集》，复旦大学出版社 2009 年版。

33. 王家平：《鲁迅域外百年传播史》，北京大学出版社 2009 年版。

34. ［日］子安宣邦：《东亚论：日本现代思想批判》，赵京华译，吉林人民出版社 2010 年版。

35. 张福贵：《"活着"的鲁迅：鲁迅文化选择的当代意义》，中国社会科学出版社 2010 年版。

36. 周洪宇、蔡幸福：《船工之子与教育大师——牧口常三郎的教育活动》，华中科技大学出版社 2011 年版。

37. 赵京华：《周氏兄弟与日本》，人民文学出版社 2011 年版。

38. ［日］藤井省三：《鲁迅：生在东亚的文学》，岩波书店 2011 年版。

39. 杨栋梁主编：《近代以来日本的中国观》（6 卷本），江苏人民出版社 2012 年版。

40. 邵宏伟：《战后日本的新宗教与政治》，世界知识出版社 2012 年版。

41. 张福贵：《远离鲁迅让我们变得平庸》，安徽大学出版社 2013 年版。

42. 黄健：《孤独者的呐喊》，安徽大学出版社 2013 年版。

43. 谭桂林等主编：《文化经典和精神象征——"鲁迅与 20

世纪中国"国际学术研讨会论文集》，南京师范大学出版社 2013 年版。

44. 王新生：《战后日本史》，江苏人民出版社 2013 年版。

45. ［日］马场公彦：《战后日本人的中国观：从战败到中日复交》全 2 册，社会科学文献出版社 2015 年版。

46. 董炳月：《鲁迅形影》，生活・读书・新知三联书店 2015 年版。

## 四　池田大作的相关文章

1. ［日］池田大作：《鲁迅的烦恼与勇气》，《国外社会科学》1981 年第 9 期。

2. ［日］池田大作：《二十一世纪与东亚文明》，《中国社会科学》1993 年第 1 期。

3. ［日］池田大作：《两位王子（下）》，《日语学习与研究》1995 年第 3 期。

4. ［日］池田大作：《池田大作谈鲁迅》，《鲁迅研究月刊》1995 年第 5 期。

5. ［日］池田大作：《文学界的巨人　精神界的先驱——为纪念伟大的鲁迅先生》，《鲁迅研究月刊》2002 年第 6 期。

6. ［日］池田大作：《谈革命作家鲁迅——创价大学创办人池田大作先生第二届特别文化讲座》，《上海鲁迅研究》2006 年第 4 期。

7. ［日］池田大作：《上海鲁迅纪念馆创立 60 周年贺词》，《上海鲁迅研究》2011 年第 2 期。

8. 王蒙、〔日〕池田大作：《难忘相逢新绿时》，《上海文学》2016 年第 1 期。

9. 王蒙、〔日〕池田大作：《教育与文化是希望的光源》，《上海文学》2016 年第 2 期。

10. 王蒙、〔日〕池田大作：《家庭、故乡以及青春之日》，《上海文学》2016 年第 3 期。

11. 王蒙、〔日〕池田大作：《青春年华　良师益友》，《上海文学》2016 年第 4 期。

12. 王蒙、〔日〕池田大作：《文化飞翔的天地——新疆》，《上海文学》2016 年第 5 期。

13. 王蒙、〔日〕池田大作：《尚文的传统与文学》，《上海文学》2016 年第 6 期。

14. 王蒙、〔日〕池田大作：《谈唐诗与〈红楼梦〉》，《上海文学》2016 年第 7 期。

15. 王蒙、〔日〕池田大作：《三国的魅力》，《上海文学》2016 年第 8 期。

16. 王蒙、〔日〕池田大作：《〈水浒传〉的好汉们》，《上海文学》2016 年第 9 期。

17. 王蒙、〔日〕池田大作：《〈西游记〉与人生之旅》，《上海文学》2016 年第 10 期。

18. 王蒙、〔日〕池田大作：《"永葆青春"在于学习之心》，《上海文学》2017 年第 1 期。

19. 王蒙、〔日〕池田大作：《活自己的命》，《上海文学》2017 年第 2 期。

20. 王蒙、[日] 池田大作：《生命尊严的时代》，《上海文学》2017 年第 3 期。

21. 王蒙、[日] 池田大作：《和平友好的新果实》，《上海文学》2017 年第 4 期。

## 五　相关研究文章

1. 李冬木：《关于"个人主义"与"民族主义"问题——鲁迅与战后日本文学》，《吉林大学社会科学学报》1987 年第 4 期。

2. 孙立川：《跨越过国界与时代的理解——池田大作的鲁迅观》，《西还集——鲁迅研究札记》，（香港）天地图书有限公司 2001 年版。

3. 王锡荣：《心与心的交流——访问日本创价学会》，《上海文博论丛》2002 年第 1 期。

4. 陈漱渝：《鲁迅的人学与池田大作的人学——在北京鲁迅博物馆授予池田大作名誉顾问仪式上的致辞》，《上海鲁迅研究》2004 年第 1 期。

5. 董炳月：《自画像中的他者　太宰治〈惜别〉研究》，《鲁迅研究月刊》2004 年第 12 期。

6. 谭桂林：《池田大作的鲁迅观》，《鲁迅研究月刊》2006 年第 6 期。

7. 赵京华：《竹内好的鲁迅论及其民族主体性重建问题——从竹内芳郎对战后日本鲁迅研究的批评说起》，《中国现代文学研究丛刊》2006 年第 3 期。

8. 文洁若：《乔伊斯在中国》，《鲁迅研究月刊》2007 年第 6 期。

9. 王吉鹏：《关于当下鲁迅研究的若干思考——在"2007 广东·鲁迅论坛"的主题发言》，《上海鲁迅研究》2008 年第 1 期。

10. ［日］尾崎文昭、段美乔：《从〈鲁迅〉到〈鲁迅入门〉：竹内好鲁迅观的变动》，《鲁迅研究月刊》2011 年第 1 期。

11. 成然：《鲁迅研究在东亚文化交流中的资源价值》，《大连民族学院学报》2011 年第 2 期。

12. ［日］尾崎文昭、薛羽：《战后日本鲁迅研究——尾崎文昭教授访谈录》，《现代中文学刊》2011 年第 3 期。

13. 赵京华：《活在日本的鲁迅》，《读书》2011 年第 9 期。

14. 谭桂林：《如何评价"阿 Q 式的革命"并与汪晖先生商榷》，《鲁迅研究月刊》2011 年第 10 期。

15. 俞红：《扶桑正是樱花绚烂时——记赴日聘任池田大作为名誉顾问之行》，《绍兴鲁迅研究 2012》，上海文艺出版社 2012 年版。

16. 谭桂林：《如何评价"阿 Q 式的革命"并与汪晖先生商榷》，《中国现代文学研究丛刊》2012 年第 8 期。

17. 王锡荣：《鲁迅与池田大作——东亚两位伟大思想家的共同点》，《上海鲁迅研究》2012 年第 4 期。

18. 陈红旗：《论池田大作对鲁迅革命精神的异域接受》，《中国比较文学》2012 年第 1 期。

19. 傅红英：《生命的尊严：鲁迅和池田大作的人学思想研

究》，《绍兴文理学院学报》2013 年第 1 期。

20. 李红霞：《鲁迅与池田大作女性观比较》，《绍兴文理学院学报》2013 年第 1 期。

21. 卓光平：《人学思考与青年培育——池田大作对鲁迅人学观的接受与实践》，《绍兴文理学院学报》2013 年第 1 期。

22. 张福贵：《鲁迅研究的三种范式与当下的价值选择》，《中国社会科学》2013 年第 11 期。

23. 高桥强：《池田大作心中的教育家鲁迅》，《"鲁迅与 20 世纪中国"国际学术研讨会会议论文集》，南京师范大学出版社 2013 年版。

24. 刘伟：《中国现代文学对日本的影响问题研究》，《山东社会科学》2014 年第 3 期。

25. 赵京华：《在东亚历史剧变中重估鲁迅传统——关于鲁迅对"东亚"的淡漠与他在战后该地区影响力的考察》，《学术月刊》2015 年第 1 期。

26. 董炳月：《日本的阿 Q 与其革命乌托邦——新岛淳良的鲁迅阐释与社会实践》，《鲁迅研究月刊》2015 年第 4 期。

27. 王晓初：《在池田会长和鲁迅身上涌动的"人间主义"思想》，日本《潮》2015 年第 1 期。

28. ［日］诸葛蔚东：《战后日本知识界与中国》，《外国文学评论》2016 年第 1 期。

29. 朱幸纯：《"第一义"道路上的日本文学家——论中野重治及其鲁迅观》，《外国文学评论》2016 年第 1 期。

30. 卓光平：《"池田鲁迅"：域外鲁迅传播的新形象》，《中国社会科学报》2014 年 11 月 7 日。

31. 卓光平：《何为"池田鲁迅"？——池田大作眼中的鲁迅
    形象》，《上海鲁迅研究》2016 年第 1 期。

32. 卓光平：《"池田鲁迅"对鲁迅当代价值重估的启示》，
    《文艺报》2016 年 9 月 23 日。

33. 卓光平：《"池田鲁迅"：战后日本鲁迅传播的新形象》，
    《济南大学学报》2016 年第 6 期。

34. 卓光平：《鲁迅〈非攻〉对池田大作"和平行动主义"
    的启示》，《井冈山大学学报》2017 年第 1 期。

# 写在鲁迅与池田大作研究所成立五周年
# （后记）

作为鲁迅故乡的大学，绍兴文理学院与鲁迅先生有着深厚的渊源。绍兴文理学院的前身最早可追溯到 1909 年创立的山会初级师范学堂，鲁迅曾出任监督（校长）。新中国成立后，学校一直非常注重对鲁迅的学习、研究和宣传工作，特别是 1986 年成立了绍兴师范专科学校鲁迅研究室，从此形成了一支稳定的鲁迅研究队伍。1996 年学校更名绍兴文理学院，鲁迅研究室也于 2002 年改名为绍兴文理学院鲁迅研究所。2005 年浙江省鲁迅研究会挂靠绍兴文理学院以后，学校的鲁迅研究平台得到进一步的提升，同国内外鲁迅研究机构和鲁迅研究学者的学术交流和联系也更加强化。

2012 年 3 月 25 日，绍兴文理学院与日本创价大学又联合成立了以绍兴文理学院鲁迅与中国现当代文学学科成员为主要班底的鲁迅与池田大作研究所，创价大学高桥强教授专程来到绍兴出席揭牌仪式。鲁迅与池田大作研究所的成立，旨在发掘和整理池田大作传播鲁迅的资料文献，探讨池田大作对鲁迅文学的解读和对鲁迅教育思想价值的发掘，以及对鲁迅思想精神的承传等问题。在研究所成立后不久，我作为研究所的一员参加了当年10月在上海师范大学举办的第七届池田大作思想国际学术研讨会。为了准备参会论文，我在暑假期间花费一个多月的时间搜集相关资料，并完成了一篇万余字的论文。虽然只是一篇内容单薄的小文章，但写作的过程却让我深深感到，要想在"池田大作与鲁迅"这个陌生的领域取得成绩和突破，其难度是非常大的。一是池田大作先生著作等身，光日文版的全集就有150卷之多，中文版译著也有几百本，而他对鲁迅进行阐释、探讨与宣扬的文字非常零散地分布在他浩如烟海的随笔、诗歌、小说、演讲、对谈录和讲座等著述中，相关文献资料非常零碎，要想搜集和掌握较为充分的研究资料自然是非常不容易的。二是池田大作既注重从生命感应的角度对鲁迅作品进行诗性解读，也常常从创价学会价值追求的角度来阐释鲁迅的精神思想，同时还非常重视对鲁迅价值思想的践行和宣扬。他对鲁迅的接受与传播侧重于对鲁迅当代价值的开掘，这显然跟日本鲁迅研究学者经院化、学问化的专门研究有很大的差异性，所以该课题在鲁迅研究界也少有学者进行较为深入的专门探讨。因而，如何将池田大作对鲁迅接受与传播的研究带入当前较为稳定的鲁迅研究场域之中，并获得学界一定程度的认可，显然也是比较困难的。因此，在研究所成立后相当长一段时间，我并未将"池田大作与鲁迅"这一课题的研究作为自己的重点研究方向，只是勉强"敲边鼓"而已。

随着后来多次参加池田大作思想国际学术研讨会，有了更多机会同日本创价大学的老师以及国内外池田大作研究的同行进行交流，我对日本创价学会和创价大学、池田大作及其鲁迅研究也有了更深入的认识。在对相关文献资料进行收集和整理的过程中，我也逐渐感到"池田大作与鲁迅"这一课题虽然此前学界关注不多，却是一块非常值得进行深入开垦的学术空地。在王嘉良、黄健、邹红、王晓初和谭桂林等老师的帮助和鼓励下，我也带着尝试的心态以"池田大作与鲁迅"这方面的研究来申报一些科研项目，并于 2014 年成功申报了浙江省哲学社会科学规划课题和中国博士后科学基金项目两项课题。有了课题经费的支持，我便很快又收集了更多的文献资料，从而为该课题的研究打下了较为坚实的基础。同时，为了能够更集中精力投入该课题的研究中，在征得博士后合作导师黄健教授的同意后，我将"池田大作对鲁迅的接受与传播研究"作为我在浙江大学中国语言文学博士后流动站从事在职博士后研究的出站报告。随着研究的深入，我在"池田大作与鲁迅"方面的研究成果又相继获得了日本创价大学中日友好学术研究项目和浙江省越文化研究中心自设课题的资助。

2017 年是鲁迅与池田大作研究所成立五周年，我接触"池田大作与鲁迅"这一课题也将近五年了。然而，由于研究中的种种困难和工作、生活中的琐事纷扰，该课题的研究进展并不十分顺利。从当初选题时的犹豫不定，到接下来写作中的左支右绌，再到现在完稿时的匆匆忙忙，该课题的研究对我来说是一个漫长而辛苦的过程。现在，《战后日本文化语境中的"池田鲁迅"研究》一书即将付梓，这对我个人而言，算是对"池田大作与鲁迅"研究的一个阶段性总结，而对鲁迅与池田大作研究所的成立来说，也算是一个小小的纪念。

正是在从事"池田大作与鲁迅"这一课题近五年的研究中，我深切感受到池田大作对鲁迅文学的喜爱，对鲁迅人格的崇敬是源自他内心深处的。他与鲁迅虽未谋面，但是他一直注重通过在现实中的经历和碰撞来解读鲁迅的文学作品和感知鲁迅的精神思想，从而实现两人之间灵魂与灵魂的交流。他一直将鲁迅视为自己的人生楷模，并不断在鲁迅那里汲取思想的源泉和精神的动力。在过去的半个多世纪里，池田大作与鲁迅由思想相通进而生命相融，并成为鲁迅在日本的精神传人。不过，越是认识到池田大作与鲁迅这些深层的精神联系，就越是使我在面对自己的研究时充满了忐忑和不安，原因自然是我对该课题的把握和研究是有待进一步深入的。由于学术视野的局限和学术功力的欠缺以及研究资料的匮乏，本书对两位文化巨人心灵碰撞、生命相融的把握和阐释显然还有许多未尽之处，这些也只能留待将来再作更深入的研究。

需要指出的是，本书是我在博士后出站报告的基础上，又进行了大幅修改和补充完善后完成的。因此，我要特别感谢我在浙江大学的博士后合作导师黄健教授对该课题研究的悉心指导和关心帮助！自从成为黄门弟子以来，黄健教授对我的科研和生活一直都非常关心，在书稿即将出版之际，他又抽出宝贵的时间为本书作序，这让我心中充满了温暖。在本书写作的过程中，我也不断向创价大学高桥强教授请教，他不仅给了我许多的鼓励和帮助，而且还在百忙之中为本书作序，在此深表感谢！本书的选题能够立项也离不开王嘉良教授给我在选题角度和思路框架上的指导和建议，同时寿永明教授、王晓初教授也在各方面对我从事该课题的研究给予了支持和帮助，在此一并感谢！

作为"日本鲁迅"研究和池田大作研究的一个初入门者，我在本课题的研究中既受到赵京华、董炳月等老师在"日本鲁迅"研究方面的启发，也吸收和借鉴了高桥强、谭桂林、王锡荣和孙立川等老师在"鲁迅与池田大作"研究方面的成果，是他们打开了我在该课题上的研究视野，在此深表感谢！同时，也要感谢日本创价大学北京办事处的上野理惠、高玉婷和王娜等老师的关照。2016年9月，我在北京参加学术研讨会期间曾专门拜访创价大学北京办事处，搜集相关研究资料，几位老师也专门委托创价大学的同事帮我扫描了几篇珍贵的文献，在此深表谢意！本书在写作的过程中，丁青女士帮助搜集和翻译过数篇文献，特别是高桥强教授为本书所作的序言也是她翻译完成的，在此深表感谢！此外，北京鲁迅博物馆的葛涛老师也曾为我提供过几篇重要的文献，在此也表示感谢！

同时，我还要感谢绍兴文理学院鲁迅与中国现当代文学学科的同事们，几年来，无论在工作上还是在生活中，他们都给了我许多的关心和帮助！感谢中国社会科学出版社的郭晓鸿女士，正是她的鼎力相助，此书才得以如期出版。最后，还要感谢我的家人，他们的陪伴、支持与鼓励是我写作本书的最大动力。

另外需要说明的是，本书是2014年浙江省哲学社会科学规划课题"战后日本文化语境中的'池田鲁迅'研究"（14NDJC081YB）的最终成果。同时，本书也获得了日本创价大学中日友好学术研究出版基金和绍兴文理学院出版基金的资助，在此深表感谢！